LA ÚLTIMA CAZADORA

LA ÚLTIMA CAZADORA

KIERSTEN WHITE

Traducción de Milagros Valdez

Argentina – Chile – Colombia – España
Estados Unidos – México – Perú – Uruguay

Título original: *Slayer*
Editor original: Simon Pulse, un sello de Simon & Schuster
Children's Publishing Division
Traductora: Milagros Valdez

1.ª edición: abril 2019

© 2018 by Kiersten White
© de la traducción 2019 *by* Milagros Valdez
Spanish language edition © 2019 by Ediciones Urano S. A. U., by Twentieth Cen-
tury Fox Film Corporation
Original English language edition copyright Buffy the Vampire Slayer TM & © 2019
by Twentieth Century Fox Film Corporation
Published by arrangement with Simon Pulse an Imprint of Simon & Schuster
Children's Publishing Division
All Rights Reserved
Plaza de los Reyes Magos, 8, piso 1.º C y D – 28007 Madrid
www.mundopuck.com

ISBN: 978-84-92918-55-3
E-ISBN: 978-84-17545-79-6
Depósito legal: B-6.167-2019

Fotocomposición: Ediciones Urano, S.A.U.

Impreso por: Rodesa, S.A. – Polígono Industrial San Miguel
Parcelas E7-E8 – 31132 Villatuerta (Navarra)

Impreso en España – *Printed in Spain*

Para todos aquellos que nunca fueron elegidos,
pero que se eligen a sí mismos.

Deberían haber sabido mejor que nadie que estar en un cementerio mientras el sol se ponía y la noche se apoderaba del mundo no era una buena idea.

La perseguidora miraba a la madre, justo cuando un rayo se clavaba en la tierra, canalizando su pena hacia la tumba en la que había enterrado su corazón. A cada uno de sus lados, había una niña pequeña con botas de vaquero rosas. Las dos eran menudas y pálidas; la negrura atenuaba el rojo de sus rizos.

La oscuridad era la gran igualatoria. Todos eran iguales en la oscuridad. Incoloros. Insulsos.

Impotentes.

La perseguidora se aseguraría de que así se quedaran. Era su trabajo, después de todo. Se volvió hacia el vampiro que estaba a su lado. Ambos invisibles en la negra entrada de un mausoleo.

—La mujer vive. Las niñas son tuyas.

Técnicamente, solo una de las niñas tenía que morir, pero era mejor evitar cualquier laguna profética. El vampiro caminó hacia la familia de luto. No se escondió ni la acechó. No era necesario.

Una de las niñas tiraba frenéticamente de la mano de su madre.

—¡Mamá! ¡Mamá!

Extenuada, la mujer se dio la vuelta, sin tiempo suficiente para sorprenderse antes de que el vampiro la empujara. Voló hacia atrás, se golpeó contra la lápida de granito de su marido y cayó inconsciente sobre la blanda tierra que lo cubría. MERRICK JAMISON-SMYTHE: ESPOSO, PADRE, VIGILANTE, se leía por encima de su cuerpo en letras tradicionales talladas. La perseguidora deseaba tomar una foto. Era la escena perfecta.

—Hola, niñas. —El júbilo del vampiro era evidente.

La perseguidora miró su reloj. Debería haber elegido un sabueso infernal, o quizás a la Orden de Taraka. Pero se habían pasado de presupuesto y, francamente, era una exageración. Dos niñas requerían una mínima capacidad de exterminio. Y le gustaba la simetría de usar un vampiro.

Él extendió las manos, invitando a las niñas a recibir un abrazo.

—Podéis correr si queréis. No me molesta la persecución. Me abre el apetito.

Las niñas, que la perseguidora esperaba ya estuvieran gritando en ese momento, se miraron solemnemente. Quizás el hecho de estar junto a la tumba de su padre, que había muerto por culpa de un vampiro, les permitió comprenderlo: ese siempre había sido su destino.

Una de ellas asintió. La otra se abalanzó contra las piernas del vampiro, con tal rapidez y ferocidad, que este cayó hacia atrás, enredado. Antes de que pudiera apartar a la niña de una patada, la otra saltó encima de su pecho.

Y entonces, el vampiro desapareció. Las niñas se pusieron de pie y se sacudieron el polvo de sus arreglados vestidos negros. La segunda niña se guardó la estaca en la floreada bota de vaquero. Corrieron hacia su madre y le dieron palmaditas en las mejillas hasta que esta volvió en sí.

La madre, al menos, había tenido la sensatez de asustarse. La perseguidora suspiró, enfadada, mientras la madre abrazaba a sus niñas. Ahora todas estaban vigilando la noche. Alertas. La perseguidora hubiera preferido evitar el conflicto de revelarse, pero tenía que hacerlo. Sacó su ballesta.

Su busca sonó. Lo miró por costumbre y, cuando levantó la vista, la familia ya no estaba.

Maldijo. Nunca debería haber usado un vampiro. Eso le pasaba por probar un poco de tragedia poética. Tenía órdenes de que la madre viviera, de ser posible, y ella también quería que la madre viviera, sola, después de haber perdido todo por culpa del mismo patético monstruo mestizo. Era su castigo por pensar que podía escapar de la profecía. Por poner en peligro al mundo entero a causa de sus deseos egoístas.

Bueno. La perseguidora las volvería a encontrar. Se puso la capucha y caminó hasta la gasolinera más cercana. Un teléfono público la esperaba en un charco anémico de luz. Levantó el auricular y marcó el número que tenía en su busca.

—¿Ya está hecho?

—No —respondió la perseguidora.

—Estoy decepcionada.

—Entonces, castígame.

Colgó frunciendo el ceño y después entró a la gasolinera. No había podido evitar el apocalipsis, por el momento.

Necesitaba algunos dulces.

CAPÍTULO 1

DE TODAS LAS COSAS TERRIBLES QUE HACEN LOS DEMONIOS, MANTENER el latín vivo cuando merece ser una lengua muerta debe ser la peor.

Ni hablar del sumerio. ¿Y el sumerio traducido al latín? Diabólico. Se me traba la lengua mientras leo con esfuerzo la página que tengo frente a mí. Solía encantarme pasar tiempo en la biblioteca, rodeada por el trabajo de generaciones pasadas de Vigilantes. Pero desde la última vez que el mundo casi termina —hace sesenta y dos días, para ser exacta—, apenas puedo quedarme quieta. Estoy nerviosa. Repiqueteo el lápiz. Golpeteo el pie contra el suelo. Quiero salir a correr. No entiendo por qué la ansiedad me ha afectado así esta vez, después de todas las atrocidades y tragedias que he vivido. Una razón resuena en mi cabeza, pero...

—No puede estar bien. —Repaso lo que escribí—. *¿El ensombrecido se alzará y el mundo hormigueará ante él?*

—Detesto que me hagan cosquillas —acota Rhys, al estirarse hacia atrás.

Su pelo castaño rizado ha vuelto a desafiar la cuidada raya que lo divide. Cae sobre su frente suavizando la expresión de sus cejas, que de forma permanente son atraídas hacia sus gafas como si estuviera pensativo o preocupado. Cuando terminen las clases de esta mañana, ordenaré mi pequeño centro médico, y Rhys tendrá su entrenamiento de combate con Artemis.

Sacudo las manos, necesito mover *algo*. Quizás sí salga a correr. Nadie me echaría de menos. O a lo mejor preguntaré si puedo unirme al entrenamiento de combate. Nunca me dejaron, pero hace años que no pregunto. La verdad es que quiero golpear algo y no sé por qué, y me asusta.

Sin embargo, puede que sean las demoníacas profecías sobre catástrofes que he estado leyendo toda la mañana. Tacho mi traducción frustrada.

—Tratándose de un apocalipsis, morirse por unas cosquillas no es lo peor.

Imogen aclara su garganta. Su sonrisa indulgente atenúa su severidad.

—¿Podemos volver a tu traducción, Nina? Y, Rhys, quiero un informe completo sobre la taxonomía de los híbridos humano-demonio.

Rhys agacha la cabeza y se sonroja. Es el único de nosotros que próximamente podría convertirse en Vigilante, lo que implica que algún día podrá incorporarse al Consejo. Un día estará al mando, formará parte del cuerpo gubernamental. Arrastra ese peso en todo lo que hace. Es el primero en llegar a la biblioteca y el último en irse; entrena casi tanto como Artemis.

Los Vigilantes estaban destinados a guiar a las Cazadoras —las Elegidas, especialmente dotadas para luchar contra los demonios—, pero con el paso de los siglos evolucionaron y adoptaron un rol más práctico. Los Vigilantes deben tomar decisiones difíciles, y esas decisiones a veces involucran armas. Espadas. Hechizos. Cuchillas.

Armas de fuego, en el caso de mi padre.

Igualmente, no todos entrenamos. Todos nos tomamos nuestra educación en serio, pero yo estoy un poco menos presionada. Solo soy la médica del castillo, un puesto menor en nuestra jerarquía. Aprender a quitar una vida es más importante que aprender a salvarla.

Pero ser la médica no me exime de traducir las Profecías de catástrofes para principiantes. Hago a un lado el apocalipsis hormigueante latinosumérico.

—Imogen —lloriqueo—, ¿podrías darme algo más fácil? Por favor.

Ella responde con un largo suspiro quejumbroso. Imogen no iba a ser profesora, pero en este momento es lo único que tenemos, ya que los profesores de carrera volaron por los aires. Dicta clases algunas horas por la mañana, y pasa el resto del tiempo ocupándose de los Pequeños.

Su coleta rubia se balancea suavemente cuando se pone de pie para revisar el estante lejano. Contengo una sonrisa triunfante. Imogen es más agradable conmigo que con los demás; todos lo son. Intento no sacar ventaja, pero si todos van a tratarme como la mascota del castillo solo porque no soy parte del club de los puñales, al menos debería conseguir algún beneficio.

Técnicamente, el estante que Imogen está revisando se encuentra fuera de los límites, pero desde que Buffy —la Cazadora que, en solitario, destruyó casi por completo nuestra organización— acabó con toda la magia en la Tierra hace un par de meses, eso ya no importa. Los libros que solían representar amenazas tales como la posesión demoníaca o la invocación de antiguos dioses infernales o algo como un profundo y doloroso corte con una de sus hojas, en la actualidad son tan inofensivos como cualquier otro libro. Pero eso no quiere decir que sean más fáciles de traducir.

—La magia sigue rota, ¿no? —pregunto mientras que Imogen recorre con los dedos el lomo de un libro que acabó con una habitación llena de Vigilantes en el siglo xv. Ya van dos meses sin una gota de energía mágica. Para una organización que se creó a partir de la magia, no ha sido una adaptación fácil. No me enseñaron a usar la magia, pero le tengo un respeto-barra-terror considerable. Con lo cual me altera ver a Imogen manipular ese volumen en particular como si fuera un libro más.

—Sin baterías y nadie encuentra el repuesto adecuado. —Rhys le frunce el ceño al texto como si se sintiese insultado por el demonio sobre el que está leyendo—. Cuando Buffy rompe algo, lo rompe del todo. Personalmente, creo que, si estuviera ante La Semilla, la fuente de toda la magia en la Tierra, un verdadero milagro místico, optaría por, digamos, estudiarla. Investigaría, analizaría bien mis opciones. Tenía que haber otro modo de evitar ese apocalipsis en particular.

—Lo que Buffy ve, Buffy lo destruye —digo entre dientes. Siento su nombre como un insulto en mi boca. En mi familia no lo decimos en voz alta. Pero bueno, en verdad, no nos hablamos mucho en mi familia, salvo cosas como: «¿Alguien ha visto mi daga?» o «¿Dónde están los suministros para tallar estacas?» u «Hola, mellizas, soy yo, vuestra madre, y quiero a una de vosotras más que a la otra y elegí salvar primero a la melliza buena cuando las dos estabais a punto de morir en un incendio».

Bueno, esa última no. Porque, una vez más: no somos de hablar mucho. Vivir bajo el mismo techo no es tan acogedor como suena cuando ese techo es el de un castillo gigante.

—Pensar en todo lo que podríamos haber aprendido —se lamenta Rhys— si tan solo hubiese tenido una hora con La Semilla...

—En su defensa, el mundo estaba a punto de acabarse —dice Imogen.

—En su *no* defensa, ella era la razón por la que se estaba terminando —refuto—. Y ahora la magia está muerta.

Imogen se encoge de hombros.

—No más bocas del infierno ni portales. No más demonios de vacaciones recorriendo la Tierra.

—Se cancelan los tours gastronómicos al Planeta Humano. Lo sentimos, dimensiones demoníacas. Por supuesto, también significa que los turistas que se encuentran aquí ahora no pueden regresar a su «hogar, dulce infierno». —Resoplo.

Rhys frunce el ceño al quitarse las gafas y limpiarlas.

—Se están burlando de la interrupción y destrucción de los estudios que obtuvimos sobre viajes demoníacos, portales, dimensiones, accesos y bocas del infierno. Esa investigación ya no está vigente. Aun si quisiera entender qué ha cambiado, no podría hacerlo.

—¿Ves? Buffy nos hiere a todos. Pobre Rhys. No hay libros sobre ese tema. —Le doy unas palmaditas en la cabeza.

Imogen lanza un enorme libro sobre la mesa.

—Aun así, no has terminado la tarea. Prueba con este. —Una nube de polvo sale del libro; me echo hacia atrás y me cubro la nariz. Hace una mueca—. Lo siento.

—No, no hay problema. En realidad, hace tiempo que no tengo un ataque de asma. —No me importa que mi asma haya desaparecido misteriosamente el mismo día que Buffy destruyó la magia, el mundo casi se acaba, y me salpiqué con moco demoníaco interdimensional. No me importa nada. No tiene nada que ver con el demonio. Tampoco tiene que ver con eso el hecho de que estoy desesperada por salir a correr o empezar a entrenar o hacer lo que sea con mi cuerpo aparte de acurrucarme a leer, lo cual solía ser mi actividad principal.

Estiro la manga de mi jersey sobre la mano y limpio cuidadosamente la cubierta de cuero del libro.

—¿*Los apocalipsis de... Arcturius el Clarividente*? Parece que este chico tenía las cosas claras.

Rhys se acerca entrecerrando los ojos con curiosidad.

—No he leído este ejemplar. —Suena celoso.

Hay anotaciones en los márgenes, la caligrafía cambia con el paso de los siglos. En las últimas páginas hay huellas anaranjadas, como si alguien hubiese estado comiendo patatas fritas mientras leía. Generaciones previas de Vigilantes han realizado sus propias anotaciones, comentando y completando detalles. Estar ante su trabajo hace que me abrume el sentido de la responsabilidad. No toda chica de dieciséis años puede rastrear a través de los siglos la vocación familiar de ayudar a las Cazadoras, luchar contra demonios y, además, salvar el mundo.

Encuentro una buena sección:

—¿Sabíais que en 1910 uno de los Merryweather evitó un levantamiento de octópodos? ¡Un demonio leviatán les otorgó facultades sensitivas e iban a derrocarnos! Merryweather no da muchos detalles. Al parecer, los derrotaron con... —Entrecierro los ojos—. Limón. Y mantequilla. Creo que es una receta.

Imogen da un golpecito sobre el libro.

—¿Qué tal si solo traduces las últimas diez profecías?

Me pongo a trabajar. De vez en cuando, Rhys le hace preguntas a Imogen y al final de la clase parece tener la mitad de la biblioteca apilada sobre la mesa que cruje. Años atrás, Rhys y yo no hubiésemos estudiado juntos. Él habría compartido clases con los demás aspirantes al Consejo. Sin embargo, ahora somos tan pocos que hemos tenido que flexibilizar algunas de las estructuras y tradiciones. Pero no todas. ¿Qué sería de nosotros sin tradición? Somos un grupo de raritos que se esconden en un castillo y estudian las cosas que nadie más quiere saber. Aunque supongo que eso es lo que somos *incluso con* tradición. Saber que soy parte de una batalla milenaria contra las fuerzas del mal (y, al parecer, los octópodos), lo vuelve todo mucho más significativo.

Puede que Buffy y las Cazadoras les hayan dado la espalda a los Vigilantes, rechazando nuestra orientación y consejos, pero nosotros no le hemos dado la espalda al mundo. La gente normal puede seguir con su vida, ajena y feliz, gracias a *nuestro* arduo trabajo. Y estoy orgullosa de eso. Aunque implique traducir estúpidas profecías, y a pesar de que he estado preguntándome cada vez más durante los últimos años si la *forma* en la que los Vigilantes y las Cazadoras combaten el mal es siempre la correcta.

La puerta de la biblioteca se abre de un golpe y mi gemela Artemis entra. Inhala profundamente y frunce el ceño, pasa por delante de mí y abre la antigua ventana de un tirón. Cruje en señal de protesta, pero, como sucede siempre, Artemis logra su cometido. Saca uno de mis inhaladores del bolsillo y lo pone sobre la mesa justo a mi lado. En este castillo todo funciona gracias a Artemis. Es una fuerza de la naturaleza. Una furiosa pero eficiente fuerza de la naturaleza.

—Hola para ti también —digo con una sonrisa.

Tira de mi pelo de manera juguetona. Las dos tenemos una melena ondulada y roja, aunque la de ella siempre está sujeta en una coleta tirante. Tengo mucho más tiempo libre para peinarme que ella. Ver su cara es como mirarme al espejo; si ese espejo fuera una profecía de quién podría ser en otra vida. Sus pecas son más oscuras por el tiempo que pasa al aire libre. Sus ojos grises, más intensos; su mandíbula, mucho más fuerte, de alguna manera. Su espalda está más erguida; sus brazos, más tonificados; su postura es menos acurrucada y más «te mataré si tengo que hacerlo».

Lisa y llanamente, Artemis es la gemela fuerte. La gemela poderosa. La gemela elegida. Y yo soy… la gemela a la que dejaron atrás.

No me refiero solo al incendio. En el momento en que mi madre se vio forzada a salvar solo a una de nosotras de las aterradoras llamas —y eligió a Artemis— definitivamente cambió mi vida. Pero incluso después de eso, incluso después de haber sobrevivido, mi madre continuó eligiéndola. Artemis fue elegida para la evaluación y el entrenamiento. A ella le adjudicaron responsabilidades y obligaciones, y un rol primordial dentro de la sociedad de Vigilantes. Y a mí me dejaron en la periferia. Ahora importo un poco solo porque muchos de los nuestros han muerto. Artemis siempre hubiese importado. Y la verdad es que lo entiendo. Pertenezco a la sociedad de Vigilantes por nacimiento, pero mi hermana *merece* estar aquí.

Se sienta a mi lado, saca su libreta y la abre en la página de pendientes para hoy. Está escrita en letra microscópica y ocupa más de una página. Nadie en este castillo hace más que Artemis.

—Escucha —dice—. Puede que haya herido a Jade.

Levanto la mirada del libro, ya casi estoy llegando al final. Todas las demás profecías tenían anotaciones al margen sobre cómo se evitó cada apocalipsis en particular. Me pregunto qué quiere decir que esta es la última profecía. ¿Será que Arcturius el Clarividente encontró por fin la claridad absoluta? ¿O que este apocalipsis era tan apocalíptico que no pudo ver más allá? Tampoco tiene anotaciones de ningún Vigilante. Y los Vigilantes son meticulosos. Si no tiene anotaciones, significa que todavía no ha sido evitada.

Pero las emergencias del castillo son más apremiantes.

—Y por «puede que haya herido a Jade» quieres decir...

Artemis se encoge de hombres.

—Que definitivamente lo he hecho.

En ese instante, Jade entra renqueando y retoma su ataque:

—¡... y que solo porque la magia esté rota no quiere decir que debería ser el saco de boxeo de Artemis! Sé que mi padre trabajaba en las fuerzas especiales, pero yo no quiero. Era habilidosa para la magia. No soy buena para esto.

—En comparación con Artemis, nadie lo es —responde Rhys en voz baja y sin juzgar, pero todos nos congelamos. Es una de las cosas de las que no hablamos: de cómo Artemis es sin duda la mejor y aun así ella es la ayudante y Rhys es el niño mimado.

Los Vigilantes se destacan en la investigación, en los registros y en no hablar de las cosas. Esta organización en su totalidad es muy británica. Aunque técnicamente, Artemis y yo somos estadounidenses. Antes de venir aquí, vivimos en California y después en Arizona. Rhys, Jade e Imogen, quienes crecieron en Londres, todavía se ríen cuando me sorprendo con la lluvia. Llevamos ocho años entre Inglaterra e Irlanda, pero adoro la lluvia, el verde y todo lo no desértico.

Jade se deja caer a mi lado, eleva el tobillo y lo pone sobre mi falda; lo giro para tener más margen de movimiento.

—Eso se traduce como Cazadora —dice Artemis asomándose por encima de mi hombro. Tacha el «asesina» que he traducido mal. Es casi lo mismo.

—Auch —grita Jade.

—Disculpa. No está roto, pero ya se está hinchando. Creo que es un esguince leve. —Le echo una mirada a mi hermana y ella aparta la vista, adivinando mis pensamientos como hace a menudo. Sabe que le diré que no hay necesidad de entrenar tan duro. De hacerse daño. En vez de retomar nuestra discusión de siempre, señalo mi traducción—: ¿Y esta palabra?

—Protectora —responde Artemis.

—Eso es trampa —se queja Imogen mientras pone los libros en su lugar.

—No es trampa. ¡Somos prácticamente la misma persona! —Nadie señala mi mentira. Artemis no debería tener que hacer mi tarea además de todo lo que ya hace, pero me ayuda sin que se lo pida. Funcionamos así.

»¿Alguna novedad de mamá? —pregunto del modo más informal que puedo, tocando el tema con más delicadeza de la que aplico en el tobillo de Jade.

—Nada nuevo desde el martes. Debería terminar su trabajo en Sudamérica en los próximos días. —Artemis planificó la misión de reconocimiento de nuestra madre. No he sabido nada de ella desde que se fue hace siete semanas, pero Artemis sí suele mantener una comunicación regular.

—¿Puedes concentrarte? —dice Jade bruscamente. Estaba en una misión en Escocia supervisando a Buffy y su ejército de Cazadoras. No sirvió de mucho. Aun así, Buffy logró desatar un cuasi apocalipsis. Ahora que Jade está de vuelta en el Castillo y sin magia, no está contenta y nos lo hace saber. Con frecuencia.

—Rhys —le pido, consciente de que Artemis lo haría en un abrir y cerrar de ojos, pero su lista de pendientes está más que llena y no quiero agregarle otra tarea—, ¿puedes ir a la clínica y traer mi kit para esguinces?

Rhys se detiene. No debería tener que hacer mis tareas. Está muy por encima de mí en la jerarquía, pero él prioriza la amistad. Sin contar a Artemis, es mi persona favorita del castillo. Tampoco es que haya tanta competencia. Rhys, Jade y Artemis son los únicos adolescentes que hay. Imogen es una veinteañera. Los tres Pequeños aún están en kínder. Y los miembros del consejo, los cuatro, no son exactamente potenciales mejores amigos.

—¿Dónde está? —pregunta

—Justo al lado del kit de sutura, detrás del de las conmociones cerebrales.

—Enseguida vuelvo.

Se aleja. La clínica médica realmente no es más que un armario grande en el ala opuesta que he reclamado como propio. La sala de entrenamiento es increíble, obviamente. Priorizamos golpear, no curar. Mientras esperamos a Rhys, elevo el tobillo de Jade y lo apoyo sobre una pila de libros que solían contener los hechizos más oscuros imaginables pero que ahora son utilizados como pisapapeles.

George Smythe, el de menor edad de los Pequeños, irrumpe en la biblioteca. Hunde su cara en la falda de Imogen y tira de sus mangas largas.

—Imo. Ven a jugar.

Ella lo coloca sobre su cadera. Durante las horas de clases, Ruth Zabuto está a cargo de los Pequeños, pero es tan vieja como el pecado y mucho menos agradable. No culpo a George por preferir a Imogen.

—¿Has terminado? —me pregunta.

Levanto mi hoja triunfante.

—¡Lo tengo!

Fruto de Cazadora

Fruto de Vigilante

Dos que hacen uno

Uno que hace dos

Niñas de fuego

Protectora y Destructora

Una para reparar el mundo

Y otra para desgarrarlo en partes

—Hay un epílogo, Arcturius no pudo evitar comentar sobre su propia escalofriante profecía. «Cuando todo concluya, cuando toda esperanza perezca junto con la magia, su oscuridad se alzará y todo será comido».

Imogen bufa.

—Devorado. No comido.

—En mi defensa, tengo hambre. ¿He acertado en lo demás?

Asiente.

—Con ayuda.

—Bueno, aun con la ayuda de Artemis, no tiene sentido. Y no tiene ninguna receta de calamares. —Guardo mis papeles de nuevo en el libro.

Rhys regresa con los suministros justo cuando los otros dos Pequeños entran en la biblioteca y forman un enjambre en torno a Imogen. Es la persona más ocupada del castillo, además de Artemis, que ya se ha ido a preparar el almuerzo para todos. A veces desearía que mi hermana me perteneciese tanto como les pertenece a los demás.

Rhys avanza hacia mí con el kit de esguinces. El Pequeño George corre entre sus piernas, y Rhys tropieza justo antes de llegar a mí. La mochila vuela de sus manos. Sin pensar, me lanzo y atrapo el kit en el aire con una mano, todo el movimiento lo siento sorprendentemente natural para mi ser, normalmente descoordinado.

—Bien atrapado —dice Rhys. Me ofendería su asombro si no estuviera experimentando otra oleada de ansiedad. Lo he atrapado *muy bien*. Demasiado bien para mí.

—Sí, suerte —digo y suelto una risa incómoda. Rompo el hielo y lo envuelvo alrededor del tobillo de Jade—. Veinte minutos con hielo, una hora sin. Te pondré de nuevo la venda una vez que te quites el hielo. Eso ayudará con la inflamación. Haz reposo tanto como puedas.

—No hay problema. —Jade se recuesta con los ojos cerrados. Todo el tiempo que invertía en la magia ahora lo emplea en dormir. Sé que ha sido difícil para ella... Ha sido difícil para todos que el mundo cambie una vez más. Pero hacemos lo que hacen los Vigilantes: seguimos adelante.

Mi teléfono suena. Evitamos el contacto con el mundo exterior. La paranoia es el resultado permanente de que vuelen a todos tus amigos y a tu familia. Pero solo una persona tiene este número y es lo único destacable de nuestra estancia en este bosque, en las afueras de un pueblo somnoliento de la costa irlandesa.

—Cillian está llegando con los suministros.

Rhys se anima.

—¿Necesitas ayuda?

—Sí. No sé cómo me las ingeniaría sin ti. Es absolutamente esencial que vengas conmigo y coquetees con tu novio mientras reviso las cajas.

El gran salón del castillo, siempre frío, está iluminado por el sol de la tarde. Los vitrales de colores proyectan cuadrados azules, rojos y verdes. Doy unas palmaditas afectuosas a la enorme puerta de roble mientras salgo al fresco aire otoñal. El castillo está lleno de corrientes, el suministro es de dudosa calidad y tiene graves problemas eléctricos.

La mayoría de las ventanas no se abren, y las que sí, tienen fugas. La mitad de las habitaciones están en desuso, toda el ala de los dormitorios es más un depósito de basura que un espacio habitable, y ni siquiera podemos entrar en la sección donde solía estar la torre porque no es segura.

Pero este castillo salvó nuestras vidas y preservó lo poco que queda de nosotros. Así que lo quiero.

En el prado, que al fin se ha recuperado de que mágicamente le arrojaran un castillo hace dos años, el viejo Bradford Smythe, mi tío abuelo, está luchando con espadas contra la horrible Wanda Wyndam-Pryce. Aunque llamarlo *disputa* con espadas sería más preciso, ya que se detienen en cada bloqueo para debatir la postura correcta. Se resuelve el misterio de cómo han escapado los Pequeños. Ruth Zabuto está profundamente dormida.

La observo a través del prado para asegurarme de que su pecho se mueve y de que solo está dormida y no profundamente *muerta*. Ronca con tanta fuerza que la escucho a distancia. Más tranquila, sigo a Rhys por el camino que conduce fuera de los terrenos del Castillo. Aún puedo oír a Wanda y a Bradford discutir.

Cillian va en un *scooter*, lleva cajas atadas a ambos lados. Levanta una mano y saluda con alegría. Su madre solía dirigir la única tienda de magia que había en toda el área. La mayoría de las personas no tienen idea de que la magia es —era— real. Pero su madre era una bruja con talento y conocimiento decente. Y, lo mejor de todo, una que podía mantener la boca cerrada. Cillian y su madre son las únicas personas que saben que todavía hay Vigilantes. Que no todos morimos cuando se suponía que debíamos hacerlo.

No les hablamos mucho sobre quiénes somos o qué hacemos. Es más seguro así. Y nunca han hecho preguntas, porque también éramos sus mejores clientes hasta que Buffy extinguió la magia. Pero incluso ahora, Cillian nos entrega nuestros suministros no mágicos.

Extrañamente, la mayoría de los minoristas no acepta «Castillo escondido en el medio de los bosques en las afueras de Shancoom, Irlanda» como dirección válida.

Cillian frena el *scooter* frente a nosotros.

—¿Qué tal?

—Yo...

Se percibe un destello de movimiento detrás de Cillian. Un gruñido rompe el aire al mismo tiempo que la oscuridad salta hacia él.

Mi cerebro se apaga. Mi cuerpo reacciona.

Salto y choco con algo en el aire. Nos golpeamos el uno con el otro. El suelo nos encuentra, duro, y rodamos. Sujeto las mandíbulas que se dirigen a mi garganta, la saliva caliente me quema en los lugares en los que me toca.

Entonces, me vuelvo y lo destrozo, y la cosa cae en silencio, quieta, un peso muerto encima de mí. Lo echo a un lado y me detengo. Tengo el corazón acelerado, mis ojos escanean los alrededores en busca de alguna otra amenaza, mis piernas están listas para volver a la acción.

En ese momento, oigo los gritos. Parecen distantes. ¿Habrán estado todo este tiempo? Sacudo la cabeza e intento que el mundo vuelva a estar concentrado. Y noto que hay una criatura —una criatura muerta, una criatura a la que de alguna manera he matado— a mis pies. Me tambaleo hacia atrás, limpio con la camiseta la saliva pegajosa y caliente que aún está en mi cuello.

—¡Artemis! —Bradford Smythe se acerca corriendo—. Artemis, ¿estás bien? —Pasa a mi lado con prisa y se inclina hacia abajo para examinar esa cosa. Parece la versión infernal de un perro, lo cual es acertado, porque estoy casi segura de que es un sabueso infernal. Negro con la piel moteada. Parches de piel más parecidos a crecimientos mohosos. Colmillos y garras e intenciones mortales y decididas.

Pero ya no. Porque he acabado con él. ¿Yo lo *he matado*?

Demonio, susurra una voz en mi cabeza. Y no está hablando del sabueso infernal.

—Nina —dice Rhys, con tanto asombro como yo.

Bradford Smythe mira hacia arriba confundido.

—¿Qué?

—No es Artemis. Ha sido Nina... Nina lo ha matado.

Todos me miran fijamente como si me hubieran brotado colmillos y garras a mí también. No sé qué acaba de suceder. Cómo ha sucedido. Por qué ha sucedido. Nunca he hecho nada así antes.

Siento náuseas y... ¿euforia? Esto no puede ser correcto. Me tiemblan las manos, pero siento que no necesito acostarme. Siento que podría correr quince kilómetros. Como si pudiera saltar directamente por encima del castillo. Como si pudiera pelear cien veces más...

—Creo que necesito vomitar —digo, parpadeando ante la cosa muerta.

No soy una asesina. Soy una sanadora. Arreglo cosas. Eso es lo que hago.

—Eso ha sido imposible. —Rhys me estudia como si fuese uno de sus libros de texto, como si no pudiera traducir lo que está viendo.

Tiene razón. No puedo hacer lo que acabo de hacer.

Bradford Smythe parece menos sorprendido. Sus hombros se hunden cuando se quita las gafas para limpiarlas con resignación. ¿Por qué no está asombrado, ahora que sabe que no ha sido Artemis? La mirada que me dedica es de compasión y pesar.

—Debemos llamar a tu madre.

CAPÍTULO
2

—¿CÓMO PUEDE HABER LLEGADO UN SABUESO INFERNAL A SHANCOOM?
—El tono de Wanda Wyndam-Pryce, combinado con su expresión amargada y furiosa, parecen indicar que ha sido por mi culpa. Como si me hubiese apuntado a dar un servicio de guardería de perros y accidentalmente hubiese seleccionado la columna de «Impía bestia infernal».

No puedo evitar mirarlo, ahí, en el suelo, muerto.

Muerto.

¿Cómo he hecho eso?

Bradford Smythe alisa su bigote de morsa.

—Es preocupante. Siempre ha habido protecciones místicas naturales en Shancoom. Es en parte por ello que elegimos esta locación.

—No quedan protecciones místicas. —Ruth Zabuto se repliega más en su capullo de bufandas y chales—. ¿No puedes sentirlo? Se ha acabado todo. El mal es lo único que queda.

—¿Qué estáis haciendo? —pregunta Artemis, dándose prisa para llegar a nuestro lado. Observa al sabueso infernal y, antes de que podamos explicarle lo ocurrido, se interpone entre el demonio muerto y yo. Su primer instinto es protegerme siempre—. ¡Confinamiento de emergencia! Todos al castillo. ¡De inmediato!

Rhys se sobresalta, y los vigilantes más grandes —tres cuartos de lo que queda del que alguna vez fuera el ilustre y poderoso Consejo— tienen la sensatez de parecer asustados. Si hay una amenaza, puede haber más. Deberían haber sabido eso. Artemis no tenía que pensarlo. Rhys toma a Cillian y lo arrastra con nosotros.

Cillian frunce el ceño.

—El castillo está fuera de mis límites, ¿no? ¿Qué es esto?

—¡Id! —Artemis corre hacia atrás, recorriendo los árboles en busca de más amenazas. Se mantiene cerca de mí. Ella es la que está entrenada. La que puede controlar este tipo de cosas.

El cuello del sabueso infernal crujió.

Me doy prisa mientras recorro el camino que comunica con las puertas del castillo. Debería aterrarme la posibilidad de que haya más de esas cosas aquí fuera, pero algo me dice que no es así. Lo cual me preocupa. ¿Cómo podría saber eso yo?

Una vez en el interior, Artemis bloquea la puerta, gritando órdenes.

—Jade e Imogen cuidarán a los Pequeños en el ala de los dormitorios. Bradford, ve a decírselo. Rhys, llévate a Cillian y a Nina. Atrincheraos en la biblioteca. Hay una habitación secreta detrás de la última estantería, con una ventana para escapar en caso de que perdamos el castillo.

—¿Hay una habitación secreta? —pregunto.

Al mismo tiempo, Rhys dice apasionadamente:

—¿Hay más libros de los que conozco?

Cillian se acerca a la puerta:

—¿Atrincherarse? ¿Perder el castillo? ¿Qué significa todo eso?

Mi hermana levanta un brazo para bloquearle la salida. No se me pasa por alto que ha designado a Rhys como protector de Cillian, el inocente civil, y a mí. No tiene ni idea de que yo he matado al sabueso infernal, y no sé cómo decírselo. Es como si le hubiese pasado a otra persona. Estoy... avergonzada. Y aterrada. Porque sentí como si algo más se hiciera con el control, y eso significa que toda la extrañeza en mi cuerpo que he estado ignorando durante los últimos dos meses es, sin lugar a duda, absolutamente real.

Artemis abre un viejo cofre cubierto de polvo que está junto a la puerta y entrega armas. Wanda Wyndam-Pryce retrocede ante una ballesta larga. Artemis la fulmina con la mirada.

—¿Te apetece una vara de madera, mejor?

—Cuida tu tono —responde bruscamente Wanda. No entiendo qué ocurre, pero ella sujeta la ballesta y se retira con rapidez. Rhys elige una espada. Bradford Smythe alza otra ballesta. La ancestral Ruth Zabuto saca un increíble cuchillo de la vaina que lleva en el muslo debajo de su movediza falda en capas.

—¿Qué tal si...? —comienzo a decir.

—¡Biblioteca! —me ladra Artemis—. ¡Ya!

Bradford Smythe me mira con pesadumbre y congoja. Parece tener algo que decir. Parte de mí espera que saque un caramelo del bolsillo de su traje y me lo dé con una palmadita en la cabeza. Ese es prácticamente el mayor trato que hemos tenido a través de los años. Nunca hay razón para que el Consejo hable conmigo. Después de todo, mi madre está en el Consejo, y nunca me necesita. ¿Por qué deberían hacerlo los demás?

Rhys sujeta la mano de Cillian y lo arrastra con él, y yo corro detrás de ellos a la biblioteca. Jade se ha ido, con suerte de vuelta a su habitación, donde Bradford Smythe podrá encontrarla con facilidad. Rhys localiza una palanca en la estantería más lejana. Una puerta se abre con ella para revelar una habitación estrecha y polvorienta. Nos encierra dentro.

—Explicaciones —dice Cillian, jadeando—. ¿Qué era esa cosa? Y, ¿por qué estamos encerrados en el castillo? Y, ¿tengo permitido preguntar cómo demonios habéis traído un castillo hasta aquí? Porque, aunque me haya esmerado en pretender lo contrario, he vivido toda mi vida en Shancoom y estoy seguro de que, si siempre hubiésemos tenido un castillo en el bosque, lo sabría. Y, Nina, ¿qué... qué... cómo conseguiste hacer eso ahí fuera?

Su mirada es incrédula y busca una respuesta. Somos amigos desde antes de que él y Rhys comenzaran a salir juntos. Está más espantado por lo que le he hecho al sabueso infernal que por el hecho de que ha habido un sabueso infernal. Miro fijamente las tablas gastadas del suelo, pulidas por el andar de generaciones de los míos, aprendiendo aquí, planeando aquí. Descansando aquí.

El castillo nunca fue nuestro cuartel general. Solía ser un refugio para los Vigilantes. Pero hace dos años, mucho antes de lo de La Semilla, los seguidores fanáticos de una entidad ancestral conocida como el Primer Mal hicieron volar por los aires al viejo Consejo y a casi todos los miembros de la sociedad de Vigilantes. Y todo sucedió porque Buffy puso la balanza entre el bien y el mal tan fuera de control que dejó una brecha por la que el Primer Mal se coló.

Envió a sus acólitos para que asesinaran a todo el que pudiera enfrentarlo. Es decir, a toda potencial futura Cazadora que pudieran encontrar —chicas que nacieron con la posibilidad de asumir el rol de Cazadora cuando otra hubiese muerto. También a todos los Vigilantes. Y aunque Buffy nos había rechazado, el Primer Mal sabía que éramos una amenaza. Finalmente, Buffy lo derrotó y salvó el mundo.

Pero no salvó a ningún Vigilante.

Entre los que sobrevivimos, algunos se encontraban en mitad de una misión —solo Bradford Smythe y la hija de Wanda Wyndam-Pryce, Honora— o aquí, de excursión. Rhys Zabuto, Jade Weatherby, Artemis, Imogen Post, los Pequeños y yo. Mi madre, Ruth Zabuto y Wanda Wyndam-Pryce nos trajeron para que observáramos lo que podíamos esperar del futuro, para tomar algo de aire puro, y para realizar algunos rituales de limpieza y prepararnos para los entrenamientos de magia.

Yo no iba a participar en ellos. No habría nada de entrenamiento mágico para mí, ni de entrenamiento físico. Iba a cuidar de los Pequeños mientras Imogen se encargaba de los entrenamientos. En esa época, ella los cuidaba solo la mitad de su tiempo. Imogen no tenía permitido entrenar para convertirse en Vigilante plena, porque su madre, Gwendolyn Post, había traicionado a los Vigilantes y había engañado a las Cazadoras para que le diesen un arma de inconmensurable poder. Siempre me fastidió que responsabilizasen a Imogen por algo que ella no había hecho. Estábamos aquí por nuestros padres, por supuesto, pero eso no significaba que fuésemos ellos; ni siquiera quienes ellos querían que fuésemos. Yo sabía eso más que nadie.

Pero Ruth rompió las reglas por Imogen porque quería que todo el que pudiese tuviera un entrenamiento básico de hechizos, y el mejor lugar para ello era nuestro lugar de poder ancestral. Así que nuestra herencia salvó nuestras vidas. El castillo nos protegió, impidió que volásemos por los aires como el resto de nuestra gente.

—Deberíamos estar ahí fuera con ellos. —Apoyo mi mano sobre la estantería que es nuestro techo. No digo lo que realmente pienso: que Rhys debería estar ahí fuera con ellos. Él fue elegido para entrenar como futuro miembro del Consejo. Pero ambos sabemos por qué Artemis está liderando la defensa y Rhys está aquí escondido con nosotros.

Primero, Artemis está más cualificada que él. Siempre lo ha estado. Y, segundo, metió a Rhys aquí dentro para protegerme. Bradford Smythe me llamó «Artemis» allí fuera. Asumió que era ella. Porque yo no podía hacer algo como lo que había hecho. Era imposible.

Nunca me había entrenado, nunca había peleado.

Nunca lo tuve permitido y nunca quise hacerlo.

Rhys me mira fijamente como si fuese una desconocida.

—La manera en la que te moviste. Lo que hiciste. Parecías una...

Cillian nos interrumpe:

—De nuevo, ¿qué mierda ha ocurrido? ¿Alguien podría explicármelo, por favor? ¿Qué era eso de allí fuera?

Me recuesto sobre las estanterías, agradecida de tener que explicarle las cosas a Cillian, así no tengo que pensar en lo que he hecho. Lo que Rhys probablemente ha estado a punto de decir.

—Era un demonio.

—¿Un qué? —Cillian frota su pelo rapado. Su madre es británica-nigeriana, y su padre creció en Shancoom. Cillian es la primera persona desde Leo Silvera por la que he sentido interés, y duró los tres largos minutos que tardé en darme cuenta de que él no estaba y nunca podría estar interesado en mí. Afortunado Rhys.

Aun así, es mejor que mi último enamoramiento, que terminó en un desastre tan humillante que no he logrado tener un candidato viable en los últimos tres años. Quizás dentro de otros tres años finalmente supere mi mortificación por Leo Silvera.

Pero lo dudo. De todo el trauma que he sufrido en mi vida —y he tenido más que suficiente—, que hayan leído mi poesía de desamor delante de mi amor sigue siendo lo peor. Dioses, lo mínimo que podría haber hecho Honora Wyndam-Pryce era matarme ahí mismo. Pero tiene una capacidad de misericordia nula.

Nadie sabe si Leo Silvera y su madre están vivos, hace años que no se sabe nada de ellos. En la sociedad de Vigilantes, eso significa que lo más probable es que estén muertos. El linaje Giles se ha acabado, junto con la mayor parte de los Zabuto, Crowley, Travers, Sirk y Post. Causas de muerte respectivamente: rotura de cuello por un exaliado, demonio, demonio, explosión, explosión y amputación del brazo a causa del golpe de un rayo. Esa última fue la madre de Imogen. Pobre Imogen. Me alegra que esté aquí, me da perspectiva. Mi madre realmente podría ser peor.

Da igual, somos pocos los que quedamos. Espero que, en algún lugar, los Silvera estén vivos.

Tan fervorosamente como espero nunca tener que volver a verlos.

No sé por qué todo este terror me ha hecho pensar en Leo. Un momento. No. Tiene mucho sentido que lo haya recordado, las emociones más espantosas reviven mis recuerdos sobre él.

—Un demonio —repito, e intento concentrarme de nuevo—. Hay muchos tipos distintos. Algunos son demonios trasplantados de dimensiones infernales. Otros son mitad demonios y mitad humanos. Los verdaderos demonios no suelen existir en este plano, pero a veces pueden infectar a las personas. Como los vampiros.

—¿Vampiros? —chilla Cillian mientras se vuelve hacia Rhys—. Existen. Los vampiros existen. Yo pensé… Conocía la existencia de la magia, obviamente, pero pensé que el de vosotros era solo un culto pagano. Nunca mencionaste vampiros. Creo que es información crítica que me podrías haber dado en algún momento del año que llevamos juntos. «Oye, Cillian, tienes una boca bonita y también, ¿sabías que hay demonios y vampiros en el mundo?».

Rhys traba la estantería que hace de puerta con una mesa. Parece ligeramente avergonzado.

—No quería hablar de trabajo contigo. Me gusta que no seas parte de esto. Y, en parte, asumí que lo sabías, siendo tu madre una bruja y todo eso.

—¡Eso era cristales y cantos y basura! Alguna levitación menor. Nada como esto. Exactamente, ¿cuántos demonios hay en el mundo?

—Demasiados como para llevar la cuenta. Miles. Quizás decenas de miles. Y depende de cómo los clasifiques.

Cillian se reclina sobre su silla tan abruptamente que se cae y aterriza con brusquedad en el suelo.

—¿Decenas de miles? ¿Por qué el gobierno no está haciendo nada al respecto?

—¿Qué gobierno?

—¡El nuestro! ¡El de Nina! ¡El de quien sea!

—A veces lo hacen. Pero los demonios son buenos manteniéndose en secreto.

Me muevo para sujetarme el pelo, pero me congelo. He aferrado la mandíbula de un sabueso infernal con mis propias manos, le he arrancado la vida. Temblando, vuelvo a ponerlas en los bolsillos y dejo que siga Rhys. Los demonios siempre han existido. Los portales, las bocas del infierno y la magia les permiten realizar visitas desde otras dimensiones. Difíciles de rastrear. Difíciles de combatir.

—Aquí es donde comienza nuestra parte —dice Rhys—. Nuestro grupo ha estado trabajando desde la más oscura de las eras para proteger a la humanidad. Conocemos todas las profecías, los demonios y los inminentes apocalipsis. Pero incluso en el inicio, no podíamos hacerlo solos. Nosotros (ellos) infundimos de poderes demoníacos a una joven para que se convirtiese en Cazadora y fuera tras los demonios.

Cillian levanta una ceja.

—Entonces, ¿esas personas pensaron: «Ey, elijamos a una sola chica para que mantenga a la humanidad a salvo»? ¿Qué tipo de plan idiota fue ese?

—Estás criticando a nuestros ancestros —contestó Rhys, un poco ofendido.

Pero tengo que admitirlo: estoy con Cillian en esto. Excepto porque esa es la razón por la que somos Vigilantes, también. No les hemos dado esa responsabilidad a las Cazadoras para abandonarlas después.

Ellas nos abandonaron a nosotros. Como siempre, Buffy fue la líder. Fue la primera Cazadora en toda nuestra historia en rechazar nuestro consejo. Nuestro conocimiento. Nuestra ayuda. Como si la estuviésemos frenando en vez de apoyarla.

La cabeza me da vueltas. Sigo escuchando el crujir del cuello.

—Pero cuando Buffy, la Cazadora más reciente...

Rhys me interrumpe:

—Algo así como la más reciente. Todas las Cazadoras comenzaron como Potenciales. Cuando la Cazadora vigente moría, la siguiente era llamada. Entonces solo había una a la vez. La mayoría de las Potenciales nunca se convirtieron en Cazadoras. Bueno, Buffy murió una vez...

—Dos veces —lo corrijo.

—Irrelevante para esta explicación —resuella Rhys—. Murió y entonces otra Cazadora, Kendra, fue llamada, pero después Buffy resucitó, así que había dos Cazadoras, pero después Kendra murió y la Cazadora que seguía en orden fue...

—Por Dios, dame la versión de la Wikipedia —dice Cillian.

Mientras Rhys cuenta la historia, me subo a una silla que está frente a la ventana alta para mirar hacia afuera y ver los árboles. No quiero escuchar el relato de Rhys. Ya lo conozco. Hace dos años, cuando Buffy estaba peleando contra el Primer Mal, iba a perder. Entonces, hizo lo que siempre hace: rompió algo. Esa vez fue la unión del poder de las Cazadoras. Las reglas que habían estado en vigor, que habían funcionado desde el principio de los tiempos, fueron eliminadas.

De repente, toda joven con el potencial de convertirse en Cazadora se convirtió en Cazadora, o se convertiría en una al alcanzar la edad correcta.

Dejó morir a los Vigilantes, y después inundó la Tierra con casi dos mil nuevas Cazadoras. Y casi otro millar de ellas murió en batalla por su culpa, porque así era ella. Hay una razón por la que había solo una Cazadora y toda una organización de Vigilantes. Y que hubiera todas esas nuevas Cazadoras no tuvo un efecto positivo en el equilibrio. Hizo lo contrario. ¿Los demonios se sentían felices de sorber por la noche, haciendo sus cosas endemoniadas? De pronto se sintieron amenazados. Cuanto más presiona Buffy, más presiona la oscuridad. Y presionó tanto que el mundo casi se termina.

Me doy por vencida con la ventana. No hay nada allí afuera. No sé cómo lo sé, pero lo sé. Y me llena de terror todo lo que estas nuevas habilidades y sentidos puedan significar. Durante sesenta y dos malditos días he podido ignorarlos. Pero ya no puedo.

La explicación de Rhys llega a la más reciente de las terribles proezas de Buffy.

—¿Recuerdas cuando hace dos meses el mundo casi llega a su fin?

—¿El mundo casi llega a su fin? —pregunta aterrado Cillian.

—Oh, cierto. —Rhys se rasca la frente. Quizás esta es la verdadera razón por la que no hablamos de estas cosas con nadie que no sea un Vigilante. Es complicado—. El mundo casi llega a su fin porque había otra dimensión absorbiendo la nuestra.

—Hace sesenta y dos días —susurro. Y teníamos que quedarnos en el castillo esperando, viéndolo desplegarse, porque si nos revelábamos, lo más probable era que muriésemos en el fuego cruzado. Odiaba eso. Artemis por poco se vuelve loca. Pero lo que más me molesta es que se solucionó sin nuestra ayuda. O algo así—. Para evitar el fin del mundo, Buffy destruyó La Semilla que proporcionaba la magia a toda la Tierra.

Cillian silba bajo y suave.

—Pensé que era solo… algo más convencional. Como que perdimos la señal del Wi-Fi mágico o algo así.

—¿No notaste que el cielo estalló y que hubo terremotos y tsunamis y cosas? —pregunto.

—Calentamiento global —dice mientras se encoge de hombros.

Rhys se ha perdido en las estanterías. Le cuesta concentrarse, mirando todos esos libros que no sabía que teníamos. Prosigo:

—Claro. Calentamiento global y también una amenaza transdimensional global. Y todo (la ruptura de la magia, las nuevas Cazadoras y el casi final del mundo), todo es por Buffy.

Cillian resopla.

—Perdón. No puedo asimilar su nombre. Buffy.

Cruzo los brazos, lo miro con enfado.

—¿Qué? ¿Porque tiene un nombre femenino no puede destruir el mundo?

Cillian levanta las manos a la defensiva.

—No estoy diciendo eso.

—Era animadora antes de convertirse en Cazadora —comenta Rhys.

Cillian suelta una carcajada. No quiero defender a Buffy —nunca—, pero de todas formas me molesta.

—¿Alguna vez habéis visto una competición de animadoras? Cualquiera de esas chicas habría podido acabar con ellos, incluso sin poderes místicos de Cazadora.

—Entonces, ¿esa es la explicación de cómo mataste al sabueso demoníaco ahí fuera? ¿Entrenaste como animadora?

Siento el crujido de nuevo.

—No me refiero a eso. Ni siquiera me gusta Buffy. Todo lo que hace es reaccionar. Nunca piensa en las consecuencias, y mi familia sigue pagándolas. —Respiro profundamente para serenarme—. Y el resto del mundo, también. Porque esa última vez, lo rompió. Sin magia. Sin conexiones con otros mundos. Sin nuevas Cazadoras. Nunca más. Abrió la puerta por completo y la cerró de un portazo.

—Necesita decidirse —observa Cillian—. ¡Que haya más Cazadoras! ¡Que desaparezcan las Cazadoras! ¡Romper el mundo! ¡Salvar el mundo!

Rhys ocupa mi silla junto a la ventana alta, y mira hacia afuera.

—Para ser justos, a lo largo de los años mucha gente ha intentado destruir el mundo. Es toda una moda.

—Ajá. ¿Quién podría saberlo?

—Nosotros —responde Rhys.

—Ahí tienes razón. —Cillian sujeta mi mano y me hace sentar a su lado—. Entonces, ¿cuál es tu historia, Nina? Esta Buffy. Es personal, ¿no?

Cierro los ojos. Las palabras que fueron taladradas en mi cerebro desde mi nacimiento nadan en busca de un orden. *En cada generación nace una Cazadora: una chica en todo el mundo, una Elegida. Ella sola tendrá la fuerza y la destreza para pelear contra vampiros, demonios y las fuerzas de la oscuridad; para evitar que su mal se expanda y que su número crezca. Ella es la Cazadora.*

Siento un bulto doloroso en la garganta al hablar:

—Se le solía asignar un Vigilante a cada Cazadora. Y Buffy tuvo al mejor. —Abro los ojos y sonrío—. Mi padre fue su primer Vigilante.

Cuando Merrick Jamison-Smythe la encontró, ella no sabía quién era ni lo que le esperaba. Mi padre había trabajado toda su vida entrenando Cazadoras, enseñándoles, ayudándolas. Y había visto morir a quienes había entrenado antes de ella. Entonces, cuando se vio obligado a elegir entre permitir que lo usasen en contra de Buffy o morir, él prefirió a la Elegida.

La salvó. Y nosotras lo perdimos. Rupert Giles lo reemplazó, convirtiéndose en el Vigilante que todos recuerdan. Su relación —su indulgente negación por seguir las reglas o establecer la estructura necesaria, su rechazo por su herencia— fue el principio del fin de todo. Y aun así, cuando la gente piensa en el Vigilante de Buffy, piensa en Giles. No en mi padre.

—Entonces, ¿quién es vuestra Cazadora ahora? —pregunta Cillian, cambiando hábilmente de tema. Pero apoya la mano sobre mi hombro, con una presión leve y tranquilizadora. Entiende de padres muertos.

—No tenemos una. —Rhys baja de la silla junto a la ventana.

—¿No deberíais tener como un puñado, ya que hay tantas?

—Después de que la mayoría de nosotros… —Rhys hace una pausa. *Volara por los aires*, pienso. Él elige sus palabras con mayor tacto—. Como quedamos pocos Vigilantes, estamos intentando determinar cuál es nuestro mejor curso de acción.

No sabemos cómo reaccionarían las Cazadoras si intentásemos ponernos en contacto. Cómo reaccionaría Buffy si se enterase de que aún existe un grupo activo de Vigilantes. Sinceramente, no sé si alguna vez podremos arreglar la ruptura que Buffy creó entre Cazadoras y Vigilantes. Pero mientras tanto... «Intentar determinar cuál es nuestro mejor curso de acción» suena a «esconderse» en jerga de los Vigilantes. Hacer nada. Entiendo que por nuestro bien lo mejor es mantenernos ocultos y pretender que el Consejo de Vigilantes ha dejado de existir. Disolvernos de verdad nunca ha sido una opción. Seguimos siendo Vigilantes —protectores— más allá de todo. Pero ahora que el mundo está repleto de Cazadoras (por culpa de Buffy), la magia ha muerto (por culpa de Buffy) y todos los portales interdimensionales han desaparecido (por culpa de Buffy), las cosas han cambiado una vez más. Eso es lo que está haciendo mi madre ahí fuera. Asegurándose de que entendamos cómo ha cambiado todo, cuáles son las nuevas amenazas.

No estoy segura de cuál es el plan del Consejo a largo plazo una vez que mi madre haya terminado su trabajo de reconocimiento. De todas formas, si nosotros no nos aseguramos de que todas las bocas del infierno y portales estén realmente cerrados, ¿quién lo hará?

Por eso es tan importante que los Vigilantes persistamos. En un mundo que se reconstruye una y otra vez, en el que las reglas siguen cambiando, en el que La Elegida se convierte en unas cuantas Elegidas, en el que la magia desaparece, en el que los viejos modos se rompen, somos la única constante.

Mantenemos nuestra vigilancia.

No es suficiente, de todas formas. El Consejo no ha logrado decidir qué hacer. Porque ahora nosotros somos muy pocos y ellas, muchas. ¿Cómo elegimos a una Cazadora con tantas opciones?

¿Y cómo arriesgamos nuestras vidas, sabiendo lo que las Cazadoras traen inevitablemente? Su regalo es la *muerte*.

Y esa es mi lucha, la verdad de mi vida entre los Vigilantes, crecer y ayudar a una sociedad que existe por las Cazadoras: las odio. Lo que son, lo que hacen.

Y no odio a ninguna tanto como odio a Buffy.

CAPÍTULO
3

—Todo despejado —grita Jade desde el otro lado de la estantería—.
Y han convocado una reunión. —Al abrir la puerta oculta, nos está
esperando, encogiéndose de dolor. Ya no tiene la bolsa para hielo y su
tobillo está mal vendado.

Me arrodillo para arreglárselo. En la reunión estarán Rhys,
Bradford Smythe, Ruth Zabuto y Wanda Wyndam-Pryce. Artemis tomará nota. Mi madre iría si estuviese aquí; estoy agradecida de que no
esté. Por ser la médica del castillo, no merezco un lugar. Esto me suele
molestar: es una prueba más de que no se valora la sanación. Pero hoy
me siento aliviada.

—Acompañaré a Cillian hasta su *scooter* cuando termine con tu
tobillo —digo despreocupadamente, con la esperanza de que, en mitad de todo el caos, no me hagan preguntas. Con la esperanza de que
estén tan concentrados en el sabueso infernal, que convenientemente
pasen por alto el hecho de que fui yo quien lo mató. Me han ignorado
durante años. Estoy segura de que pueden seguir haciéndolo.

—Cillian puede esperar. —Jade hace explotar su goma de mascar
mientras se aparta el pelo entrecortado de los ojos—. Tú tienes que ir.
La reunión será sobre *ti*.

El miedo me retuerce entre sus garras. *No puedo* ir a esa reunión. Hace dos meses que sé que algo malo me ocurre. Ahora todos los demás también lo saben. Y los Vigilantes no tienen exactamente un buen historial de amabilidad con los demonios o aquellos a quienes han corrompido.

—Está bien —respondo mientras le ajusto la venda del esguince y luego paso a su lado rápidamente—, no necesito ir.

Puede que esté todo despejado, pero me siento perseguida. Me apresuro a llegar a mi habitación. Quienes no estamos en el Consejo compartimos el ala de los dormitorios del castillo. Tiempo atrás, estas habitaciones estuvieron repletas de jóvenes Vigilantes en formación que competían, estudiaban y se disputaban el premio final: un lugar en el Consejo.

La mayoría de los miembros del Consejo ha tenido algo de experiencia trabajando con Cazadoras, aunque su conocimiento tiende a ser más académico que práctico. Con solo una Cazadora y un Consejo completo, la mayoría de los Vigilantes nunca trabajó directamente con La Elegida. Los Vigilantes que fueron efectivamente asignados a una Cazadora tenían... cierta reputación. Por ser demasiado cercanos a la oscuridad. Por no tener el nivel de desprendimiento profesional ni de visión a largo plazo que se requiere para tomar decisiones difíciles. Por eso mi padre y mi madre hacían un equipo tan bueno. Él hacía trabajo de campo; ella sería la próxima integrante del Consejo.

Aun así, había tantos aspirantes con resultados lo suficientemente buenos, que la gente como yo —quienes jamás serían Vigilantes activos ni podrían optar para el Consejo— no tenía permitido el acceso a estos dormitorios. Los integrantes de familias tradicionales de Vigilantes como Jade, Imogen y yo habríamos sido arrastrados a oficinas frías e impersonales para hacer trabajo contable, estudiar magia o, con suerte, ser asignados como personal de soporte para el Consejo o en operaciones especiales. Nunca estuvimos destinadas a este castillo.

Después, Buffy se hizo con el destino y le dio una paliza hasta que solo quedaron pedazos rotos y ensangrentados. Y ahora estamos aquí.

Los dormitorios para los aprendices más jóvenes solían estar repletos de literas. Las quitamos todas dos años atrás, en silencio y sin ceremonia alguna. Ahora los Pequeños duermen con Imogen en una habitación con literas. Los demás tienen una habitación para cada uno, excepto Artemis y yo. No porque no haya espacio (si hay algo que ahora sobra entre las líneas de los Vigilantes, es espacio), sino porque ella no quiere estar lejos de mí, incluso cuando dormimos.

Detesto dormir.

Cada noche, en mis sueños, me dejan atrás entre las llamas. Y es Artemis quien me despierta de las pesadillas. Aunque últimamente se me hace difícil conciliar el sueño. En cuanto el mundo se oscurece, mi cuerpo comienza a vibrar de adrenalina y nervios. Y cuando consigo dormir, mis sueños no tratan siempre sobre que me dejen atrás. Por lo general, ya no tratan en absoluto sobre mí.

Llevo solo unos pocos minutos escondida en nuestra habitación cuando Artemis me encuentra. Entra discretamente y me abraza tan fuerte que la siento temblar. Me deja anonadada. Hace años que no nos abrazamos. Ella me demuestra su amor de las maneras más Artemis posibles. Controla mi dieta para asegurarse de que me estoy nutriendo adecuadamente. Se asegura de que mis inhaladores estén siempre llenos. Duerme cerca de mí en caso de que necesite ayuda.

Esta gemela físicamente afectuosa hace que mis alarmas se disparen. Si está abrazándome, tengo razón. Algo va realmente mal.

—No tenía ni idea de lo que en realidad había sucedido —dice apartándose mientras me inspecciona, buscando en mi cara algo que le confirme que estoy bien—. Cuando vi el sabueso infernal muerto asumí que Rhys lo había matado. Dios, Nina. Debería haber estado allí.

—No podías haberlo sabido. Ninguno de nosotros podía.

—¿Cómo lo mataste?

Me trago el pánico creciente. Hay tantas cosas que he guardado bajo llave, que me he negado a enfrentar. Tantas que no podría decirlas en voz alta, porque eso las haría realidad. Las compuertas se abren finalmente:

—Fue como... como si ya no fuera yo misma —admito—. Artemis, tengo miedo. —Se me llenan los ojos de lágrimas.

—¿Al armario? —Su tono es más dulce que el que la he oído usar en mucho tiempo.

De pronto, ya no es más la Artemis del Castillo. Es *mi* Artemis; mi hermana gemela, a quien puedo confiarle lo que sea. Nos metemos en el armario y nos sentamos hombro con hombro. Solíamos hacer eso en nuestra vieja casa, escondernos en el armario cuando éramos pequeñas y habíamos hecho alguna travesura. Después, me llevaba allí cuando las pesadillas eran muy intensas y estaba demasiado asustada como para dormir. Es nuestro lugar para contar secretos.

Y nunca he tenido uno más grande que este.

Me deslizo para que mi espalda esté contra la pared y aplasto la ropa colgada. La mía es brillante, de los colores del arcoíris, prendas que me hacen feliz cuando lo necesito. La de Artemis es toda negra, funcional. Si en algún momento necesita alegrarse, no tiene tiempo de buscar alegría entre sus ropas.

Imita mi postura:

—Dime.

Inhalo profundo:

—No sabía lo que estaba haciendo cuando nos atacó el sabueso infernal. Fue como instinto. Mi cuerpo se apoderó por completo de mí y maté a esa cosa sin siquiera pensarlo.

No responde.

Lo que más me asusta, aquello que he estado ignorando, sale a la superficie como un demonio que se arrastra desde las profundidades más negras. Se lo debería haber dicho el primer día que lo sentí. Pero

¿y si Artemis no podía arreglarlo? Mi hermana arregla todo, pero puede que esto sea demasiado, incluso para ella. Y si no puede ayudarme, ¿qué le pasará? Y ¿qué me pasará a mí?

—Me... me he estado sintiendo rara. Hace un par de meses ya.

No se le escapa la referencia temporal:

—¿Hace aproximadamente un par de meses o hace *precisamente* un par de meses?

—¿Recuerdas el día de los demonios transdimensionales?

Artemis ahoga una risa.

—Sí, de hecho, lo recuerdo muy bien.

* * *

Estábamos afuera, en uno de los infrecuentes recreos de Artemis.

Me moví sobre la manta y miré hacia el cielo entrecerrando los ojos.

—Para ti, ¿a qué se parece esa nube?

Artemis no apartó la mirada de su sándwich.

—Vapor de agua.

La golpeé con el codo.

—Vamos. Usa tu imaginación.

—No puedo. Mi imaginación sufrió una muerte larga y agonizante por haber inhalado demasiado spray limpiador para armas.

Me puse de lado para mirarla.

—No tienes que hacer todo el trabajo sucio, ¿sabes?

Artemis puso los ojos en blanco. A veces la miraba y me preguntaba si yo era igual cuando hacía esas caras. Teníamos rasgos idénticos, pero no funcionaban de la misma manera. Todo lo que ella hacía era puntiagudo, preciso, poderoso. Todo lo que yo hacía... no lo era.

Espanté una mosca negra y gorda que zumbaba cerca de mi cara.

—Eres más inteligente que todos esos viejos vagos estirados. Tú deberías estar investigando y escribiendo mientras que ellos hacen la limpieza.

—No aprobé el examen, así que este es mi rol. Y tampoco es que haya alguien más para hacer esto.

Rhys se desplomó a mi lado sobre la manta. Él y Artemis habían estado entrenando juntos desde que eran niños. En cuanto nos reincorporamos a los Vigilantes, mi hermana comenzó de inmediato la formación completa para potenciales miembros del Consejo. Nuestra madre insistió. A mí ni siquiera me dejó intentarlo. Pero ¿por qué no podíamos tener miembros del Consejo que se concentraran en la sanación? Que miraran el mundo, tanto el natural como el sobrenatural, como algo que arreglar y no contra lo que luchar.

—Para ti, ¿a qué se parece esa nube? —le pregunté señalándola.

—¿Sabes lo difícil que es deshacerse de un cadáver? Acabo de pasar cuatro horas probando distintos químicos intentando disolver el esqueleto de un Abarimon, solo para que Wanda Wyndam-Pryce me informe que ese tipo de restos simplemente se tiran al océano. —La voz de Rhys sonaba como si tuviera el ceño fruncido.

Chasqueé la lengua con compasión.

—Hace que los vampiros parezcan considerados, dado que se desvanecen y eso. Nada que limpiar.

—Es lo mínimo que pueden hacer. De todas formas, me obligaron a irme. El Consejo está como loco por algo. —Bostezó—. Por encima de mi rango, al parecer.

—A mí también me han echado —añadió Artemis.

No me molestaba la compañía.

—Si necesitáis algo para hacer más tarde, catalogaré el inventario de la clínica.

Artemis apoyó su mano sobre mi frente.

—¿Has estado tomando tus vitaminas? Estás pálida.

—Tú también.

—Es casi como si fuerais gemelas —bromeó Rhys.

Ella lo ignoró.

—¿Has comido ya? Puedo prepararte algo.

—Yo puedo prepararte algo a *ti*. Cocinas fatal.

Saqué la lengua para que supiera que le estaba tomando el pelo. Aunque Artemis hacía el desayuno y el almuerzo, todos nos turnábamos para la cena. A nadie le gustaba la semana que me tocaba a mí. La mitad de las veces, cuando llegaba a la cocina, Artemis ya había hecho todo en mi lugar. No sabía si amarla por eso o desear que se diera un respiro y dejara que los demás soportaran mis espaguetis pasados con salsa de lata por una noche.

Cerró los ojos y se relajó. Era raro ver su rostro en paz. Rhys también estaba intentando echarse una siesta. Una disciplina en la que yo los superaba a ambos con creces. Probablemente, la única.

Volví la mirada hacia el cielo y disfruté de que, por unos pocos minutos, Rhys y Artemis estuvieran al margen, como yo siempre lo había estado. Las nubes estaban dando un verdadero espectáculo. Se estaban amontonando con rapidez, arremolinándose e hinchándose. Y creciendo. Y comportándose decididamente de manera *poco nubecil*.

Después, apareció el primer tentáculo.

—Em. ¿Chicos?

—Mm. —Artemis se recolocó para que su cabeza quedara más cerca de mi hombro. Se congeló al escuchar cómo mi respiración se volvía tensa. Se empujó con los brazos para sentarse mirándome a la cara—. ¿Qué pasa?

Señalé hacia arriba.

—¿Soy yo o acaso esa nube parece un demonio gigante saliendo de una rasgadura en el cielo?

—Ay —dijo Rhys—. Ay. Sí. No sé a qué clasificación pertenece este.

Transcurrió un breve y silencioso instante, y entonces...

—¡Armas! —gritó Artemis. Rhys reaccionó, salió de su estupor y atravesó el patio hacia una construcción anexa. Regresó con ballestas, picas y tantas espadas como podía cargar. También traía una escopeta de mal aspecto cargada con dardos que sabía podían noquear incluso a los demonios más grandes.

Pero ese era más grande que los demonios más grandes. Era una monstruosidad, una aberración. La mayoría de los demonios que veíamos eran híbridos o receptáculos de demonios reales que estaban en otra dimensión.

La cosa que salía del cielo no parecía pertenecer a *este* mundo. Parecía un asesino de mundos.

Escuché unos cánticos, me di la vuelta y vi a Imogen y a Ruth Zabuto gesticulando; los límites encantados del castillo se activaban con sus palabras. El aire refulgía como una bóveda sobre nosotros, que demarcaba los márgenes de la protección. Artemis le dio instrucciones a Rhys. Yo estaba sentada sobre la manta.

Sin hacer nada.

Porque solo estaba capacitada para curar a las personas. Para arreglarlas. Y en ese momento, dudé de que fuera a quedar lo suficiente de nosotros como para que yo pudiera arreglarnos cuando todo terminara.

Después del incendio, quizás a causa de mis pesadillas, mi madre siempre había insistido en que yo no podía manejar el estrés. Tenía que evitar situaciones intensas. Pero ¿un demonio gigante con un solo ojo y tentáculos cubiertos de dientes que descendía de lo que, momentos atrás, parecía ser un cielo vacío? Bastante imposible de evitar.

Íbamos a morir

Todos íbamos a morir.

El demonio se asentó sobre la barrera mágica. El olor a carne quemada me revolvió el estómago y me puso áspera la garganta. El demonio no paraba. Las pústulas a lo largo de su vientre estallaron y cubrieron la barrera con una putrescencia anaranjada chisporroteante y humeante. Los tentáculos abarcaban toda la cúpula refulgente. El demonio era tan grande como el castillo.

La voz de Ruth Zabuto temblaba. Imogen entró corriendo al castillo, supuse que para buscar a los Pequeños y protegerlos. Mi madre salió disparada, pero no vino hacia nosotras. Se quedó junto a Ruth y sumó su potente voz a la de la anciana. La quería junto a mí, pero, como siempre, eligió proteger a alguien más.

Miré a Artemis. Ella me miró. Esta vez, nuestra madre estaba eligiendo a los Vigilantes por encima de ambas.

—¡Sacaré a Nina de aquí! —Artemis me tomó del brazo para ponerme de pie. El corazón me latía tan fuerte en el pecho que me dolía. Se me estrechaba la vista, el mundo se nublaba a mi alrededor.

—Ayúdalos —dije, apenas pudiendo sacar las palabras de mi boca. Algo le pasaba a mi cuerpo. Cada nervio estaba en llamas, todo explotaba.

—La barrera no durará mucho más. Tenemos que correr mientras esté distraído.

Me arrastró hacia el bosque, por un arco de piedra que no estaba bajo los efectos de la barrera mágica. Era la única salida. Al cruzar, eché un vistazo hacia atrás.

Los últimos Zabuto. Los últimos Smythe. Los últimos de nosotros. Mi madre se giró en nuestra dirección, con la misma expresión en su cara que había visto una vez, cuando había elegido salvar a Artemis y dejarme atrás. Ahora Artemis había elegido salvarme a mí y habíamos dejado a nuestra madre atrás. Ella levantó la mano despidiéndonos.

Pero los Pequeños todavía estaban en el castillo.

Me detuve; Artemis trastabilló ante la pérdida de impulso.

—Nina, ¡tenemos que irnos! —exclamó.

Dio unos pasos y esperó que la siguiera. Intenté extraer las palabras y decirle que no podíamos dejarlos atrás. Y entonces levanté la mirada y vi un tentáculo, gris y verde con colmillos en lugar de ventosas, balanceándose en el aire. Dirigiéndose hacia mi hermana.

El mundo se redujo a un único punto: Artemis. Me abalancé sobre ella y, con el impacto, sucedieron tres cosas al mismo tiempo.

La barrera mágica desapareció como si nunca hubiese existido.

Una descarga eléctrica como si hubiera metido el dedo en el enchufe me golpeó tan fuerte que volé lejos de Artemis y me estrellé contra los árboles.

Y el demonio explotó.

Más tarde, nos enteramos de que el demonio había explotado cuando Buffy había destruido La Semilla y cortado la magia y nuestras conexiones con otras dimensiones. Pero aquel día lo único que sabíamos era que íbamos a morir y de repente, no.

Y yo estaba completamente empapada de moco demoníaco interdimensional.

* * *

—¿Quieres decir que sentiste un cambio en ti en el momento exacto en el que se destruyó La Semilla? ¿En el último segundo antes de que la magia desapareciera del mundo para siempre? —pregunta Artemis.

Sostengo una de sus botas y juego con las correas.

—Sí.

—Esto pasó hace meses, Nina. ¿Por qué no me lo contaste?

La Artemis del Castillo ha vuelto; ha desaparecido la suavidad y hay un dejo increpante en su tono y en su expresión. En parte, espero que saque una lista de comprobación titulada: «¿Es Nina un demonio?».

—Estaba asustada. Quiero decir… tenía miedo de estar infectada; una transferencia demoníaca de poder. Ha pasado ya. Seguía esperando que me crecieran tentáculos. Pero cuando eso no sucedió… no sé. No sabía cómo decírtelo.

Porque no eres la misma de antes. Y nosotras no somos las mismas de antes. Y ahora ni siquiera yo soy la misma de antes.

—Esperaba que se me pasara —digo en voz alta—. Pero no ha cambiado nada. No mucho. —Excepto cómo me siento, todo el tiempo. Y mis hábitos de sueño. Y las pesadillas.

Artemis no pasa esta información por alto.

—Tampoco has estado durmiendo bien. Y tus pesadillas son diferentes. Menos sobre el incendio, más sobre monstruos.

—Pero ¡mira lo que hacemos! Por supuesto que voy a soñar con cosas malas. Paso la mitad de cada mañana investigando profecías sobre catástrofes y árboles genealógicos de demonios.

Artemis sale del armario y se sienta al borde de su cama. La sigo. Miramos su edredón fijamente. El mío está hecho a mano con todas las camisetas que nos quedaron pequeñas. El suyo es tan aburrido y áspero que parece de hospital.

—Si sentiste ese cambio justo antes de que se destruyera la magia, entonces existe la posibilidad de que seas... —Hace una pausa. Percibo en su rostro un esbozo de repulsión e ira.

Un demonio, pienso.

Ella dice algo peor:

—Una Cazadora.

Cazadora.

Me levanto de un salto, quiero escapar de la palabra. La aborrezco tanto como lo que le hice al sabueso infernal. No soy una Cazadora. Soy una Vigilante. Además, no puede ser que a los videntes que teníamos se les haya pasado por alto una Cazadora Potencial en nuestras filas.

Camino en círculos estrechos.

—No puede ser. Ya no están activándose. La magia se acabó y todo lo demás se fue con ella. No más Cazadoras. Además, ¿tiene algún sentido que yo sea una de ellas?

—¡No! —grita Artemis, y la fuerza de su exclamación es un tanto ofensiva. No tenía por qué estar de acuerdo tan rápido. Confirma lo que estoy diciendo, de todas maneras. Ninguna de nosotras querría ser una Cazadora, pero si alguna de nosotras lo fuera, yo sería la opción menos obvia de todas.

Se pone de pie, completamente quieta. Tiene las cejas juntas y una expresión perturbada.

—Pero creo… Sabemos que las habilidades de Cazadora latentes se disparan con un momento intenso de miedo o valentía, lo cual nunca has tenido que enfrentar desde el incendio porque siempre te he cuidado. ¡Siempre te he cuidado mucho! —Respira profundo y se frota la frente—. Parece imposible. Y erróneo. Pero esto no me suena a transferencia demoníaca. Y el momento cuadra. ¿Y si te convertiste en Cazadora en el último instante posible, antes de que el linaje de las Cazadoras terminara para siempre?

—No. —Una voz dice bruscamente, tan fría y oscura como el sótano del castillo. Levantamos la mirada y vemos a nuestra madre quieta en el umbral. Justo cuando pensaba que este día no podía empeorar.

CAPÍTULO

4

Tuvimos tres madres, cada una en un período distinto.

La primera: la Madre de Ensueño.

En mis recuerdos, ella huele a galletas *snickerdoodle*.

Nos cantaba. Nos leía libros con ilustraciones de cosas felices, en vez de demonios con escamas. Se reía. Creo que se reía, en todo caso. Cuando intento recordarlo, no puedo hacer coincidir el sonido con la imagen. Es como ver una película muda. Y el final de la película es mi padre, con su bigote canoso y sus ojos amables, agachándose para darnos un abrazo a cada una.

Mi madre le dice algo —¿qué le dice?— y luego lo besa. Saludamos con la mano mientras sale por la puerta. Ella parece orgullosa y triste al mismo tiempo y nos hace ir a la cocina en busca de galletas.

Mi padre nunca regresó, y esa madre —la Madre de las Galletas— se fue también. De cierta forma, Buffy me los quitó a los dos. Nunca conocí a la Cazadora. Ni siquiera sé si sabía que existíamos. Pero cuando mi padre murió por ella, la Madre de Ensueño murió también.

La segunda: la Madre Fantasma.

Después de la noche en que nos atacaron en el cementerio, mi madre estuvo siempre ahí, pero... no estaba. Nos mudábamos constantemente. No puedo recordarla trabajando o haciendo algo.

No había galletas. Solamente estábamos nosotras dos y nuestra madre, flotando. Atormentando y atormentada. Parada junto a la ventana con las cortinas cerradas, espiando por el espacio en el que no se juntaban los paños. Habíamos perdido a nuestro padre, y perdimos a nuestra madre también. Era el esqueleto de lo que había sido. Buscábamos consuelo en ella y solo encontrábamos miedo. Entonces, Artemis y yo susurrábamos, jugábamos más tranquilas. Escondíamos mejor nuestras estacas, para que dejase de quitárnoslas. Descubrimos cómo cuidar de nosotras mismas para no perturbar su vigilia. No era ideal, pero estaba bien.

Y entonces, todo se quemó. La tercera: la No-Madre.

Después del incendio, dejó de ser nuestra madre y comenzó a ser una Vigilante. No me di cuenta de lo peculiar que era que nos hubieran criado lejos de ellos hasta que nos reunimos en Londres y vi cómo funcionaba la sociedad de Vigilantes. Ya ni siquiera vivíamos juntas como una familia. Artemis y yo fuimos a los dormitorios, y mi madre tenía su propio apartamento en el ala del Consejo.

Sentía que me estaba rechazando de nuevo. Pero quizás parte de su decisión de cambiar de madre a Vigilante había sido para no tener que enfrentarme. Nunca hablamos de por qué había elegido a Artemis primero. A veces intentaba forzar esa conversación, pero, a fin de cuentas, prefería no saberlo. No podía ser peor que su verdadera explicación de por qué me había dejado atrás.

No había muerto esa noche, pero a veces, cuando estaba con mi madre, me parecía que sí. Me parecía que yo estaba tan ausente de su mundo como mi padre.

* * *

Con mi madre en la entrada de nuestra habitación, iluminada por la furia, me siento muy, *muy* observada.

—Mamá —comienza Artemis, pero nuestra madre levanta la mano como una espada, cortando sus palabras.

—Nina no es una Cazadora. —No está confundida ni preocupada. ¿Por qué parece de pronto tan enfadada? No tiene sentido.

Quiero coincidir con ella —¡ni siquiera *quiero* ser una Cazadora!—, pero la forma en la que lo descarta activa mi rebeldía adolescente. Como yo, no ha tenido la oportunidad de desarrollarse, pero sus reflejos son magníficos.

—¿Cómo lo sabes? —Mi voz se eleva una octava—. No estabas cuando ocurrió. —Llevábamos dos meses sin verla. Todo ese tiempo me había sentido distinta, asustada por la posibilidad de estar infestada por un demonio, o peor. Cazadora cuenta como peor.

¿Lo habría notado ella? Lo dudo. Pero ahora ha vuelto y está diciéndome cómo me siento en vez de preguntármelo. Exactamente igual al momento en que me dijo que no era apta para el entrenamiento de Vigilante. Exactamente como le dijo a Artemis que sí. ¿Cuánto de nuestras vidas estaba controlado y determinado por ella?

Ni nos pregunta por el sabueso infernal. Es como si no le importara. Y a lo mejor no le importa, ya que yo estoy en el centro de todo eso. Le gusta que sea invisible.

Artemis mira de frente a nuestra madre. Me da la espalda, dejándome fuera de la conversación.

—¡Mató a un sabueso infernal! Si estás tan segura de que no es una Cazadora, entonces hay algo más, y tenemos que ocuparnos.

—Me decepcionas, Artemis. Nina nunca debería haber estado en esa situación. Nunca debería haber estado en contacto con un demonio.

—¡Fue a seis metros del castillo! —Levanto mis manos en el aire. Están hablando de mí como si yo no estuviera allí—. ¿Qué? ¿Artemis debería pasearme con una correa? ¡No puede protegerme todo el tiempo! Y, aparentemente, no es necesario.

Mi hermana se estremece. No es mi intención lastimarla. Sé que se define a sí misma en gran parte como mi protectora. Y la he dejado asumir ese rol sin cuestionarlo. Quizás ese ha sido un error para ambas.

Me acerco para poner una mano sobre uno de sus brazos, pero ella los cruza con fuerza.

—De todas formas —dice—, Cazadora o algo más. Tenemos que descifrarlo.

Nuestra madre mira fijamente el espacio por encima de mi cabeza. Su cara está tirante y llena de enfado. Su suave cabello caoba está sujeto en una coleta ajustada y sus ojos grises comienzan a arrugarse en duras líneas. ¿Qué derecho tiene a estar enfadada con nosotras? Nada de esto es mi culpa. ¿O está enfadada porque implica que tiene que interactuar con nosotras? En ese momento me doy cuenta de que tiene... lágrimas brotando en los ojos.

Oh, dioses. Buffy. La Cazadora. Mi madre perdió todo por una Cazadora. Si es difícil para mí pensar en Buffy, ¿qué tan difícil es para ella?

—Mamá —digo ahogadamente.

Se da vuelta sobre sus delgados tacones, cortándome:

—Tengo que ir a hablar con el Consejo. No hay necesidad de que vengáis. Seguimos en confinamiento de emergencia, así que no os vayáis.

Artemis y yo nos miramos confundidas. No me sorprende ser ignorada por nuestra madre, pero ¿que se niegue a hablar de algo tan evidentemente atroz?

Mi hermana cambia su humor rápidamente de confundida a enfadada:

—¿Eso es todo? —me dice—. Vuelve a casa, se encuentra con la noticia de que el castillo fue atacado por un sabueso infernal que tú mataste, y ¿nos aparta? —Aprieta la mandíbula con determinación—. Vamos a la reunión.

—Ha quedado bastante claro que no estamos invitadas ahora que mamá está aquí.

—Podemos ir si no sabe que estamos allí. —Artemis se yergue, su cara es tan fría y dura como las paredes. Sale furiosa de nuestra habitación, y la sigo con cautela. Pero elige la dirección contraria a la de la cámara del Consejo, bordeando los dormitorios. Estamos en la parte de atrás del castillo, un caos de pasillos que conectan una maraña de habitaciones en su mayoría en desuso.

Imogen asoma la cabeza desde su dormitorio. Entro solo para hacerle los chequeos a los niños. Medir su crecimiento, sentir los latidos de sus corazones, darles piruletas. Cuando lo hago, recuerdo con una punzada a la amable enfermera Abrams. Me enseñaba en el antiguo cuartel general. Solía usar un delantal con los bolsillos delanteros llenos de piruletas, aunque trabajaba mayormente con adultos.

«Incluso los Vigilantes necesitan dulzura», me dijo una vez. «En especial ellos, pienso».

Perdimos mucho más que el cuartel general por culpa del Primer Mal.

Perdimos nuestro corazón, también.

—¿Qué está sucediendo? —Imogen siempre parece agotada, pero tiene una nueva y frenética capa de miedo encima—. ¿Ha habido otro ataque? Acabo de ver a vuestra madre. Nunca viene a los dormitorios.

—Ningún nuevo ataque —respondo—. Mi madre ha pasado a... saludarnos después de su viaje.

Imogen no me cree, y no la culpo. Pero es lo suficientemente cortés como para simular que es factible que mi madre nos haga una visita maternal y amigable. Imogen echa un vistazo por encima de su hombro a la puerta entreabierta, los Pequeños se han colocado alrededor de una mesa y están jugando con arcilla.

—No saben que estamos confinados. —Hace una pausa, después saca mentón como retándonos a desafiarla—. No se lo vamos a decir.

Ya han tenido suficientes cosas para sentir miedo en sus vidas. Si todo se vuelve peligroso, me los llevaré en un coche y no miraré atrás.

Me pregunto por qué no hizo eso. Pero si perdemos a los Pequeños, perdemos a la próxima generación de Vigilantes. La última, probablemente. Y nunca conocerían su linaje o por qué murieron sus padres.

—Rhys está patrullando con Jade. —Artemis le da una palmadita a un elegante *walkie-talkie* enganchado en su cinturón. Por supuesto, nunca me dieron uno a mí. Todo lo que tengo es el teléfono móvil del castillo con pésima recepción. La mitad de las veces ni siquiera envía mensajes. Pero yo nunca he importado como Artemis. ¿Importo ahora? ¿Quiero importar si eso implica ser una...?

Me estremezco. Me cuesta incluso pensar esa palabra.

Imogen asiente con la cabeza bruscamente:

—Avísame si hay alguna novedad sobre el sabueso infernal. —Todos sabemos que el Consejo no se molestará en avisarle. Puede que yo no tenga *walkie-talkie*, pero el Consejo nunca se detiene en Imogen. Es la única persona más marginada que yo. Es totalmente egoísta, pero siempre agradecí que estuviera por debajo en los peldaños, aunque fuera completamente injusto. De otra forma, me podría haber tocado a mí el trabajo de niñera, y aunque me gustan los Pequeños, definitivamente no tanto como para cuidar de ellos todo el tiempo.

Artemis me guía a una sección del castillo que está cerrada. Varias reliquias de épocas pasadas —una sucia caja de herramientas, un colgante de pared enmohecido, una camisa con forma de hongo arrugada en un rincón y un conejo de peluche con el relleno derramándose como tripas— ensucian el suelo. Avanza a través de todo hacia una puerta astillada y tira de ella para abrirla. El interior está oscuro. Ya puedo sentir las telas de araña pegándose a mi piel, y todavía no he entrado. Sé que es un armario lleno de arañas.

—Vamos —me llama. Entro, con mis manos hacia adelante, pero no me choco con Artemis. Un pequeño punto de luz ondea y veo una mano que sobresale de un agujero del tamaño de una persona en la parte inferior de la pared. Nunca hubiera pensado mirar hacia abajo.

Sacude la linterna con impaciencia.

—Vamos —repite mi hermana. Me arrodillo y me arrastro. No hay telas de araña. Entonces, o no hay arañas o ese espacio para arrastrarse en particular se utiliza con frecuencia. Sospecho lo último. Lo que significa que Artemis nunca me ha hablado sobre él.

Me duele. Puede que no seamos el tipo de gemelas que terminan la frase de la otra, pero no tenemos secretos sobre nuestras vidas en el castillo.

Salvo, por supuesto, que yo sí le oculté algo. Algo mucho más grande que un pasadizo secreto. De todas formas, no puedo evitar preguntar:

—¿Por qué no me has hablado de esto?

Se encoge de hombros:

—Me preocupaba que no fuese bueno para tu asma.

Tengo asma leve desde el incendio. Pero al menos podría habérmelo contado. Es otro recordatorio de que este castillo tiene muchas más cosas a las que jamás tendré acceso. Avanzo, finalmente soy capaz de pararme. El espacio es estrecho y frío, y más allá de la luz de la pequeña linterna de Artemis, está completamente oscuro.

—Por aquí —susurra. La sigo a través de las vueltas y revueltas del pasadizo. A veces la negrura se abre paso a ambos lados, insinuando otros pasadizos.

—¿A cuántas habitaciones va esto? —susurro.

—A muchas.

—¿En serio?

—No estoy invitada a todas las reuniones, pero todo lo que deciden me impacta. Así que me invito a mí misma. Además, a veces no quiero que me encuentre Wanda Wyndam-Pryce y su infinita lista de cosas para hacer que no se molesta en resolver ella misma. Así que me escondo aquí.

Me la imagino sentada sola en este espacio negro solo para poder tener un momento para ella, y mi resentimiento se apaga al mismo tiempo que Artemis apaga la linterna. Por eso nunca lo compartió. No era un secreto feliz. Era un secreto cansado, frío y oscuro, y ella siempre ha tratado de protegerme de cosas así. Estar en el interior no siempre es un privilegio.

—Falta poco —dice. Apoyo mi mano en su espalda y la sigo mientras vuelve a dar otra vuelta. Otro vacío se abre a nuestro lado, y de repente una figura se lanza hacia mí.

Agarro su brazo, haciendo girar a la persona y estrellándola contra la pared.

Rhys jadea.

—¡Soy yo!

Lo tengo inmovilizado, mi antebrazo contra su garganta. Lo suelto, la vergüenza me incendia las mejillas. ¿Qué me pasa con esta reacción de todo es atacar-lastimar-matar?

Cazadora, sisea mi mente.

—Muchas gracias, Artemis —susurra Rhys.

—Sí, esa ha sido Nina. —Mi hermana suena enfadada.

—¿Lo siento? —Busco a tientas y le doy una palmada en el hombro a Rhys—. Sinceramente, no ha sido mi intención. —Nunca antes le había pegado a alguien, nunca había atacado a nada, y...

Un recuerdo toma forma. Un cementerio. Una estaca.

Pero nunca logro recuperar los detalles de ese recuerdo. Está apartado de la persona en la que me convertí. Quizás recuerdo mal. Seguramente Artemis fue la de la estaca y no yo. Debería preguntarle. De pronto, parece importante. Pero no hablamos mucho de nuestra infancia, con todo lo que ocurrió en el incendio. Ninguna de las dos quiere recordar eso.

Artemis me tira hacia ella. Rhys toma lugar a mi otro lado. Sus caras están apretadas contra la pared. La piedra tiene varias perforaciones diminutas hechas por un taladro, pinchazos de luz. Son tan pequeños que pasan desapercibidos, a menos que pongas el ojo justo contra ellos. Que es lo que hago.

Es la habitación del Consejo. Nuestra vista capta la parte trasera de los miembros del Consejo, sus espaldas dan a nosotros. Pero no los miro dos veces cuando veo sobre qué —o, mejor dicho, quiénes— es la reunión.

Desearía con desesperación que no se hubiesen cerrado todas las bocas del infierno, porque nada me gustaría más que me tragara una de ellas. Cualquier dimensión infernal sería preferible a esta nueva realidad.

Porque quieta, frente a la mesa, está Eve Silvera. Y su hijo, Leo.

* * *

Cuando conocí a Leo Silvera, casi me muero.

No deberíamos haber estado afuera. Mi hermana y yo acabábamos de cumplir doce años. Era nuestra última noche juntos: Artemis, Rhys, Jade y yo. Al día siguiente, Rhys se mudaría a los dormitorios para comenzar su entrenamiento inmersivo para los niveles superiores. Yo estaba triste y celosa... y entusiasmada. Porque iba a tener a Artemis toda para mí. No iba a tener que compartirla con sus libros y su entrenamiento. Aún tendría trabajo por hacer mientras determinaban dónde colocarla, pero no era lo mismo que el entrenamiento de Vigilante pleno. Era estar al margen. Como yo. Como Jade, también, que había suspendido su examen. Nadie se sorprendió cuando sucedió eso, pero cuando Artemis también lo hizo... nadie supo cómo reaccionar. Yo menos que nadie. Artemis no fallaba en nada. De alguna forma, solo Rhys fue elegido para progresar como Vigilante destinado al servicio activo y, finalmente, al Consejo. No tenía sentido. Rhys era inteligente, pero Artemis también lo era. Y ella le ganaba en habilidades mágicas y de combate físico.

¿Cómo había suspendido?

—De prisa, tortugas —se quejó Jade. Caminaba rápido y no me molesté en intentar alcanzarla. Todos íbamos hacia la misma heladería, de todas formas.

Rhys se quedó atrás con nosotras, callado y distraído. Desde el examen, no podía mirarnos. Asumí que se sentía mal por haber aprobado, y que Artemis no lo hubiera conseguido.

Ella estaba más afectada por el examen. Cuando volvió parecía... angustiada.

«No quiero ser Vigilante», dijo.

Pero ser Vigilante era todo lo que *siempre* había querido. No podía hacerme a la idea de que no fuese a ser miembro del Consejo algún día, en un futuro distante. En mi mente, ya lo era.

Cuando intenté hablarle del examen, se negó. Los últimos cuatro años ella siempre había estado para mí, pero no sabía cómo ofrecerle el mismo apoyo, así que pretendí que nada había cambiado. Me dejó hacerlo. Era lo más sencillo para ambas.

Me odiaba a mí misma por ello, pero parte de mí estaba agradecida. Mi madre nunca me había dejado entrenar, así que nunca había tenido oportunidad de convertirme en Vigilante plena. Siempre había estado celosa de que, una vez más, Artemis hubiera sido la elegida. Y ahora no lo era. No hablaba con ella sobre eso porque no sabía qué hacer para que todo estuviera mejor y porque no quería que estuviese mejor. Seríamos marginadas juntas. Trabajaríamos en el apoyo a los Vigilantes juntas. No la perdería en el campo como a nuestro padre, o, peor, en el Consejo como a nuestra madre.

El aire del exterior olía a libertad. Los dormitorios olían a polvo quemado por el sistema de calefacción antiguo. Hacía cosquillear mi nariz y mis pulmones y me daba pesadillas. Cualquier cosa que oliese a humo me producía ese efecto. Junto a los dormitorios estaba el edificio en el que se alojaban los miembros del Consejo. Había sido una catedral, y era precioso: las agujas apuntaban al cielo como una advertencia para las criaturas de la noche.

La otra ventaja de su remodelación era que posiblemente resultaba inhóspito para los vampiros, en oposición al terreno salvaje y oscuro a través del que nos escabullimos para llegar a la calle más cercana.

Ninguno debería haberse sorprendido al ver que un vampiro salía de detrás de un árbol. Por supuesto que había un vampiro. Por supuesto que había estado observando los recintos de los Vigilantes, esperando que alguien estuviese solo y vulnerable. No estábamos solos, pero definitivamente éramos vulnerables.

O al menos, yo lo era.

—¡Abajo! —Artemis me empujó al suelo cuando el vampiro se abalanzó. Ella giró hacia un lado, alejándolo. Sabía que tenía que correr en busca de ayuda, pero no podía moverme. El miedo y el pánico me paralizaron. Un vampiro había matado a mi padre. Otro nos había atacado después de su entierro. ¿Habíamos sobrevivido para que uno de ellos nos asesinara ese día?

—¡Jade! —gritó Rhys. Oí el sonido de un puño impactar contra un cuerpo, y después alguien aterrizó pesadamente a mi lado. Rhys. Estaba inconsciente.

—¡No! —Artemis saltó sobre la espalda del vampiro. Él daba vueltas en círculos, intentando apartarla de sí.

Y se reía. Se estaba *divirtiendo*.

Después de asegurarme de que Rhys aún respiraba, busqué en el interior de mi chaqueta. Mis dedos temblorosos casi tiraron el frasco de agua bendita, pero logré destaparlo.

El vampiro sujetó a Artemis y la apartó de su espalda.

—¿Querías protegerla? —La arrastró hacia mí con la mano alrededor de su cuello—. ¿A la débil? Ella me habría ralentizado. Podrías haberte salvado. Ahora tendrás que verla morir y luego tendrás que morir tú.

Mi hermana contestó, pero su voz torturada se dirigía a mí, no al vampiro:

—Nunca te volveré a dejar atrás.

El vampiro se irguió. Los ojos de Artemis estaban llenos de lágrimas y terror. Pero no eran un espejo de los míos. Porque también contenían una furia que me aterraba más que el monstruo que la aferraba. El vampiro sonrió. Sostuvo a Artemis encima de mí, tan cerca que podía escuchar cada respiración forzada.

Tiré el agua bendita. El vampiro apenas se estremeció.

—Quiero que estés lo suficientemente cerca como para escuchar la vida que sale de su cuerpo —le dijo a Artemis. Ella cerró los ojos. Se negaba a verme morir. No quería que lo viese, pero me sentía mucho más sola al no tenerla como testigo.

Un mínimo destello de sorpresa atravesó la expresión del vampiro, y luego desapareció en una lluvia de polvo. Permanecí tumbada en el suelo, tosiendo y sintiendo arcadas. Artemis se arrastró a mi lado, pero yo solo podía ver a nuestro salvador.

Era mayor que nosotras, pero aún joven. Un adolescente. Tenía un pelo oscuro que se curvaba casi hasta sus hombros, cejas oscuras, labios carnosos. Era atractivo. Y me había salvado. Buscó mi mano, sus largos, suaves y fríos dedos estaban contra los míos. No íbamos a morir. Y se lo debíamos a ese chico.

—Soy Leo Silvera —dijo, como si nos estuviésemos conociendo en la cafetería—. Ayudaré a entrenar a Rhys.

—Soy Athena —jadeé, mi asma levemente desencadenado. No sabía por qué me había presentado de esa manera. Nadie aquí me llamaba por mi verdadero nombre. Pero quería sonar mayor, más segura de lo que me sentía. Lo cual era difícil, teniendo en cuenta que me costaba respirar.

—Todos la llaman Nina —agregó mi hermana mientras examinaba la cabeza de Rhys. Yo debería haber hecho eso, pero estaba demasiado concentrada en mi propia respiración. Jade llegó corriendo. Había llegado muy tarde, o justo a tiempo.

Leo ignoró a Artemis y se concentró solo en mí:

—Respira. Adentro y afuera, adentro y afuera. Estarás bien.

—¿Me lo prometes? —susurré.

—Te lo prometo, Athena. —Su sonrisa era más suave y más oscura que la noche que nos rodeaba. Era una sonrisa en la que quería acurrucarme, quería vivir por siempre en la forma en la que me hacía sentir—. Ahora, ¿a dónde íbamos a ir?

—A la heladería.

—Fantástico. Me encanta el helado. —Con Leo guiándonos, la noche no encerraba ningún terror. Me compró una porción doble de chispas de chocolate con menta, y hacia el final de esa hora, nos estaba haciendo reír sobre un encuentro con un demonio caótico que había invadido una tintorería solo para tratar de mantener su ropa limpia de sus propias secreciones. Habíamos olvidado lo cerca que habíamos estado de morir.

Cuando mi madre lo descubrió, estuve castigada y tuve que permanecer en los dormitorios durante los siguientes seis meses, pero no me importó. Cada vez que se alzaba un demonio en mis pesadillas, Leo aparecía para salvarme.

Con un inicio semejante, ¿era de extrañar que hubiese desarrollado un enamoramiento agonizante por él?

Y ¿era de extrañar que hubiese terminado desastrosamente?

CAPÍTULO
5

—Por supuesto que los buscamos —está diciendo Eve Silvera—.
Pero el castillo había desaparecido del sitio donde había estado
durante siglos. Supusimos que había sido destruido junto con todo lo
demás. ¡Imaginad nuestra sorpresa cuando Helen nos encontró en
Costa Rica! Pensamos que éramos los últimos que quedábamos vivos.

Es raro escuchar que llamen informalmente «Helen» a mi madre.
Como si fuera una persona real.

Me había olvidado del aspecto de Eve Silvera. Nunca interactua-
mos mucho. Solo le prestaba atención porque era la madre del chico
del que estaba enamorada. Es alta y hay algo poderoso en la forma
que tiene de moverse. Su cuerpo no pide disculpas por estar en el
mundo. Lleva puesta una chaqueta roja, unos pantalones de un negro
nítido y sus tacones son elegantemente agresivos. Combinan con los
labios rojos y su pelo negro; es todo lo que aspiro a ser (y probablemente nunca sea). Tiene un timbre que hace parecer como si su voz
fuese a estallar en risas en cualquier momento. La suaviza, la hace
más humana.

No recordaba nada de eso. En mis recuerdos era simplemente...
alta.

Leo, por desgracia, es tal como lo recuerdo. Su pelo cae en ondas sobre sus hombros. Cejas negras enmarcan sus grandes ojos oscuros. Pasaba innumerables horas contemplando esos ojos. Imaginando cómo se girarían para verme. Se ensancharían cuando él se diese cuenta de que estábamos destinados a estar juntos.

No pensé en sus labios ni una vez. Porque en realidad jamás *dejaba* de pensar en ellos. Eran el tema de uno de los poemas que Honora había leído en voz alta.

Tus labios son una promesa,
que me encantaría cumplir.
Me acechan al despertarme
y me provocan al dormir.

Sus poéticos labios se abren para responder una pregunta sobre Costa Rica. Me enfado con ellos porque me quitan tiempo. ¿No debería el Consejo estar hablando sobre el sabueso infernal? ¿O sobre mí? Aun cuando hago algo que debería haber sido imposible, los verdaderos y preparados Vigilantes tienen prioridad. Típico.

Sin embargo, Leo sí ha cambiado. Después de todo, han pasado años. Está más alto. Siempre fue delgado, pero lo que una vez fue una delgadez juvenil ahora se ha convertido en músculos; así como su cara se ha transformado en una mejor versión de sí misma. En todo caso, está más atractivo que nunca.

Es un imbécil total.

Su tonta boca se abre y su tonta voz responde otra pregunta sobre el tiempo que pasaron en Sudamérica.

—Sí, señor. Continué con el entrenamiento. Tuvimos que adaptarnos a la situación, por supuesto, ya que no contábamos con los recursos del Consejo. Mi proyecto de Vigilancia fue más parecido a un examen práctico que a una presentación escolar. Estudié los hábitos de un demonio parasitario en Venezuela y opté por una inoculación mágica que prevenía que el demonio se alimentara de los habitantes, y así terminó muriendo.

—¿Qué habéis estado haciendo aquí? —pregunta Eve Silvera al Consejo.

Parece tan agradable que me siento mal por haberle guardado rencor. Pero quiero que se *vayan*. No creo que se queden durante mucho tiempo. Leo probablemente hará lo que hizo Honora; ella está cazando demonios, se mantiene atenta; así sabremos si algo grande se avecina. Después de todo, ¿qué es un Vigilante sin...?

—¿Cazadoras? —interpela Eve y termina mi pensamiento—. ¿Me estáis diciendo que no habéis traído a ninguna de las nuevas Cazadoras? ¿Qué habéis estado haciendo todo este tiempo?

—Teníamos que pensar en los niños. —La voz de Bradford Smythe es tan grave que suena gruñona aun cuando está alegre, que no es el caso en este momento.

—Sí, pero siempre ha habido niños. Somos los únicos Vigilantes que quedan. Tenemos la responsabilidad de hacer nuestro trabajo, y nuestro trabajo no existe sin una Cazadora.

Mi madre responde. No recordaba que tuviera acento británico cuando éramos pequeñas, pero ahora sus palabras suenan cortadas, eficientes. Las vocales apiñadas en perfecto orden. Hasta su voz cambió cuando nos reincorporamos a los Vigilantes.

—La seguridad fue nuestra prioridad. No podíamos arriesgarnos a revelar nuestra ubicación después del ataque. Con tantas nuevas Cazadoras, no se las podía someter a una investigación adecuada. Y después el mundo volvió a cambiar al destruirse la magia.

—Pero tú estabas buscando Cazadoras —dice Eve—. Allí te encontramos. En las afueras del pueblo de esa pobre chica. Todos llegamos demasiado tarde.

Las palabras de mi madre se vuelven aún más intencionadas, como si cada una hubiese sido elegida por su absoluta falta de sentido.

—Estaba llevando a cabo observaciones de campo relacionadas con las Cazadoras, junto con la confirmación de que todos los puntos de acceso a dimensiones infernales estuvieran cerrados.

Artemis se mueve a mi lado. Ambas sabemos cómo se expresa nuestra madre cuando da una respuesta para evitar una mentira. ¿Por qué nos diría que estaba inspeccionando bocas del infierno cuando en realidad estaba buscando Cazadoras?

—Y tú, Eve, ¿tienes algo de magia? —La voz de Ruth Zabuto tiembla.

Eve niega con la cabeza de manera gentil, disculpándose.

—Desde que Buffy destruyó La Semilla, no hemos visto ni una pizca de magia. Y todos los portales han desaparecido. También estuvimos viajando, para asegurarnos de que no quedara nada de lo que no estuviésemos al tanto.

—Me sorprende que no nos hayamos cruzado antes. —Una vez más, el tono de mi madre es tan cuidadoso que sospecho que hay algo más detrás de su afirmación.

Wanda Wyndam-Pryce se aclara la garganta y dice:

—Es mejor ser exhaustivo con las inspecciones. Bien hecho. —Actúa como si ella le hubiese encargado la tarea a los Silvera. Tiene un modo de expresarse que suena como si todos trabajaran para ella, todo el tiempo—. Espero que entreguen un informe escrito pronto.

Todavía estoy molesta porque esta sea la prioridad y no el ataque del sabueso infernal de hoy; pero es verdad que hay *cientos* de sitios con portales semipermanentes alrededor del mundo. Mi madre solo ha cubierto el Reino Unido, América del Norte, América Central y Sudamérica. Todavía queda mucho trabajo por hacer. Un propósito. Un propósito que se llevará a los Silvera lejos de aquí antes de que tenga que mirar a Leo a los ojos otra vez.

Después de todo, sus ojos son como «dos lagunas de negrura, / tan oscuras y profundas, / que al mirarlo / no puedo respirar». Ay, lo odio. O bien odio a la pobre yo de doce años.

—Con la información de Helen y la nuestra, podemos declarar oficialmente que todas las bocas del infierno y los portales demoníacos están inactivos. Ahora que estamos reunidos nuevamente, es hora de seguir adelante. Volver a convertirnos en Vigilantes. Es hora —dice Eve y mi esperanza de que se vayan pronto se desvanece— de conseguir una Cazadora.

—Ya tenemos una —dice Ruth Zabuto haciendo un gesto despectivo con la mano.

Bradford Smythe tose instintivamente.

—*No*, no tenemos *ninguna*. —Mi madre habla en primer lugar y su tono ya no es pasivo.

Wanda Wyndam-Pryce se estremece. Siempre ha detestado a mi madre. Los Wyndam-Pryce solían ser una de las más prestigiosas familias de Vigilantes, pero su niño mimado, Wesley Wyndam-Pryce (les gusta la aliteración y el sentirse superiores), era tan asombrosamente inepto que lo echaron del Consejo. Wanda nunca superó el hecho de que el cargo de mi padre como Vigilante sea valorado mientras que el único Wyndam-Pryce al que se le adjudicó una Vigilancia activa haya terminado trabajando de investigador privado en Los Ángeles, y para un *vampiro*.

Así que la mujer se alegra al sentir la ira de mi madre:

—¡Ah, sí! Tenemos razones para pensar que nuestra Nina es una Cazadora.

Leo se sobresalta. Mira a su madre ensanchando los ojos, pero ella lo ignora. Definitivamente esta noticia lo ha alterado, pero apenas puedo notarlo porque Rhys da un grito ahogado y se vuelve hacia mí. No sé qué decir, así que no digo nada. Sigo mirando la habitación.

—Imagínate —continúa diciendo Wanda—, ser su madre y no haberte dado cuenta de que podría ser una Cazadora Potencial. Y el cambio tiene que haber sucedido al menos dos meses atrás. Qué extraño que no hayas notado algo tan drástico, Helen.

Mi madre se niega a caer en la trampa. Pero su quietud la delata tanto como si se estuviera estrujando las manos. Está volviéndose loca. Una pequeña y perversa parte de mí se siente orgullosa. Ella no quiso hablar con nosotras al respecto, pero no puede evitar hablarlo con el Consejo.

—Tonterías. Nina hubiese sido detectada por nuestros videntes. Además, solo ha matado a un sabueso infernal. Todo miembro de nuestra comunidad debería poder hacer lo mismo. No significa nada.

Escucharla hablar tan despectivamente desata de nuevo ese sentimiento de rebeldía. Porque sabe que nunca he entrenado. Ella no me dejó hacerlo. Y sabe lo que opino de la violencia. La *forma* en la que maté al sabueso infernal no puede ignorarse. Fue como si algo en mí se hubiera despertado, algo que estaba latente hace mucho tiempo, esperando la oportunidad para salir. Algo terrible, poderoso y espeluznante. Algo sobre lo que no tengo control alguno.

Bradford Smythe se mueve y gira la cabeza de modo tal que alcanzo a ver su perfil. Tiene los labios tan apretados que desaparecen debajo de su bigote. Suspira.

—Lo siento, Helen.

—No lo hagas —dice ella. El tono de su voz me estremece, pero Bradford no reacciona.

—Ya es demasiado tarde. —Hace una pausa. El corazón me está latiendo tan fuerte que me pregunto si se oirá a través de la pared. Luego le da un tirón a su bigote y habla—. Siempre supimos que Nina era una Cazadora Potencial.

Rhys da un grito ahogado aún más fuerte esta vez. Artemis maldice. Las paredes son gruesas y el Consejo está emitiendo su propio rango de sonidos de indignación y sorpresa que tapan los nuestros. Me tambaleo hacia atrás y ya no veo la habitación. No puede ser verdad.

No puede ser.

Me lo habrían dicho. No tiene sentido que no me lo hayan dicho. ¡Soy una Vigilante! ¿No les hubiese encantado tener la oportunidad de criar a una Cazadora Potencial en su propio entorno?

Y mi madre se esforzó mucho para evitar que me prepararan. Insistió en el hecho de que no era apropiado para mí. Evitó que me dieran incluso el entrenamiento de combate básico y me presionó para que me dedicara a la sanación. Artemis tuvo entrenamiento físico.

Bradford Smythe comienza a hablar nuevamente, pero me cuesta concentrarme en sus palabras entre las palpitaciones y mis pensamientos acelerados.

—Es en parte el motivo por el que los niños estaban aquí cuando atacaron el cuartel general. Habíamos escuchado rumores de las amenazas a las Potenciales, así que Helen trajo a todos los estudiantes más jóvenes para evitar que sospecharan de Nina.

Así que no fue pura suerte que no estuviésemos durante el ataque. Estaban protegiéndome. Pero ¿para qué tomarse tanto trabajo para protegerme si nunca me iban a formar ni iban a decirme la verdad?

—Después de que se destruyera la magia y el linaje de las Cazadoras se terminara —continúa Bradford— supusimos que su potencial no se había activado a tiempo y que jamás se convertiría en Cazadora. Al parecer, estábamos equivocados.

Artemis y Rhys están inmóviles. Los siento en la oscuridad, mirándome fijamente en lugar de observar la habitación. Sospechar que soy una Cazadora no se compara con saberlo. Y, ¿enterarme de que esta información siempre ha estado aquí, pero que la ocultaron deliberadamente de mí y de la mayoría del Consejo? No es solo una sorpresa. Es una traición.

—¿Omitiste informarle al Consejo que tu propia hija era una Potencial? —Wanda Wyndam-Pryce suena más soberbia que enfadada—.

Esto amerita una censura absoluta y una evaluación de tu puesto en este Consejo. Para ti también, Bradford, por haber formado parte de esta conspiración.

—¿*Qué Consejo?* —bufa Ruth Zabuto—. ¿Qué? ¿Vamos a desterrar a Helen? ¿A quitarle el cargo a Bradford? ¿Por hacer qué? Ya es bastante absurdo que no hayas dejado a la pobre Artemis ser una Vigilante plena. El examen no debería haberle jugado en contra ahora que somos tan pocos. Tú y tus reglas pueden irse a freír espárragos. —Saca su tejido y se pone a trabajar mientras sacude la cabeza.

Wanda Wyndam-Pryce resopla.

—Bueno, en lo que a mí respecta, no dejaré que esta atroz traición a nuestras normas quede sin consecuencias. No somos nada sin nuestras reglas. Aún significan algo.

—La chica está viva gracias a nuestra discreción. —La voz de Bradford Smythe es suave pero clara—. Creo que eso solo justifica las decisiones de Helen. La apoyo ahora como lo hice en su momento.

—Y quiere decir que tenemos una Cazadora. —Los ojos de Eve resplandecen de emoción. Se lleva la mano a la boca y parece que está al borde de las lágrimas—. Aquí mismo. Una de las nuestras.

Mi madre se pone de pie y mueve la silla hacia atrás de un golpe.

—No es «nuestra». Es mía. Hay miles de chicas más allá afuera. Si quieres una Cazadora, ve a buscar una real. —Dicho eso se marcha de la habitación, ofendida.

Siento una mano amable sobre mi hombro. Quiero quitarme esta sensación. Quiero hacer de cuenta que las palabras de mi madre —y estas revelaciones— no significan nada. Pero así como sospechaba que Eve estaba lagrimeando, sé que yo lo estoy.

—Nina —dice Artemis.

—Debes… —comienza a decir Rhys, pero lo interrumpo.

—No puedo hablar de esto ahora. —Es verdad. Ni siquiera sé cómo sentirme, mucho menos cómo ponerlo en palabras. Estoy asustada y estoy confundida y estoy *furiosa*. Toda mi vida ha sido una mentira—. Necesito estar sola.

Regreso tambaleándome en la oscuridad medio convencida de que estoy perdida y de que moriré en estas paredes, pero al final me choco con un callejón sin salida y veo un dejo de luz proveniente del entretecho.

De nuevo en mi habitación, me dejo caer sobre la cama y miro fijamente el ventilador de techo metálico a través de mis lágrimas. Fue el gasto más grande que mi madre autorizó. Artemis y yo le afilamos las aspas hasta dejarlas como el borde de una navaja. No fue la única modificación que le hicimos a nuestra habitación. Varias bolas de nieve decoran las distintas superficies; todas llenas con agua bendita, ácido y combustible. Las patas del escritorio se quitan fácilmente y están afiladas en la punta para hacer las veces de estaca. Hemos llenado de armas cada habitación en la que hemos vivido. Lo hicimos para que pudiera sentirme segura. Para que tuviera armas que pudiera usar aun sin tener entrenamiento alguno.

Pero ¿y si ahora el arma soy *yo*?

No solo me ha cambiado la vida, también ha cambiado mi historia. Todo es diferente. Mi madre lo sabía, *siempre* lo supo. Y aun así la eligió a Artemis. Aun así, la presionó para que entrenara, para que fuera la mejor de las dos. ¿Pensaba (o deseaba) haberse equivocado y que Artemis fuera la Cazadora y no yo? ¿O sabía que era yo y me odiaba por ello?

Mi móvil vibra sobre la mesilla de noche. Me seco los ojos, lo alzo y veo una serie de mensajes frenéticos de Cillian. Por lo general, solo me escribe para que le diga algo a Rhys o si tiene algún encargo de suministros para traernos.

Pero estos son para mí.

Nina emergencia por favor ven a mi casa

Ahora
Dios nina por favor
Ven sola
No puedo explicarlo por favor te ruego que vengas ya mismo

La adrenalina se me dispara nuevamente. Me pongo los zapatos y salgo corriendo.

CAPÍTULO
6

Es justo pasada la medianoche. La única luz proviene de la luna casi llena. Todo es iluminación pálida y las sombras son más negras. Debajo del jersey tejido siento picazón de adentro hacia afuera; un zumbido mientras corro entre los árboles, asustándome con cada crujido de una rama o el susurro de hojas moribundas. Desde que recibí los mensajes asustados de Cillian creo que me saldré de mi propia piel en cualquier momento.

De hecho, existe un demonio que puede salirse de su propia piel, de allí viene el dicho. Ante una sorpresa o peligro, el demonio salta *literalmente* fuera de su piel y la deja atrás, algo así como cuando los lagartos desprenden sus colas. Una vez vi la ilustración de uno, y realmente deseo nunca encontrarme frente a uno en la vida real.

Comencé de manera tentativa —mi madre insiste en que nunca me ejercite, así que realizo todos mis paseos al pueblo a un paso de caminata lenta— pero ahora estoy corriendo rápido, cada vez más rápido. Escapándome de quien ella me dijo que era. La chica que no debía exponerse ni al estrés ni al pánico. La chica que no tenía que exigirse.

Me tropiezo al mismo tiempo que la verdad se desliza como un cuchillo en una funda. *Estaba intentando que mi potencial de Cazadora no se activase.* Había creído que no quería exponerme a situaciones estresantes porque estaba intentando expiarse por el incendio. Pero las Potenciales se convierten en Cazadoras cuando alcanzan la madurez física y se enfrentan a un momento que requiere algo de ellas. Intentó asegurarse de que nunca tuviese ese momento. Hizo falta un demonio interdimensional para traspasar la caja forrada de seguridad en la que ella me puso. De otra manera, nunca me hubiera convertido en Cazadora.

Y no sé qué es peor: no haber descubierto nunca lo que me escondía o tener que ser una Cazadora.

Corro tan rápido que el bosque se nubla a mi alrededor. Por primera vez en mi vida, no tengo idea de cuáles son los límites de mi cuerpo. No quiero exigirme, porque exigirme, correr tan rápido como puedo, o disfrutar algo de esto vuelve real el hecho de que soy una Cazadora. *Soy una Cazadora.* Y no quiero serlo.

Cillian está esperándome, me deslizo antes de detenerme fuera de su casa. Parece tan agitado como yo me siento.

—¿Qué ocurre? —Busco heridas en su cuerpo, pero parece estar bien, físicamente.

—Yo, eh, tengo un problema. Necesito enseñarte lo que hay en mi jardín. —La casa de Cillian es una cabaña construida en los límites de Shancoom, colindante con el bosque. El patio trasero es un pequeño espacio con un cobertizo resistente contra el cerco. En los dos años que han pasado desde que escondimos el castillo entre los árboles, nadie del pueblo lo descubrió por accidente.

Solíamos tener barreras mágicas para disuadirlos, pero resulta que la gente tiene muy poca curiosidad por los bosques.

Aunque he venido pocas veces a casa de Cillian, me gusta. Es un hogar de verdad. Y por más que sepa que vivir en un castillo es fantástico, cada vez que entro a su casa me golpea una sensación familiar y de comodidad. Es un espacio acogedor, cuidado, compartido con personas amadas. Una construcción que solo funciona para protegerte.

Por supuesto, la casa de Cillian ha estado más vacía en el último tiempo. Su madre no ha vuelto en seis semanas. Intento no preguntarle detalles; no es de mi incumbencia, y noto en la forma dulce en que Rhys aborda el tema que se trata de algo sensible.

Lo cual me recuerda:

—¿Por qué no querías que viniese Rhys?

Cillian rebota nerviosamente sobre las puntas de los pies mientras mira a través de la puerta principal de la casa poco iluminada, hacia el patio trasero, oscuro y cercado.

—Eh... Lo entenderás al verlo.

Sigo a Cillian a través de su casa hasta la puerta trasera, mientras la curiosidad lucha contra el miedo. Enciende los reflectores del patio trasero. Algo debe estar asustándolo de verdad si...

Lanzo un brazo frente a Cillian, siento cada músculo en máxima alerta, cada nervio de mi cuerpo gritando lucha o *lucha*, dejando «huye» fuera de la ecuación.

Hay un demonio.

Tumbado e inconsciente sobre el césped hay una cosa desgarbada con una camiseta de Coldplay y *skinny jeans*. Su piel es amarillo ácido, tiene cuernos negros y labios negros haciendo juego. La cara del demonio está hinchada y tiene magulladuras. Una de sus escamosas mejillas está rebanada hasta el hueso. A través de su ropa asoman múltiples heridas. Un brazo está en un ángulo en el que estoy segura de que ningún brazo debería estar, incluso si es el de un demonio.

Dos demonios en el lapso de veinticuatro horas. Amenazando a mi familia. Mi hogar. Mis amigos. Me envuelve un impulso de furia cegadora, y doy un paso hacia él.

—Es un demonio, ¿verdad? —La voz de Cillian me saca de mi furioso estupor. Parpadeo, intentando aplacar un poco el rugido de *matar-matar-matar* que me atraviesa. Parece ajeno, como si mi cerebro cantara una canción que no conozco. Una vez, cuando vivíamos en Londres,

Artemis y Jade me metieron a hurtadillas en un concierto. El bajo era tan poderoso que podía sentirlo dentro de mí, compitiendo y ganándole a mi corazón. Esto es similar. Como si mi corazón ya no fuese mío. El latido es una entidad foránea.

Cazadora, suspira algo dentro de mí. Lo empujo más adentro.

Cillian se está alejando. Sus ojos están tan abiertos que prácticamente brillan en la oscuridad de la casa. No ha cruzado el umbral hacia el patio.

—Sé que vosotros me hablasteis sobre los demonios, pero no lo creía realmente. Lo de antes podría haber sido algún perro loco y enfermo o un lobo o una hiena. En Irlanda. Pero ¿esto? Ahora os creo.

—¿Has hecho algo? —Me giro hacia él—. ¿Lo has invocado? ¿Cómo? Las invocaciones ya no deberían funcionar. Todos los portales han desaparecido, la magia utilizada para atraer a los demonios está rota.

—¡No! Por Dios, no. ¿Por qué querría esto? No me di cuenta de que esa cosa estaba aquí fuera hasta hace una hora. No podía dormir y fui a buscar los cubos de basura para la recogida antes de que se me olvidara.

Aunque no puedo pasar por inadvertida la relación de que ambos demonios han sido encontrados cerca de Cillian, le creo. Cillian siempre nos ha ayudado. Si nos hubiese querido herir, si tuviese un motivo siniestro, podría haber hecho algo hace siglos. Y sé que quiere a Rhys. La manera en que se miran es tan dulce que prácticamente me da un subidón de azúcar.

—De acuerdo. Entonces. Hay un demonio en tu patio trasero. —Me tiro del pelo por los nervios—. ¿Por qué me pides *a mí* que venga? ¿Me lo has dicho porque yo maté...? ¿Por lo que le hice al otro?

¿Es este ya mi rol? ¿Chica estaca-estaca-mata?

O chica rompe-rompe-cuellos, la verdad, ya que no tengo ningún arma. Necesitaré armas si van a empezar a surgir demonios de todos lados. Normalmente llevo una estaca conmigo —como una mantita tranquilizadora que mata cosas— pero las estacas no son armas que sirvan para cazar a toda clase de demonios.

Cillian sacude la cabeza.

—No, esa no es la razón. Quiero decir, quizás en parte. No quiero que nadie salga herido. Pero no sabemos nada de él.

—Sabemos que es un demonio.

—Cierto, pero tiene puesta una maldita camiseta de Coldplay. ¿Qué tan malo puede ser algo que usa una camiseta de Coldplay?

Ahí tiene razón.

—Entonces, ¿por qué me lo has pedido a *mí*?

—Porque sanas a las personas. Siempre estás viendo tutoriales horribles de primeros auxilios. ¿Y todos los suministros médicos que me encargas? Sabes cómo ayudar a la gente. Pensé... —Cillian se encoge de hombros, avergonzado de repente mientras los dos miramos al demonio amarillo radiactivo—. Pensé que a lo mejor necesitaba ayuda.

Me invade una sensación de alivio y gratitud. Cillian no me pidió que viniese a matar algo. Me pidió que viniese a *ayudar* a algo. Quiero abrazarlo por ser mi amigo, por pensar en mí de la misma manera en la que yo pienso en mí: como una médica. Soy la chica que remienda las cosas. No la que las rompe.

Mi primer instinto de atacar me fastidia, me llena de culpa. Quiero al menos darle una oportunidad a Coldplay. Ser una Cazadora no significa que tenga que matar a todo lo que se mueve.

De hecho, no tengo ni idea de qué significa ser una Cazadora. Y no me importa. Soy una Vigilante, así que me encargaré del demonio a nuestro modo. Estudiarlo primero, llegar a una conclusión informada, y después decidir un curso de acción. El verdadero procedimiento de Vigilante en su máximo potencial, tal como le llevo diciendo a Artemis durante años. Nuestro rol no fue pensado como uno violento.

Asiento en dirección al cobertizo.

—¿Tienes algo allí dentro que podamos usar para sujetarlo?

Cillian aprieta la cara, después chasquea los dedos.

—De hecho, sí. ¿Me ayudas a llevarlo?

Mientras abre la puerta del cobertizo, cruzo el patio y sujeto los brazos del demonio.

—Puaj —grito, sacando las manos como si me hubiera quemado. Cillian se da vuelta aterrado—. Es pegajoso. Aj, asco, es pegajoso.

Encogiéndome, intento tocar solamente las partes de su cuerpo que están cubiertas por ropa. Empiezo a levantar al demonio, y por poco lo tiro al aire. Es mucho más fácil de lo que pensé que iba a ser. Pero no me siento eufórica por esta nueva fuerza emergente. Es otro recordatorio de que mi cuerpo es algo *distinto* a lo que siempre he conocido.

—¿Cómo...? ¿Cómo lo estás haciendo? ¿El demonio está lleno de helio o algo así?

Vuelvo a sentir la asquerosidad de lo que estoy sosteniendo.

—Abre el cobertizo. Oh, Dios, lo pegajoso se está filtrando por mi camiseta. Es mi camiseta favorita. Tendré que quemarla. Y también mi piel. Y todo. Simplemente... ¡date prisa!

Tan pronto como Cillian abre la puerta, lo empujo y suelto al demonio sin mucha ceremonia sobre el suelo.

Cillian probablemente esté más asustado por mí que por el demonio.

—Has llevado a esa... esa cosa como una bolsa de... cosas que no pesan mucho. Y eso después de que te volvieras *Terminator* con el sabueso infernal. Nunca has sido así. ¿Pasó algo cuando mataste al monstruo perruno?

—Por *monstruo*, quieres decir demonio. Justo como esta cosa cornuda y descolorida.

—¿Podemos decir «córneo», no «cornudo»? Porque ya estoy lo suficientemente espantado.

Cillian tira de una cadena que cuelga de una bombilla, que otorga a todo un relieve amarillento. El cobertizo de su madre está tan atiborrado como la biblioteca de Rhys; contiene lo que parecen ser los desechos de al menos doce vidas. Atrapasueños, Budas, cristales e incienso, muchas Biblias junto con libros como el *Libro de Mormón* y una pila de novelas de L. Ron Hubbard, varias estatuas de dioses y diosas de distintas tradiciones y religiones, y un cesto lleno de series de cazafantasmas y médiums.

—Bienvenida al cobertizo de la apropiación cultural. —Cillian extiende los brazos con una expresión sombría—. Al menos mi madre ahora está con los monjes ascéticos, así que no traerá ningún *souvenir*. Ya estamos llenos de basura.

En mitad del caos, el único elemento que está limpio y sin polvo es una foto enmarcada del padre de Cillian. No lo he visto nunca antes. La alzo para mirarla más de cerca.

—Hace doce años que se fue —dice Cillian—. Y ella sigue buscando alguna manera de contactar con él. Con la magia fuera de línea, está desesperada buscando cualquier otra forma.

—No puedo culparla. Es guapo. Se parece un poco a Orlando Bloom.

—¡Maldita sea, Nina! ¿Orlando Bloom? —Cillian me arranca la foto—. ¡Ahora no puedo no verlo! Los sentimientos por mi difunto padre ya eran complicados, ahora tengo que preocuparme por el complejo de Edipo, o como sea que sea el equivalente de un chico enamorándose de su padre. Te juro que, si siquiera *piensas* en más hombres guapos en relación con algún familiar mío, no volveré a hablarte.

—¡No estás loco! Lo siento. No se parece en absoluto a Orlando Boom. O a ninguna otra persona por la que te hayas sentido atraído.

—Cállate y déjame buscar las esposas.

Aparto la mirada del padre de Cillian, definitivamente parecido a Orlando Bloom, y espero manteniendo una cautelosa atención en el demonio.

—¡Aquí están! —Triunfante, Cillian sostiene un par de esposas en el aire. Ha estado buscando en una caja con una etiqueta con el nombre de su padre. Hay una pila de fotos, lo que calculo que es un rompecabezas 3D de metal hecho con triángulos que se entrelazan, un anillo pesado y algunas fotos sueltas. Me pregunto cuántas veces habrá mirado Cillian esa caja como para saber que las esposas estaban allí.

Artemis y yo no tenemos nada de nuestro padre. En parte es por eso por lo que amo tanto la biblioteca. Al menos sé que él estudió con esos mismos libros, miró esas mismas páginas.

Alzo las esposas, jalando suavemente del metal, con miedo de romperlo si tiro con fuerza.

—Quiero saber por qué estaban estas esposas aquí...

—¡Deja de pervertir a mis padres!

—¡Lo siento! Lo siento. Ha sido un día confuso. —Hago una pausa—. Ahora, seriamente, ¿por qué tenía esposas?

—Mi padre era voluntario en la policía local. Yo solía jugar con ellas, así que sé que son reales.

—De acuerdo.

En la parte posterior del cobertizo hay una sección expuesta de la viga de soporte. Tiro de ella como prueba, y apenas se mueve. Así que, a menos que el demonio sea más fuerte que yo —en cuyo caso estamos en problemas, sin duda— debería ser suficiente.

Arrastro al demonio, después lo esposo por la muñeca a la viga antes de amarrar sus tobillos juntos con una cuerda que he encontrado en uno de los estantes, asumiendo que tener un plan B no nos hará daño. Me detengo en sus muñecas, en las que hay persistentes magullones y golpes que indican que no soy la primera en enlazarlas.

Es desconcertante. No quiero ocasionar más daño. Necesito a Rhys. Es una maldita enciclopedia de variantes de demonios. He hecho mi tarea —toda, siempre— pero el Consejo le da a Rhys información que yo no tengo porque no soy lo suficientemente importante. Además, siempre me he concentrado en el cuerpo humano. Por lo que sé, quizás este demonio puede prender fuego a las cosas con su mente, y en cuanto se despierte, estamos muertos.

Froto las muñecas del demonio, y gime de dolor. El sonido es suave y vulnerable. Lo siento a un nivel que no puedo explicar. Sé lo que es sentir dolor, necesitar ayuda. En ese momento, lo decido. No puedo traer a Rhys porque advertiría al Consejo, y después del susto del sabueso infernal, están propensos a activar el modo matar primero, y preguntar después. Y no quiero que nada más muera por mí.

Cillian mueve un pilón de libros religiosos dorados de una mesa y se sienta. Me inclino lo más cerca que me animo al demonio. La herida de su cara no está bien. Un líquido negro se derrama sobre el suelo de cemento. Busco un botiquín de primeros auxilios con la mirada, pero el cobertizo es un basurero, no contiene nada útil. A menos que quiera aprender de los *Siete secretos de los célebres invocadores de espíritus*. Primer secreto: vivir en un mundo en el que la magia no está muerta.

—¿Tienes un botiquín médico? No sé si los demonios contraen infecciones, pero me gustaría limpiar este corte y cerrarlo. También intentaré arreglarle el brazo. Creo que se ha salido. Si está roto, no hay mucho que pueda hacer.

Cillian asiente, obviamente aliviado por tener algo para hacer. Se apresura a salir del cobertizo. No debería ayudar al demonio. Pero me fastidia ver algo herido y necesitado de ayuda. Sabiendo lo fácilmente —lo probablemente— que podría haber sido yo la herida. Además, si el demonio se muere del shock o por una infección, puedo utilizarlo para sacar información. Necesito saber por qué está aquí. Por qué ha estado aquí el sabueso infernal. Quién, si lo hay, está detrás de esto. Y si pesa otra amenaza sobre el castillo o si ha sido todo una pésima y pegajosa coincidencia. No parece probable, pero se puede soñar. Y puede que sienta compasión por el demonio, pero no soy estúpida. Aun así, es un demonio.

Examino las demás partes del cuerpo que están a la vista, reacia a desvestirlo, porque mi empatía definitivamente no es tanta. Hay algunos otros cortes, más magulladuras y el brazo dislocado.

Antes de tener tiempo de pensar en algo, Cillian vuelve con los suministros.

—Bien. —Sacudo las manos buscando estabilizarlas—. Si se despierta, necesito que estés listo para golpearlo en la cabeza con algo pesado.

—Entonces, intentarás reparar el daño, y si funciona, ¿volveremos a hacerle daño?

—¡No lo sé! —Me echo alcohol en las manos—. Supongo que solo si intenta atacar. Todo esto es nuevo para mí.

—De acuerdo. —Cillian agarra una abrazadera de metal grande—. Antes de que asumas algo asqueroso, es de cuando mi madre hacía mantas.

Echo un poco de alcohol en una tira de gasa. Después, pensando que es mejor hacerlo de una vez, echo un poco directamente sobre la herida. El demonio se estremece. Cillian eleva la abrazadera, pero no se despierta. Con delicadeza, cierro la herida y hago que la piel vuelva a su lugar.

El brazo izquierdo del demonio definitivamente no es igual al derecho, en un mal sentido.

—¿Te parece que está dislocado? —pregunto.

—¡No lo sé!

—Mierda en una estaca. —Gimo. Tendré que ducharme un millón de veces para sacarme la sensación de su piel. Poniendo una mano contra el hombro del demonio, sostengo su brazo y tiro de él. Escucho el sonido del hueso colocándose en su lugar. El demonio se estremece. Sus ojos se entreabren durante un segundo y juro que susurra un «gracias», antes de flaquear y quedar inconsciente de nuevo.

No puedo estar segura, de todas maneras. Estoy demasiado abstraída por la forma en que ha sonado su brazo. Me ha recordado al cuello del sabueso infernal. Un crujido para arreglar algo roto, un cruji-do para romper algo definitivamente.

—Voy a vomitar la cena —comenta Cillian. Me siento igual. Él apo-ya la abrazadera fuera del alcance del demonio—. ¿Eso significa que el demonio estará listo para pelear cuando se despierte?

—Está atado. Estaremos bien. —Eso espero.

Me rasco una picazón en la oreja con el hombro. No quiero tocar ninguna parte de mí con el moco del demonio en mis manos. ¿Y si es contagioso? A veces los demonios pueden infectar a las personas con habilidades o maldiciones u otras cosas de demonios. Por eso sentí tan-ta paranoia al verme distinta después del día del apocalipsis demoníaco. Y por eso se me pasó por alto la enorme y obvia verdad que sobre todo yo entre todas las personas debería haber adivinado. Aunque no me gusta «Cazadora» más que «infección demoníaca». No es tan diferente.

—Entoooooonces... —dice Cillian, estirando la palabra—. ¿Cuándo vas a admitir que eres una Cazadora? —Me estremezco y él sonríe bur-lonamente—. Lo sabía. Quiero decir, hace diez minutos que lo sé. Llevo todo el día pensándolo, y tu fuerza esta noche lo confirmó. Es fenome-nal, ¿no? Las Cazadoras son la razón por la que vosotros hacéis vues-tro trabajo. Multitarea, ahora.

Dudo, luego le suelto:

—¿Puedo confiarte un secreto?

—¿Además de la cantidad masiva de secretos que me habéis echa-do encima las últimas veinticuatro horas? Por favor, adelante.

No sé qué pretende la gente de mí ahora. Qué significará realmen-te ser una Cazadora entre Vigilantes. Si esperarán mucho de mí. O si, siendo yo, seguirán sin esperar nada. Artemis parece afligida, mi ma-dre está lívida, y Rhys y la mayoría de los Vigilantes están confundidos. Pero sé cómo me siento:

—Odio a las Cazadoras. No quiero que existan, y mucho menos ser una.

Cillian me sorprende con un abrazo. En toda la conversación sobre ser o no Cazadora, nadie me preguntó cómo me sentía al respecto. Artemis quería solucionarlo. Rhys no podía creerlo. Eve y el Consejo pensaban que era algo genial. Mi madre lo negaba. Pero en ese momento sé exactamente lo que quiero, lo que necesité todo el día: alguien que simplemente esté ahí para mí.

La expresión de Cillian es gravemente sincera:

—Has perdido mucho y eso siempre deja una marca. Está bien que te sientas así. Tienes mi permiso para volverte loca.

Resoplo y me da una palmadita en la espalda:

—Me alegra que los dos estemos compartiendo cosas, de todas formas. Tú estás compartiendo tu nueva situación de Cazadora temible. Y yo comparto mi demonio en el cobertizo. ¿Piensas que se despertará?

Su piel tiene una textura similar al lecho de un río azotado por la sequía, agrietado y descascarado, con las secciones negras entre las grietas brillando con lodo. No sé si eso significa que está enfermo o si es normal. Los cuernos son negros, al igual que las uñas y, sospecho, los dientes. Las orejas están perforadas con delicadas argollas doradas, y su camiseta de Coldplay tiene un alegre arcoíris.

—No lo sé. Tenemos muchos libros sobre demonios, pero todos giran en torno a cómo invocarlos, controlarlos y matarlos. Ninguno explica cómo proveerles primeros auxilios.

—Hiciste lo mejor que pudiste. Con suerte, el demonio tomará eso en consideración cuando se despierte y nos coma.

—La mayoría de los demonios no comen humanos. O al menos, no a un humano completo. Algunos órganos, sin duda. Corazones. A veces, cerebros. O simplemente nuestra sangre. Hay una subespecie de demonio que sobrevive comiendo dientes de humanos. De hecho, ¡de allí proviene la mitología del hada de los dientes! Pero no te los quitan de debajo de la almohada. Los quitan de...

Mi relato es interrumpido por el sonido del móvil en mi bolsillo. Lo saco y veo el número de línea del castillo. Me atraparon. Alguien sabe que me he ido. No respondo, porque no quiero mentir.

—Tengo que irme. No puedo hacer que me busquen, no hasta que descubramos qué se trae esta cosa. —Hago una pausa—. No quiero pedirte que tengas secretos con Rhys, pero... —Pero el Consejo los ha tenido conmigo. Y me siento muy fuera de control ahora mismo, todo se me escapa dando vueltas. Por una vez en mi vida como Vigilante, quiero controlarlo yo.

Sé que es irracional proteger a un demonio. Pero también lo siento como un acto de rebeldía en contra de mi llamado a ser Cazadora, y estoy a favor de la rebeldía últimamente. Se lo contaré a Artemis, de todas formas. Ella sabrá qué hacer. Ella puede con todo.

—Escríbeme si se despierta —agrego—. Volveré más tarde para atarlo con más cadenas. Hasta entonces, mantente lejos de este sector. Deberías dormir en la tienda.

Veo a Cillian a salvo allí y me apresuro a volver al castillo. Corro más rápido, pero me siento más lenta, con el peso de tantas preguntas sin respuesta.

Le llevó demasiado tiempo encontrarlas nuevamente.

Su madre sabía lo que estaba haciendo. Desapareció. Y no solo evitando los métodos convencionales de rastreo, utilizó guardas y escudos mágicos para evitar el rastreo místico. Pero la perseguidora era paciente y tenía muchos recursos. Tarde o temprano, la madre cometería un error, y entonces la perseguidora podría cumplir su misión.

Poco más de un año después del fiasco del vampiro, llegó su oportunidad. Los Vigilantes eran animales de costumbres, e incluso desde su escondite, la madre respondió cuando un miembro del Consejo le propuso que se encontraran. La perseguidora sabía la fecha y la hora de la reunión.

Estaba frente a una casa insulsa en un lugar de Phoenix. Todo era beige. El paisaje. Las casas. Las auras. Era el lugar menos mágico en el que había estado. Podría haber sido lo opuesto a una boca del infierno: un punto muerto demoníaco. Hasta el infierno era preferible a Arizona.

Probablemente era por eso que la madre lo había elegido. Con el calor del día irradiando desde el lastimoso patio de guijarros, la perseguidora se agachó y observó la casa. Las luces estaban encendidas. Esperó hasta que vio un destello de rizos rojos. Después, otro. Estaban adentro.

La tarde se deslizó hacia la noche. Se imaginaba las tareas rutinarias que estaban ocurriendo en el interior. Bañarse. ¿Tenían las chicas la edad suficiente como para ducharse ya? Cepillarse los dientes. Tal vez un cuento, uno en el que los monstruos habían sido derrotados y después el libro terminaba.

Pero los monstruos nunca respetaron los finales en la vida real. Seguían viniendo y viniendo y viniendo. Nunca desaparecía la necesidad de que fueran derrotados.

La luz de la habitación se apagó. Y entonces, según lo prometido, la madre salió de la casa. Sus movimientos eran furtivos, sospechosos. Se subió al coche y se fue a su reunión clandestina.

La madre debería haber sabido que no era una buena idea.

La perseguidora se metió goma de mascar en la boca. Tenía el video de Titanic, que acababa de salir a la venta, esperándola en su casa como recompensa por haber cumplido finalmente esa misión. «Nunca la soltaré, Jack», susurró para sus adentros mientras se cortaba la mano y empezaba a activar las runas que acabarían con la profecía de una vez por todas.

CAPÍTULO
7

EL CASTILLO SE ERIGE IMPONENTE FRENTE A MÍ EN LA NOCHE. NO ES UN castillo de cuento de hadas, hecho de azúcar hilado y sueños de felicidad eterna. Ni siquiera es un castillo de pesadillas lleno de puntas y oscuridad acechante. Es el equivalente a una clínica de urgencias. Su función es mantenerte vivo. Nada más.

Las ventanas son básicamente ranuras estrechas, vestigios de los días de flechas y ballestas. Aunque debo ser justa, todavía usamos bastante las ballestas. Se expandieron algunas ventanas de las zonas habitadas, pero toscamente. Son como gafas inapropiadas para una forma de cara determinada. La única torre que había se vino abajo antes de que nacieran mis tatarabuelos, así que la edificación es un rectángulo achaparrado. La muralla y sus edificaciones anexas ya no están, quedaron atrás cuando Ruth Zabuto y mi madre transportaron el castillo hasta aquí. En su lugar, tenemos varios cobertizos básicos. Hay un garaje largo que se hizo en un antiguo establo abandonado. Todo el conjunto es tan brusco como Bradford Smythe y tan desagradable como Wanda Wyndam-Pryce. Y tan carente de magia como Ruth Zabuto.

De todas maneras, es nuestro hogar.

Lo cual quiere decir que está lleno de gente con la que no puedo arriesgarme a cruzarme. En parte sospecho que, si me encontrara con alguien del Consejo, escupiría todo de golpe. Escuchar al Consejo es un precepto importantísimo de la sociedad de Vigilantes. Hay que obedecerle. Y si hay un precepto menos explícito y más bien tácito, es que no hay que esconder demonios en los cobertizos de tus amigos sin avisar al Consejo.

Así que, en lugar de entrar por la puerta principal, voy hacia la parte trasera y localizo la que estoy casi segura es mi ventana. Está en el segundo piso. Todo el primer piso del castillo es una zona prohibida. Lo cerraron cuando trasladaron el castillo aquí. Hay una luz en mi ventana, como una señal. Si logro entrar a mi habitación, podré contarle a Artemis todo lo que pasó y ella sabrá qué hacer. Siempre tiene un plan.

Calculo mentalmente. Está a unos cinco metros. Hay una amplia cornisa de piedra; las paredes tienen medio metro de grosor, y la ventana está orientada hacia el interior.

Si corro muy rápido, quizás pueda...

Me agacho y salto. Con los brazos estirados, consigo aferrar la cornisa con las puntas de los dedos. Me preparo para la caída, pero me aguantan. Me levanto, riendo, y arrastro el cuerpo al espacio frente a la ventana, me doblo y me aprieto contra ella.

Es ahí cuando recuerdo que está atascada; y se abre hacia *afuera*, no hacia adentro. Puede que tenga la fuerza de una Cazadora, pero eso no ha mejorado mi habilidad para planear algo al detalle y anticiparme. Quizás por eso Buffy siempre reacciona en lugar de planificar. Cuando tu cuerpo puede hacer cosas increíbles, es fácil intentarlo primero y arrepentirte después.

Aparece un rostro de golpe, grito y casi me caigo para atrás. Veo mi grito reflejado en Artemis. Luego aplasta la cara contra el cristal y vocifera:

—¿Qué demonios estabas pensando?

—Claramente, no lo estaba haciendo.

Me señala las bisagras de la ventana. Estoy obstruyendo su capacidad de apertura.

—Dame un segundo.

Me asomo, tratando de no pensar en el vacío que hay debajo de mí. La piedra sobre la cavidad de la ventana es lo suficientemente irregular como para que encuentre huecos en los que clavar los dedos. Subo unos metros por la pared, manteniéndome por encima de la cornisa.

—¡Ven! —dice Artemis. Su voz ya no está amortiguada por el cristal.

Bajo columpiándome y aterrizo de cuclillas sobre la alfombra.

—¿Te has olvidado de que tenemos una puerta? —No le ha hecho gracia—. ¿Qué te pasa? ¡Podrías haberte hecho daño!

—Pero no me lo he hecho. Lo he llevado bien.

—¡Porque estaba yo aquí para abrir la ventana! ¿Qué habrías hecho si yo no hubiese estado?

—Habría...

Hace un gesto con la mano y me interrumpe:

—No tienes ni idea de qué habrías hecho. Porque yo siempre estoy aquí. No puedes comportarte como si las cosas fuesen distintas ahora. No lo son.

Imito su mirada desafiante.

—Sí lo son. Todo es diferente.

—¡Nada es diferente! Nada es diferente jamás. Si sigues jugando a la superheroína, te harás daño. Tú eres la que se la pasa hablando de que la violencia no es un don ni una herramienta, sino una muleta. De cómo las Cazadoras se concentran tanto en matar que ni siquiera piensan bien las cosas, como que se puede dialogar con los demonios o algo así.

—Nunca he dicho que...

Me vuelve a interrumpir:

—Y también están tus sermones sobre que necesitamos ser inteligentes y cuidadosos. Priorizar otras soluciones; como si mi entrenamiento de combate fuera algo de lo que debería avergonzarme. Pero en cuanto tú tienes un poco de fuerza, todo sale volando por la ventana. ¡Igual que tú!

Sus palabras duelen.

—Técnicamente, he entrado saltando por la ventana, no he salido.

No sonríe ante mi chiste.

—¿No lo entiendes, Nina? *Nunca* has entrenado. Eres como un arma cargada en las manos de un niño. Peligrosa para todos, en especial para ti misma. Deberías haberte escapado del sabueso infernal, no haberlo atacado. ¿Cómo se supone que voy a protegerte de ti misma?

Mi plan de hablarle sobre el demonio se esfuma. Ante un problema demoníaco, había decidido acudir directamente a Artemis y tirárselo encima. No quiero darle la razón. He dependido de ella durante muchos años. Pero, en realidad, ¿cuánto había de necesidad real y cuánto de comportarme como siempre lo habíamos hecho?

Además, pensará que soy una idiota por esperar que ese demonio se despierte para poder hablar con él, tal y como ha dicho. No puedo confiar en que no le hará daño al demonio hasta no tener más información. No cuando está tan alterada con esto de protegerme.

No se lo voy a decir. Hace unos meses, esconderle secretos hubiera sido algo impensable. Pero después de los dos últimos meses de tener que esconder mi miedo constante ante los cambios internos que me estaban ocurriendo, casi parece natural.

Me desato las botas, intentando fingir, como si no estuviese escondiendo nada. Tratando de actuar como si sus palabras no me hubiesen hecho daño.

—He entrado por la ventana porque no quería ver a nadie. Si no la hubieras abierto, habría bajado de un salto y entrado por la puerta principal. No es tan grave.

—Y ¿por qué te fuiste? Te he llamado.

Gracias al cielo que fue ella y no alguien más.

—No podía hablar de lo que habíamos escuchado discutir al Consejo. Y no quería usar tu escondite en los pasadizos, así que salí.

Se relaja un poco y después se aparta la cola de caballo del hombro.

—La próxima vez que decidas desaparecer, avísame primero. No sabía dónde estabas. Además, alguien había tirado esto bajo nuestra puerta cuando regresé.

Saca una nota gruesa de color crema. Ya ha roto el sello, a pesar de que la nota lleva mi nombre. Alguien ha escrito en letra elegante lo siguiente:

Nina:

Por favor, ven al centro de entrenamiento a las 5 a. m. Debido a ciertas políticas del Consejo, es necesario que te muevas con discreción. Hasta entonces, que descanses; y recuerda el poder de tus sueños.

La cursiva es tan precisa que parece que alguien mayor ha escrito la nota. Debe haber sido Bradford Smythe. Él tiene las respuestas. Él sabía que yo era una Potencial, para empezar. Y, a diferencia de mi madre, me hablará sobre ello. Quiero preguntarle a Artemis por qué ha abierto mi nota, pero no quiero que haya más tensión entre nosotras. En cambio, intento alivianar el clima.

—¿«Recuerda el poder de tus sueños»? Es el aforismo más estúpido que he escuchado. ¿Se supone que debe ser inspirador?

—Creo que se supone que debe ser literal. —Artemis se sienta de piernas cruzadas sobre la cama, con la espalda contra la pared—. Sueños de Cazadora. Ya sabes. Al acceder al poder, conectas con todo el linaje de las Cazadoras.

—Claro. Sí. Sueños de Cazadora —digo con un entusiasmo tan fingido que Artemis se da cuenta de inmediato de que estoy mintiendo. Entrecierra los ojos. Caigo de un golpe sobre la cama y me tapo la cara con la almohada—. No sé lo que son. No recibí las clases avanzadas sobre Cazadoras, ¿recuerdas?

Solo estudié lo básico. Quizás a mi madre le preocupaba que los profesores descubrieran aquello a lo que realmente estaba destinada a convertirme. Quizás le preocupaba que *yo* lo descubriera.

Si no hubiera sido una Potencial, ¿me habría forzado a hacer el entrenamiento para Vigilante pleno como a Artemis? Una vida distinta se abre ante mis ojos. Una en la que habría sido importante dentro de la sociedad de Vigilantes. Una en la que el Consejo me habría escuchado, habría sido digna de tener voz e influencia. Pero si no hubiera sido una Potencial, no nos habrían alejado para protegernos y habríamos volado por los aires junto con todos los demás.

Dioses, ni siquiera puedo odiar ser una Cazadora sin que se complique.

—Siempre es importante estudiar a las Cazadoras —me sermonea ignorando mi lucha interna. Está enfadada conmigo otra vez—. A veces sus sueños son proféticos. La Cazadora original se comunica por este medio, y los sueños solían unir a cada Cazadora con la siguiente. Ruth Zabuto tiene la teoría de que, con todas las Cazadoras que hay ahora, puede incluso que haya una conexión directa entre sueño y sueño, como un gran chat de grupo. Necesitas ponerte a leer.

—Genial. Ahora tengo incluso más tarea.

Tarea que no voy a hacer. No quiero ser una Cazadora, mucho menos ahondar en teoría de Cazadoras. Además, la temible Buffy no ha aparecido en ninguno de mis sueños de los últimos dos meses. Dudo que vaya a visitarme ahora.

A menos que tener conciencia de que puedo hacer esto, lo haga posible... Genial. Otra cosa más de qué preocuparme.

—¡Deberías tomártelo en serio! —exclama mi hermana.

Me quito la almohada de la cara bruscamente.

—¡Acabas de decirme que nada ha cambiado y que no debería actuar como una superheroína!

Artemis apaga las velas, la noche envuelve la habitación y nos separa.

—Da igual. Haz lo que quieras. No puedo ayudarte a ser una Cazadora.

Es un comentario muy poco Artemis. Nunca jamás me ha dicho que haga lo que quiera. Siempre me ha dicho que haga lo que ella cree que es mejor para mí. Así que, o ya no le importa qué es lo mejor para mí o no lo sabe. Y está furiosa *conmigo* por ello.

Ser una Cazadora es lo último que hubiese deseado nunca. ¿No entiende lo mucho que me está costando?

Darme cuenta de que Buffy, nuevamente, ha cambiado mi vida por completo y sin mi permiso, me golpea tan fuerte que finalmente me quedo sin aliento. Porque si soy una Cazadora, es por culpa de Buffy. Jamás hubiese sido la Elegida con el viejo sistema de una a la vez. Habría sido una invisible Potencial para siempre. Y nunca lo habría sabido. Y por más rabiosa que me haga sentir, eso me parece preferible. Quizás mi madre tenía razón al esconderlo.

Buffy me costó mi padre y, en algún modo, mi madre. No dejaré que fastidie mi relación con Artemis también. Ella siempre me ha cuidado. Quizás necesita sentir que todavía puede hacerlo.

O quizás sea mi turno de cuidarla a ella.

* * *

No entendía el idioma que salía de mi boca, pero sabía qué estaba diciendo mientras le indicaba a mi pueblo que prendiera fuego las lanzas, juntara a los niños en el centro de la aldea e hiciera todo lo posible para detener a las hordas de demonios que se dirigían hacia nosotros.

No permitiría que la oscuridad acabara con mi pueblo.

Luché entre la furia de sangre y espadas, cortando y desgarrando todo a mi paso. Detrás de mí, mi pueblo libraba sus propias batallas. Morían. Si eliminaba a la reina de la horda, sus demonios se dispersarían. Solo tenía que vivir lo suficiente.

Unas garras me arañaron la espalda. Algo me golpeó en la frente y la sangre brotó sobre mis ojos. Luché con instinto puro, una máquina de muerte.

Y después, me enfrenté a la reina. Se alzaba frente a mí como una torre, dos metros de músculo, garras, exoesqueleto y muerte. Su grito me perforó los tímpanos y el mundo se silenció con un misterio punzante. Estaba ciega y sorda. Pero no estaba muerta.

Sus garras, venenosas, me rasgaron los costados cuando me alzó por encima de su cabeza. Justo como lo esperaba. Sonriendo, lancé mis brazos al aire para dar la señal. Flechas en llamas me embistieron y mi ropa, empapada en gasolina, se prendió fuego al instante. La reina gritaba, intentando soltar sus garras de mí, pero la rodeé con mis brazos, la abracé en el fuego y en la muerte.

Mi pueblo estaba a salvo

Mi pueblo estaba...

Rojo, después negro, pero un negro suave. El negro del sueño. El negro de una lucha terminada y un bien merecido descanso.

Miles de voces suspiraron al unísono. Sonreí. Lo sentí todo. El dolor, el miedo y la furia. Y ahora siento el orgullo y la paz de su muerte.

La oscuridad se extirpa de mí. No es mía. Aún no. Caigo al suelo rodando, ahogándome. Hay humo por todos lados. Sé que, si abro los ojos, veré llamas tan oscuras y púrpuras que me dolerá mirarlas. Los colores equivocados, las llamas equivocadas. Y veré a mi madre con Artemis en brazos.

No puedo respirar. Unos gritos me arrancan del sueño y me abro camino hacia la vigilia en la que tengo una manta sobre la cabeza. Alguien me está sacudiendo.

—¡Nina!

Me quitan la manta de un tirón. Tengo la mano sobre mi corazón palpitante.

—¿Quién estaba gritando?

Artemis suspira mientras se acuesta junto a mí.

—Tú. ¿El incendio otra vez?

No es necesario que le responda.

—Y algo nuevo. Nunca más hablemos de Cazadoras antes de dormir.

Pero extrañamente, el primer sueño —lleno de demonios, de sangre y de muerte— no ha sido perturbador. Me sentía llena de energía. Orgullosa, incluso. Después vino el incendio y fastidió todo, como siempre.

Artemis se queda, y se lo agradezco. Hace tiempo que no duerme en mi cama. Pero incluso cuando peleamos, nadie me hace sentir tan segura como ella. Se vuelve a dormir rápidamente.

No quiero dormir. Ni ahora, ni nunca.

Pero mi cuerpo no está de acuerdo y caigo nuevamente. El único sueño que tengo es sobre una mujer, bajita y con moños rubios, que está sentada en el borde de una azotea con vistas al puente Golden Gate. A pesar de que la escena es tranquila, siento la presencia latente de otras a mi alrededor. A diferencia de la oscuridad que se había apoderado de la muchacha que luchaba con la horda de demonios, aquí no hay paz. Todas miramos y todas sentimos lo mismo, que se alimenta de las demás al punto del frenesí.

Ira. Concentrada en ella.

Buffy suspira con los hombros desplomados.

«Lo siento», murmura.

Nunca antes he sido parte de algo tan grande, tan abrumador. Rodeada, me dejo caer. Me rindo. *Quiero* hacerlo. La ira aumenta, es un enjambre de violencia invisible concentrado en ella. Estamos furiosas, estamos en multitud y estamos zumbando.

Y sonando.

Sonando.

Sonando.

Me despierto de un sobresalto y alzo mi reloj. Son las 4:50 a. m. Apago el despertador.

A quienquiera que me esté esperando, más le vale tener café. Y donuts. Y un cachorrito.

—¿Qué? —pregunta mi hermana con la voz amortiguada por la almohada.

—Tengo la reunión con Bradford Smythe.

Quiero quedarme en la cama, hacer de cuenta que nada ha cambiado, que nada de esto ha pasado. Al considerar el futuro incierto, la ansiedad se apodera de mí.

Me han tenido engañada toda la vida. Necesito respuestas antes de decidir qué sigue a continuación. Y estoy segura de que acabo de tener sueños de Cazadora, lo cual quiere decir que, con solo conocer un poder, he podido utilizarlo. ¿Qué más puedo hacer si me comprendo mejor?

—Cierto. —Artemis mira el reloj y gime. Se levanta a las seis menos cuarto cada mañana. Detesto quitarle su último preciado rato de sueño—. Deja que me arregle.

—¿Por qué?

Me mira fijamente con los ojos nublados.

—Voy a ir contigo.

—Ah. Está bien.

No me había dado cuenta hasta ese instante de que no quiero que venga. Lo cual es nuevo para mí. Estoy nerviosa, pero será peor si ella viene. Me preocupa que tome las riendas y yo se lo permita porque es más fácil.

Se le endurece la expresión.

—Muy bien. Si no me necesitas...

—¡No he dicho eso! De todas formas, no te necesito. Es solo una reunión. Estoy segura de que te pondrán al tanto. Siempre sabes todo.

—Excepto que eras una Potencial, al parecer.

—¡No es justo! Yo tampoco sabía eso y era sobre *mí*.

Artemis suspira y se sienta. Su expresión cambia de enfado a comprensión a regañadientes.

—Lo sé.

Algo de la rigidez en mi pecho se afloja. Hablaremos sobre esto. Hablaremos en serio. El abrazo de Cillian era lo que necesitaba ayer, y la oreja atenta de mi gemela es lo que necesito ahora.

—¿Quiénes crees que estarán en la reunión? —pregunto, preparándome para las cosas más importantes.

—Obviamente están intentando esconder esta reunión de nuestra madre, o te hubieran convocado en la sala de reuniones del Consejo en un horario normal.

—¿Crees que debería ir? Teniendo en cuenta que no todo el Consejo lo aprueba.

Quizás espero que me diga que no. Que me dé una opción.

Se frota la cara, luego se estira el pelo hacia atrás y lo sujeta en una coleta.

—No tienes otra opción. Ya eres una Cazadora. Ignorarlo no hará que desaparezca.

Me molesta.

—Ya lo sé. Obviamente. Pero no por eso duele menos el hecho de no tener opción aquí.

Artemis se pone de pie y me da la espalda como si fuera a sacar ropa del armario. Vendrá a la reunión, aunque le he dicho que no. Su voz se suaviza cuando finalmente vuelve a hablar:

—¿Y cuándo hemos tenido opciones? —Me pongo de pie para ir hacia ella, pero se da vuelta y tira su selección de ropa sobre la cama evitando mis ojos—. Puedo entrenarte. Además, ni siquiera sabemos lo que dirán en la reunión. Un paso a la vez.

—Gracias —lo digo en serio. Me siento mejor con ella a mi lado, porque *siempre* ha estado a mi lado. Después de todo, es ella quien consiguió que aprobaran mi clínica y los fondos para abastecerla. Aun cuando no le importan las mismas cosas que a mí, le importo yo. Empiezo a reevaluar mi decisión de no contarle sobre el demonio.

—Escucha, anoche...

Alguien golpea a la puerta.

—¿Artemis? —Es nuestra madre.

Cruzamos una mirada de terror. Me meto en la cama nuevamente y simulo estar dormida. Artemis abre la puerta con delicadeza.

—¿Qué? —murmura.

—Bien, estás levantada. Necesito tu ayuda para inspeccionar el perímetro y ver si podemos determinar de dónde ha venido el sabueso infernal.

—Dame un segundo para vestirme.

La puerta se cierra. Nuestra madre nunca nos visita a esa hora. En parte sospecho que ha usado lo del sabueso como excusa para asegurarse de que estuviera aquí. Por las dudas, no abro los ojos mientras Artemis se viste y luego se va. Me siento, enfadada. Ni siquiera merezco una conversación, mucho menos que me pida ayuda, a pesar de que fui yo la que mató al sabueso infernal. A pesar de que soy una Elegida.

Y ahora voy a llegar tarde. Camino por los oscuros pasillos del castillo sin hacer ruido, con cuidado de no cruzarme con mi madre. El centro de entrenamiento se encuentra en el viejo salón del trono, que fue convertido en un gimnasio. Otra habitación en la que nunca tuve un lugar. Pero sé dónde está.

Entro a hurtadillas justo a tiempo para ver un cuchillo que atraviesa el salón volando, derecho hacia mi cara.

CAPÍTULO

8

MIRO FIJAMENTE EL CUCHILLO, HUNDIDO Y TODAVÍA TEMBLANDO EN LA puerta en la que hace medio segundo estaba mi cabeza. Estoy de espaldas en el suelo. Mi cuerpo ha sabido cómo evitar el peligro, aun cuando mi cerebro no.

—En situaciones como esta —dice Bradford Smythe, y su voz suena como si estuviese dando una lección bien ensayada de geometría—, tienes que *atrapar* el cuchillo. De esa forma, evitas ser apuñalada y te haces con control del arma para tu propio uso.

—¡Lo recordaré la próxima vez que alguien me lance un cuchillo a la cabeza! —Me detengo furiosa y después me congelo. Porque no está solo Bradford «buenos días, aquí tienes un cuchillo» Smythe en la sala de entrenamiento. También está Eve Silvera.

Y Leo.

De repente soy consciente —con un pánico más ahogado del que produjo el cuchillo— de que he salido de la cama y he venido directamente hacia aquí. Mi cabello está descontrolado en un lado y chato en el otro. Mi cara probablemente todavía tenga las marcas de las almohadas. Y llevo puesta una camiseta de franela con las mangas largas y tres tallas más grande... con shorts debajo tan cortos que parece que *solo* llevo puesta la camiseta. Estaba tan confundida por mis alocados sueños que no me molesté en ponerme la ropa adecuada para esquivar cuchillos. Ropa que le debería haber pedido prestada a Artemis. Pero pensé que se trataba de una reunión para *hablar*, no para poner en riesgo mi vida.

—Hola, Athena —dice Leo.

Lo había olvidado. Es la única persona de aquí que me llama por mi verdadero nombre. De pequeña siempre fui Athena, pero después del incendio y de mi corta estadía en el hospital, de algún modo me transformé en Nina. Me convertí en alguien a quien había que cuidar y me dieron un apodo que me arrancó del panteón griego. La manera en la que Leo decía mi nombre solía revolverme el estómago, porque pensaba que significaba que él me *veía* o me respetaba o quería casarse conmigo cuando fuésemos mayores para que fuésemos la gran pareja Vigilante y salvásemos el mundo juntos mientras también quizás cabalgásemos por debajo de un arcoíris en la playa.

(Había un poema al respecto también. Nunca fui tan prolífica sobre algo en mi vida como lo fui en mi etapa de Poesía sobre Leo).

Tiro de mi camiseta hacia abajo, y el cuello cede hacia uno de mis hombros. Oh, dulces bocas del infierno, *ni siquiera llevo puesto un sujetador.* Cuando imaginaba reencontrarme con Leo —lo cual no sucedía a menudo, porque estaba casi segura de que estaba muerto y era más sencillo no imaginarlo— siempre era de alguna manera *genial*. Por ejemplo, él estaba gravemente herido y mi rapidez mental detenía el sangrado y salvaba su vida. O... bueno, la verdad, en todos los escenarios él estaba gravemente herido. Me reconfortaba. Y significaba que él era el avergonzado y no yo.

En ninguno estaba profesionalmente estirado junto a su madre mientras yo estaba en pijama.

Dioses, lo odio.

—¿Nina? —pregunta Eve.

Abotono rápidamente mi camiseta y me concentro en ella. Está vestida tan formalmente como lo estaba durante la reunión que espiamos, pero ahora su chaqueta es de color ciruela oscuro. Otra vez su pintalabios hace juego. Se supone que no estuve presente en la reunión, por lo que debería estar sorprendida de que estén aquí.

—¡Hola! Guau, estáis de vuelta.

Tuerce los labios en una sonrisa divertida:

—Estoy bien al tanto de los secretos de este castillo. Concretamente que *no tiene* secretos. No necesitas fingir que no lo sabías.

Me apresuro a cambiar de tema, para evitar revelar los pasadizos:

—¡Me alegra saber que no estáis muertos! —Oh, dioses, no me dejéis seguir—. Quiero decir, pensamos que lo estabais. Muertos. ¡Y nos sentíamos muy tristes! —Me sale de una manera que suena increíblemente poco sincera, lo cual me hace sentir fatal (más allá de haber deseado no volver a ver a Leo, era terrible pensar que los Silvera estaban muertos)—. Es, eh, agradable que alguien esté vivo al menos una vez. Normalmente pasa justo lo contario. Ey, ¿alguien más tiene un cuchillo que quiera tirarme?

A Bradford Smythe se le escapa una risa con flema. Después, se pone serio. Sus cejas tupidas cubren la mitad de sus ojos, como musgo español que cuelga de un árbol:

—Nina, mi niña, eres una Cazadora. —No me sale fingir la sorpresa. Me encojo de hombros. Ese gesto resume mis sentimientos muy adecuadamente. Continúa—: Ahora que has sido Elegida, tienes una responsabilidad. La vida de una Cazadora nunca es sencilla, eso no ha cambiado ni siquiera ahora que son más. Es nuestro deber entrenarte, prepararte para lo que tu futuro te depara. Por supuesto, el entrenamiento será un desafío. Esto es algo fuera de lo normal.

Junta las manos detrás de la espalda y camina con lentitud, mirando meditabundo las paredes. En ellas hay almohadillas, armas de práctica y armas de verdad alineadas. Me preparo, él se detiene delante de una maza de aspecto horroroso y de una cadena.

—No podemos hacer el *Tento di Cruciamentum* cuando cumplas diecio-cho. Fuiste criada por nosotros, así que sabes todo sobre los relajantes musculares y supresores de adrenalina que inyectamos de forma secreta a las Cazadoras para que se enfrenten a un vampiro sin sus habilidades.

—Claro. —Espero que mis ojos no estén tan abiertos como los siento—. Claro, sé *todo* sobre eso, así que no hay razón para hacerlo cuando cumpla dieciocho, para lo que aún faltan dos años. Así que, sí, el examen queda descartado. No tiene sentido ni programarlo. Y ya que estamos hablando de eso, técnicamente nunca he aceptado ser una Cazadora. O, mejor dicho, entrenarme como una. Deberíamos de-tenernos y pensar si esa es la mejor opción para todos. —*Para mí*—. Quiero decir, ni siquiera hemos intentado encontrar a otras Cazado-ras. Quizás deberíamos hacer eso antes de inclinarnos por la opción de «Sí, Nina ahora mata cosas», que es una opción bastante mala en lo que a opciones respecta.

Leo parece interesado por primera vez en toda la conversación. Antes, su cara estaba neutra. Ahora se muestra nervioso. Impaciente, incluso.

—Athena tiene razón. Hay tantas Cazadoras ahora. No podemos pedirle que haga algo que no quiere...

—No se lo estamos pidiendo —dice Eve, interrumpiéndolo—. Tam-poco te lo estamos ordenando, Nina. Pero con o sin entrenamiento, *eres* una Cazadora. Y eso es magnífico y estoy segura de que también es sobrecogedor y aterrador. Pero no puedes cambiarlo ignorándolo. Hacerlo sería irresponsable. Peligroso, incluso.

Me estremezo al recordar el comentario de Artemis sobre un arma cargada en manos de un niño. Leo me mira fijamente. Sacude casi im-perceptiblemente la cabeza. Está claro que no está de acuerdo con su madre. Lo cual hace que quiera escucharla más.

Eve acorta la distancia entre nosotras y pone las manos sobre mis hombros.

—Siempre has tenido mucho que ofrecer a los Vigilantes, pero nunca has sido utilizada aquí, nunca has tenido un verdadero lugar entre nosotros. Esta es una gran oportunidad para todos, para aprender de ti. Es hora de que ocupes tu legítimo lugar junto al Consejo. En donde tu padre te hubiera querido.

Sigo sin querer ser una Cazadora, pero la forma en la que Eve me mira con esperanza y calidez diluye un poco el miedo. *¿Hubiese* querido mi padre esto?

—Supongo... supongo que podríamos intentarlo.

Eve sonríe.

—Esa es nuestra chica. —Después suelta mis hombros para hacer un inventario de lo que la habitación tiene para ofrecernos—. ¿Asumo que has tenido entrenamiento de combate básico? —Su suposición duele, pero es agradable de su parte haberme dado el beneficio de la duda.

—No me fue permitido. Mi madre dijo que no. Pero ¡he leído la mayoría de los manuales! Y, eh, sé mucho sobre primeros auxilios. He estado trabajando como médica de los Vigilantes. Soy muy buena con las suturas. Y los paquetes de hielo. Experta en empaquetar hielo.

Sonríe, hay algo de ternura sincera allí. Sin juicio ni burla. Me alegra que sea ella y no la estúpida Wanda Wyndam-Pryce

—Eso es estupendo. Me encanta que tengas experiencia fuera del estrecho foco que se le hubiera dado a una Potencial. ¿Cuánto conoces sobre el área demoníaca?

—¡Soy la mejor en ese campo! Estoy súper al día con el conocimiento sobre los demonios. Dime un demonio y te diré lo que conozco. —La verdad es que es Rhys el experto en demonios, pero le gusta hablar y a mí no me molesta escuchar. La mayoría de mis estudios han estado centrados en los humanos, pero sé más que una Cazadora promedio. Y definitivamente sé más que Buffy, quien se mostraba notablemente reticente a investigar o estudiar por su cuenta.

Rupert Giles siempre la cuidaba. Ahora él también está muerto, igual que mi padre. En general, los *Vigilantes* entierran a más de una *Cazadora*. A Buffy nunca le gustó el *statu quo*.

—Háblame sobre D'Hoffryn —sigue Eve—. ¿Qué sabes de él?

—¡Oh! ¡Ese me lo sé! —Aplaudo, entusiasmada. En general no me motivan tanto las cosas de demonios, pero Eve tiene algo que me hace anhelar su aprobación. Quizás porque siento que realmente le importa, que está alentándome. La mirada de Leo pasa de mí a la puerta; tiene las manos unidas detrás de la espalda—. D'Hoffryn es un verdadero demonio, no un híbrido. Tiene habilidad para corromper humanos, convirtiéndolos en demonios vengativos. No tiene debilidades. Viene a este plano solo cuando es invocado por un demonio vengativo o atraído por un nuevo candidato. —Hago una pausa, pensativa—. Pero... con los portales cerrados, ¿puede seguir creando demonios vengativos? ¡Supongo que no! Eso es algo bueno. Un punto para la no-magia.

—¿Sabes si se encontraba en la tierra cuando los portales se cerraron?

Me encojo de hombros deseando poder impresionarla.

—Ni idea.

Bradford Smythe contesta:

—Creo que está atrapado aquí. Aún debe tener sus habilidades demoníacas básicas, pero debe estar considerablemente incapacitado por la falta de magia.

—¿Nadie pensó que este puede ser un buen momento para ir detrás de demonios como D'Hoffryn? —pregunta Eve, arrugando la frente.

—No tenemos los recursos. —Bradford no suena ofendido. Solo nostálgico—. Lo que ves es lo que hay, querida.

Eve me sonríe, su ceño pierde la arruga. Me percato de que me estoy estirando.

—Lo que veo aquí es todo el comienzo que necesitamos.

Ahora me sonrojo y no me importa. Que me observe con tanto orgullo y esperanza una Vigilante tan reconocida es un sentimiento que no sabía cuánto necesitaba. Nunca nadie me felicitó por aprender una nueva técnica para entablillar ni elogió mi habilidad para tomar el pulso. Pero Eve no solo cree que soy una Cazadora, sino que está *agradecida* de que lo sea. Puede que sea la única.

Y la manera en la que me mira me hace sentir que a lo mejor realmente puedo hacer esto. Puede que ella sea la persona a la que puedo confiarle lo del demonio de Cillian. Deberé valorarla y esperar a que Bradford Smythe no esté aquí, pero ya me siento algo aliviada de cederle la carga a alguien más capacitado.

—Helen no puede saberlo. —Bradford suspira—. Tiene buenas intenciones, pero es complicado.

Eve asiente.

—Las familias siempre lo son. —Se gira hacia mí, ladea la cabeza—. Tengo una pregunta sobre los tiempos. ¿Cuándo, exactamente, sentiste el cambio? Debe haber sucedido antes de que La Semilla fuese destruida.

—Creo que pasó exactamente en ese momento. Por eso no le conté a nadie que me sentía extraña. Hubo un demonio grande y una especie de réplica de ola mágica, y estábamos cubiertos de moco de demonio. En ese instante sentí que... Es difícil de describir... ¿Me estaba deshaciendo? Como si todo en mi cuerpo hubiese cambiado y hubiese dejado de ser yo, pero era más yo que nunca. Tenía miedo de que fuese algo demoníaco, así que lo ignoré. Hasta que, ante el ataque del sabueso infernal, mi cuerpo simplemente reaccionó.

La cara de Eve se tiñe de asombro.

—Nina, si cambiaste de Potencial a Cazadora en el momento exacto en que la magia fue destruida, eso significa que eres la última

Cazadora. De todas. El final del linaje que se remonta hasta la primera Cazadora.

El peso de esa información se asienta sobre mis hombros. No quiero esa responsabilidad. Nunca la pedí. Pero una parte tiene sentido: fui elegida en último lugar. Algunas cosas nunca cambian.

Eve aprieta mi hombro de nuevo, después mira la habitación como imaginando lo que haré.

—Te entrenaremos en secreto. Bradford tiene razón: tu madre no puede saberlo. Y francamente, no me importa la política de Wanda. Ruth probablemente no opine, ni a favor ni en contra.

Todavía no sé cómo me siento sobre el entrenamiento, pero ella está mostrándome tanto apoyo, que no quiero dar nada por sentado. Y entrenar no significa convertirme en la Chica Cazadora Activa. Simplemente significa descifrar cómo he cambiado, lo cual me parece que es algo bueno. Espero.

—¿Podrá participar Rhys? —Me siento como una traidora al no querer a Artemis, que ya se ha ofrecido a entrenarme, pero me resulta más sencillo estar cerca de Rhys. Me sentiré mejor con mi amigo cerca. Si alguien tiene que ayudar a Eve, prefiero que sea Rhys, no Leo. Prácticamente irradia frialdad. Desde que fue excluido por estar de acuerdo en que no debía lanzarme al entrenamiento, es como si ya no estuviese ahí.

Eve niega con la cabeza:

—Rhys tiene que completar sus estudios. Y no queremos forzarlo a mentirle a su madre. Es mejor mantener esta información en confidencialidad. Sin Rhys, sin Imogen ni Jade. En cuanto a los miembros del Consejo, solo Bradford y yo lo sabremos.

—Artemis ya lo sabe.

—Está bien. Pero tu relación más cercana debería ser con tu Vigilante.

Considera que necesito un Vigilante. Me resulta gracioso. Es como ser miembro de una familia de automovilistas, y luego descubrir que necesitas tu propio conductor. Bradford es demasiado viejo, espero. Será Eve. Me arrepiento de todas las fantasías que he tenido en las que ella estaba gravemente herida para que Leo cayese a mis pies, llorando de gratitud hacia mí por haber salvado a su madre, después de lo cual lo rechazaría con calma y con estilo.

Puede que no haya querido ser una Cazadora, pero con Eve como mi Vigilante, creo que puedo conseguirlo. Creo que realmente puedo ser *excelente* en esto. Le demostraré a mi madre cuánto se equivocó al mantenerme marginada. Le demostraré a Artemis que ya no tiene que preocuparse por mí. Y, diablos, a lo mejor puedo enseñarle a Buffy cómo debería ser una Cazadora. Las cosas que odio de ella, los conflictos que los Vigilantes han tenido a lo largo de los siglos por culpa de las Cazadoras... Yo puedo evitarlos. Tiene que existir una mejor forma de mantener nuestro mundo a salvo, una forma que no dependa tanto de la simple violencia. La encontraré.

—No será difícil ocultárselo a mi madre —digo—. Nunca está pendiente de mí, de todas formas.

—Sé paciente con ella —responde Bradford—. Ha perdido mucho. Te protege mucho. Pero considero que es más peligroso no entrenarte.

Pienso que no conoce muy bien a mi madre. «Protectora» no la describe. Fría. Implacable. Incluso manipuladora, ahora que sé la verdad que nos ha ocultado. Y *protectora* no es la palabra que usaría para describir a la mujer que me dejó atrás en un incendio. No, la única razón que se me ocurre por la cual está tan en contra de que sea una Cazadora es que odia a las Cazadoras.

Tanto como las odiaba yo. Pero quizás solo odio la forma en que Buffy es Cazadora. La Cazadora de mi sueño anoche... Ella era increíble. Si hubiera tenido a alguien para ayudarla en su plan, probablemente podría haber evitado morir, incluso. Quiero ser una Cazadora y una Vigilante al mismo tiempo.

—Mi hermana me dijo que me ayudaría a entrenar —agrego. Si Rhys está excluido, Artemis estaría bien.

Eve niega con la cabeza:

—Está bien que lo sepa, siempre que pueda ocultárselo a tu madre. Pero Artemis no tiene ni la habilidad ni la experiencia para entrenarte.

—Eso no es cierto, ella...

—Artemis es excepcional. Pero no puede ser completamente entrenada. Ha sido una asistente más en línea para el Consejo. Tenemos que darte lo mejor, Nina. Eres demasiado importante. —Mi ego se infla y no me importa. Nunca he sido importante en este castillo, nunca me han valorado más que a Artemis.

Jamás.

Así que asiento.

—Excelente —dice Eve. Me inclino hacia delante, esperando un abrazo. Deseando uno. Pero Eve extiende su mano hacia Leo, mirándolo con puro orgullo maternal—. Estoy segura de que tú y tu nuevo Vigilante seréis una pareja perfecta.

CAPÍTULO

9

En cuanto se van Eve Silvera y Bradford Smythe, el porte rígido de Leo se relaja y me sonríe. Como si no se hubiese desvivido por estar de acuerdo con que no debería entrenar y después callado por completo cuando decidieron que lo haría. Como si ahora que lo han designado como mi Vigilante, deberíamos olvidarnos de lo que sucedió.

—No sabes el alivio que sentimos cuando encontramos a tu madre y nos dijo que estabais todos bien. Es maravilloso verte, es como en los viejos tiempos. —Me mira fijamente durante un momento y juro que veo un dejo de rubor—. Has cambiado. Mucho. Has crecido.

—Sí, suele suceder. Y no es exactamente como en los viejos tiempos. Por ese entonces observaba desde el balcón y no entrenaba. Jamás.

Se estremece, después se pone el pelo detrás de la oreja con un gesto nervioso. Así que él tampoco lo ha olvidado. Bien. Quiero decir, mal. Ojalá lo hubiese olvidado. Pero si hubiese podido olvidar el momento más humillante de mi vida, probablemente estaría más ofendida.

—Por supuesto que las cosas son diferentes —dice—. Eres una Cazadora ahora. No me sorprende.

Levanto una ceja. ¿No quería que entrenara y ahora dice que no le sorprende?

—¿En serio? Ha sorprendido a todos los demás.

—Siempre supe que eras especial. Debo admitir que no pensé que eso significara «Cazadora», pero esto resuelve una vieja apuesta. —Su rostro cambia y sonríe con picardía—. Le aposté a Honora cincuenta libras a que un día podrías vencer a cualquiera de nosotros en una pelea.

La mención de Honora es la gota que rebalsa el vaso.

—No quiero vencer a *nadie* en una pelea. Pelear no tiene sentido. Que en ese entonces pudierais dar un golpe no os hacía mejores que yo, y el hecho de que ahora sea una Cazadora no me hace mejor que antes.

Está avergonzado.

—Sí. Lo sé. Es solo que… Creo que empezamos con el pie izquierdo.

—¿Te refieres a cuando estuviste inmediatamente de acuerdo con que no entrenara y con que en mi lugar debíamos buscar a otras Cazadoras?

La confusión en su rostro es muy satisfactoria. Da un paso dubitativo hacia adelante, después otro hacia atrás. Mi parte pequeña y malvada se regocija con poder desestabilizarlo así. Leo siempre fue muy preciso en todo lo que hacía. ¿Y ahora? Es un desastre. Y yo lo he vuelto así.

Niega con la cabeza y dice:

—Creí que alguien debía ofrecer alguna alternativa al entrenamiento de Cazadora. Parecía que no querías hacerlo. No deberías tener que hacer nada con lo que no te sientas cómoda o con lo que no te sientas lista para hacer.

No puedo culparlo por percibir la verdad. Sea como sea, la rapidez con la que me descartó fue reveladora. Está comportándose como si se tratara de lo que yo quiero, pero sospecho que tiene más relación con el hecho de que él sigue considerándome una niña patética.

—Todo Vigilante tiene que hacer cosas para las que puede que no esté listo. Artemis siempre tuvo que hacerlo. Yo no debería ser la excepción. Si esto es lo que quiere el Consejo, entonces es mi responsabilidad.

Puede que esté exagerando un poquito. Pero me niego a que tengamos la misma dinámica de poder de siempre: básicamente que *todos los demás* tienen todo el poder.

Su voz suena firme otra vez, toda vacilación se ha ido:

—El Consejo no debería ser más importante que tú. Nunca. Esa es mi primera recomendación.

—¿Como mi Vigilante?

—Como tu amigo.

—Voy a cambiarme la ropa —digo de manera cortante—. Y después podemos entrenar como Vigilante y Cazadora. No como amigos.

Le cambia la expresión mientras salgo de la habitación. Por un momento me siento culpable, en especial porque realmente ha percibido cómo me sentía. Me hubiese gustado escuchar algo, por más pequeño que fuera, que me hiciera creer que era fuerte tiempo atrás cuando no tenía razón alguna para hacerlo. Pero me armo de valor. No quiero nada de Leo Silvera. Si tiene que ser mi Vigilante, está bien. Pero nunca volverá a ser mi amigo. Le debo eso al menos a mi yo pasado.

* * *

Leo y Honora tenían dieciséis. Artemis, Rhys y yo teníamos trece. A diferencia de mi hermana, Rhys había pasado sus pruebas de Vigilante el año anterior.

Los que se encontraban en disposición para convertirse en Vigilantes activos (y futuros miembros del Consejo) se enfrentaban a una serie de pruebas, tanto prácticas como místicas, para determinar si estaban aptos para el entrenamiento. Había muchos puestos diferentes dentro de la sociedad de Vigilantes, pero todos ellos —operaciones especiales, asesores místicos, enfermeras, bibliotecarios— estaban subordinados a los Vigilantes plenos. Convertirse en un Vigilante activo era la meta.

Cuando no aprobó el examen, Artemis se convirtió en la chica de los mandados. Una especie de sustituta. Yo quería que viniera conmigo a las clases de estudios médicos y primeros auxilios, pero nuestra madre había enviado una nota diciendo que eso «sería un desperdicio de sus habilidades», aunque no en mi caso.

Rhys estaba estresado por su proyecto de Vigilancia, una investigación exhaustiva que se presentaba ante el Consejo. El más famoso de todos era el de Wesley Wyndam-Pryce, quien había hecho un trabajo genealógico y rastreado los ancestros de los vampiros hasta el demonio original que los había creado. La presentación llevó diecisiete días. Rhys siempre hablaba de ese proyecto con una mirada melancólica y soñadora, como si deseara haber tenido la edad suficiente para asistir.

Otro Vigilante había hecho un estudio sobre un vampiro llamado William el Sangriento. Intenté leerlo una vez, pero Artemis me lo quitó diciendo que era «inapropiado». A pesar de que teníamos la misma edad y de que ella obviamente lo había leído. Aunque no era del todo una Vigilante en formación, tenía acceso a información que yo no.

Leo y Honora habían pasado sus pruebas tres años antes. Ya estaban en fases avanzadas de su entrenamiento, casi listos para rendir sus exámenes finales y para que les otorgaran el título de Vigilantes plenos. Pasarían años antes de que pudiesen optar a puestos del Consejo, pero ambos estaban en ello.

Parte de su responsabilidad era supervisar el entrenamiento físico y mágico de Rhys. Artemis trabajaba junto a Rhys principalmente, la idea era que con el tiempo fuera su asistente.

Era afortunada, en cierta forma. Estaba cerca de lo que importaba. A Jade la habían enviado a operaciones especiales mágicas. A Imogen, como a mí, ni siquiera le permitieron presentarse a las pruebas.

A veces nos sentábamos juntas, cuando Imogen no tenía que hacer de niñera. Subíamos al balcón que daba a la habitación de entrenamiento. Pasábamos las piernas por el hueco de la barandilla, apoyábamos la frente contra esta y observábamos a los afortunados que se preparaban para cosas que nosotras nunca llegaríamos a hacer.

—¿No estás enfadada? —le pregunté una vez.

Ella se encogió de hombros.

—Fue amable de su parte cuando me dejaron quedarme. No tengo otro lugar adonde ir. Y no soy como mi madre. No quiero poder. Quiero ayudar. Así que, si cuidar a los Pequeños mientras sus padres hacen cosas importantes ayuda, me alegra poder hacerlo.

Me gustaba Imogen, pero no la entendía. Yo hubiese estado furiosa. Estaba furiosa. Veía a mi hermana entrenar con un cuerpo que debería haber sido idéntico al mío y la envidiaba. Quería el mismo nivel de elasticidad en la piel. Para nuestro decimotercer cumpleaños, mi madre le había regalado armas. A mí, las colecciones en DVD de *ER. Emergencias* y *Chicago Hope*.

Al principio había sido decepcionante, pero después, profético. *Podía* hacer algo. Podía tener una función. Entonces fue cuando abandoné mi pasatiempo y comencé a estudiar todas las maneras en las que el cuerpo humano podía romperse; y todas las maneras en las que podría arreglarlo. Era tan importante como, o más importante incluso, que saber cómo hacer daño.

Desgraciadamente, mi pasatiempo había sido la poesía. Y estaba encontrada principalmente en el enamoramiento que arrastraba desde el año anterior, cuando Leo había aparecido, me había salvado y había hecho que mi cuerpo se diera cuenta de que no solo los chicos eran muy guapos, sino que él era el más guapo de *todos*. Mi cuerpo se sentía electrocutado cerca del suyo. Llené cuaderno tras cuaderno con garabatos de su nombre y poemas dedicados a él. No interactuaba mucho con Leo, pero cuando lo hacía, él era tan agradable que me dejaba flotando durante días. A veces almorzábamos en la cafetería de la residencia de estudiantes el mismo día. Una vez, seis meses antes, le habían dado dos galletas de avena con chispas de chocolate. Cualquier día con chocolate en lugar de pasas era especial. Cuando pasó caminando, deslizó la galleta extra sobre mi bandeja. La guardé hasta que se desmigajó.

No éramos muchos, incluso en esa época. Rhys, Artemis, Jade y yo. Imogen. Leo y Honora. Algunos aprendices uno o dos años más grandes que ellos. Y después había una brecha hasta los Pequeños. Pero cuando Leo me veía, me sentía *especial*. Eso era magia verdadera.

Un día, estaba sola en el balcón estudiando en silencio cuando Artemis tiró una pila de libros de hechizos al suelo de la habitación de entrenamiento. Eché un vistazo, sin mucho interés. No sabían que estaba ahí arriba. No debía estar en esa habitación cuando practicaban magia. Pero por lo general me quedaba, en silencio, intentando espiar aquellos aspectos de nuestro mundo que me habían sido vedados.

—He traído todos los libros que no estaban en la biblioteca —dijo Artemis—. Teníamos algunos en cajas en los dormitorios. Quizás sean los libros viejos de mi padre.

—Ay. —Honora se sentó junto a ella—. ¡Esto podría estar bien! Son demasiado restrictivos con lo que nos dejan estudiar.

Odiaba a Honora Wyndam-Price. Artemis la idolatraba. Honora era perversamente inteligente, su lengua estaba tan afilada como los cuchillos en los que era especialista. Era astuta y letal. Y cuando Artemis no estaba, me llamaba Silbidito por mi asma. Como si fuera un sobrenombre. Pero yo ya *tenía* un sobrenombre. No necesitaba uno que fuera humillante.

Además, era una Wyndam-Pryce. Toda esa familia era insufrible. Decidí ignorar a Honora y, en cambio, me concentré en Leo. Estaba con Rhys practicando combate con espadas. Sus movimientos eran gráciles y fluidos. Me hacía sentir como si tuviera un ataque de asma en el corazón.

—Iré a buscar nuestro almuerzo —dijo Artemis.

Salió nuevamente y yo volví a mis manuales de emergencias. Mi padre había muerto de un balazo en la cabeza. No hubiera podido arreglar eso. Pero había muchas otras cosas que sí podía arreglar, si aprendía cómo. E iba a aprender todo. Excepto los métodos mágicos, por supuesto, porque mi madre todavía me los prohibía.

Por eso no vi cuando Honora levantó un libro que no debería haber estado ahí. Empezó a reírse.

—Ay, dioses. Estos son los mejores hechizos que he visto nunca. ¿Queréis escucharlos? —Estaba prestando atención a medias cuando reconocí las palabras. Y me paralicé—. «Tus labios son una promesa, / que me encantaría cumplir./ Me acechan al despertarme / y provocan al dormir».

No. No, no, *no*.

Unos meses atrás me había quedado sin libretas y había encontrado un viejo y polvoriento libro de magia que estaba casi vacío. Así que lo había llenado con lo mejor de mi poesía, fascinada porque mi amor estaba escrito como hechizos en un libro con cubierta de cuero. Siempre que escribía un poema allí, jugaba a que era un verdadero hechizo de amor que haría que Leo viera que estábamos destinados a estar juntos.

Rhys detuvo su entrenamiento.

—¿Qué es eso?

Me arrastré por el balcón y miré, entumecida por el terror, a Honora leer poema tras poema, cada uno más vergonzoso que el anterior. Quizás no diría sobre quién eran. El nombre solo aparecía escrito en unos pocos.

Honora estaba metida de lleno en la actuación, de pie en un banco frente a Leo y a Rhys, recitando cada poema con el entusiasmo de un intérprete shakespeariano. No iba a decir su nombre. No lo haría. Pero de pronto miró hacia arriba, directamente hacia mí, y me guiñó el ojo.

Sabía que estaba ahí arriba. Lo había sabido todo el tiempo.

—Este —dijo— es el mejor. Es un acróstico. Por favor pensad en las letras con las que empieza cada verso, una debajo de la otra. —Se aclaró la garganta—. «Aquellos días / Tan duros y / Hartos de dolor. / Eternos, sabiendo que / Nunca seré / Alguien importante». —Hizo una pausa—. Eso forma *ATHENA*, para quienes son demasiado lentos. —Levantó una ceja mirando a Rhys. Yo quería salir corriendo y gritarle que parara. Pero mi cuerpo no podía—. «Al verte siento optimismo, del / Más real y genuino. / Algún día todo estará bien, / Algún día». —Honora sonrió, mostrando sus perfectos dientes blancos—. Rhys, ¿qué se ha formado?

Rhys miró el suelo.

—No deberías estar leyendo eso.

—Dámelo. —Leo extendió la mano, pero ella levantó el libro para que estuviera fuera de su alcance.

—Se ha creado *ama a* —continuó diciendo—. Y aquí viene el gran final: «Loco amor / Es lo que siento cuando pienso en ti… / Orgásmicamente».

—¡No dice eso! —chillé.

Todos levantaron la mirada hacia mí, tenía la cara apretada contra las rejas del balcón y me caían lágrimas. Lo que había escrito era: «Loco amor / Es lo que siento, una / Ola que arrasa con el miedo». No solo había elegido lo más vergonzoso posible, sino que lo había empeorado. Lo había empeorado tanto…

Una puerta se abrió de golpe.

—Bueno, hoy tenemos… ¿Nina? Nina, ¿estás bien?

Artemis dejó las bandejas en el suelo y subió corriendo hasta donde estaba yo. Honora cerró el libro, estaba roja de la risa.

Leo levantó su espada hacia Rhys.

—Segunda y cuarta posición —dijo como si nada hubiera sucedido. Como si Honora no acabara de leer mi corazón en voz alta frente a él. Como si yo no estuviera ahogada de la vergüenza y del pánico. Ni siquiera le importó.

Después fingí estar enferma y no salí de la cama durante una semana. Una mañana, alguien me dejó una galleta de avena con chispas de chocolate en la puerta de mi habitación.

La hice pedazos.

Leo había vuelto a su entrenamiento de inmediato, pasando del peor momento de mi vida. No lo arreglaría dándome una *galleta*.

Finalmente conseguí el coraje necesario para salir de mi habitación cuando me enteré de que Leo y su madre se habían ido a una misión en Sudamérica. No mucho después, Honora se graduó, se convirtió en Vigilante plena y le asignaron trabajo de campo controlando actividad demoníaca en Irlanda.

Rhys nunca más tocó el tema. Cuando Artemis me preguntó por qué había estado tan alterada aquel día, yo le pregunté por qué había suspendido el examen. Ninguna de las dos respondió y nunca volvimos a hablar al respecto. Rogué que Leo se hubiera ido para siempre y rompí todo papel dedicado a mi estúpido enamoramiento.

*   *   *

Abandono nuestra historia como una estela de humo cuando regreso a mi habitación dando patadas al suelo. Así que Leo ha vuelto. Da igual. Me niego a que me importe. Ese es otro problema que tenía Buffy. Siempre convertía sus relaciones con los Vigilantes en algo muy personal. Puedo tratar a Leo como un compañero de trabajo. Calmada. Tranquila. Serena.

Excepto que no soy ninguna de esas coas. Y no puedo darme el lujo de estar calmada, no con todo lo que está sucediendo, en especial con el demonio que he dejado en el cobertizo de mi amigo. Una vez que comience a entrenar será más difícil escabullirme. Al diablo con cambiarme de ropa. Necesito ir a ver al demonio.

Mi habitación está vacía, por suerte. Artemis todavía debe estar con nuestra madre. Intento que eso no me amargue. Sé que es extraño estar celosa de que haya ido a patrullar con ella, pero siempre he envidiado lo *necesaria* que es mi hermana. Mis días están llenos de espacios vacíos entre el estudio y mis tareas en el castillo.

Pero supongo que eso también cambiará. Al menos, en secreto.

Artemis podría haberme ayudado hoy. Podría haberle rogado que fuera a la sala de entrenamiento en mi lugar. Leo habría pensado que era yo, habría estado tan impresionado que habría decidido que no necesitaba entrenar y después se habría ido. Lejos. A saltar de un puente, preferiblemente.

Salgo del castillo a hurtadillas. La luz del amanecer tiene un precioso y suave brillo. Hay un cobertizo que funciona como almacén en el que guardamos las armas y las herramientas que no usamos en el día a día. Me espera bajo la sombra de los árboles del bosque que ansían reclamar su tierra. Examino el enorme candado que lo asegura.

Luego lo giro hasta que el metal se rompe.

«Genial», murmuro para mis adentros.

Todavía no quiero que me guste nada de ser Cazadora, pero debo admitir que tiene sus beneficios.

En el cobertizo hay cajas y estantes impecablemente rotulados con la letra de Artemis. Ha ordenado las cadenas por tamaño y material, y las ha clasificado en encantadas o no. Este último criterio no es relevante, pero admiro su minuciosidad. Elijo una cadena de peso mediano con grilletes.

Las muñecas del demonio están en mi cabeza como si fueran una mucosidad en la suela de mi zapato, pegajosa y frenándome a cada paso. Las magulladuras antiguas de sus muñecas cuentan una historia de un cautiverio anterior al cobertizo de Cillian. No sé qué significan, pero no quiero sumar una herida sobre otra. No hasta que sepamos si hay que matarlo.

Acepto que quizás tengamos que hacerlo. Los Vigilantes nunca se acobardan ante lo que hay que hacer. Pero, mientras tanto, no tengo por qué ser cruel. Y definitivamente no tengo que saltar a la conclusión de que esto terminará en más muerte. Anticiparse a la violencia siempre parece engendrar más violencia.

Me pongo la cadena al hombro y me dirijo rápidamente a casa de Cillian. Ni siquiera pienso en que los cuatriciclos que hay en el garaje son más rápidos. Cuando llego, salto la cerca que da al jardín y busco la llave del candado que Cillian escondió bajo la roca. Reculando con cada chasquido metálico, abro la puerta, convencida de que el demonio estará esperándome de pie, listo para devorarme.

Todavía está desplomado en el suelo. Escondo la llave debajo de un bol con cristales que está en una mesa fuera de su alcance y camino de puntillas hacia él, anticipando su ataque. Entonces me surge otro miedo. Me acuclillo, lo miro detenidamente; sigue respirando. Sin saber si debería sentirme aliviada o decepcionada, aseguro la cadena a la viga y le pongo los grilletes en los tobillos; noto que las esposas siguen en su lugar. Como no se ha movido, lo evalúo rápidamente. La herida de su cara se está cerrando. He hecho un buen trabajo. Quiero moverle el brazo para asegurarme de que conserva su rango de movimiento completo, pero incluso yo sé que sería ir demasiado lejos.

Espero unos minutos, pero el demonio está inconsciente. Quizás para siempre. Sé que no debería, pero me siento un poco triste al pensar en ello. Todos estos años estudiando medicina me enseñaron a valorar la vida, y al parecer eso incluye la de los demonios. Leer libros sobre demonios con ilustraciones truculentas no es lo mismo que ver uno en la vida real. Este es menos aterrador y más patético. Sé que no todos son así —el sabueso infernal definitivamente no lo era, ni tampoco la monstruosidad interdimensional gigante—, pero me hace sentir mejor el hecho de no alertar al Consejo.

Cierro el cobertizo con candado nuevamente, salto la cerca y corro hasta la tienda de Cillian para ponerlo al tanto. También quiero verlo. Asegurarme de que está bien. Además, no me molestaría tomar algo dulce y reconfortante. Con la magia estropeada, Cillian cambió la tienda de objetos mágicos por una de refrescos de todo tipo. Aunque esta mañana preferiría un chocolate caliente. Me abrazo, estoy temblando, y acelero el paso.

Adoro el pequeño pueblo. Rocas grises, techos de paja y calles empedradas serpentean a través de la aldea hasta el océano, que parece diseñado para complementar el clima. Shancoom tiene algo de natural; como si fuera simplemente una característica más del paisaje. Incluso su disposición parece orgánica, con las casas agrupadas en torno a una sinuosa calle central. Muchas ciudades de Estados Unidos fueron construidas desafiando la tierra sobre la que se erigen. Pero Shancoom *pertenece* a este lugar.

La niebla matinal se disipa, circulando a la deriva por las calles como el fantasma de un viejo río. Lo imagino corriendo por el empedrado, hacia los acantilados, y derramándose en cámara lenta como una cascada hacia el mar.

La niebla me hace ver cosas. Percibo movimiento donde no lo hay. Corro con más rapidez, me siento perseguida.

Entonces, un gruñido grave me hace dar cuenta de algo: me están persiguiendo.

Me detengo en seco frente a la tienda de refrescos. Puedo ver a Cillian dentro, dormido en el suelo detrás del mostrador. La puerta está cerrada con llave. Está a salvo.

Por ahora.

Me agacho y utilizo la niebla para ocultarme al pasar la tienda de refrescos y dar la vuelta para intentar ponerme detrás de lo que sea que me está persiguiendo. La niebla se disipa lo suficiente y revela unos ojos frenéticos y unas manchas de piel enfermizas con mechones de pelo que le crecen como hongos.

Otro sabueso infernal. ¿De dónde vienen? ¿Cómo me ha encontrado? Olfatea y entonces atraviesa la niebla en dirección a mí.

Mi instinto inicial es un impulso abrumador: *atacar*.

Mis músculos se tensan, el pulso se acelera, la sangre se me va a la cabeza.

Respiro profundamente. Envío pensamientos tranquilizadores por mis venas, utilizo la misma fortaleza de Cazadora para detener mis extremidades. Me obligo a pensar como una Vigilante, a ver el panorama general. A pensar, pensar, pensar; no actuar.

No se trata de mí. ¿Cuál es el nexo entre la aparición de ambos sabuesos infernales? El primero estaba persiguiendo a Cillian. Y ahora hay otro en el pueblo, no en el castillo. Así que puede que el primero no nos haya estado buscando en absoluto. Puede que haya estado buscando otra cosa. Algo relacionado con Shancoom y con Cillian.

Y entonces, lo comprendo: el demonio con la camiseta de Coldplay.

Después de encadenarlo, no me lavé las manos. Puede que el sabueso infernal nunca me haya perseguido a mí. Que el primer sabueso haya estado tras Cillian, quien venía de su casa, donde el demonio herido probablemente se escondía. Fueran amigos o enemigos, los sabuesos infernales buscaban al demonio con la camiseta de Coldplay. Y no los dejaré encontrarlo. Porque sin importar en qué lado estén los sabuesos infernales, yo estoy en el lado opuesto.

La gente de Shancoom se despertará pronto. Y si bien los sabuesos infernales se concentran en su presa con una intensidad inamovible, eso no quiere decir que no vayan a destrozar lo que se interponga en su camino. Harta de esconderme, me alzo y silbo.

—Ey, ¡perrito! Aquí, perrito, perrito.

El sabueso se paraliza e inclina la cabeza, confundido. Después gruñe y da un salto. Me doy vuelta y salgo disparada, exigiéndome correr lo más rápido que puedo. Los sabuesos infernales son rápidos, pero yo soy más rápida. Dejo salir un grito involuntario de felicidad pura producto de la adrenalina.

Soy más rápida que un demonio.

Por poco. Corro a través del bosque, las ramas me arañan. Salto troncos y esquivo obstáculos. Escucho al sabueso infernal en plena persecución. Cuando aparece el castillo, me echo una carrera y ruego que no haya nadie afuera. Tengo suerte. Abro la puerta del depósito de un tirón, salto y me agarro del marco de la puerta. Levanto las piernas justo cuando el sabueso infernal intenta saltar sobre ellas. Sigue de largo y se estrella contra los estantes.

Me dejo caer y cierro de un portazo; el sabueso infernal está atrapado. Con la respiración agitada, evalúo mis opciones. He atrapado a un sabueso infernal justo al lado de mi hogar. En el cobertizo donde están todas las armas y cadenas que podría haber usado para doblegarlo.

Que me claven una estaca. ¿Por qué el cerebro no me funciona tan rápido como las piernas?

Puedo buscar armas en la sala de entrenamiento. Ni siquiera quiero pensar en lo que tendré que hacer cuando deje salir al sabueso. Lo veré llegado el momento. Ahora tengo mi propio Vigilante, pero es la última persona de la que quiero ayuda. Podría pedirle ayuda a Artemis, pero...

Me doy la vuelta y grito. Mi madre se encuentra justo detrás de mí. Es interesante que, mientras que ella me hizo gritar de miedo, el sabueso no tanto. Pero solo uno de ellos es una amenaza mortal ahora.

—Nina —dice—, tenemos que hablar sobre lo de ayer.

¿Ahora quiere hablar? Se escucha un golpe en el cobertizo. Suena como si un estante se viniera abajo. Mi madre frunce el ceño y mira por encima de mi hombro. La sujeto del brazo y la llevo hacia el otro lado.

—Estaba ordenando. He soltado uno de los estantes sin querer. ¡Perdón! Lo arreglaré. Vayamos a hablar al castillo.

El sabueso se lanza contra la puerta. La construcción se sacude por el impacto.

—¿Qué tienes ahí?

Mi madre da un paso hacia el cobertizo. Levanto los brazos.

—¡Nada! Solo vayamos adentro, ¿sí? Por favor.

—Abre la puerta, Nina.

Por lo general, la voz que usa haría que me encogiera como una tortuga. Desde que nos reincorporamos a los Vigilantes, ha sido más un miembro del Consejo que una madre. Y siempre obedezco al Consejo. Quizás sea parte de mis nuevos poderes de Cazadora. Me veo obligada a matar demonios y a desafiar a los Vigilantes. Pero no puedo hacer lo que me dice. Esta vez, no.

—No la abras. Por favor, confía en mí. Me ocuparé de ello.

La puerta se sacude otra vez. Se escucha un crujido. Me preocupa que se rompa antes de que logre decidir qué hacer. Y justamente eso sucede.

El sabueso infernal se libera, con las garras y los colmillos preparados. Aparto a mi madre de su camino de un empujón, caigo de espaldas y uso el impulso y mis piernas para lanzar al sabueso por encima de mí. Se estrella contra un árbol. Me pongo de pie de un salto y me giro para quedar frente a él, con los puños en alto. Estoy muy concentrada en el sabueso. Pero una parte de mí logra sentirse extasiada de que mi madre esté allí. Verá lo que puedo hacer. Verá que, aunque ni se haya molestado en salvarme años atrás, yo sí voy a salvarla.

Quizás podía ignorarme cuando era la médica de los Vigilantes, pero no hay forma de que me ignore siendo Cazadora.

El sabueso infernal se abalanza sobre mí nuevamente. Clavo los pies en la tierra, lista para el impacto...

Tres fuertes disparos. El sabueso cae al suelo, inmóvil. Me zumban los oídos. Me giro y veo a mi madre sosteniendo un arma. Su mirada es tan dura y fría como el metal de la máquina de muerte que tiene en la mano. La conmoción y la violencia del episodio me dejan atónita.

Puede que mi padre haya muerto por culpa de un vampiro, pero fue una pistola lo que lo mató. ¿Cómo puede usar una? ¿Cómo puede soportar tenerla en la mano siquiera?

Entonces, se apodera de mí un pensamiento aún peor: ¿y si es el arma de mi padre?

Calmada, mi madre dispara lo que queda del cargador en la cabeza del sabueso infernal. Miro para el otro lado, asqueada ante las sacudidas del cuerpo por la fuerza de las balas.

Enfunda el arma en una pistolera de cuero de la que jamás me había percatado. Ahora entiendo por qué usa esos jerséis abultados. ¿Hace cuánto esconde un arma allí?

—El mundo ya no necesita Cazadoras. Lo que *crees* que eres, no es tu vocación. No eres la Elegida. —Cada una de sus palabras es tan perfilada y punzante como sus balas.

Y entonces, se aleja caminando. Tal como aquella noche. Como si no supiera, como si hace años no supiera, que no soy la que ella elegiría.

CAPÍTULO 10

EL FUEGO ERA VIOLETA.

Pero no era un violeta normal. Era un violeta grisáceo, un violeta que se veía mal, que hacía que mis ojos quisieran apartarse de él porque no podían darle sentido. ¿Era violeta o era negro o era *nada*?

Fuera lo que fuese, estaba caliente, ampollaba y resquebrajaba mi piel incluso en la distancia. El humo atacaba mis pulmones, arrancándome de mi sueño y tirando de mí, tosiendo, hasta el suelo de la habitación que compartía con mi hermana.

—¿Athena? —gritó Artemis. Me deslicé por el suelo hasta ella, tirándola de la cama conmigo. El fuego estaba, inexplicablemente, sobre la ventana. Un frente sólido de llamas bloqueaba nuestra salida. No había escapatoria. Tomé un libro y lo arrojé contra la ventana. Se desintegró en las llamas antes de llegar al cristal.

Me arrastré hasta la puerta. El picaporte quemó mi mano y dejó una cicatriz rosa brillante que nunca se iría.

—Quédate abajo. —Rasgué una sábana de mi cama y se la entregué a Artemis, haciéndole señas para que respirase a través de ella. No sabía si iba a filtrar el humo, pero a lo mejor ayudaba. Solo tenía ocho años, pero sabía lo suficiente del mundo como para entender que no era un fuego normal. Era mágico. Del tipo de magia mala. Del tipo que mi madre sabía cómo combatir.

Vendría. Nos salvaría. ¿Por qué no había llegado aún?

Nos acurrucamos juntas, las llamas se comían la ventana y la pared. Pero la ventana no se rompió. Permaneció intacta, un marco sólido que no podía ver cómo atravesar. Quizás el exterior se estaba incendiando también. Quizás todo el mundo estaba incendiado.

Finalmente, la puerta se abrió de un golpe. Las llamas la rodeaban, imperturbables, pero nuestra madre estaba quieta en el centro. Brillaba con un blanco puro, alguna especie de aura mágica le permitía detenerse entre las llamas sin quemarse. Intenté correr hacia ella, pero había demasiado calor. Nos miró, su cara fue mucho peor que las llamas horribles. Nada es más aterrador que ver a tu madre asustada.

Miró por encima de su hombro. Toda la casa se había consumido. Era el único puerto seguro. Después de un momento de duda, entró corriendo a nuestra habitación y recogió a Artemis.

La miré fijamente, sin comprender. En ese instante, el miedo de mi madre desapareció, sus ojos se volvieron duros de la misma manera que cuando nos regañaba por no mirar hacia ambos lados al cruzar la calle.

—Solo puedo llevar a una cada vez —dijo—. Sé fuerte.

Después, corrió a través del fuego, su escudo extendiéndose a la hija que había elegido llevar primero.

Me dejó atrás.

Las llamas se extendieron. El humo empeoró. Esperé, hacía tanto calor en la habitación que sentía las lágrimas frías en mi cara. Y luego todo se volvió negro.

Los médicos me resucitaron. Había vuelto por mí, pero para ese entonces casi había sido demasiado tarde. Nos podría haber llevado a las dos. Sé que lo podría haber hecho. Eligió a Artemis primero y yo casi morí. Estaba dispuesta a perderme antes que a Artemis. Y ninguna lo había olvidado jamás.

* * *

Me apresuro a limpiar las nuevas lágrimas. ¿Estoy llorando o es solo el recuerdo del humo? Las lágrimas, al menos, emborronan el cuerpo del sabueso infernal. Me pregunto si mi madre volverá a poner el castillo en confinamiento de emergencia. Podría haberle explicado de dónde había venido, qué estaba buscando realmente, si me hubiera dado un segundo para hablar. Pero nunca lo hace.

Arrastro el sabueso infernal entre los árboles, lo arrastro contra las raíces. De esa forma al menos los Pequeños no se tropezarán con él cuando salgan a jugar. Y si mi madre pregunta dónde está, se lo diré.

No preguntará.

Una vez removido el cadáver, quiero esconderme en mi habitación. Quizás por siempre. Pensé que finalmente tenía el control. Que finalmente era capaz de hacer algo para marcar una diferencia. Mi madre me demostró lo contrario. Le mando un mensaje a Cillian para que permanezca lejos de su casa. No ha tocado al demonio, así que ningún otro sabueso infernal de cacería debería buscarlo a él personalmente. Pero a no ser que mi madre vaya allí con su *pistola*, Cillian no está seguro en su casa.

Ante ese pensamiento, me apresuro a volver al castillo para buscar a mi madre. Puede que ella no me hable a mí del tema, pero yo puedo hablarle a ella.

—¡Ey! —le grito. Se detiene, pero no se gira—. ¿No quieres saber de dónde ha venido?

—Puedo determinarlo por mi cuenta. No eres necesaria para esto, Nina. Creí que eso había sido evidente allí fuera.

—Puedo...

Finalmente se gira. Tiene una sonrisa forzada en la cara. Es casi tan repelente como su pistola, igual de fría y metálica.

—Cariño, tómate el día libre. Han sido unos días confusos para ti. Ve a leer o a pintarte las uñas. Debes tener tareas que atender en tu clínica.

—*Nunca* te importó mi clínica.

—Eso es absurdo. Fui yo quien sugirió esa línea de estudio.

—¿Por qué lo hiciste, si sabías que era una Potencial? ¿Me saboteaste?

—¿Sabotearte? —Tiene la audacia de mostrarse herida, y por un segundo, casi, *casi* me mira a los ojos. Pero justo cuando se acerca, una sombra pasa por su cara y levanta el mentón—. Soy miembro del Consejo y tu madre. Todo lo que hago es por el bien de los Vigilantes. No cuestiones mis decisiones. —Y entonces, se va. De nuevo.

Me quedo mirándola fijo, temblando de emoción. Levanto mi dedo mayor en dirección a su espalda.

—Emm... Ey.

Leo está en la puerta de la sala de entrenamiento. Que es donde mi madre y yo hemos tenido toda nuestra conversación, a un volumen completamente audible. Tiene las manos en los bolsillos y está apoyado contra el marco de la puerta.

—Tiene *jetlag* —dice—. Ha sido un largo viaje de retorno.

—No la excuses. —Me limpio rápidamente debajo de los ojos. No puedo soportar otra humillación. Y llorar frente a Leo es la estrella de las humillaciones, así que no va a suceder. No dejaré que vea lo que mi madre obviamente ve: que soy débil. Que no merezco ser una Cazadora. Que nadie necesita que lo sea.

Cuando me asignó a la rama de estudios médicos, me sentí orgullosa. Parecía que había notado que sería buena en ello, y trabajé duro para demostrarle que no se equivocaba. Pero simplemente me estaba apartando de su vista, para apartarme también de su mente. Donde nunca nadie vería mi potencial.

Excluyéndome.

Entro a la sala con paso firme. Apenas he dormido, pero estoy tan despierta como si hubiera tomado cuatro tazas de té. Quiero golpear algo.

—Estoy lista.

Me sigue, tomándose su tiempo:

—Las madres Vigilantes son... duras. Incluso las buenas.

—Tienes suerte de tener una buena.

—Me refería a la tuya.

Bufo.

—Bueno, evidentemente no la conoces.

—No, no la conozco, supongo. Pero he estado solo con la mía durante tres años. Ha sido... —Su cara se oscurece, después sacude la cabeza—. Solo digo... lo que intentaba decir antes. Que me alegra estar de vuelta. Me siento afortunado de estar de vuelta aquí contigo. Con todos. Los momentos más felices de mi vida fueron mientras estaba entrenando.

Aj, no quiero que me ablande. Pero pienso en lo que ha dicho y me pregunto qué ha vivido en los últimos años, allí fuera solo con Eve. Es probable que haya atravesado traumas que no puedo ni imaginar.

—Bueno, algunos no hemos tenido la posibilidad de entrenar. Así que compensemos eso ahora. —Gesticulo intencionadamente hacia las paredes. Desearía que nada de eso estuviese pasando, que no tuviese una fuerza poderosa fermentando dentro de mí. No se me pasa por alto que debería estar extenuada, pero en cambio siento mi cuerpo... *decepcionado* por no haber tenido la posibilidad de luchar.

Mi madre se hizo con el control del sabueso infernal. No quiero que eso vuelva a suceder. Puedo usar mi poder para ser quien quiero ser.

Ahora, parte de mí quiere convertirse en la Cazadora más mala y más patea traseros de todos los tiempos. Después, podré restregarle mi destreza a mi madre.

Así que: prioridades. Cambiar este desastre por algo pasable a través del entrenamiento, así podré sacar toda la ventaja de lo que soy. Y demostrar que ella se equivoca.

Leo se posiciona en el centro de una ancha estera que ocupa casi todo el suelo. Percibo un dejo de barba en su mandíbula estrecha. Sus mejillas esconden los hoyuelos. Sé que están ahí, acechando debajo de la superficie. Las ojeras son nuevas, sin embargo. Me regala una sonrisa dulce.

Quiero golpearlo. Fuerte. Debería haberle preguntado a Artemis qué hizo para torcerle el tobillo a Jade.

Odio la violencia que corre por mis venas. Pero aún recuerdo cómo me sentí aquel horrible día de poesía, al ver a Leo irse a practicar como si nada hubiese pasado. Aun así, no puedo rechazar su ayuda. Sin importar cuánto lo desee. Entonces, me endurezco y finjo que ya no soy una niña llorando en el balcón. Porque no lo soy.

Soy una Cazadora.

Leo finalmente percibe mi lenguaje corporal y deja de sonreír.

—Ya tienes los instintos y la fuerza. Esos no se pueden enseñar, y no es necesario. Lo que sí podemos enseñarte son las técnicas. Ajustar en ti las mejores formas de reaccionar, las mejoras formas de golpear, así, en combinación con tus habilidades inherentes de Cazadora, serás la luchadora más eficiente y capaz posible. También nos concentraremos en el entrenamiento con armas.

Entrenamiento con armas. *Aj*, por supuesto. Evito todas, salvo las estacas. Supongo que eso tiene que cambiar. Ya que voy en contra de mi naturaleza, supongo que puedo ignorar la última arma que escogería. Sujeto un *nunchaku* que parece terriblemente pesado.

—Suena bien. —Lo hago girar a modo de prueba, después más rápido. Se vuelve borroso en el aire. Le voy a demostrar a Leo que no soy la pequeña niña inocente y débil que él recuerda.

Lo último que veo es uno de los palos de madera golpeando mi cara justo antes de que todo se vuelva negro.

CAPÍTULO
11

Una chica camina sobre el suelo de linóleo agrietado de un lado a otro, en un pequeño apartamento. Su pelo azul resplandece como si estuviera bajo el agua, y no puedo oír lo que está diciendo, pero lo siento: pulsaciones rojas y brillantes de ira, con un trasfondo de miedo negro oscuro y enfurecido. Hay una foto del puente Golden Bridge clavada a la pared con un cuchillo largo y afilado.

«Buffy», susurramos al mismo tiempo.

Y entonces la chica está en un almacén, todo a oscuras a excepción de una luz que cuelga sobre su cabeza. Está atada a una silla y su cara sangra. Una mujer lame su sangre y sonríe mientras su verdadero rostro se revela. Vampiro.

—Dublín es nuestra, Cosmina —dice acariciando la cabeza de la joven—. Ya lo sabes.

Golpea la luz, que se agita violentamente e ilumina un letrero borroso de Fundición O'Hannigan, después se balancea de vuelta para iluminar el pelo de la chica.

El destello azul se convierte en una luz enceguecedora azul que gira y se vuelve roja, luego azul. Esposan a una chica que parece fuerte y poderosa —cada músculo de su cuerpo está marcado, su estómago es como un barril de pólvora— y la meten en la parte de atrás de un coche de policía. La policía tiene una bolsa llena de estacas que los desconcierta.

Rojo y azul y rojo, rojo, rojo; la ira de la Cazadora brilla junto con las luces.

«Buffy», decimos juntas.

Un destello rojo me hace cerrar los ojos y cuando los abro, veo una figura sentada en el borde de la azotea de un edificio. Es pequeña, como yo, tiene el pelo rubio atado en dos moños. Bonita. Dulce. Quizás para contrarrestar todo lo que ha hecho.

No puedo ver su cara, pero puedo ver su cuerpo: está triste. Agotada.

Y a su alrededor, latiendo junto con mi corazón, siento la ira de mil Cazadoras como yo. Lame el aire, me acaricia, me atrae y aviva la llama en mi interior más y más hasta que ya no comprendo cómo puede respirar, mucho menos estar ahí sentada sin sentirlo.

«Buffy», suspiramos al unísono.

Ella levanta la mirada.

Antes de poder desligarme de la furia colectiva y decirle cómo me siento —lo mucho que la odio, que arruinó mi vida, que es una egoísta y que no merece nada de lo que tiene, nada de lo que han sacrificado por ella— me arrancan de ahí. El Smythe con cara de morsa yace roncando en su cama. La oscuridad a su alrededor se arremolina, toma forma y se asienta, un negro más negro, sobre su pecho. Él sonríe y en su cara hay un deseo tan intenso que da asco presenciarlo. Su respiración se sacude. Detrás de sus pupilas, sus ojos también se encienden de manera salvaje, pero no los abre, no se mueve.

—Estás tan rancio —canta una voz sombría. Y después se detiene, gira lentamente hacia mí. Abro la boca para gritar, y...

* * *

—¡No lo sé! —grita Artemis—. Nina es la que sabe todo sobre las conmociones cerebrales.

—Pupilas desiguales. —Gimo. Intento sentarme, pero no puedo. ¿Por qué estoy en el suelo?—. Pérdida del conocimiento. Mareos. Confusión. ¿Estás bien? ¿Cómo te has provocado una conmoción cerebral?

Rhys pone su cara frente a la mía.

—Bueno, tres de cuatro. Déjame ver tus pupilas.

—¡No! —Aparto la cabeza, lo cual la hace dar vueltas—. ¡Son mías! ¿Alguien ha comprobado lo de Cosmina?

—Athena —dice Leo, y me congelo. Ay, no. No, no, no. El *nunchaku*.

—¡Estoy bien! Recuerdo lo que ha pasado. —Por desgracia. Dejo que Rhys me observe las pupilas hasta que está satisfecho de que la dilatación es la misma en las dos—. Tú no deberías estar aquí.

—Leo salió corriendo a buscar ayuda. Fui la primera persona a la que vio. Así que supongo que estás entrenando ahora.

Rhys me sonríe. Me alivia que lo sepa. Podemos confiar en él y no quiero ningún secreto de más en este momento. Los que tengo son bastantes. Artemis posa la bolsa con hielo sobre mi frente. Estoy enfadada porque eso significa que ha revuelto mis cosas de la clínica. Ese es *mi* lugar. También me enfada que Eve se nos haya unido. Está mirando todo con ojos preocupados, pero al menos no está haciendo un escándalo. Estaría aún más avergonzada.

—Quizás deberíamos comenzar con algo más básico y práctico que el *nunchaku*.

Leo estira la mano para ayudarme a levantarme, pero sujeto la de mi hermana.

—¿Quién es Cosmina? —pregunta Eve.

—Pelo azul. La secuestraron vampiros. —Hago una pausa y frunzo el ceño—. No conocemos a nadie que se llame Cosmina, ¿no?

Preocupada, Artemis se acerca para examinar ella también mis pupilas.

—No, nadie.

La hago a un lado con delicadeza.

—Solo unos sueños extraños. Parecían tan reales... ¿Habéis visto a Bradford Smythe?

—No desde el desayuno —dice Artemis.

—Y... ¿estaba bien?

—Sí, tan bien como puede estar ese viejo gruñón. ¿Por qué?

—Por nada.

Con eso puedo descartar que hayan sido sueños proféticos. Aunque no estoy tan segura de que haya estado en peligro o no. Parecía disfrutar de lo que fuera que le estuviera sucediendo. Me estremezco.

Artemis frunce el ceño, pensativa.

—Aunque, ahora que lo mencionas, parecía un poco más pálido que de costumbre. Creo que quizás el estrés de que seas una Cazadora y lo del sabueso infernal está comenzando a afectarlo...

—Bradford Smythe ha sobrellevado cosas peores —interrumpe Eve—. Su trabajo consiste en tratar con el estrés y con mucho más. No nos desviemos. Puede que el tiempo apremie. —Aprieta sus labios oscuros—. Esta Cosmina, ¿dices que la han secuestrado? ¿Crees que ha sido un sueño de Cazadora?

Tanteo con cariño los bordes del huevo de ganso que tengo en la frente. Será bonito recordar esta última humillación cada vez que me mire al espejo. Si ser una Cazadora no hace nada más por mí, espero que al menos sane este bulto en tiempo récord.

—Emm, ¿quizás? Sucedían muchas cosas. Fogonazos de momentos que no entendía del todo sobre vampiros y Buffy y una... —Hago una mueca, mis pensamientos vuelven a concentrarse en Bradford Smythe. Eso último se lo adjudicaré a la lesión cerebral—. Parte del sueño definitivamente no lo era.

—Entonces, esta Cosmina, ¿crees que era una Cazadora?

Busco entre los restos del sueño. La foto en la pared. La referencia a Buffy. Y los vampiros...

—¿Puede que sí? Sí. Probablemente era una Cazadora. Y si eso es real, entonces el resto quizás también lo sea. Necesita ayuda.

Estoy convencida de una manera que no logro explicar. Por suerte, a juzgar por la expresión de Eve, no tengo que hacerlo.

—¿Cómo podemos encontrarla? —pregunta.

Leo sacude los pies, algo se apaga en su cara. Está subordinado a ella. Así que, a pesar de ser mi Vigilante, ella está a cargo. Me gusta. Confío en Eve. *Además,* jamás escribí un poema sobre ella.

—¿Es necesario encontrarla? —Artemis se muerde el labio, claramente tiene un debate interno. No necesito mis instintos de gemela para darme cuenta de que tiene cierta información que preferiría no tener.

—Creo que no hubiese soñado con ella si no necesitara ayuda. —Recuerdo el otro sueño que tuve, el de la Cazadora y la horda de demonios—. La última vez que soñé con una Cazadora, murió. En el sueño. Pero Cosmina no estaba muerta todavía. Quizás eso quiere decir que podemos salvarla —comento, pensando en que Eve y Artemis se ocuparán de la salvación.

Se me seca la boca al darme cuenta de que ha sido mi sueño. Mi responsabilidad. No estoy lista para convertirme en la superchica salvadora.

—Así que es cuestión de vida o muerte —concluye mi hermana.

—A ver, no puedo ser optimista. Lo sentí como si fuera algo de vida o muerte.

Quiero que Artemis crea en mí. Lo necesito. Siempre fue la que estaba allí para mí, la que me cuidaba. Nunca tuve la oportunidad de cuidarla a ella, no de manera significativa. Y sé que le preocupa que no esté lista para ser una Cazadora, pero si logro salvar a Cosmina —si puedo demostrar que puedo ser una buena Cazadora, *ayudando* a la gente en lugar de solo hacerle daño—, quizás se sienta más tranquila al respecto. Quizás yo también.

Artemis suspira.

—Sé cómo podemos encontrarla. Hay una... base de datos. De Cazadoras.

—¿Qué? —Eve no parece contenta—. ¿Por qué no se me informó al respecto?

Rhys y yo nos miramos con la misma cara de confusión.

—¿Desde cuándo? —pregunto.

Artemis se quita la coleta y la rehace aún más tirante.

—Mamá tiene una. Dijo que era confidencial y que no debía mencionarla jamás. Así que creo que el resto del Consejo no lo sabe.

Intento que no se note lo dolida que estoy de que, una vez más, mi gemela me esconda cosas; y esta vez es peor, porque comparte el secreto con mi madre. Pensaba que, cuando de mi madre se trataba, Artemis y yo éramos un equipo. Nosotras contra ella. Pero supongo que no es así.

—¿Por qué tendría una base de datos de Cazadoras? Ella es quien siempre se opuso a conseguir nuevas Cazadoras con las que trabajar. Decía que era un riesgo para nuestra seguridad.

—La creó no mucho después de que trasladáramos el castillo aquí. Solo estoy enterada porque tuve que enseñarle a usar todos los programas. El Consejo de Vigilantes no tiene fama de saber mucho sobre tecnología.

Artemis mira tímidamente a Eve, quien se ríe.

—Es verdad. Quizás si alguno hubiera tenido un teléfono móvil, podríamos haberlos encontrado dos años atrás. Pero me intriga esta información. Y si puede ayudarnos a salvar a Cosmina, entonces debemos utilizarla. Las Cazadoras están vulnerables allá afuera, solas. Es nuestro deber protegerlas. No sé por qué Helen no nos contó esto ni priorizó a las Cazadoras. Es preocupante. —Levanta el *nunchaku* y lo coloca en su lugar original sobre la pared—. Ha estado escondiendo demasiados secretos del Consejo. Respeto a tu madre, muchísimo, pero no comprendo sus decisiones. ¿Y si le pedimos la base de datos, pero se niega a dárnosla?

—No se la pedimos —digo, todavía enfadada con mi madre por lo de esta mañana. Y, bueno, por lo de siempre—. Simplemente la conseguimos. —Entonces, al pensar en lo sucedido, recuerdo una complicación—. ¿No estamos en confinamiento de emergencia otra vez? —De ser así, no hay forma de salvar a Cosmina a tiempo, aunque encontremos sus datos.

—¿Por qué lo íbamos a estar? —pregunta Eve.

Así que mi madre no les habló sobre el sabueso infernal. Es extraño y un poco perturbador. Pero no seré yo quien admita haber traído otro sabueso hasta nuestra puerta; y que mi madre lo mató, no yo. Me preguntó por qué habrá pensado que no era una situación digna de confinamiento de emergencia. No sospecha lo que sospecho yo, que el sabueso estaba buscando al demonio y no tenía otra misión en el castillo más que perseguirme a mí. ¿Es posible que no quiera que todos sepan cuánto metí la pata trayendo al sabueso infernal hasta aquí? Si es así, sería hasta amable de su parte. Aunque lo dudo mucho, no se me ocurre otra razón.

—Por nada —digo, no muy segura de si estoy cubriendo a mi madre o de si ella me está cubriendo a mí.

* * *

Eve nos concede una hora. Le damos ventaja para que saque a mi madre de su habitación. Después, Artemis, Rhys, Leo y yo nos dirigimos con prisa en dirección al ala residencial de los miembros del Consejo. Está en el lado sur, que es más fresco en verano y más cálido en invierno. Nuestra ala era originalmente la dependencia de servicio. Las habitaciones dan claustrofobia, los pasillos son laberintos. Pero ese ala albergó a las personas importantes del pasado y del presente. Los pasillos son lo suficientemente anchos como para que caminemos uno al lado del otro; la alfombra bajo nuestros pies es afelpada. Las ventanas se modernizaron con más cuidado, y aunque siguen siendo angostas, el cirstal cabe correctamente.

Leo monta guardia en la entrada. Nos avisará si mi madre se acerca, pero esperamos que no nos lleve mucho tiempo. Su habitación está al final del ala. Me pregunto detrás de qué puerta se esconde Ruth Zabuto, murmurando sobre reliquias muertas y cristales inútiles. Pasamos una puerta que está minuciosamente rodeada por jarrones. Estoy segura de que es la de Wanda Wyndam-Pryce; quiero detenerme y rayarla. Wanda a veces finge no recordar mi nombre. Los adolescentes de este castillo se pueden contar con los dedos de *una mano*. Lo hace para hacerme sentir insignificante.

Vamos directamente hacia nuestro objetivo. He estado en la habitación de mi madre solo algunas veces. Ella viene a la nuestra si nos necesita, o nos encontramos en las áreas comunes. La última vez que estuvimos aquí fue porque le habíamos hecho una tarta para su cumpleaños. La tarta no estaba buena, y la celebración sorpresa tampoco fue nada del otro mundo. Intentó hacernos creer que estaba disfrutándola, pero ni siquiera pudimos entablar una conversación. Fue horrible.

Se supone que este castillo era un internado. Ojalá lo fuera. Sería más fácil si mi madre no nos viera porque no vive aquí en vez de porque simplemente nunca nos ve. Por lo menos Artemis puede decir que nuestra madre la necesita en serio a veces, como cuando le pidió ayuda con la base de datos.

¿Cómo se sentirá?

Mi hermana fuerza la cerradura y abre la puerta con más rapidez de lo esperado. Levanto las cejas. Ella se encoje de hombros.

—Es solo una de las tantas habilidades que pensé que serían útiles si algún día fuese una Vigilante activa. —Su voz es tan impasible que siento una punzada, y por enésima vez, pienso en la prueba que determinó que la infinitamente capaz Artemis no era digna de ser una Vigilante plena.

El dormitorio de mi madre no ha cambiado. Hay una sala de estar impoluta: un sofá duro, un sillón con respaldo alto, un práctico taburete. Una mesa de metal con una silla, en la que debe sentarse a comer. Algo en la falta de otra silla me transmite soledad. Al menos yo tengo a Artemis, aunque últimamente no estemos de acuerdo. Ella está ahí. ¿Acaso mi madre ve la ausencia de mi padre cada vez que mira el vacío al otro lado de la mesa? Con Artemis intercambiamos recuerdos de él como si fueran regalos. Son difusos y están desgastados; los compartimos tantas veces que ya no recuerdo cuáles son de ella y cuáles son míos. ¿Con quién comparte cosas mi madre ahora? ¿Por qué no puede hablar con nosotras, darnos nuevos recuerdos de él para que atesoremos?

A la derecha hay una puerta que da a su habitación, que es tan impersonal como un cuarto de hotel. La colcha es blanca y lisa, la mesilla de noche tiene solo un objeto encima.

Me acerco, atraída como un imán. Es una foto de nuestra familia, de nuestra familia *completa*; la última que nos hicimos. Mi padre está abrazando a mi madre. Artemis y yo estamos de pie frente a ellos, radiantes con la sonrisa desdentada. Las dos con trenzas. Debería mirar a mi padre, pero no puedo apartar la vista de mi madre.

La Madre de Ensueño no era una fantasía mía, después de todo. Su sonrisa es *deslumbrante*. Se la ve llena de vida, hay más felicidad capturada en esa foto de la que he visto en años. La alzo y paso el dedo por encima de la familia que alguna vez tuve.

—No puedo creerlo —se queja Artemis.

Apoyo la foto. Ni siquiera me había percatado del ordenador portátil que se encuentra sobre el escritorio de la esquina. Artemis lo ha encendido, pero la pantalla solicita una contraseña.

—¿Qué ocurre? —pregunto.

—¡Ha cambiado la contraseña! Ni siquiera sé cómo supo hacerlo.

—Revuelve gavetas y pilas de papeles—. Quizás la ha anotado en algún lado.

Rhys la ayuda a buscar mientras yo estoy ahí quieta, atontada e inútil. Sé que mi madre duerme aquí, vive aquí. Pero lo siento muy *vacío*. Distraída, reviso la gaveta de la mesilla de noche. Hay dos diarios con cubierta de cuero. Me arrepiento de inmediato, al recordar lo que sentí cuando leyeron mi propio diario en voz alta.

Pero estos son diarios de Vigilante cubiertos de polvo. Hace tiempo que mi madre no los toca, aunque deben estar ahí por alguna razón. Quiero mostrárselos a Artemis, pero quizás me hace dejarlos. No quiero dejarlos. Mi madre nunca me da nada; así que la forzaré. Me los escondo en la espalda, apretados por el cinturón, y los cubro con la camiseta suelta que llevo puesta.

—¡La encontré! —exclama mi hermana, triunfante, con un papel en la mano. Escribe la contraseña. Cuando el ordenador se carga, ella teclea rápidamente y luego maldice—. Ya no está. La ha borrado. Y no encuentro los archivos por ningún lado. Hasta la papelera de reciclaje está vacía. ¿Escribió la contraseña, pero vació la papelera de reciclaje?

—¿Y eso te preocupa? —le pregunto—. No solo tiene una base de datos secreta, ¿sino que además la ha eliminado?

Artemis tuerce los labios y mira fijamente la pantalla, como si fuera a revelar los misterios de nuestra madre. Como sucede con todo lo materno en nuestras vidas, está decepcionada.

—No lo sé. Quizás fue un accidente. O quizás la base de datos nunca funcionó. No podemos precipitarnos.

—Tenemos que salir de aquí.

No puedo evitar imaginarme a mi madre ahí sola todas las noches. ¿Dónde guarda su arma? ¿Ese es el motivo por el que la mesilla de noche está casi vacía? ¿O la tiene bajo la almohada?

Salimos con prisa y recordamos cerrar la puerta con llave. Cuando pasamos la habitación de Wanda Wyndam-Pryce, Leo se acerca con rapidez. Hace un gesto para que demos la vuelta y caminemos con él. Después se ríe.

—Y así fue cómo salvamos a toda una fiesta de cumpleaños de los vampiros. ¡Nunca volveré a mirar un palo de piñata con los mismos ojos! Y esos niños, tampoco.

—¿Nina? ¿Artemis?

Me doy la vuelta y finjo estar sorprendida. Mi madre camina hacia nosotros, frunciendo el ceño con sospecha.

—Ay, hola, mamá. —Ruego que no haya notado el bulto de libros robados que llevo bajo la camiseta.

—¿Qué hacéis vosotros aquí?

—Hola, señora Jamison-Smythe —dice Leo.

Cuando le sonríe, parece una de esas imágenes de archivo que vienen con los portarretratos. Absolutamente inofensivo y apuesto. Me sorprende darme cuenta de que no le he visto ni una expresión espontánea, ni siquiera con su madre. Todas son poses cuidadas, intencionales. Falsas. En parte sé que los últimos años no deben haber sido tan fáciles para ellos como lo hace parecer Eve, pero ¿por qué se ha cerrado tanto?

Recuerdo la dolorosa incomodidad de esa mañana, lo vulnerable que se sintió al decir que estaba contento de verme otra vez. Quizás vi una parte del Leo real. Y fui *tajante y despectiva*. Uf, odio sentirme mal ahora. No debería sentirme mal por Leo.

—Vamos a ver mi colección de DVD —dice él—. Pensábamos hacer una noche de películas hoy. Creo que todos necesitamos relajarnos un poco.

Para mi sorpresa, mi madre me mira. Me observa detenidamente. Una de sus manos se sacude como si quisiera estirarse y tocarme. Luego frunce el ceño.

—¿Qué te ha pasado en la frente?

Levanto la mano y me toco el bulto.

—Ah, yo...

—Abrí la puerta de nuestra habitación justo cuando ella estaba a punto de agarrar el picaporte. —Artemis hace un gesto de disculpa—. Le he dado fuerte.

Creo que se lo cree. No sé si sentirme triunfante (¡por fin le estamos escondiendo secretos *juntas*!) o si sentirme dolida por lo fácil que se cree nuestra excusa barata. No quiere ahondar. Saca unos billetes de su bolsillo y nos los da. Los sujeto, como atontada. ¿Por qué nos está dando dinero?

—No hay un televisor bueno aquí. Os hará bien salir del castillo. Id a ver una película al cine. Y puedes llevar a tu atento novio, Rhys. Leo, ¿tienes carné de conducir?

Leo asiente y dice:

—Sí, señora.

—Bien. Id y sed adolescentes. —Su sonrisa está tan tensa como la coleta de Artemis—. Probad. Quizás lo disfrutéis.

Claramente está intentando deshacerse de nosotros, y ambas sabemos que hoy por la mañana había un sabueso infernal rondando por ahí.

Pero no puedo señalar su comportamiento sospechoso sin revelar mis propios secretos; incluido el demonio que hay en el cobertizo de Cillian. Así que seguimos caminando con rigidez. No nos ha dicho que invitáramos a Jade o a Imogen, así que al parecer solo nosotros tenemos un pase gratuito para librarnos de ser Vigilantes durante un rato.

Nunca salimos. Mi madre es demasiado paranoica, y Artemis y Rhys están demasiado ocupados. Lo máximo que hacemos es alguna salida por la tarde a Shancoom. Donde no hay cine, así que si seguimos sus instrucciones nos tenemos que alejar por lo menos a una hora de distancia. Voy rápidamente hasta mi habitación con la excusa de que necesito cambiarme la camiseta y agarrar un abrigo. También escondo los libros robados debajo del colchón.

Nos encontramos en el garaje. El sol otoñal se inclina con el ángulo de entrada la tarde, lo cual me sorprende. Perdí mucho tiempo mientras estaba desmayada.

Leo elige una sofisticada camioneta Range Rover negra, vestigio de los días en los que los Vigilantes tenían una flota completa de vehículos. En ese entonces también teníamos barcos, helicópteros y un avión privado. Ahora tenemos un carrito de golf, tres coches, una motocicleta y dos cuatriciclos. Además de los monopatines y triciclos para los Pequeños.

—¿En serio vamos a ir al cine? —Artemis se coloca a mi lado en el asiento trasero. Suena dubitativa y un tanto emocionada. Solo tiene una tarde libre a la semana y no es hoy, así que ha ganado la lotería. Cualquier otro día, me encantaría ir al cine; con Artemis y Rhys. No con Leo. Pero hoy...

—Cosmina estaba viva en mi sueño —digo—, pero no sé durante cuánto tiempo más. Tampoco es que tenga idea de cómo encontrarla, ya que la base de datos de mamá no funcionó. Igualmente, no podemos ir al cine si necesita nuestra ayuda, ¿no?

Leo sale del garaje conduciendo con cuidado.

—Hablando de tu madre...

Por supuesto, nuestra madre está frente a la puerta del castillo, viéndonos ir. No me extrañaría que le hubiese puesto un localizador al coche.

Nos ha dicho que busquemos a Cillian. Y, a pesar de que estábamos ignorando el resto de su plan, es una buena idea. Necesito asegurarme de que entienda que no puede volver a su casa. Y quiero que esté con nosotros todo el tiempo posible, así podemos cuidarlo en caso de que haya más sabuesos infernales. Lo llamo mientras Leo surca el irregular camino sin asfaltar, que mantenemos para que sea transitable, pero si no sabes que existe es difícil de encontrar.

Cillian descuelga inmediatamente.

—¿Nina? ¿Sabes algo más sobre...?

Lo interrumpo; si su voz se escucha demasiado alta los demás pueden oírlo.

—¡Hola! Estoy en el coche con Artemis, Rhys y Leo, mi, em, nuevo Vigilante. Estamos yendo a buscarte.

—¿Tienes un Vigilante? *Eres* una Vigilante. Y, ¿por qué vienes a buscarme?

—Es complicado. Todo. Pero supuestamente iremos al cine.

—¿Supuestamente?

—Estábamos intentando meternos en el ordenador de mi madre para buscar información sobre una Cazadora que creemos está en peligro, y cuando nos marchábamos nos encontraron y nos echaron del castillo. —Hago una pausa para preguntarles a los demás—: ¿A dónde estamos yendo, entonces?

—Si hay una Cazadora en peligro, haremos lo que sea para encontrarla. —Leo habla con total naturalidad, parece que lo estuviera leyendo directamente de la guía para Vigilantes.

—Espera —dice Cillian—. ¿Quién es la Cazadora y por qué está en peligro?

—No estoy segura. Como he dicho, no conseguimos la información que necesitábamos. —La camioneta cruza un pozo profundo, salto por los aires y casi se me cae el móvil—. Soñé que un vampiro la tenía secuestrada. No mucho más. Pelo azul. Creo que está en Dublín. Se llama Cosmina.

Hay una pausa y me pregunto si le habré cortado sin querer. Pero entonces dice:

—Listo, la he encontrado.

—¿Qué?

—Cosmina Enescu. Diecinueve años, soltera, pelo azul. Vive en un apartamento de porquería en una zona no muy buena de Dublín. Es bastante atractiva.

—¡La has encontrado! —grito—. ¿*Cómo* lo has hecho? ¿Eres un hacker o algo así?

—Cariño, se llama Facebook. Te haré un perfil, si quieres. Nadie necesita ser un hacker hoy en día. Cosmina es un nombre bastante inusual, así que no había muchas opciones. Y, ¿pelo azul? Solo una.

El corazón me late con fuerza. La hemos encontrado. Y eso quiere decir que podemos salvarla. Siempre y cuando necesite que la salvemos y que no haya soñado con una chica cualquiera de Dublín. No sé si estoy aliviada de que la hayamos encontrado o aterrada porque ahora realmente tenemos que ir a buscarla e intentar ayudarla. Y como Cazadora, no como Vigilante o médica.

Pero estos últimos días me he enfrentado a dos sabuesos infernales y a un demonio, sin contar a mi enamorado perdido. El sueño vino a mí. Eso quiere decir que mi cualidad de Cazadora inherente pensó que necesitaba o que podía tratar con eso. ¿No es así? Cierro los ojos e intento recordar otros detalles.

—¿Hay algún edificio, quizás abandonado, que se llame... —La luz que se balanceaba, el cabello azul de Cosmina y...— «Fundición O'Hannigan»?

—Dame un segundo.

Espero, conteniendo la respiración. Deseo que lo encuentre. Y al mismo tiempo deseo que no exista.

—Listo. También está en Dublín.

Eso es todo, entonces. Ahí voy, a cazar.

—Gracias, Cillian. Llegaremos en cinco minutos.

Cuelgo e intento no temblar. Artemis parece preocupada.

—¿Por qué va a venir Cillian? Puede ser peligroso.

También puede ser peligroso dejarlo ahí. Busco una excusa.

—Tiene la dirección y un buen teléfono móvil, además es mejor que nosotros buscando información. Se quedará en el coche.

Leo conduce hasta la tienda de refrescos y Cillian sale con una

cesta llena de botellas de Coca-Cola y bocadillos. Siempre pide cerveza de raíz especialmente para mí porque a nadie más le gusta por aquí.
Es una de las muchas cosas de mi niñez que extraño. Junto a los par-
ques acuáticos, los centros comerciales con aire acondicionado, los
padres que no están muertos y las casas que no se vinieron abajo en
un incendio aterrador. Ah, y los tacos, también.

—¿Quién se sienta delante? —pregunta Rhys, listo para pasarse al
asiento trasero y dejarse caer junto a Cillian. Me congelo. Ya tengo que
pasar todo este tiempo con Leo, no quiero tener que sentarme a su
lado durante todo el viaje. Porque quizás entonces me tenga que sentir mal sobre más cosas. Y, cuando se trata de Leo, no quiero sentirme
mal por él. Solo quiero estar enfadada.

En un extraño arrebato de sensibilidad, Artemis se da cuenta de
mi tensión y responde:

—Iré yo.

Me mira por el espejo retrovisor. Le digo «gracias» moviendo los
labios sin emitir sonido. Nunca le conté lo que sentía por Leo, aunque
probablemente haya sido obvio. Pero como nunca le hablé sobre el incidente poético con Honora, no sabe por qué estoy incómoda cerca de
él, solo que me siento así. Y nunca he estado tan agradecida de su
instinto protector como ahora.

Cuando todos están listos, dejamos Shancoom camino a una cita
con un vampiro y con Cosmina que, con suerte, sigue viva. Es hora de
ser una Cazadora.

Pero ¿sinceramente?

Preferiría ir al cine. Al menos sé cómo hacer eso.

La perseguidora había cometido otro error.

Había tenido que irse antes de que el incendio llegara a su inevitable final. Ni siquiera ella podía hacer algo para evitar que la arrestaran o interrogaran los despistados policías que llegarían al lugar. Así que una vez que la trampa estuvo lista, convencida de que las niñas no podrían escapar, se fue.

¿Acaso una parte de ella no quería verlas morir? ¿Realmente era tan débil? ¿Destrozaría la misión por culpa de su tierna sensibilidad?

Debería haberse quedado en el patio hasta verlas arder. Matarlas era lo correcto. No lo ponía en duda. Jamás lo había hecho.

Escuchaba, entumecida, mientras la voz al otro lado del teléfono la regañaba. En la televisión, Jack moría congelado, una vez más. Sin importar cuántas veces viera Titanic, Jack siempre moría y Rose siempre vivía. Porque así se había escrito. ¿Quién podía cambiar lo que estaba escrito?

Dibujó en su brazo con el bolígrafo, presionando tan fuerte que se hizo magulladuras bajo las delgadas líneas negras. Escribió sus nombres. Y luego los tachó con un tajo tan feroz que le sangró.

Ella podría cambiarlo. Lo haría.

Pero no en ese momento. La madre de las niñas había tomado la única decisión posible, regresar a los brazos de los Vigilantes. Eso no era ideal para la perseguidora. Lo que había que hacer no se podía hacer en el cuartel general. La madre tenía aliados demasiado poderosos, aliados que se negaban a ver la verdad.

Las niñas estaban protegidas. Vigiladas. Pero la perseguidora también podía vigilar. Podía ser paciente. Ella tenía tiempo. A diferencia de las niñas, que solo tenían una cuenta atrás: hacia su destrucción o hacia la de todos los demás. Y la perseguidora no defraudaría al mundo. Aun si este la seguía defraudando a ella.

CAPÍTULO 12

El otoño se está adueñando de la Isla Esmeralda, tornando los verdes en dorados, amarillos y naranjas. Me encanta envolverme en los mismos colores, mi pelo reluciente refleja el brillante follaje. Llevo un abrigo de color caléndula. Lo ajusto a mi cuerpo, en busca de confort, y en ese momento noto que no va bien para lo que estamos haciendo. Debería ser negro. Algo discreto. Como Artemis.

Todavía no hemos salido del coche y ya he tomado una mala decisión. En el castillo podía usar lo que quisiese. A nadie le importaba cómo vestía una médica.

Y los médicos no necesitan moverse a hurtadillas entre las sombras.

¿En qué me he metido? ¿Esperarán los demás que me haga con el papel protagonista? ¿Hacerme con el mando? ¿Pelear? No sé cómo desenvolverme. Ni siquiera sé si quiero. Ser fuerte para defender a otras personas es una cosa, utilizar los instintos violentos de Cazadora es otra. En mi sueño, el vampiro no estaba matando a Cosmina. Quizás todavía haya tiempo para razonar. Para buscar una estrategia. ¡Quizás todavía no ha tenido lugar el secuestro!

—¿Necesitas ir al baño? —pregunta Cillian.

Mi incomodidad debe ser evidente. Y vergonzosamente interpretada. Dejo de retorcerme y me inclino más en el asiento, evito la mirada inquisidora de Leo.

—¡No! Estoy bien.

Al menos hemos llegado a las afueras de Dublín. Hemos tardado más de lo planeado, tuvimos que parar en la gasolinera, el Range Rover consume demasiada gasolina. Y, aunque necesitaba orinar, no iba a ir después de la pregunta incómoda de Cillian. Cuando entramos a la ciudad, la tarde se estaba terminando, el sol poniéndose pintaba los edificios de oro.

—Entonces... ¿esperamos vampiros? —pregunta Cillian. Le explicamos lo básico—. Emocionante, ¿no? Quiero decir, Drácula y todo eso.

Rhys se aclara la garganta, nuestra historia tensiona el aire del coche.

—No tanto. Los vampiros son demonios que caminan por ahí usando los cuerpos de las personas que quisiste. Personas con familias. Matan a esas personas, y cuando su alma se va, ellos se quedan con el armazón y lo usan para matar. Los demonios existen para alimentarse de la humanidad. No son nativos de este ecosistema.

Cillian pone cara de asombro.

—Algo así como los gatos en Australia.

Alzo otra cerveza y aprieto la botella fría contra mi cara.

—Si los gatos se chupasen las almas de las personas o se las comiesen o las destripasen o si ocasionalmente intentasen provocar un apocalipsis para traer una dimensión puramente gatuna a la tierra, entonces sí.

—Sé que eso debería ser aterrador —contesta Cillian—, pero una dimensión de gatos parece adorable. Y nadie podrá convencerme de que los gatos no se hacen con las almas de las personas.

—Puntos válidos. —Observo los vecindarios de Dublín a medida que avanzamos. De repente, desearía que estuviésemos aquí por diversión, para conocer la ciudad, para ser *normales*. Como una salida de grupo normal con mi amigo, su novio, mi hermana y el chico al que no quería volver a ver y que preferiría que todavía viviese en el otro extremo del mundo. Que pasar tiempo con Leo suene más placentero dice mucho del momento que estamos viviendo.

* * *

Dublín queda a dos horas de Shancoom, pero aun así nunca he venido. Los Vigilantes no son muy fanáticos del turismo o las vacaciones. Solían visitar con regularidad bocas del infierno o portales demoníacos populares, pero ese tipo de viajes no eran tanto para relajarse, más bien para realizar decapitaciones.

Cierro los ojos. *No pienses en decapitar o destripar.* Tengo que concentrarme, para demostrar que puedo hacer esto. Soy Jamison-Smythe. Combatir demonios es mi herencia. Los Vigilantes me necesitan, lo cual es algo nuevo, emocionante y aterrador. Todo lo que siempre he querido es mejorar la vida de las personas. Si ser una Cazadora me ayuda a proteger a la humanidad de...

—¡Pizza! —grita Cillian.

¡Pizza! Nunca comemos pizza. No es tan sencillo pedir a domicilio desde un castillo escondido. Pero Leo niega con la cabeza.

—Los demonios primero. No sabemos cómo se compara el sueño de Athena con la realidad. Puede que ya haya sucedido o puede que aún queden varios días.

—¿Quién diablos es Athena? —pregunta Cillian. Levanto la mano.

—Ah, eso tiene mucho sentido. Me cuestionaba la inteligencia de su madre: llamar a una Artemis y a la otra Nina... La gracia de tener gemelas es nombrarlas haciendo juego.

—Sí —responde Artemis con cara de póquer—. Para eso nos tuvieron nuestros padres.

Artemis era la diosa de la caza, la protectora. Le sienta perfecto a mi hermana. Athena, Atenea, era la diosa de la sabiduría y de la guerra. Nunca se me ha escapado que todos piensan que Nina me sienta mejor que mi propio nombre.

Salvo Leo.

—Si algún día tenemos gemelos —dice Rhys—, les pondremos nombres que hagan juego.

Cillian mueve la cabeza mostrándose de acuerdo, luego junta las manos:

—Los Pequeños Sonny y Cher serán adorables.

—Jane y Austen —responde Rhys.

—Meryl y Streep —acota Leo sin mirar.

—¡Ese! —grita Rhys.

—Puedes ser su padrino. —Cillian sonríe radiante. Artemis hace rodar tanto sus ojos que prácticamente puedo escucharlos crujir. Cillian se vuelve a concentrar—: Bueno, bien. Buscar evidencia de vampiros. ¿Quizás ha dejado una tarjeta personal? O un folleto: «Disecamos diez humanos y el undécimo es gratis», o algo así.

Valoro su intento de darle humor a la situación, pero no logro sonreír. ¿Se sentirán así todas las Cazadoras al comienzo? Sé más de lo que la mayoría de las nuevas Cazadoras sabrían. No descifro si eso es mejor o peor.

La primera amenaza de Buffy fue en Los Ángeles, antes de Sunnydale. Lothos, un antiguo y poderoso vampiro, quería cazarla. Nunca pensé lo aterrador que debe haber sido para ella. Toda una nueva vida, completa, con peligro mortal instantáneo. Solo pensé en cómo su llamado me había devastado *a mí*. ¿Cómo me sentiría si, durante mis primeros días como Cazadora, me acosase una fuerza atroz del mal?

Al menos estoy haciendo esto voluntariamente. Estoy ayudando, no me están cazando. Puede que no sepamos a qué nos estamos dirigiendo, pero solo había un vampiro en mi sueño, y nosotros somos cinco. Podemos contra un vampiro. Diablos, probablemente podamos espantarlo.

Recuerdo el chasquido del cuello del sabueso infernal y me estremezco. *Solo un vampiro*, pienso. *Solo uno*. Ya están muertos. Matarlos no debería molestarme.

Pero sé que me molestará de todas formas.

Entramos en un barrio en el que el encanto de Dublín ha sido consumido por la monotonía del cemento de las industrias. Leo detiene el coche frente a un bloque de edificios. Los exteriores son lúgubres, como todo lo construido en los años ochenta: sin alma. ¿Qué paso durante esa década para que los arquitectos se odiasen y odiasen tanto al resto del mundo?

—Mi detective interior dice que estamos en el lugar correcto. —Pero Cillian parece dudar como yo. Nos sentamos, inmóviles, mirando el crepúsculo. No hay un alma a la vista—. Está todo un poco... muerto, ¿no? Casi se podría decir que está *muerto vivo*.

—No —dice Rhys—. No se podría. Se acabaron los juegos de palabra por esta noche.

—Está bien. Pero ¿no está todo el mundo un poco aburrido? —Cillian señala a nuestro alrededor. No hay luces. No hay gente. Solo un par de coches aparcados, pero parece que no los han movido en meses.

—Es un distrito industrial —comenta Leo—. Probablemente, ya estén todos en sus casas.

—¿Por qué no hemos salido del coche aún?

Tengo el dedo tan apretado contra el seguro que está sin sangre y blanco. Lo suelto lentamente.

—Estamos evaluando la situación. —Quito el seguro del automóvil y el *clic* suena mucho más fuerte y siniestro de lo que debería. En ese momento, noto que no tengo armas. ¿Qué clase de Cazadora va a una potencial batalla sin armas?

Oh, cierto. Las muertas. O las inútiles. O probablemente ambas, en mi caso.

Artemis tira su mochila en su hombro, y tintinea. Se acordó: armas. Por supuesto que lo hizo. Abro la boca para pedir una, pero su comentario sobre que soy un arma cargada en manos de un niño vuelve con clamor a mi mente. Ya le estoy demostrando que tiene razón. Leo abre el maletero y saca una bolsa de lona llena de suministros. Me entrega una estaca, nota mi expresión de alivio y sonríe burlonamente. Una punzada que creí que había controlado hacía mucho tiempo me toma por sorpresa. De pronto, es el chico que me dio su galleta extra solo porque sabía que me haría feliz. Y de vuelta aparecen esos hoyuelos que había deseado no volver a ver. El de la izquierda es más profundo que el de la derecha. Odio notar eso.

—Soy un Vigilante —dice—. Mi trabajo es prepararte. El tuyo es cazar.

Ah, claro. No está pensando en *mí*. Está pensando en mi *yo* Cazadora. Y todos nos decepcionaremos enseguida, porque *sé* que no estoy preparada para esto. Artemis me lo ha dicho directamente, y pronto Leo y Rhys lo sabrán también. Quizás ya lo sepan. Después de todo, el mayor daño que Leo me ha visto ocasionar ha sido contra mi propia cabeza. Desearía que me hubiese visto matar al primer sabueso infernal.

Aj. Esa forma de pensar es horrible. *¡Desearía que me hubiese visto matar algo porque así quizás pensaría que no soy un desastre!* Como si fuese necesario asesinar para mostrar lo que valgo.

Aunque, en nuestro mundo, es un poco así. Es la razón por la que nadie me tomaba en serio antes. Y es la razón por la que tengo miedo de que asesinar sea la única forma de que crean en mí ahora.

—Espera en el coche —le indica Leo a Cillian al bajar.

—Sí, claro, porque quiero ser parte de la escena de película de terror en la que volvéis corriendo, llenos de alivio porque estoy justo detrás del volante, hasta que ponen la mano sobre mi hombro y me caigo, y gritan, pero yo no puedo gritar porque estoy muerto, y el monstruo ya está detrás de vosotros y no os puedo avisar porque, una vez más, *ya estoy muerto.*

—Nadie va a morir —asegura Rhys—, y nadie gritará porque...

Un grito agudo rompe la noche.

El instinto toma control sobre mí y corro hacia él. Puedo oír a Leo y a Artemis detrás de mí. Al final del callejón aparece una sombra. Me agacho junto a la víctima. Está respirando. Pero su cuello está sangrando, el shock se ve en sus ojos vidriosos.

—¿En qué dirección? —pregunta Artemis.

Señalo. Ella se va corriendo rápidamente, seguida por Leo.

—Me ha mordido —dice la chica. Tiene dieciocho, veinte máximo. Unos rizos que avergonzarían a los de cualquiera, encuadrando una cara dulce. Una cara que palidece de forma alarmante. Con suavidad, quito su mano del cuello. Sé lo que estoy haciendo. He estudiado exactamente para ese tipo de situaciones. Puedo hacer esto. *Puedo.*

—Que alguien me pase un trozo de tela limpia —digo, mirando con atención la herida. Está sangrando, pero el flujo es estable, ni pulsante ni acelerado—. No hay aire. Eso es bueno. Eso quiere decir que tu esófago no está perforado. Tu respiración no se verá afectada. Aún recibes mucho aire, así que concentrémonos en respiraciones regulares. Respiraciones profundas y regulares. ¿Practicas yoga?

—Un poco —responde.

—¡Bien! Bien por ti. Piensa en tu respiración. Concéntrate en eso. Aplicaremos presión sobre esta herida. —Extiendo mi mano para recibir la tela que he pedido. Rhys me entrega su camisa de franela. La doblo y la presiono contra el cuello de la chica—. Lo estás haciendo muy bien. Inhala, dos, tres, cuatro, exhala, dos, tres, cuatro.

Una mano ligera sobre mi hombro me indica que Cillian también está aquí.

—Cillian, llama a emergencias. No sabemos cuánta sangre ha perdido. Diles que se den prisa. —Miro al suelo, sabiendo que no veré nada útil. Y con certeza, no hay charco de sangre.

Los vampiros son eficientes, les concedo eso.

—Lo estás haciendo muy bien —repito—. ¿Cuál es tu nombre?

—Sarah —susurra, con la mirada fija en mis ojos como si yo fuese el ancla que la mantiene consciente. Probablemente lo sea.

—¡Sarah! Me encanta ese nombre. Solo intenta respirar bien y profundamente. Mantendré la presión sobre la herida, y pronto los médicos estarán aquí para llevarte al hospital. —Empleo un tono bajo y dulce, como el que me gustaría que empleasen para hablarme a mí. Como el que Artemis solía utilizar cuando me despertaba después de las insensibles pesadillas llenas de terror.

—No veo nada —grita Artemis— ¿Estás segura?

—Estoy un poco ocupada —respondo gritando.

Sarah intenta mirar en su dirección.

—Mantén la cabeza quieta, ¿ok? Así está bien.

Artemis vuelve corriendo hacia nosotras.

—Tu atacante. ¿Te hizo beber sangre?

La miro con exasperación. Sarah necesita relajarse, aunque entiendo por qué le pregunta eso. Si la vampira forzó a Sarah a tomar su sangre y ella muere, regresará como una vampira. Pero aún no se encuentra tan mal, Artemis lo entendería si supiese tanto de cuerpos humanos como sabe de ataques de vampiros. O si me lo hubiese preguntado.

Sarah mantiene su concentración en mí.

—No. Nos conocimos online. Parecía buena. Dijo que había una discoteca escondida aquí. Y luego... Dios, ¿crees que tenía rabia?

—No estaría mal descartarlo. —Esa idea probablemente sea menos aterradora que la real. Pobre Sarah.

—Nina —dice Artemis—, estamos perdiendo tiempo.

Sujeto la muñeca de Sarah con mi mano libre. Su pulso es débil pero estable. La vampira no ha bebido demasiado si Sarah aún está lo suficientemente coherente como para hablar. Nos debe haber oído venir y huyó.

Leo se reúne con nosotras, y niega con la cabeza.

—Nada.

—¿Has llamado a emergencias? —le pregunto a Cillian, ignorando a Leo.

—Sí, están en camino.

Leo vuelve a hablar:

—Tenemos que irnos.

—No volverá —digo—. No estando todos nosotros aquí.

Sarah está a salvo ahora y no quiero arriesgarme a moverla.

—No. —La voz de Leo es pausada y cuidada como la mía, como si yo fuese la que se está desangrando en el suelo—. Quiero decir que tenemos que irnos a buscar a la *amiga* de Sarah. Probablemente ella también requiera atención. Tú deberías ser buena en la búsqueda de este tipo de personas.

—*Deberías* ser —Artemis enfatiza la primera palabra.

Mi cara se incendia por la vergüenza. Mis instintos han fallado por completo. He estado pensando en mantener a Sarah estable en vez de ir en busca del monstruo que le ha hecho daño, un monstruo que puede herir a muchos más si no lo abatimos. Estoy pensando en pequeño. Como una médica.

No como una Cazadora.

—Rhys y yo nos quedaremos con ella —dice Cillian.

Rhys pone su mano debajo de la mía con suavidad:

—Ve a hacer lo que debes hacer. Nosotros nos encargamos de esto.

Aprieto para mostrarle la cantidad correcta de presión:

—Seguid hablándole. Si se desmaya, tomad nota de la hora y así podréis decirles a los médicos cuánto tiempo lleva inconsciente.

—¡Quiero que se quede! —exclama Sarah, abriendo más los ojos—. Quiero que te quedes, por favor.

—*Nina* —dice Artemis.

—Lo siento —respondo y evito la mirada desesperada de Sarah—. Estarás bien. Lo prometo.

Todo en mí sabe que está mal dejarla. Esto es lo que quiero hacer, así quiero ayudar. Pero no es mi llamado.

Me voy por el extremo oscuro del callejón, por donde ha desaparecido la vampira y por donde, según el mapa de Cillian, hallaremos el almacén. Corriendo a mi lado, Leo me extiende la estaca, que he olvidado en el suelo. Lo siento como una promesa que no sé si quiero cumplir.

CAPÍTULO
13

Artemis se detiene al final del callejón. Hay edificios que se extienden en ambas direcciones, sus fachadas tan llanas e inútiles como un móvil sin batería.

—Perdimos demasiado tiempo ahí atrás.

Siento la ira brotar en mí, pero Leo habla antes de que yo pueda hacerlo:

—Athena le ha salvado la vida a esa chica.

Suena como si estuviera hablando de alguien más. Quizás eso es lo que me gustaba de él a los trece años: cuando me miraba sentía que veía a alguien más. Alguien capaz. Alguien que puede con esto. Alguien como Artemis, no como yo. Porque he salvado a Sarah, pero ¿y si la vampira mata a alguien más antes de que la matemos? Será por mi culpa.

Artemis mira hacia ambos lados, controlando que no haya amenazas.

—¿Hacia dónde queda el depósito?

Yo también estoy desorientada. La mayoría de las farolas están rotas. Estos edificios están abandonados. La oscuridad es casi absoluta, la luna llena está cubierta por las nubes.

Miro hacia la izquierda y no veo nada. Miro hacia la derecha y tampoco veo nada, pero siento una punzada en el estómago y un pico de adrenalina que me aseguran de repente que *no* quiero ir hacia ese lado. Por nada del mundo. Artemis se da vuelta hacia la izquierda.

—Por aquí, creo —digo, apuntando a la derecha.

—¿Cómo lo sabes? —cuestiona mi hermana.

Es ella quien quería que persiguiera a la vampira y ¿ahora está cuestionando mis instintos?

—Porque estoy aterrada y siento como si pudiera levantar un coche.

Las sensaciones de Cazadora no son ninguna broma. Es como si pequeñas descargas eléctricas recorrieran mi cuerpo y bombearan la sangre más cerca de la superficie de mi piel. Estoy en sintonía con todas las sensaciones físicas que hay dentro de mí, y con todas las emociones y posibilidades que hay fuera de mí, en el aire. Me siento *atraída* hacia el peligro.

Artemis rechina los dientes, pero asiente con la cabeza.

—Detrás de mí —dice, mientras avanza.

Yo debería ir al frente dado que técnicamente soy la más fuerte, pero ni bien se me aparece esa idea, desaparece. Puede que sea la más fuerte, pero ella es la más competente. Incluso con mis nuevos poderes, eso no ha cambiado.

Mis zapatos hacen un ruido fuerte, aunque no tanto como el latido de mi corazón. Más adelante se ve un edificio que tiene las ventanas tapiadas. Todas las ventanas, de hecho. La mayoría de estos edificios tienen ventanas rotas que nadie ha reemplazado. ¿Por qué tapiarlas? A menos que haya algo adentro que pretenda evitar la luz del sol.

Me tropiezo, mi cuerpo se tensa con los traumas del pasado. Leo no me salvará de un vampiro esta noche. Ahora es *mi* deber salvar a la gente. Y sé que ese es el edificio tanto como que no estoy lista para entrar.

—Allí —digo.

Artemis mira el edificio de arriba abajo con las manos en la cadera.

—Tiene que haber una forma de entrar. Leo y yo iremos a investigar. Nina, tú quédate junto a la puerta y avísanos si alguien viene.

—¿No debería Athena...?

Artemis interrumpe a Leo.

—Nosotros somos los que estamos preparados. No la pondremos en peligro más de lo que sea necesario.

En parte, estoy aliviada de que se ponga al mando. Pero por otro lado estoy molesta. Es mi cualidad de Cazadora, son mis sueños, lo que nos ha traído hasta aquí. No debería estar haciendo guardia. El problema es que tampoco quiero luchar.

La puerta más cercana está tapiada por el exterior. Han clavado unos enormes tablones de madera nuevos. ¿Por qué la vampira lo haría por el exterior en lugar de hacerlo desde adentro? Parece decir más «No salir» que «No entrar».

Hay una escalera a mitad del edificio, de hierro oxidado, al parecer. Es difícil saber si llega hasta arriba de todo, pero supongo que sí. Y si hay una escalera, eso quiere decir que probablemente haya una entrada por el techo.

Está demasiado alta como para alcanzarla, gracias al cielo.

Entonces, me estremezco. Está demasiado alta para un ser humano normal. Artemis no estará de acuerdo. Ella me quiere afuera, a salvo. Pero quiero creer que tengo estos poderes por una razón. Me agacho y después salto con todas mis fuerzas. Me he pasado, vuelo más allá del último peldaño e intento agarrarme de alguno del medio. La escalera gime con una protesta metálica, pero aguanta. Desafortunadamente.

—¡Maldita sea, Nina! —Artemis da un pisotón—. ¡Nosotros no podemos subir por ahí!

—Dad la vuelta y buscad una puerta.

—No. Baja ahora mismo. Ahora.

Se escucha un sonido seco. Subo lo más rápido que puedo, la escalera se suelta de la pared. Salto los últimos metros, colgada del borde del techo mientras la escalera se balancea como borracha, despegándose del edificio. Nadie más subirá por ahí.

—¡Nina! —sisea mi hermana, entre dientes.

—¡Estoy bien! Vosotros id por detrás. Yo buscaré una entrada por aquí arriba.

Ella maldice.

—Ni se te ocurra entrar sin nosotros.

Los escucho corriendo y termino por subir al techo, ruedo por la superficie plana y quedo recostada boca arriba. Por un segundo, me tienta obedecer a Artemis; esperar que ella y Leo encuentren otra entrada. Pero eso no es lo que haría una Cazadora. Puede que mi hermana tenga más experiencia cazando vampiros, pero yo tengo poderes de Cazadora, y no es seguro dejarla entrar primero. Aun cuando ella me trata como si necesitara una niñera.

Impulsada por la ira, me levanto de un salto y examino el paisaje del techo en la oscuridad. Hay algunas cajas metálicas voluminosas que parecen unidades de ventilación. Y hay un cuadrado bajo contra el techo. Me doy prisa en llegar hasta allí y encuentro una escotilla.

No tengo una espada. Ni un lanzallamas. Ni un subfusil Uzi. Cierro los ojos, respiro hondo y murmuro:

«Puedo hacerlo».

Había solo una vampira en el callejón y en mi sueño. Tengo agua bendita en el bolsillo y una estaca. Puedo asustar a una vampira. Pero ni siquiera sé si ella está allí dentro. Como dijo Leo, los sueños de Cazadora no vienen con fecha y hora. Abro la escotilla y observo, tratando de distinguir alguna forma, pero la habitación está a oscuras. Entro y me dejo caer, planeo aterrizar en cuclillas en una pose impresionante. En vez de eso, caigo sobre una estructura metálica. Una de mis piernas se incrusta entre dos barrotes. Se me escapa la estaca de la mano.

Y luego miro hacia abajo: hay media docena de criaturas gruñendo. Hasta el último ojo sediento de sangre está fijo en mí.

CAPÍTULO
14

CON SEIS SABUESOS INFERNALES DEBAJO DE MÍ, CONSIDERO VARIAS COSAS al mismo tiempo:

En primer lugar, que mi pierna está atascada entre los barrotes y a su alcance.

En segundo lugar, que es muy poco afortunado que su nombre derive del de los sabuesos, porque se me están quitando las ganas de adoptar un perro.

Y, en tercer lugar, lo mismo que en primer lugar: Mi. Pierna. Está. Atascada.

Tiro con toda mi fuerza y se libera en el mismo instante en que el sabueso infernal más cercano salta. El sabueso se choca con el techo de la jaula, la mandíbula se cierra entre los barrotes.

—¡Perro malo! —grito.

Un gruñido detrás de mí indica la presencia de más sabuesos infernales. Bajo de un salto de la jaula, con los puños en alto, pero no hace falta que me moleste. Todo está enjaulado. Y aunque la habitación está oscura como boca de lobo, apenas iluminada por el titilar de las luces de emergencia que están encima de nosotros, puedo ver que hay *muchas* jaulas. Mi instinto de Cazadora está volviéndose loco. Me fuerzo a inspeccionar la habitación, aunque mi cuerpo pide a gritos que haga algo. Deseo *de verdad* que mi sueño no haya sucedido aún.

Porque estoy casi segura de que esta es la habitación en la que se encontraba Cosmina. Y si ha estado aquí dentro, con certeza ya no lo está...

Me deslizo hacia la siguiente jaula, suponiendo que habrá más sabuesos infernales. En la esquina hay guiñapos de ropa, rasgada en trozos. El horror me hace jadear. Algo se arroja contra los barrotes frente a mí, rebotando y gruñendo.

Es un hombre lobo. La ropa le pertenece a él, no a una víctima. Pero mi alivio dura poco, porque es un *hombre lobo*, y hay luna llena. Hago un recorrido rápido del espacio cavernoso. Mis seis amigos, los sabuesos infernales, están en una jaula con barrotes, hay seis hombres lobo en jaulas separadas y seis...

Doy un paso hacia atrás. Dentro de la última jaula, dividida como la de los sabuesos infernales, hay seis monstruos. Nunca he visto nada así. Llevan puesta ropa de humanos, y parecen casi vampiros... pero malos. Y eso ya es decir mucho, porque los vampiros ya son malvados. Estas criaturas son una perversión de otra perversión. Cualquier semejanza con la humanidad ha desaparecido. Pensé que eso era lo peor de los vampiros: la forma en la que se parecen y hablan como humanos, pero sin alma. Sin embargo, al ver estas cosas deformadas, con forma humana pero poseídas, mientras tocan las barras y estiran sus dedos con garras buscando sujetarme, me dan ganas de vomitar.

Los demonios son demonios. Los vampiros son corrupciones de humanos. ¿Estos? No lo sé. La puerta se abre y alguien entra, me abalanzo rápidamente contra un rincón oscuro, maldiciendo mi abrigo amarillo.

—¡Hola, mascotas! —canturrea una mujer—. Miraos, ya estáis frenéticos. Sabéis que tenemos algo especial para esta noche, ¿verdad? —Hace una pausa para arrullar a los sabuesos infernales. Pero cuando pasa por la jaula de las criaturas, les escupe—. Abominaciones —refunfuña, comprobando las palancas de la parte inferior de las jaulas. Es la vampira de mi sueño. Estoy casi segura, pese a la oscuridad.

Debería clavarle la estaca. Sé que debería. Mi cuerpo sabe que debería hacerlo.

Pero mi cerebro tiene suficiente control ahora que la idea de recuperar la estaca caída, arrastrarme hacia ella, hundirla en su espalda, observar cómo desaparece... No es la jugada correcta. Necesito más información. A lo mejor hay alguien esperándola, alguien que activaría una alarma si ella no volviese. Podría oírme mientras intento encontrar la estaca, y soltar a los monstruos.

Estoy inventando excusas. Sé lo que haría Artemis. Incluso lo que haría Buffy. Sin embargo, aún no logro decidirme a dar un paso en dirección a la vampira.

Cansada de luchar contra mis instintos, decepcionada de mí misma, y confundida sobre cuál es la elección correcta, aprovecho el ruido de las bestias espeluznantes y la oscuridad para deslizarme alrededor del perímetro de la habitación. Quiero dar con una forma de salir y encontrarme de nuevo con Artemis y Leo. Pero la puerta por la que ha entrado la vampira me llama. Aquí están pasando más cosas de las que creía, y una buena Vigilante intentaría averiguar más. Una buena Cazadora, también. En esta situación tengo que usar tanto el cerebro como los músculos. Cuando sepa más, será cuando le clave la estaca.

La puerta conduce a una escalera húmeda, de escalones oxidados y ruidosos. Intento ser silenciosa mientras me arrastro por ellos. Otra puerta me espera al fondo. Necesito un momento para calmarme, segura de que, después de la sala anterior, estoy lista para cualquier cosa. Entonces, abro la puerta.

Ok, no estaba lista para esto.

La habitación está llena de gente. Pululan con bebidas en las manos, el murmullo de la conversación y del entusiasmo llena toda la sala. Parece un evento deportivo. Me enderezo, paseo como si perteneciese a este lugar. Por suerte para mí, todavía está bastante oscuro, las luces centrales están concentradas brillantemente en el centro del espacio. Una mirada más de cerca revela un foso inundado de luz. Tiene seis metros de profundidad y aproximadamente lo mismo en longitud y anchura. El suelo está lleno de suciedad. Las paredes del foso, sin embargo, están cubiertas por alambres de púas brillantes. Sospecho que están cubiertas con plata. Hay un zumbido en el aire que no parece provenir de los proyectores. Entonces, noto dos generadores enchufados a los cables que se conectan con los alambres de púas. Cable electrificado.

Sea lo que sea que vaya a suceder en este foso, no es bueno. Miro hacia arriba, intentando ver más allá de las luces. El techo tiene grandes escotillas cuadradas. Si no me equivoco, están colocadas directamente debajo de las jaulas.

Algo húmedo cae sobre la manga de mi abrigo. Me doy la vuelta con terror de haber sido descubierta. Un demonio de piel roja brillante con símbolos tallados hace una mueca.

—Lo siento. Está muy oscuro aquí dentro. Y ahora necesito otra cerveza. —Levanta una cicatriz que ocupa el lugar de la ceja, sonriéndome con esperanza—. ¿Puedo invitarte una?

—No eres mi tipo —suelto. Después me encojo. Enfadar a un demonio en territorio enemigo no es una buena idea—. ¡Chicas! —digo—. ¡Me gustan las chicas!

Se ríe.

—A mí también. —Me guiña el ojo y se aleja. Ojalá esta noche se resuelvan tan fácilmente todos mis encuentros con los demonios.

Sin embargo, me recuerda que tengo que hacer un registro mental de los invitados. La mayoría son humanos, pero hay algunos demonios, como mi potencial pretendiente, desperdigados entre la multitud. Hay una fila para comprar bebidas, y otra en la que las personas intercambian dinero por papelitos. Quizás tomé la decisión correcta al no matar a la vampira. Si este grupo supiese que hay una amenaza, definitivamente no podría contra todos. Y tampoco debería, con tantos humanos aquí.

Un tablero grande y reluciente detrás de la barra parpadea y cobra vida, una voz amplificada hace eco en toda la sala.

—¡Buenas tardes, damas, caballeros, y aquellos que no son tan fáciles de clasificar! —Un demonio a mi lado pone los ojos en blanco. Los siete ojos—. ¡Bienvenidos al evento de esta noche!

Un hombre vestido con un traje pulcro y con una coleta igual de pulcra se encuentra en una plataforma elevada sosteniendo un micrófono. A su lado hay una mujer vestida con cuero gris desde los pies hasta la cabeza. Las sombras no me permiten ver su cara, pero no es la vampira de la habitación de arriba. ¿Dónde está Cosmina? ¿Cómo la encuentro? Si Artemis estuviese aquí, sabría qué hacer.

Me armo de valor. Fue mi sueño. Mis instintos. Cosmina me necesita a *mí*, no a Artemis.

—Tenemos algo especial para vosotros durante la pelea de perros de esta noche. —El presentador hace una pausa y se mueve hacia el centro de la luz—. Bromeo. Nunca les haríamos daño a los perros. ¿Qué clase de monstruo haría eso? No, estamos aquí para hacer de Dublín un lugar más seguro. Porque es *nuestra* ciudad, ¿no es así?

La multitud ruge y alza sus vasos.

—¿Y si conseguimos algo de dinero mientras nos divertimos? Bueno, bien por nosotros. —El presentador señala el tablero—. Tendremos las categorías de siempre. Tiempo en el foso, qué raza dura más o tiene la mayor cantidad de supervivientes, ya saben cómo va. Pero esta noche, amigos, esta noche tenemos una carta salvaje. —Hace una pausa y saborea el silencio anticipatorio—. Esta noche tenemos... ¡una Cazadora!

Mi corazón se acelera. Doy una vuelta en círculo, lista para atacar. Puedo ver las salidas. Si corro lo suficientemente rápido...

La habitación estalla con el ruido de los gritos de la multitud. Me agacho, cubriendo mi cabeza, pero todos pasan junto a mí dando empujones para ir a sumar apuestas. Nadie viene por mí. Algunos del tipo más demoníaco se deslizan entre la multitud y desaparecen. Quiero seguirlos y salir. Pero una buena Vigilante se quedaría y averiguaría lo máximo posible.

¿Qué haría una buena Cazadora? No tengo ni idea. Probablemente empezaría a golpear cosas. Intento pasar inadvertida. Dijeron que tenían una Cazadora. Obviamente no soy yo. *Oh, no*. No, no. no. Eso quiere decir que tiene que ser...

Se abre una puerta en el centro del techo. De ella cae Cosmina; su pelo, una franja azul brillante. Aterriza duramente en el centro del pozo. Esto es mucho peor que un vampiro.

Me apresuro a llegar a la barricada que rodea el pozo. Cosmina está de pie, rompiendo las cuerdas que la atan. No parece haberse hecho hecho daño con la caída, pero su rostro tiene magulladuras. Con los ojos entrecerrados mira hacia arriba, protegiéndose de la luz cegadora. Luego levanta el dedo índice y el mayor y enloquece a la multitud, al estilo británico.

Dioses. Está *tranquila*. Si los roles estuviesen invertidos, Cosmina sabría cómo ayudar. Ya lo habría hecho.

Ahora tengo que salvar a Cosmina delante de todos. Y el tiempo está corriendo. ¿Por qué mi sueño me adelantó la amenaza relativamente sencilla de una sola vampira y no me dio un adelanto de este escenario mucho, *mucho* peor? ¡Quien inventó este sistema era un idiota!

Ah. Cierto. Mis ancestros lo crearon. Muchas gracias, idiotas.

—No hay necesidad de que os vayáis, mis amigos escamosos —dice el presentador al ver que algunos demonios abandonan la estancia—. Deduzco que ya se han encontrado con nuestra querida Cosmina antes. Ha sido drogada. El efecto desaparecerá pronto, queremos un buen espectáculo, pero no puede salir del pozo. No te molestes de todas maneras, pequeña Cazadora. ¡Tendrás compañía enseguida!

La sala se tranquiliza un poco y el tablero parpadea con nuevas opciones para apostar.

—Antes de que evaluemos las probabilidades, votemos el formato de esta noche: ¿tres cada vez o tumulto?

Algunos sedientos de sangre gritan su voto por el tumulto. Pero la mayoría quiere un espectáculo más extenso. Gana la modalidad tres cada vez.

—Zompiros, sabuesos infernales y hombres lobo, oh, cielos. ¡Las probabilidades están en el tablero! Las apuestas permanecerán abiertas durante dos minutos más y ¡luego comenzamos! —El presentador deja el micrófono y se va a hablar con la mujer vestida de cuero. La vampira de arriba no ha reaparecido aún. A lo mejor sí le debería haber clavado la estaca. O haberme quedado arriba. Podría haber salvado a Cosmina antes de que la tirasen al pozo. Mis instintos fallaron.

No, mis instintos me dijeron que matase a la vampira. Podría haberla matado y buscado a Cosmina. Ya estaríamos fuera de aquí. Pero dudé. Tomé la decisión equivocada.

Ahora me quedan *dos minutos*. Podría atacar al presentador, tomarlo de rehén a cambio de la libertad de Cosmina. Pero ¿él está al mando? No sé si su seguridad le importa a alguien aquí dentro.

Si salto la barricada para llegar a ella, cientos de pares de ojos caerían inmediatamente sobre mí. Y este público no tiene ningún problema en matar Cazadoras.

No estoy orgullosa de haber arriesgado su vida para demostrar que puedo ser una Cazadora. Necesito a Artemis. Saldré corriendo y...

Suena una campana y se oye un timbre. Se abren tres puertas y como lluvia, caen sobre Cosmina un hombre lobo, un sabueso infernal y lo que diablos sea la otra criatura.

Inmediatamente, el hombre lobo y el sabueso infernal se dan caza el uno al otro, con sus mandíbulas chascando y sus garras aferrándose. Están en el suelo en un frenesí de extremidades. Pero la tercera cosa —el presentador ha dicho «zompiro», un término que nunca había escuchado— da vueltas alrededor de Cosmina y corre hacia ella con los colmillos afuera. Cosmina se agacha y rueda, pasa al zompiro, salta sobre sus pies y le da una patada en la espalda. Él vuela contra el alambre de púas y estalla una lluvia de chispas. El público ruge.

El zompiro cae dando espasmos.

Y se arrastra hasta Cosmina.

Algún sentido me alerta. Me vuelvo y atrapo un objeto en el aire ante de que me golpee. Una estaca. Al borde de la multitud veo a Leo, que parece... orgulloso. No me he agachado esta vez. He atrapado el arma, para controlarla.

Leo y Artemis están aquí. Tengo ayuda. Pero Cosmina la necesita más que yo.

Silbo. El hombre lobo y el sabueso infernal detienen su pelea, jadeando, y Cosmina me mira. Le arrojo la estaca.

El zompiro arremete. Ella hunde la estaca en su pecho.

Se convierte en polvo, tal como lo haría un vampiro. Es decir que *es* un vampiro. Algo así. Pero no tengo tiempo de pensar en eso porque el sabueso infernal y el hombre lobo han dejado de pelear entre ellos y, en cambio, se han dado cuenta de la presencia de Cosmina.

—*Ups* —dice el presentador—. Mi mano se ha resbalado. Bueno, es justo, teniendo en cuenta que alguien ha cambiado las probabilidades.

Cosmina se agacha, aferra la estaca con su mano, mientras espera el próximo ataque. Pero ella no es la única humana allí abajo. Los hombres lobo también son personas. No quiero hacer esto. Quiero hacer cualquier cosa *menos* esto.

Pero por primera vez, tengo la certeza de que esto es lo que *debo* hacer. Traspaso la barricada, después salto al foso evitando golpearme contra el alambre de púas. Aterrizo con fuerza, justo al lado de Cosmina. Esta vez caigo en cuclillas con éxito. Dura poco, porque debo esquivar la estaca que viene balanceándose hacia mí.

—He venido a ayudar —grito.

—¿Quién diablos eres? —pregunta. El sabueso infernal se abalanza sobre mí y lo agarro, doy vueltas y lo arrojo lejos de nosotras.

—¡Soy una Vigi... una Cazadora!

—Quítate de mi camino. —Se mueve para entablar el combate con el nuevo zompiro. Esquivo una pata enorme que viene hacia mí, después retuerzo y doy una patada a un hombre lobo en el pecho. Vuela a través del foso y se golpea contra el alambre electrificado. Aúlla de dolor y luego cae inconsciente.

El siguiente hombre lobo se acerca a mí. Me dejo caer de espaldas y pateo con ambas piernas, aprovecho su propio impulso para arrojarlo, también, al alambre.

Dos menos. Están inconscientes, pero no están muertos. Mi cuerpo sabe exactamente qué hacer incluso cuando yo no tengo la menor idea. Me pongo de pie de prisa. Cosmina ha hecho polvo al zompiro, y uno de los sabuesos infernales está enredado en el alambre, cocinándose lentamente hasta morir. Mi estómago da vueltas. Es un demonio, pero no quiero verlo sufrir.

Cosmina golpea al último sabueso infernal hacia mí. Lo atrapo y lo mantengo en su lugar.

—¿Y bien? —grita.

La miro con ojos incrédulos.

—¿Y bien qué? ¡Tú tienes la estaca!

—Genial. Una Cazadora recién nacida. Vaya suerte. —Me quita el sabueso infernal de un tirón y lo lanza tan fuerte como puede hacia adelante. Aterriza más allá del borde del foso y se aleja. Hay gritos de miedo y sorpresa, después se oyen varios disparos. Asumo que el sabueso infernal está muerto.

—Muy traviesas, muchachas —nos regaña el presentador. Esto no está ni cerca de terminar. Hemos eliminado solo dos de cada especie. Lo cual significa que restan cuatro sabuesos infernales, cuatro hombres lobo y cuatro zompiros.

»Esto se ha puesto interesante. —El presentador está más alegre que preocupado—. ¡Tenemos dos al precio de uno en Cazadoras! ¿Estoy oyendo que volvamos el juego un poco más justo? —Suenan una serie de timbres y dos de cada especie de criaturas caen en el pozo.

Al mismo tiempo, una espada entra volando, aterriza justo a mi lado. Aferro la empuñadura con tanta fuerza que me duelen las manos.

—¿Sabes cómo usarla? —pregunta Cosmina.

—¡No! —Me pongo espalda contra espalda con ella. Suena como Artemis, y me he cansado de eso—. Pero voy bastante bien por ahora.

—Nadie te ha pedido que... —Se calla y elude a un zompiro que intentaba embestirla. Yo tengo uno propio del que encargarme. Esquiva mi torpe ataque y me golpea en el costado. Vuelo a través del foso y caigo a centímetros de los alambres eléctricos y de quedar incapacitada y, por ende, muerta. El monstruo corre hacia mí. Levanto la espada y, con su propio impulso, la atraviesa.

Gruñe y se desliza por la hoja de la espada hacia mí, con los colmillos al descubierto.

—¡Estaca al corazón, una espada es inútil para eso! —grita Cosmina—. ¡Córtale la cabeza!

—¡Cierto! —Lo sabía, *obviamente* lo sabía.

Apuntalo ambos pies contra el zompiro y lo empujo fuera de la espada. Quieta, la balanceo como un bate de béisbol. Corta limpiamente a través del cuello del zompiro.

Y entonces algo que *era* se convierte en algo que no *es*, desaparece en una nube de polvo.

Siento una oleada de adrenalina, mi corazón acelerado, la sangre cantando en mis venas. Ha desaparecido, y estoy *viva*. Nunca he estado tan viva. El poder y la fuerza me inundan. Con un grito, vuelvo la espada hacia mi siguiente atacante.

Corta con profundidad el brazo del hombre lobo.

—¡No! —Saco la espada. El hombre lobo da alaridos de dolor.

Me tropiezo intentando ayudarlo, y algo me golpea la espalda y me tira al suelo. La espada se escurre. Ruedo, pero un sabueso me aprieta los hombros. Estoy cara a cara con mi perdición.

Aúlla al colapsar encima mío. La espada sale por su espalda. Empujo al sabueso infernal y la arranco. Cosmina está en el otro extremo del pozo. Ella debe haberla lanzado. Sujeta a un hombre lobo con su brazo alrededor del cuello. Se lo romperá de la misma forma en que yo rompí el de mi primer sabueso infernal.

—¡Alto! —Corro hacia ella, sujeto al hombre lobo y lo tiro contra el alambre. Cae, inconsciente.

—¡Lo tenía! —gruñe Cosmina.

Las Cazadoras solo matan *demonios*. No inocentes.

—¡Son personas!

—¡No, esta noche no lo son!

El timbre suena una, dos, tres veces. Están tirándonos el resto.

Dejo caer la espada y me arrodillo, pongo mis manos en forma de cuna. Cosmina no lo duda. Pone su pie en mis manos y yo la lanzo hacia arriba con todas mis fuerzas. Navega por el aire y aterriza justo por encima del borde del pozo. Después corre. Lejos de mí.

Qué demonios. Estoy sola.

No, definitivamente *no* estoy sola. Nueve monstruos me rodean.

CAPÍTULO 15

Levanto la espada. Mis extremidades tiemblan. Mi visión se estrecha. Es como el peor ataque de asma del mundo, solo que sigo respirando. Aunque, ¿durante cuánto tiempo más?

Uno contra uno, podría haber tenido alguna oportunidad. Pero ¿luchar contra nueve monstruos a la vez? No puedo protegerme a mí misma y a los hombres lobo. Dudo de hecho que pueda protegerme a mí misma.

El primer zompiro se arroja contra mí. Blando la espada por instinto absoluto y lo decapito. Un sabueso infernal me salta encima y le rebano el estómago. La sangre brota a borbotones y me cubre las manos con un líquido tan caliente que quema. Quiero vomitar. Pero esa parte de mí es anulada por el «matar, matar, matar» que recorre mi cabeza y mi cuerpo como electricidad.

Me entrego por completo a ella.

El sabueso infernal está muerto. Blando la espada hacia arriba y le corto un brazo a otro de los zompiros. Ni siquiera lo detiene un poco. Me giro, doy una patada alta y le pego en la cabeza. Da un tumbo contra el alambrado y se le engancha la ropa.

Los otros dos sabuesos infernales destrozan a su compañero de jauría. Agacho la cabeza, corro hacia uno de los hombres lobo restantes y lo tiro contra el alambrado. Un segundo hombre lobo me agarra y me sacude por los aires. Caigo con fuerza sobre mi espalda y esquivo su embestida rodando. Me tiene atrapada. Después aúlla y pierde todas sus fuerzas, siento su peso muerto sobre mí. Me lo quito de encima. Tiene un dardo en el hombro. Con un aullido, el tercer hombre lobo activo cae, con un dardo en el pecho. Levanto la espada cuando los sabuesos infernales pierden interés en su comida. Ambos saltan sobre mí a la vez. Corto a uno, giro, pateo al otro. Está a punto de caer sobre el alambrado, pero se pone de pie con dificultad. Levanto la espada y la hundo en él. Entra por la boca del sabueso infernal y le atraviesa el cráneo. Trato de liberar la hoja.

Está atascada.

El otro sabueso infernal salta. Levanto la espada con fuerza, blandiendo el cuerpo del sabueso muerto como un arma. Con el impacto, ambos sabuesos infernales, vivo y muerto, caen sobre el alambrado.

Estoy de pie en el centro del foso, jadeando. Hay cuerpos a mi alrededor. La mayoría están muertos. Los seis hombres lobo están con vida. Estoy tan ocupada contando que no noto ningún movimiento hasta que algo cae al suelo detrás de mí. Hay un sabueso infernal chamuscado a centímetros de mí.

Leo está en el borde del foso con una ballesta. Parece decidido. Y también aterrado.

—¿Estás bien? —grita.

Alzo mi temblorosa mano cubierta de sangre y levanto el pulgar.

Una de las vallas de la zona de los espectadores cae por el costado, aterriza en el fondo y queda apoyada sobre el alambre de púas. Artemis aparece y utiliza otra para que formen una escalera.

—¡Espera que cortemos la luz! —grita.

Leo dispara la ballesta en dirección a algo que no puedo ver y después la recarga.

Se escucha un estrépito y el zumbido eléctrico se acalla. No puedo seguir mucho tiempo más en este foso, rodeada por la matanza. Empapada en la noción de que me he comportado por completo como una Cazadora y aun así no habría sido suficiente sin la ayuda de Leo y Artemis. Corro hacia la escalera de vallas y asciendo lo más rápido que puedo. Se me engancha la ropa en las púas. Sin detenerme, la desgarro y me libero.

Salgo rápidamente del foso hacia Leo. Me abraza con fuerza.

—Gracias a Dios —dice él.

En ese momento, finalmente comprendo que estoy bien. Estaré bien. He salvado a Cosmina. Ninguno de los hombres lobo ha muerto. Eso ha sido gracias a mí.

Leo me suelta y me tambaleo un poco, borracha de adrenalina y de no sé qué más. Artemis se nos une, sujeto sus manos, mi cuerpo todavía está chispeante.

—¡Lo hemos conseguido!

—Sí... —dice ella levantando una ceja, su tono duele más que cualquiera de los golpes que recibí en el foso.

Se aleja de mí, su postura es sólida, lista para lo que sea. Pero todos los que estaban ahí se han ido o están corriendo. La plataforma está vacía, los organizadores se han esfumado. Han dado vuelta la mesa en la que se hacían las apuestas. Hay dinero y papeles por todo el suelo.

También hay varios cadáveres. Todos parecen demonios, pero en la oscuridad no puedo estar segura. ¿Quién los ha matado? ¿Artemis? O...

—¿Dónde está Cosmina? —pregunto.

La respuesta a mi pregunta llega mientras la vampira de arriba se desliza por el suelo, sobre el borde de la fosa y entra. Cosmina se nos acerca.

—Vamos, cariño —dice la vampira poniéndose de pie y sacudiéndose el polvo—. No queríamos hacerte daño. ¡Aposté mucho dinero en que ganarías!

—Dame la ballesta —dice Cosmina, estirando la mano.

Artemis parece estar preparándose para un ataque. Le pongo la mano sobre el hombro. No he salvado a esta chica para que ella la hiciera pedazos.

—Dejaste sola a Athena —dice Leo con una expresión dura.

Cosmina da un giro y lo golpea en la mandíbula. Leo apenas se mueve. Ella maldice mientras se agarra la mano. Flexiono los dedos. No sentí dolor en el foso. Eso es tan preocupante como todo lo demás. Cada centímetro de mi cuerpo aceptó lo que estaba haciendo. Lo abrazó, incluso.

—Está bien —responde Cosmina.

Sujeta una de las vallas de madera, la rompe y después la lanza como una jabalina. La vampira no logra agacharse a tiempo y la madera le arranca la cabeza del cuerpo.

—¿Qué demonios es esto? —pregunta Artemis señalando el espacio en ruinas.

Yo no puedo apartar la mirada del foso. El hombre lobo al que golpeé con la espada está sangrando mucho. Intento no mirar a los sabuesos infernales.

He dejado *cadáveres* a mi paso. La repulsión que siento es casi tan fuerte como el pico de adrenalina que he tenido. Y eso es lo que más me molesta: estaba aterrada y fue horrible, pero... también lo disfruté. Me *encantó*. La excitante fiebre de la batalla. El penetrante olor a hierro de la sangre en el aire. La forma en que mi cuerpo se movía, un arma en sí misma.

El poder fue embriagador.

Soy una sanadora. Le he dedicado mi vida a eso. Sanar cuerpos es lo que siempre quise hacer. Pero ahora tengo una montaña de cadáveres.

—Estaba ocupada deshaciéndome de su reserva de zompiros —responde Cosmina con indiferencia.

—¿Zompiros? —pregunta Artemis.

El término es nuevo incluso para mi hermana, eso es relevante. Sacudo los pensamientos de mí y lo que acabo de hacer para concentrarme en la respuesta de Cosmina.

—Zombi vampiro. Es lo que sucede ahora cuando un vampiro engendra otro. Como las conexiones demoníacas están fuera de servicio, los vampiros nuevos se convierten en esas cosas. Se agrupan y forman nidos. Había limpiado Dublín casi por completo. No me había dado cuenta de que estos imbéciles los guardaban con un propósito. —Estira el cuello suspirando. Después comienza a juntar el dinero del suelo y se lo mete en los bolsillos—. Gobiernan la ciudad. Ahora tengo que ver cómo lo voy a arreglar.

—¿Hay demonios gobernando Dublín? —Leo parece sorprendido y preocupado.

Estamos solo a unas horas de Dublín. ¿No es nuestra responsabilidad, entonces? ¿Y por qué no estábamos ocupándonos de esto ya?

—Demonios no, la gente que organizaba esto.

—¿Y lo permites? —pregunta Artemis.

Cosmina se encoge de hombros.

—Están limpiando la ciudad. Han hecho de Dublín un lugar más seguro de lo que fue durante décadas, sobre todo en temas de bestias sobrenaturales. Les aviso cuando encuentro algo demasiado grande como para manejarlo sola.

—¿Trabajas con esta gente? ¿Los que organizan peleas de demonios? ¿Los que te lanzaron a un foso para que murieras? —Artemis está totalmente horrorizada.

—Hay un dicho en el lugar de donde vengo: «dale la mano al diablo hasta que los dos hayáis cruzado el puente». Todavía no he llegado al otro lado del puente.

—Vamos —digo; aunque estoy abrumada, hay algo que nos queda por hacer. Intento concentrarme en eso—. Tenemos que ayudar a los hombres lobo. Llevarlos a un lugar seguro.

—¿Te refieres a esas cosas que han querido despedazarnos? —pregunta Cosmina burlonamente.

—¡No es su culpa! Y yo le he hecho daño a ese. No fue mi intención. Pero dudo que los hombres lobo se curen con una rapidez sobrenatural.

Miro a Leo y a Artemis en busca de confirmación, pero ninguno responde. Rhys es el experto. Doy gracias a que él y Cillian se hayan quedado afuera. Estuvieron a salvo y no han visto lo que he hecho. Quería que Artemis lo viera para que me mirara con otros ojos.

Ahora descubro que quiero que mis amigos me vean como siempre. La reacción de Cillian cuando encontró una criatura que necesitaba ayuda fue llamarme. Si hubiera presenciado esto, jamás lo hubiese hecho. He perdido mucho en los últimos días. Tanto de quién creía que era, quién creía que sería. Quiero aferrarme a lo que pueda.

—Si queréis ayudar a esas cosas, hacedlo solos —concluye Cosmina mientras termina de juntar los billetes que quedan en el suelo.

—¿*Disculpa*? —dice Artemis—. Mi hermana te salvó el pellejo y ni siquiera te molestaste en ayudarla. ¿Qué clase de Cazadora eres?

Cosmina se vuelve y su mirada es más afilada que mi espada.

—¿Qué clase de Cazadora soy? Una viva, pertenezco a esa clase.

—Bueno, ¡hoy estás viva gracias a nosotros!

La Cazadora acorta la distancia entre ella y mi hermana, se acerca a la cara de Artemis. Ella ni se inmuta. Cosmina se aparta el largo cabello azul, y revela una oreja destrozada y cicatrices que le llegan hasta el cuello.

—¿Hombre lobo? —Me pregunto si ese será el origen de su hostilidad.

—No, idiota. Otra Cazadora. Así que discúlpame si no estoy interesada en hacer amigos. Hay una razón por la cual había solo *una* Elegida. Somos cazadoras. Asesinas. Y no funcionamos bien en manada. —Hace una pausa y me estudia—. Te conozco. Sueños de un incendio, llamas púrpuras, mami elige salvar a alguien más. —Cosmina sonríe con crueldad ante el horror que se manifiesta en mi expresión—. Los sueños van en las dos direcciones. Ojalá mueras pronto. Estoy harta de revivir tu incendio. —Se acomoda el pelo y se va.

La conmoción de la noche y de todo lo que ha sucedido, de todo lo que he hecho, me toma por sorpresa. Vine hasta aquí a ayudarla porque la vi, porque pensé que teníamos una conexión. Pensé que me necesitaba. Pero ella también me vio y lo único que le provocó fue risa.

—Deberías haberla dejado morir —dice Artemis después de un tiempo.

—¿*Qué?* —Reacciono con sorpresa.

—No valía la pena arriesgar tu vida por ella. Si hubieras esperado unos minutos, Leo y yo habríamos llegado con armas. Podríamos haberlo solucionado. No puedes lanzarte a una pelea así sin más.

El corazón me late con fuerza nuevamente y hago un esfuerzo para mantener la calma.

—Artemis, mira el foso. Yo he hecho eso. Fui yo. —Por mucho que me duela, es la verdad—. Puedo arreglármelas sola.

—¡No, no puedes! Estarías muerta si no hubiéramos estado aquí para ayudarte.

Abro la boca para contestarle, pero me detengo. No tiene sentido. Sé que trata de cuidarme, pero está equivocada. No debería haber esperado. Decidí hacerlo estando arriba y fue mucho peor. Sin importar lo imbécil que es Cosmina, tenía que ayudarla. Ella no me pidió que la rescatara y no tiene por qué darme las gracias. Ayudarla fue lo correcto. Y seguiré haciendo lo correcto.

Salto dentro del foso ignorando el grito de Artemis. No puedo dejar al hombre lobo que herí. El corte de su brazo llega casi hasta el hueso, pero el sangrado es lento. ¿Quizá sea una cosa de hombres lobo?

—Athena. —Leo me lanza un kit de primeros auxilios.

Asiento con gratitud y después remiendo el brazo del hombre lobo lo mejor que puedo. Al menos no morirá desangrado.

Hay un destello de movimiento en el piso superior. Me tenso para atacar, lista al instante. Pero es Artemis. Se está yendo. Tengo un agujero en el estómago. Nos estamos distanciando más y más, y no sé cómo detenerlo. Quiero a mi hermana de regreso. Pero quizás hemos estado desempeñando estos papeles durante tanto tiempo que ya no sabemos cómo ser hermanas ahora que todo ha cambiado.

—Vamos —dice Leo—. Estarán bien hasta la mañana. Dejaremos las vallas para que puedan subir cuando regresen a su forma humana.

Asiento, entumecida. Me preocuparé por Artemis más adelante. Y en cuanto a los hombres lobo, eso es todo lo que podemos hacer. Considero durante un segundo sacarlos del pozo yo misma, pero correría el riesgo de que alguno se despierte. Y, ¿qué haría una vez que estén arriba? ¿Devolverlos a sus jaulas? Tendría que quedarme hasta que sea de día para liberarlos, y tenemos que...

Ay, no. No, no, no.

—Ay, mis dioses. —Subo por la escalera improvisada—. Nos van a matar. Es *tardísimo.*

Leo se ríe, la desesperación de mi frase no le preocupa. Se me tranquiliza la respiración cuando le cambia la cara. Cierra los ojos casi del todo, mueve la garganta, tira la cabeza hacia atrás y su boca se estira a lo ancho con una expresión de placer tal, que no puedo evitar devolverle la sonrisa. Leo es lo único que brilla en este terrible lugar.

—Has luchado en un foso lleno de monstruos y mientras tanto protegiste a los inocentes. Y cuando más aterrada te he visto ha sido ahora, al darte cuenta de que te meterías en problemas con tu madre. Athena Jamison-Smythe, eres maravillosa.

Leo cree que he hecho un buen trabajo. No criticó ni cuestionó mis decisiones y estuvo de acuerdo con lo que intenté hacer por los hombres lobo. Incluso me ayudó a sedarlos en lugar de matarlos. Me entiende. Todavía no se me borra la sonrisa. Me muerdo los labios intentando que desaparezca, pero es inútil. *Ay, por los dioses, Nina.*

Otra vez, no.

* * *

Artemis revisa el sitio en busca de pruebas, pero no encuentra nada. Cillian y Rhys están en el exterior, desprotegidos. Rhys puede cuidar de sí mismo, pero después de lo que he visto esta noche, me preocupan más los *humanos* que los monstruos que acechan allí fuera. Los hombres lobo tendrán que sobrevivir la noche solos.

Al ver a Rhys y a Cillian esperándonos en el coche, me inunda una sensación de alivio. A Sarah se la han llevado los médicos, quienes les aseguraron que se repondría. Artemis no dice una palabra. Quiero que reconozca que he hecho algo bueno. Pero está observando la noche, en tensión, lista para atacar.

Cillian me mira, mudo del horror. Mi abrigo favorito color mostaza está salpicado de sangre. Temblando, me lo quito y lo dejo en la acera.

—¿Estás bien? —murmura Cillian.

Me apoyo sobre él. No respondo, porque no sé cuál es la respuesta. Rhys me sujeta del otro hombro y me abraza.

Mientras sube el equipo al coche, Leo también parece preocupado. Apenas me mira. Lo cual está bien. Genial, incluso. Esta noche cumplió su rol de Vigilante de manera impecable, y eso es todo lo que es para mí.

Cuando Cillian y Rhys se meten en el coche, alzo el bolso de Artemis para alcanzárselo a Leo. Ella me lo arranca de la mano.

—Lo llevo yo.

—¿Qué te pasa? —pregunto, dolida ante su tono despectivo.

Deja salir una risa sorprendida y amarga.

—¿Qué me sucede a *mí*? ¿Tienes idea de cómo me sentí al llegar y verte en mitad de un ataque?

—No, pero ¿*tú* tienes idea de cómo me sentí al estar en mitad de todo eso? Estaba asustada, y al mismo tiempo no lo estaba. Es como si tuviera algo dentro, latente, esperando; y es aterrador y emocionante y *fuerte*... —Nos miramos fijamente, las dos enfadadas, las dos dolidas. Soy la primera en vacilar—. Perdóname si te he asustado. Agradezco que estuvieras allí.

Artemis se da vuelta para meter el bolso en el coche, pero algo de la tensión en sus hombros desaparece.

—Sí. Siempre estaré allí. No creas que no me necesitas. —Pero suena menos socarrón y más... ácido. Me sujeta del brazo cuando estoy subiendo al vehículo, su agarre es casi doloroso. Probablemente hace dos meses *sí* me hubiese dolido. Pero ya no—. Prométeme que la próxima vez me escucharás. Que no volverás a hacer algo así.

¿Algo como salvar a otra Cazadora? ¿Como enfrentarme a monstruos y vencerlos? Estuve bien. He ganado. Y su único reconocimiento es pedirme que le prometa que no volveré a pelear para ayudar a alguien.

Pero... si tengo que ser una Cazadora, esa es exactamente la clase de Cazadora que quiero ser.

Ella no tiene idea de qué se siente. Siempre fue fuerte. Y ahora que yo también lo soy, quiere retenerme. Todavía me ve como la niña a la que dejaron atrás, la que necesita protección y ayuda.

Puede que no sepa cómo desentrañar mis sentimientos, pero sí sé que tengo que dejar de ocultarlos. *Quiero* hablar con ella, quiero contarle todo. Hace tiempo que enfrenta estas luchas. Realmente puede ayudarme.

—No puedo prometerte eso, Artemis. Pero...

Se echa hacia atrás como si la hubiera quemado. Sin decir otra palabra, se sienta delante y da un portazo.

En el viaje de regreso a Shancoom, la noche nos encierra. Algo importante ha cambiado. Artemis está encerrada en sí misma, mirando por la ventana. Rhys y Cillian están abrazados, medio dormidos. Yo estoy hirviendo, enfadada con ella por dejarme fuera tal como hace nuestra madre.

Estiro la mano hacia su asiento, pero me detengo horrorizada. Sigo con las manos cubiertas de sangre.

Las miro y sé lo que ha cambiado. Nos sentimos como si fuéramos extrañas. Puede que me haya convertido en Cazadora el día que la magia terminó, pero esta noche ha sido la primera vez que de verdad he sido una Cazadora. He sido una criatura de instinto y fuerza bruta, que lucha contra los monstruos. Y lo he disfrutado.

Ahora, dentro del coche, rodeada de mi antigua vida —mi vida real— eso es lo que me molesta más que nada.

Vi a Cosmina. Ella era un Cazadora. Una Cazadora real. Una asesina. Pero cuando salté al foso lo único en lo que pensaba era en salvar a quien me necesitaba. Lo sentí correcto. Lo sentí bien. Cosmina puede odiarme todo lo que quiera porque está viva. Seis hombres lobo se despertarán mañana, doloridos pero vivos. Gracias a mí.

Solo necesito descifrar cómo puedo ser una Cazadora sin perder lo que me hace ser Nina.

CAPÍTULO
16

Me enderezo en la cama, mi corazón está acelerado.

¿Qué le pasa a mi cerebro de dormida? De todas las cosas con las que podría soñar, ¿mi subconsciente opta por Bradford Smythe de nuevo? Hubiese aceptado estar de vuelta en el foso peleando contra monstruos, o incluso un sueño sobre el incendio.

Necesito ir a terapia.

—¿Estás bien? —farfulla Artemis, medio dormida, desde el otro lado de la habitación.

—¿Sueñas con el Consejo?

—Cada maldita noche. Ruth Zabuto usa mis dedos como agujas de tejer, y Wanda... —Arrastra la voz, murmura algo sobre espadas e interruptores, y después se calla; su respiración se vuelve regular.

Al menos Cosmina no se aparece en mis sueños. Me siento más feliz de no volver a verla. Y no confío en mis sueños de Cazadora. Mi sueño no solo no me dio información pertinente, sino que me envió a ella en contra de su voluntad.

Me deslizo de nuevo en mi cama. Son las cuatro de la madrugada y he dormido solo una hora.

Mi teléfono de móvil vibra. Lucho por desbloquearlo antes de que despierte a Artemis.

En la pantalla veo un mensaje de texto de Cillian:

Está despierto.

—Estaca con un millón de astillas —susurro. Miro a Artemis. Iba a hablarle del demonio ayer por la mañana. Después, todo se enredó muy rápido. Y ha estado muy enfadada. No sé qué haría con un demonio.

Mi demonio. Puedo encargarme de esto.

No te enfrentes a él, le contesto. **Voy de camino**.

Armas, armas, necesito armas. Solo como precaución. Me pongo las pantuflas, una bata peluda encima de mi pijama y me escabullo por el pasillo. Estoy a mitad del ala del dormitorio cuando me detiene el olor a humo de cigarrillo.

Imogen se encuentra apoyada contra la pared en la entrada. Sus ojos están cargados y fatigosos.

—Ey, Nina. ¿A dónde vas?

—Eh... Mmm. A buscar un poco de agua.

—Toma. —Me pasa el cigarrillo, y desaparece dentro de la suite de los Pequeños. Sostengo el cigarrillo con cautela, como si fuese a cobrar vida y meterse a la fuerza dentro de mis pulmones. Imogen lleva puesta una camiseta de manga larga que llega casi hasta sus dedos. ¿No le preocupa que sus mangas se prendan?

Cuando sale, se ríe en silencio ante mi evidente terror.

—Disculpas. No lo he pensado. Ha sido grosero por mi parte. —Sujeta el cigarrillo y me entrega una botella de agua y otra de zumo—. Tenemos aquí muchos pedidos de bebida en mitad de la noche. Siempre estoy abastecida.

—Gracias. —Pero ahora Imogen está entre el gimnasio abastecido de armas y yo. Y no puedo contarle a nadie lo que estoy haciendo.

Apaga el cigarrillo contra un platito que está en el suelo.

—Disculpa por esto. Nunca lo hago a la vista de los Pequeños. Pero algunos días... —Sacude la cabeza, el fino pelo rubio y sedoso hace de cortina sobre su cara. Siempre me gustó, pero no se junta mucho con el resto de nosotros. Para empezar, es mayor. Poco más de veinte. Pero Imogen existe principalmente para cuidar a los Pequeños. Son su prioridad, siempre.

Asiento:

—Algunos días.

—Así que, eres una Cazadora, ¿verdad?

Oh, dioses. ¡Nos olvidamos de contárselo! ¿Se lo dijimos a Jade? Lo único secreto es que estoy entrenando, no que soy una Cazadora. Tengo tantos secretos últimamente que no puedo recordar qué es secreto y qué es solo *algo así* como un secreto. Arrastro mis pies con las pantuflas.

—Sí. ¿Sorprendida?

Imogen se encoge de hombros.

—No tanto. Tiene sentido.

—¿Lo tiene? —Pensaba con seguridad que todos creían que, si alguien hubiera debido ser Cazadora, esa era Artemis. A lo mejor mi madre la entrenó con la esperanza de que las habilidades de Cazadora se estableciesen en la gemela correcta. A lo mejor Artemis desea eso también.

—Por supuesto. Has estado aprendiendo durante años las mejores formas de ayudar y proteger a otros. Pienso que lo harás muy bien. —Sus ojos de color avellana parecen pardos bajo la luz tenue del pasillo. Están repletos de cansancio, y le dan una apariencia triste—. No puedo esperar a ver lo que harás.

—Gracias. —Mi respuesta parece inadecuada, pero realmente me siento agradecida de que piense eso. Y después recuerdo que Imogen no sabe que estoy entrenando, porque no se supone que esté entrenando—. Quiero decir, probablemente no haga nada. De cazadora, me refiero. Mi madre no quiere.

—Madres. —La sonrisa torcida de Imogen es sombría.

Me encojo.

—Lo siento. Volveré a la cama. Gracias por las bebidas. Y por el voto de confianza.

Imogen no muestra intenciones de volver a su habitación, así que me dirijo a la mía. La paso de largo, y entro al ala de los dormitorios. Navego por los muebles viejos, todo tiene forma amenazante en la oscuridad, hasta que encuentro el pasadizo secreto de Artemis. El salón del Consejo no está lejos del gimnasio, y debe haber alguna otra salida.

Utilizo el móvil como linterna. Lo muevo de un lado a otro, y veo pasadizos que se ramifican. Apuesto a que podría llegar a cualquier habitación sin ser vista. Giro hacia el gimnasio. Eso espero. El pasadizo es angosto, las paredes frías y húmedas me rozan los hombros. Me recoloco para caminar de lado. La tenue luz de mi pantalla ilumina solo unos pocos centímetros. Paso varias salidas enormes.

La oscuridad se mueve en una de ellas.

Me congelo. Retrocedo lentamente, y mi luz rebota con el temblor de mi mano. Muevo la luz a través del pasaje en el que he sentido el movimiento.

Está vacío.

Esperaba un zompiro amenazante. Más sabuesos infernales. Algo oscuro y sediento de sangre que me arrastrase a la oscuridad con él, a donde pertenezco.

Incapaz de quitarme la sensación de estar siendo observada, busco apresuradamente una puerta. No me importa a dónde dirija.

La deslizo para abrirla hacia un espacio diminuto, incluso más apretado que los pasadizos. Frente a mí hay un pesado panel de madera. Lo empujo. Cede, pero solo un poco. Empujo con más fuerza. Se abre raspando.

Libros. Muchos libros. ¡He encontrado la habitación secreta de la biblioteca! Camino hacia la única puerta. También es difícil empujarla. No puedo imaginarme qué deben hacer las personas no-Cazadoras para abrirla. Quizás está diseñada para dos personas, así nadie puede acceder aquí solo con los libros peligrosos. He pasado de largo del gimnasio. La biblioteca se encuentra junto al ala de la residencia del Consejo.

Empleo todo mi sigilo de Cazadora para escabullirme de donde están durmiendo mi madre, Eve Silvera, Leo y todos los demás Vigilantes. Bradford Smythe incluido. Me estremezco al recordar ese estúpido sueño.

El gimnasio está abierto. Sujeto un palo negro pequeño que da descargas eléctricas; lo utilizan los Vigilantes, no las Cazadoras, pero haré una excepción. *No* elijo un *nunchaku*.

Estúpido *nunchaku*.

Todavía llevo puestas mi bata y mis pantuflas. No lo tuve en cuenta por la prisa por llegar a Cillian. Pero si me encuentran al volver, nadie sospechará que he estado afuera con un demonio. ¿Quién habla con demonios mientras viste un pijama de arcoíris?

* * *

—¿Quién habla con demonios mientras viste un pijama de arcoíris? —me sisea Cillian en la oscuridad. Está frente a la casa, con los brazos cruzados, golpeteando el pie impacientemente. Hace mucho frío, y ya me he quitado la bata para que no sea un obstáculo si tengo que luchar.

—¡No he tenido tiempo de cambiarme! ¿Está suelto el demonio?

—No. Escuché movimientos allí dentro y espié por la ventana. Está despierto. Pero aún encadenado.

Intento mentalizarme:

—Eso es bueno. Esto estará bien. Todo estará bien. Entraré. Si no vuelvo en diez minutos, llama a Rhys y a Artemis. O al ejército.

—Eso es tranquilizador, ¿verdad?

Camino a través de su casa hasta el patio. El cobertizo acecha, aguardando en la oscuridad para tragarme entera.

Empuño el palo de descargas y repaso los peores escenarios en mi mente. El demonio está libre y adentro, esperando para matarme. El demonio está libre y afuera, matando personas por mi culpa. El demonio no está libre y aún está adentro y tendré que descifrar qué hacer con él, incluyendo potencialmente... matarlo.

La última opción es la que más me molesta. Una cosa es matar criaturas cuando estás peleando por tu vida. Otra es decidir hacerlo. Los Vigilantes deben tomar decisiones como esa todo el tiempo. Y las Cazadoras ni siquiera deciden. Simplemente actúan. Respiro profundamente, abro la puerta y entro pisando fuerte con mi peligrosidad ligeramente atenuada por mis pantuflas peludas. Tiro de la cadena de la luz.

—Ay, una pequeña advertencia no me habría venido mal. —El demonio me mira de reojo, ha levantado sus manos esposadas para darle sombra a sus ojos. Increíblemente, son de un castaño normal. Al lado de su piel radioactivamente brillante, parece diseñado por un niño con una caja de lapiceros y sin sentido de las gamas de colores—. Ah. —Su voz es indiferente y discordante, filtrada por una materia diferente a la de las cuerdas vocales y a la de las bocas humanas—. Ey. Hola. Oye, los dos sabemos que tengo más valor vivo. Pero ¿sabías que mis secreciones son más estables y de mayor calidad cuando estoy feliz? Así que ten eso en cuenta cuando decidas cómo castigarme. —Baja las manos, y hace contacto visual con una expresión desconcertada—. No pareces una cazarecompensas.

—¿Gracias? —No me muevo, y él tampoco.

—Mira, siento haberme escapado. Pero las condiciones eran menos que ideales para mí. Si llamas a Sean, me disculparé y podremos llegar a un acuerdo. Idealmente a uno que implique menos tortura. No quiero morir, y tú tampoco quieres que muera. Y él me matará si las cosas siguen como estaban.

Me inclino contra la mesa, muy consciente del largo de las cadenas y de lo lejos que puede llegar si me sorprende intentado embestirlo.

—No tengo ni idea de qué hablas o de quién es Sean. Te encontramos inconsciente. También había un sabueso infernal.

Se sobresalta, presa del pánico, como si el sabueso infernal estuviese escondido en el pequeño cobertizo.

—¿Dónde está?

—Lo maté.

—Tú lo mataste —dice resoplando escéptico.

Cruzo los brazos, me pongo a la defensiva.

—Sí.

—¿Con qué? ¿Lo ahogaste con un osito de felpa? ¿Lo invitaste a una fiesta de pijamas y le trenzaste el pelo hasta matarlo?

Imito a Artemis:

—¿De veras quieres insultar a alguien que ha matado a un sabueso infernal con sus propias manos?

Se desplaza y produce un tintineo de cadenas.

—Bueno, está bien. Te creo. Has matado al sabueso infernal. Gracias por eso.

—Había dos, de hecho. —No menciono lo que le pasó al segundo. Quiero impresionarlo o que me tenga miedo—. ¿Por qué estabas aquí? ¿Te estaban siguiendo o eras su dueño?

—Malditos perros demoníacos. No tendría uno. Son capaces de matarte tanto como a sus presas. Y, déjame que te diga, ser sus presas no es un pícnic, tampoco.

Me siento algo aliviada. Al menos no he salvado al demonio responsable de los sabuesos infernales.

Cambia el peso de lado y se escucha el ruido de las cadenas.

—¿Puedo sugerirte algo, cariño? —Sonríe mostrando dobles hileras de dientes negros contundentes—. Déjame ir. Olvida que nos hemos encontrado. Olvida que me has visto. Te prometo que eso será mejor para ti.

—¡No puedo dejar ir a un demonio!

—Fantástico. —Apoya la cabeza contra la pared— ¿Qué eres, una especie de justiciera? No soy un mal tipo. De verdad, no lo soy.

—Entonces, ¿por qué te quiere Sean?

El demonio enseña sus manos.

—Puede que hayas notado que tengo una pequeña enfermedad de la piel.

Arrugo la nariz.

—Sí, cuando te traje aquí dentro, tu enfermedad de la piel se pegó en mi camiseta y en mi pelo.

Resopla una risa y rápidamente intenta hacerla pasar por tos.

—Guau. Lo siento. Mi raza de *demonio*, como tú me llamas, segrega una sustancia que tiene un efecto psicotrópico en los humanos. *Psicotrópico* significa...

—Sé qué significa psicotrópico. —Cualquier buen doctor estudia sobre fármacos—. ¿Segregas tranquilizantes?

—Depende. La gente tiene diferentes reacciones al ingerirlo. Para algunos tiene un poderoso efecto antidepresivo. A veces, provoca euforia. A veces, actúa como somnífero. Y a veces hace que las personas alucinen. Pero siempre de una manera feliz.

Debo parecer horrorizada, porque se encoge de hombros.

—No puedo evitarlo. Valgo bastante en el mercado negro, si conoces a las personas correctas. —Me mira de arriba abajo, prolongando su mirada en mi pijama de arcoíris y en mis pantuflas—. *No* creo que conozcas a las personas correctas. Y Sean te encontraría en cuanto comenzases a hacer averiguaciones para venderme. Entonces, una vez más, tu mejor opción es dejarme ir.

—¿Por qué segregas esa cosa? Déjame adivinar: tus víctimas están tan alegres que no les importa que te las comas.

Él arruga la nariz esta vez, su piel agrietada se une. Luego hace una mueca y levanta los dedos al corte que tapé con cinta.

—Resulta que soy vegetariano. Algo así.

—¿Algo así?

—Como emociones. Eso es lo que hacemos. Te alegramos y luego inhalamos esa felicidad. Y luego seguimos adelante, porque, ¿para qué seguir comiendo la misma alegría si puedes experimentar algo nuevo en cada comida?

—¿Y tus víctimas?

—¿Qué víctimas? Como máximo tienen un dolor de cabeza leve cuando se les va el efecto. No hay daño a largo plazo. Incluso les quedan recuerdos felices. No hago daño a nadie. —Sacude un tobillo esposado hacia mí—. A diferencia de los humanos. Nunca han visto una criatura a la que no hayan devastado.

—¡Eso no es cierto!

—¿Segura?

Abro la boca para discutir, pero... bueno, tiene razón. Somos una raza profundamente predadora. Mira lo que nos hace: estar imbuidos de poder demoníaco, después de todo. Nos convertimos en Cazadoras, humanos hechos solamente para cazar y matar.

Sacudo la cabeza e intento concentrarme de nuevo.

—Tengo tomos y tomos sobre demonios. Puedo buscarte y averiguar si estás diciendo la verdad.

—Bien. Haz eso. Y esperemos que Sean no te encuentre mientras estás leyendo. Porque yo no te haré daño, pero Sean definitivamente sí lo hará.

La intensidad del demonio me hace sentir que está diciendo la verdad. Y luego se me ocurre algo. Me he cruzado dos veces con sabuesos infernales por este demonio, y una vez en otro lado.

—Este Sean, ¿trabaja en Dublín? ¿Bonito traje? ¿Pelo recogido en una coleta?

Todo el desdén en la cara del demonio cambia a la cautela.

—Pensé que no lo conocías.

—No lo conozco. Pero me colé en una de sus fiestas anoche.

Se empuja hacia atrás, pareciera que, si pudiera, se metería dentro de la pared del cobertizo.

—Deberías dejarme irme. Y deberías correr también. Pareces una niña agradable.

Toco el palo de descargas que está sobre la mesa.

—Puedo cuidarme sola. —Son muchas coincidencias, sin embargo. Que el demonio haya aparecido aquí. El sueño que me guio a Cosmina, que estaba conectado al hombre al que este demonio está conectado—. ¿Por qué corriste hacia *aquí*?

—Me dirigía hacia el bosque primero. Pero el sabueso infernal me estaba pisando los talones, así que continué. El cobertizo tenía algo que lo hacía ver seguro. Me llamaba, supongo. Estaba intentando llegar adentro. Sin embargo, no llegué más allá de la cerca sin desmayarme.

—No, me refería a Shancoom. Esta área específicamente.

El demonio mira hacia otro lado, encogiéndose. Se frota el hombro, que debe estar dolorido, pero está funcionando. Hice un buen trabajo con él.

—Me gusta la costa. Es un pueblo adorable.

—¿Estabas buscando a alguien? —No puede ser una coincidencia que haya terminado cerca de nuestro castillo.

—No quieres verte involucrada en esto. Quizás pienses que ya lo estás, pero va mucho más allá. Libérame. Me reuniré con mi contacto y desapareceré y nunca más sabrás de mí. Me curaste cuando no tenías por qué. Eso ha sido amable. No quiero verte muerta. Mantente lejos de Dublín.

No debería importarme, pero me gusta que piense que soy amable. Sana algunos de mis temores después de lo que hice en el pozo. Puedo tomar las decisiones correctas cuando peleo y cuando elijo no pelear.

—¿Quién es tu contacto? —pregunto.

Niega con la cabeza.

—No te voy a involucrar, chica. —Luego hace una mueca—. ¿Al menos puedes intentar estar contenta? Estoy muerto de hambre y tú apestas. En serio, ¿*cómo* hueles tan mal?

—¡No huelo mal! —Me di una ducha tan pronto volvimos al castillo, y me tomé todo el tiempo del mundo para restregarme la sangre de sabueso infernal y el polvo de zompiro y la culpa y la adrenalina de mi cuerpo.

—No, de verdad. Es como si... —Ladea la cabeza—. Desprendes un olor como a humo. Hay un olor que se aferra a ti como el humo. Es ira y desesperación y rabia violenta. Mucha más de la que una chica podría alcanzar. —Se inclina hacia adelante, repentinamente interesado—. ¿Quién eres?

—Nadie —chillo. ¿Puede oler que soy Cazadora? Quizás debería decírselo. Quizás me daría más información por miedo. Pero no quiero usarlo como un garrote o una amenaza. Y no quiero ir desvelando mi identidad a los demonios a diestro y siniestro, incluso si no parece una gran amenaza.

No puedo dejar que se dé cuenta de que me ha descubierto. Me cruzo de brazos y realizo mi mejor imitación de Artemis. Firme. Capaz. En control.

—Hasta que no me digas quién es tu contacto y qué está sucediendo, no te irás a ningún lado.

El demonio estira las piernas tan lejos como se lo permiten las cadenas.

—No digas que no te lo advertí si Sean viene a buscarte.

—Creo que puedo encargarme de él.

—Cierto. Lo golpearás con tus pantuflas hasta que muera. —Cierra los ojos—. Tráeme a alguien feliz pronto, o me moriré de hambre. O puedes hacernos un favor a ambos y lamer mi piel. Te lo prometo: el mejor día de tu vida.

—Puaj. —Me alejo de él, me dan ganas de enjuagarme la boca con Listerine de solo pensarlo.

—Sí, no hay duda de que puedes encargarte de Sean. No te cortará la garganta. —El demonio bosteza. Sus dientes no son dientes en absoluto. Parecen más como esponjas.

—A lo mejor lo llamo ahora mismo.

Ante esto, su cara se invade de terror.

—Por favor —dice con voz suave— Por favor, no. Mantenme aquí. Para siempre, si es necesario. Pero por favor no me devuelvas a él.

Mi corazón responde ante su miedo. No puedo hacerle promesas a un demonio, sin embargo. Así que no digo nada. Pero su expresión me acecha mientras voy a apagar la luz.

—¿Quieres la luz encendida o apagada?

—Encendida, por favor. No me gusta la oscuridad.

Asiento. A mí tampoco. Salgo del cobertizo con más preguntas que respuestas. Y si quiero saber si algo de lo que me está diciendo es verdad, solo me queda un curso de acción disponible:

Investigar.

CAPÍTULO
17

GOLPEO LA PUERTA DE RHYS CUANDO SE HACE UNA HORA RAZONABLE.
La abre y se asoma.

—¿Sucede algo?

—No, ¡nada! Es solo que quería... investigar algo.

Rhys parpadea sorprendido.

—¿Investigar? ¿En serio?

Entrecierra los ojos. Es un pedido que nunca he hecho. No puedo dejar que sospeche cuál es la verdadera razón detrás de mi pedido. Detesto manipularlo, pero es mi única opción; es eso o recurrir al Consejo.

—Es solo que... después de lo de anoche quiero sentirme normal. Y ¿qué más normal que quedar en la biblioteca para estudiar sobre demonios?

Rhys sonríe con cariño verdadero en el rostro. Siento una honda culpa por engañarlo. Creo que me ayudaría, de verdad, pero tendría que pedirle que guardara mis secretos. No quiero cargarlo con eso.

—Nada me gustaría más —responde—. ¿Tienes algo específico en mente? ¿O quieres descontrolarte y jugar a la ruleta de libros?

Me río.

—Concentrarnos en demonios, quizás. Había unos nuevos ayer. Zompiros. Me hicieron darme cuenta de lo mucho que aún desconozco.

—¡Perfecto! Buscaremos todo lo que hay sobre demonología. Y me darás todos los detalles sobre los zompiros. Además, puedes ayudarme a pensar ideas para mi proyecto de Vigilancia. Mis intentos anteriores se vieron frustrados cuando Buffy destruyó la magia. Necesito algo nuevo. Algo práctico y sensacional.

Rhys y yo caminamos juntos hacia la biblioteca. Él respira profundamente y se frota las manos.

—¿Por dónde empezamos?

Recorro las estanterías con la mano. Realmente es una sala preciosa. Las ranuras de las ventanas proporcionan abundante luz dorada que atraviesa la habitación en rayos, iluminando las motas de polvo que bailan lánguidamente en el aire. La mayoría de los libros están encuadernados en cuero, sus lomos están descoloridos. Debajo de las cubiertas ilegibles hay unas tarjetas identificatorias. La letra es de Artemis. Otra tarea poco gratificante que hizo. ¿Alguna vez le dije lo mucho que aprecio su trabajo? ¿Alguien lo ha hecho?

Pero las tarjetas de Artemis no me van a aclarar qué tipo de demonio tengo en el cobertizo de Cillian o si es peligroso.

—¿Hay alguna clasificación de demonios... por color?

Rhys niega con la cabeza. Ya está sacando varios libros sobre vampiros y otros tantos que comienzan con «necro-», un prefijo que en otras circunstancias evitaría en lo posible.

—¿«Zompiro» es el nombre técnico? Suena más a sobrenombre.

—Dudo que lo encuentres en uno de estos libros. Cosmina dijo que aparecieron cuando se cortó la conexión con las dimensiones infernales.

Deja varios de los libros, con expresión apenada.

—Entonces, necesitamos informes actuales. Lo cual sería fácil si tuviéramos a alguien más que a Honora haciendo trabajo de campo. O si ella comunicara algo de vez en cuando. ¿Leo no se los ha cruzado?

—No lo mencionó, pero siéntete libre de preguntarle. —Necesito redireccionar la mente maravillosa de Rhys. Los zompiros son una novedad, lo cual no es bueno porque no hay información al respecto, y nos gusta la información. Pero el demonio del cobertizo es más urgente que los zompiros de Dublín—. ¿Y algún libro en el que estén organizados los demonios por tipo? Un índice exhaustivo. Como una enciclopedia de demonios.

Se rasca la cabeza mirando a su alrededor con una expresión desorientada.

—No. La mayoría de los libros se escribieron sobre demonios específicos. Zonas del mundo. Períodos de la historia. Pero… *guau*. Es una idea excelente. Sobre todo, si pudiéramos condensar esa información en una guía de consulta que se pueda usar fácilmente.

Ya lo he perdido. Chasqueo los dedos.

—Bien. Acotemos la búsqueda, entonces. Me interesan los demonios híbridos. Pero me siento quisquillosa. Así que, los demonios híbridos que no se alimentan de humanos. Quizás unos que comen… ¿sentimientos? —Hay un cartel sobre mi cabeza, amarillo neón como el demonio, que dice: NINA ESTÁ TRAMANDO ALGO.

Afortunadamente, Rhys está en su salsa y ni siquiera nota mi evidente sentido de culpa.

—Entonces, ¿de tipo empático? ¿Sentimientos reales, o energía emocional? ¿O simplemente energía? —Comienza a sacar libros que parecen elegidos al azar. Conoce esas estanterías tan bien que puede elegir libros sin mirar—. Este tiene una sección sobre demonios del miedo. Pequeños diablillos. Con énfasis en el *pequeños*. Ah, este es un buen manual sobre demonios de tipo íncubo y súcubo, con varios estudios detallados. Una historia de Pylea, este es útil. Emm, estos demonios son videntes, pero puede que eso se superponga a lo que estás buscando. ¿Quieres demonios que solo comen sentimientos? Este se alimenta de sentimientos, pero también le gustan los gatitos.

—¿De mascotas?

—De bocadillo.

Hago una mueca. Si el demonio del cobertizo come gatitos, definitivamente he sido demasiado buena con él.

—Me concentraría principalmente en los sentimientos, pero podemos incluir casos atípicos.

Rhys apoya los libros, junto con un anotador y una pluma.

—Mientras lees, anota los demonios en orden alfabético, clasifícalos por tipo e incluye una bibliografía detallada a la que podamos recurrir más adelante.

—¿Tarea?

—Si vamos a hacer esto, lo haremos bien. —Rhys sonríe.

Su emoción sería contagiosa si no hubiera una cuestión tan apremiante detrás de la investigación. Elige tres libros más —miles de páginas de información— y los añade a la pila, acariciándolos con cariño.

—Esto será suficiente para empezar.

—¿Para empezar? —lloriqueo.

—¡La guía de consulta demoníaca será mi proyecto de Vigilancia! Es válida aun con la muerte de la magia y puedo actualizar las notas para reflejar el cambio que ha habido en el mundo. También será un buen punto de partida para determinar qué demonios están anclados en la Tierra y cuáles han quedado inaccesibles. Y podemos incluir cosas nuevas, como los zompiros. —Arruga la nariz con desagrado—. Pensaré un nombre apropiado en latín para designarlos. Sea como sea. El panorama demoníaco ha cambiado y ¡será mi tarea catalogarlo! —Canta para sus adentros mientras regresa a las estanterías.

Pongo manos a la obra, pero no da mucho resultado. Al parecer, hay gran cantidad de demonios que consumen sentimientos. Y los sentimientos y la energía están tan íntimamente relacionados, que a veces no hay distinción entre uno y otro en las descripciones. Además, ninguna de las, por lo general, horripilantes ilustraciones se parecen al demonio con la camiseta de Coldplay.

Sacudo la cabeza y se me escapa una risa.

—Ay, mis dioses, «*he was all yellow*»[1].

—¿Ehh? —Rhys levanta la mirada de su libro.

—Nada.

Nos interrumpe la llegada de la anciana Ruth Zabuto, quien trae a Jade consigo.

—¿Qué tal, queridos? —dice Ruth.

—Hola, abuela. —Rhys a duras penas levanta la mirada.

—Hola, Jade —digo yo.

Quiero mencionar que soy una Cazadora, porque me siento culpable de no contárselos a ella y a Imogen. Pero no sé cómo traerlo a colación sin que sea incómodo.

—Buenos días. —Arruga la nariz con desprecio por las palabras y por la referencia matinal. No parece estar bien, como si apenas hubiese dormido. Lo cual es extraño. Jade duerme todo el tiempo—. ¿No debería una Cazadora estar eximida de sus tareas de investigación? Si yo fuera una Cazadora, jamás volvería a pisar una biblioteca.

Por supuesto que lo sabe. Es un milagro que todavía guarde secretos, siendo que vivo en el Castillo de los Rumores. Aunque me alivia no tener que contárselo.

—Mi madre no quiere que entrene. Así que he decidido ser un nuevo estilo de Cazadora. Un estilo intelectual e investigador. Una Vigilante-Cazadora.

Jade parece disgustada.

—Qué desperdicio.

La voz de Ruth Zabuto suena temblorosa y le brota un líquido de los ojos. Parece más cansada, pálida y ojerosa que de costumbre.

---

1. N. de la T.: En español, «él era todo amarillo». Aquí Nina cita un verso de la canción «Yellow» de la banda británica Coldplay.

—Jade, querida, trae todos los libros sobre magia de los que tenemos copias extra. Artemis los marcó con tiza en el lomo.

Jade suspira y va de un lado a otro de las estanterías.

—¿Qué estáis haciendo? —pregunto, cerrando mi libro de un golpe. Justo estaba en una página con una horripilante y detallada ilustración de un demonio que se alimenta de miedo al insertar su lengua puntiaguda en la amígdala de su víctima. Prefiero al que se alimenta de gatitos.

La ya muy arrugada cara de Ruth Zabuto se arruga aún más.

—¿Habéis oído hablar de algo llamado... «ibei»?

—eBay —la corrige Jade.

—Sí. I. Bei —pronuncia Ruth como si fueran dos palabras—. Muchos de estos libros son antigüedades. Y es lo único que son. —Con los dedos recorre la tapa de un libro labrado en oro que tiene un ojo en el centro—. ¿Sabíais que era un ojo real? Solía abrirse y mirarte enfadado por atreverte a explorar su magia. —Mete el dedo en el ojo, como si intentara despertarlo—. Ahora es solo un libro.

—¡Abuela! —Rhys se pone de pie. Nunca lo he visto tan enfadado—. No puedes vender los libros.

—Solo los de magia, querido. Y solo aquellos que ya hemos copiado. Necesitamos más el dinero que libros de Historia. Tenemos que pensar en los Pequeños, en su futuro. No tenemos los recursos que solíamos tener.

Le da una palmadita en la mano y sigue recorriendo las estanterías con Jade. Rhys se desploma en la silla.

Esta es nuestra historia. Nuestro patrimonio. Es lo único que tengo que me conecta con mi padre. Y es otra cosa que perdemos por culpa de la estúpida Buffy. Si no hubiese roto todo, todavía tendríamos magia y dinero. Si no hubiese estropeado tanto los poderes de las Cazadoras, nunca me habría convertido en una. Mi vida seguiría siendo simple.

Sin embargo, e incluso con ese resentimiento dándome vueltas en la cabeza, debo admitir que no estoy completamente segura de desear que mi vida siga libre de complicaciones. Los cambios han puesto ciertas cosas en perspectiva. La idea de volver a ser la médica —ignorada, apartada, dejando a Artemis al mando del castillo y de mi vida— no me atrae. Fue injusto para las dos. Y ahora veo que, como Vigilante, nunca iba a cambiar el modo de pensar ni de trabajar de los demás.

Jamás hubiera imaginado que convertirme en Cazadora cambiaría mi vida para mejor, pero el universo tiene un sentido del humor perverso. ¿Quería cambiar a los Vigilantes? Tenía que convertirme en otra cosa.

La puerta se abre y entra mi madre muy campante.

—Ruth, no le cuentes a Wanda lo que estamos haciendo. Insistirá en que hagamos una reunión y en hacerse cargo de la asignación de los nuevos fondos; y ambas sabemos a dónde irá a parar el dinero si... —Se detiene a mitad de camino al verme—. ¿Qué estás haciendo aquí?

—Rhys quiere hacer una enciclopedia de demonios. Y como no estoy ocupada —digo, apoyando la mentira para probar lo mucho que no estoy entrenando como Cazadora ni luchando con bestias infernales ni haciendo ninguna otra cosa que me meta en problemas—, he querido ayudar.

Pensativa, frunce el ceño.

—Es una buena idea, Rhys. Práctica. —Dirige la mirada hacia varios de los estantes, sin mirarme del todo a la cara—. ¿Te encuentras bien, Nina?

—Perfectamente —suelto con brusquedad.

—¿Os divertisteis en el cine?

—¿El...? —interrumpo mi propia frase al darme cuenta de que casi le pregunto a qué se refiere—. Ah, ¡sí! Súper divertido. ¿No es así? —le pregunto a Rhys.

—La película fue un poco sangrienta para mi gusto —responde de manera inexpresiva.

—Bien —dice mi madre—. Bien. Bueno, cuéntame cómo sigue tu proyecto, Rhys. Nina, ¿podría hablar contigo en el pasillo un momento?

Me sorprende que no me haya hecho concertar una cita por medio de Artemis. La sigo hacia afuera. Quizás quiere hablar del segundo sabueso infernal, al que le disparó. Explicarme por qué no se molestó en avisar a los demás ni en establecer un nuevo confinamiento de emergencia. Porque mientras más pienso en eso, más extraño me parece. ¿No le preocupaba que hubiera más? Ella no sabe cuál era su objetivo, no tiene idea de que mientras el demonio de la camiseta de Coldplay no esté aquí, estamos a salvo.

—Tengo algo para ti. —Me da un folleto. Sigo pensando en ella y en el arma y en el sabueso infernal, así que tardo unos segundos en procesar lo que leo. Y unos segundos más hasta que logro superar la sorpresa y la confusión y puedo hablar—: ¿Un internado?

—Empezarías tarde, pero te prepararán para la universidad y, más adelante, para tus estudios médicos.

—Yo… ¿qué? ¿Qué quieres decir? Ya estoy estudiando. Aquí.

Durante un instante vislumbro la misma vulnerabilidad que creí ver en su rostro ayer. Como si estuviera lista para hablar conmigo para variar, en lugar de darme órdenes. Esa mirada desaparece rápidamente detrás de su expresión firme y sensata. No es mi madre cuando tiene esa cara. Es un miembro del Consejo.

—El castillo nunca ha sido el lugar indicado para ti realmente.

El «castillo», es decir, los Vigilantes. Está insinuando que todo lo que he hecho no tiene importancia. Que aquello que siempre sospeché es verdad: no tengo lugar ni propósito alguno aquí, rodeada de las personas que más quiero y de la organización a la que quiero dedicar mi vida.

—Pero formo parte de esto. —Tengo la voz tensa a causa del dolor. Quiero estar enfadada, pero estoy tan dolida que no puedo acceder a esos sentimientos. Estar aquí, haciendo un trabajo; es lo que hago con Artemis. Es lo único que me conecta con mi padre—. Soy una Vigilante.

—No lo eres. —No lo dice con maldad, solo está exponiendo un hecho.

Y es verdad. No lo soy y nunca lo seré. No del todo. Eso se reservó para mi gemela. Nunca fui demasiado importante. No dudo que les importe a los demás Vigilantes, pero también sé que nunca me necesitaron. No como necesitan a Artemis, a Rhys o a Leo. Una semana atrás, mi madre podría haberme enviado lejos de aquí y eso no hubiera afectado el funcionamiento del castillo en lo más mínimo. Pero eso fue hace una semana. Levanto la mandíbula de manera desafiante.

—Con que no soy una Vigilante. Está bien. Soy una Cazadora. —Cada vez que lo digo en voz alta lo siento un poco más real, un poco más adecuado.

Mi madre se estremece como si la hubiera golpeado.

—No es lo que quieres.

—¡Nunca me has preguntado qué quería! —Le tiro el folleto a la cara—. Ni una vez. ¿Y Artemis, qué? ¿Dejará todo esto atrás para ir a un internado también?

—Ella tiene que quedarse conmigo. Es lo mejor para todos.

—No, no lo es. Seguro que nunca le preguntaste a Artemis qué quiere.

En tal caso, ¿y yo? ¿Oí decir a Artemis alguna vez si quería ser Vigilante? Estaba destrozada cuando no pasó la prueba, pero ¿acaso fue porque no sería Vigilante, o por haber fracasado en sí?

—Ojalá pudiera basar mis decisiones en lo que tú quieres, Nina. Pero no puedo. Hay cosas más importantes que tus sentimientos en juego. Algún día lo comprenderás. Hasta entonces, tendrás que confiar en que estoy haciendo lo mejor para vosotras. Para ti y para tu hermana. Soy tu madre.

—¿Mi madre? —Quiero hacerle tanto daño como ella me hizo a mí—. No. Eres un miembro del Consejo. Y dado que, en tu opinión, no soy Vigilante ni Cazadora, no tengo por qué seguir tus órdenes.

Entro a la biblioteca, indignada. Jade ve mi cara y abre la boca para preguntarme algo, pero tomo mi pila de libros y los llevo hasta un estante lejano. Abro la puerta secreta de una patada, me marcho por la habitación secreta, por los túneles y finalmente llego hasta el ala de los dormitorios.

Tiro los libros al suelo de mi habitación. Después, nerviosa, furiosa y más que un poco preocupada de que aparezca mi madre para un segundo *round*, salgo a correr.

No me despeja la mente. Nunca me entrenaron para conocer mi cuerpo, para usarlo en todo su potencial. Precisamente, solía conocer todas mis limitaciones. Ahora no tengo idea de cuáles son.

El último intento de mi madre por deshacerse de mí me roza los talones. No puedo correr lo suficientemente rápido como para escapar de eso. El Consejo no se lo permitiría. Bradford probablemente estaría en su contra. Eve, por supuesto. Y Leo; estoy segura de que Leo lucharía para que me quede. Me hace sentir un poco mejor saber que tengo a los Silvera. Aunque me sorprende la seguridad absoluta que tengo de que Leo está de mi lado. Quizás debería contarle lo del demonio del cobertizo. Pero sería humillante admitirlo. Y entonces también tendría que contárselo a Eve, porque estoy segura de que él no le esconde ningún secreto. Y ella se lo diría a los demás, porque es parte del Consejo.

Ahora que lo pienso, ¿por qué no me ha buscado Leo hoy? ¿Será porque tenemos que ser discretos y fingir para que mi madre no sospeche? O, después de lo de anoche, ¿estará evitándome? Quizás él y su madre están hablando sobre mí, decidiendo qué hacer.

Todos aquí son Vigilantes, antes que nada. Necesito una Cazadora con quien hablar. O al menos alguien que entienda por lo que estoy pasando.

Mientras salto troncos y esquivo ramas, un detalle que había olvidado en mitad de todo ese caos me llama la atención. Tengo acceso a quienes conocen a las Cazadoras mejor que nadie. O, al menos, tengo acceso a sus escritos.

Robé dos diarios de Vigilantes de la mesita de noche de mi madre. Es hora de averiguar qué sabían.

* * *

Artemis está en nuestra habitación cuando regreso. Nunca está aquí a mitad del día; está demasiado ocupada con su trabajo. Y todavía no sé cómo estamos después de lo de anoche.

—Es martes —dice ella, y suena a reproche.

Entonces, caigo en la cuenta. Es martes.

El martes por la tarde es su único rato libre. Siempre lo pasamos juntas. Nos hacemos las manos y los pies, rellenamos las reservas de agua bendita y afilamos las estacas mientras vemos películas en nuestro portátil de antaño. Comemos barritas de proteínas que guardamos en la habitación para no tener que ir hasta la cocina o al comedor. Por lo general, es mi día favorito de la semana. Paso los seis días anteriores haciendo una selección de películas y eligiendo colores de esmalte. Pero esta semana, no he preparado nada.

—Lo has olvidado, ¿no?

El rostro de Artemis está tenso.

Sí, lo he olvidado. Pero admitirlo la lastimará aún más. Así que miento nuevamente:

—Después de lo que pasó anoche, no sabía si ibas a querer pasar tiempo conmigo.

La mentira no funciona. Parece todavía más dolida.

— ¿Tú quieres?

—¡Claro que sí! Siempre quiero pasar tiempo contigo.

Aunque no estoy de humor para películas. Estoy de humor para golpear algo. Para salir a correr otra vez. Para hacer algo, lo que sea, con toda esta energía que me pica por dentro. Necesito encontrar a Leo, ver si Eve sabe algo más sobre lo que nos cruzamos anoche. Y los diarios me llaman desde su escondite. ¿De quién serán, para que mi madre los haya guardado? ¿Qué me enseñarán sobre ser Cazadora? Me siento en la cama y digo:

—Es solo que no sé cómo estamos ahora. No quería forzarte a hacer esto.

Ella alinea los esmaltes cuidadosamente. Siempre se viste de negro, pero me deja pintarle las uñas con arcoíris brillantes.

—Quizás esto parezca absurdo ahora, con todo lo que está sucediendo. Pero quiero una tarde normal contigo. Si tú quieres. —No logra camuflar el dolor de su voz.

Siempre fui yo la que contaba con ese día. Pero quizás ella lo necesitaba más que yo.

Me embarga la culpa. Mis cambios han afectado su vida también. He estado enfadada con ella, y con justa razón, pero también puedo ser paciente y comprensiva. Los diarios de Vigilante no se irán a ningún lado. Y el demonio con la camiseta de Coldplay, tampoco.

—Yo también quiero esto —digo—. Una tarde normal. Tú elige la película.

Mientras ella revisa nuestras pilas de DVD, me sorprende darme cuenta de que Artemis es solo una adolescente. Como yo. Solo tenemos dieciséis años, pero nunca puede actuar acorde a su edad excepto durante estas preciadas pocas horas a la semana. Al pensar en lo jóvenes que somos, recuerdo por qué me fui corriendo de la biblioteca.

—¿Mamá te ha hablado sobre un internado? —pregunto al pasar.

—¿Qué? No. ¿De qué estás hablando?

Inspiro de un modo tembloroso y profundo. ¿Y si Artemis concuerda con el razonamiento de nuestra madre? Me destrozará. Pero no puedo guardar más secretos. A duras penas logro contener los que ya tengo.

—Quiere enviarme a un internado.

Artemis gira la cabeza de un latigazo y me mira fijamente, conmocionada.

—¿Estás bromeando?

—Tenía un folleto y todo.

Los ojos se le llenan de ira.

—No. No la dejaré hacer eso. No nos va a separar.

Mi alivio es repentino y abrumador. Sin importar que estemos en desacuerdo o peleemos, ella está de mi parte todavía. Puede hacer más o menos cosas con nuestra madre, puede ser la que mi madre elige, pero Artemis es *mía*. Me desplomo en la cama. Mi hermana se sienta a mi lado y apoyo la cabeza en su hombro.

Ahora que estoy segura de que no sucederá (Artemis no dejará que suceda), puedo relajarme lo suficiente como para pensar en eso sin enfadarme.

—¿Y si vinieras conmigo? Si cambiaras entrenamiento de lucha por educación física. Demonología por geología. Latín por... bueno, supongo que por latín, pero probablemente sea un latín menos espeluznante.

Ella resopla.

—¿Nos imaginas en un instituto normal?

Cierro los ojos.

—De hecho, sí. Y piensa esto: si fuera un instituto para mujeres, habría montones de opciones para un bombón como tú.

Artemis se ríe, pero es una risa oscura y un poco triste.

—Nunca saldré de aquí, Nina. Mamá nunca me enviaría. Y el Consejo no lo aprobaría. Ni lo pagaría. Ni siquiera sé si podrían hacerlo llegado a este punto. Además, ahora eres una...

Espero a que diga «Cazadora». Quiero que lo diga. Ni bien lo reconozca, quizás la extrañeza que hay entre nosotras desaparecerá.

Podré contarle lo confuso que fue anoche para mí. Podré contarle todo lo que siento. Y podré hablarle sobre el demonio del cobertizo.

Pero no termina la oración.

—Bueno, lo que sea que te está sucediendo, lo resolveremos juntas. Mamá no te enviará lejos de mí.

No es exactamente el reconocimiento que esperaba, pero aprecio que todavía luche por mí. De todos los secretos que se erigen entre nosotras, escojo una verdad para decirle:

—He robado algo de la habitación de mamá.

Deja el portátil a un lado y pregunta:

—¿Qué?

Salgo de su cama y voy hacia la mía, de donde tomo los diarios. Ella se sienta en el suelo frente a mí. Abro el primero en la primera página. Es el diario de Vigilante de Bradford Smythe.

—Qué extraño —dice Artemis—. ¿Por qué tendría eso mamá?

—No sabía que había sido un Vigilante activo. No me lo puedo imaginar haciendo trabajo de campo.

Ella sostiene el otro, hace un ruido como de animal herido y se le cae al suelo. Lo levanto.

El nombre grabado en la cubierta, que no había visto por el polvo en el apuro de esconder el libro, es Merrick Jamison-Smythe.

Lo abro con ansiedad, pero Artemis posa su mano sobre la mía y lo cierra con delicadeza.

—No —me dice.

—¿Por qué no? Es de *papá*. ¿No quieres saber lo que escribió?

Parece atormentada.

—No. No es de papá. Pertenece al Vigilante Merrick Jamison-Smythe. Quiero recordarlo como papá. Ser Vigilante consume todos los demás aspectos de la vida. Simplemente... necesito que papá siga siendo papá. ¿sabes?

No estoy de acuerdo, pero la entiendo. Y en parte me alegro. Mi padre sabía que era una Potencial y su diario es sobre el tiempo que pasó con Cazadoras. Ahora que soy una Cazadora también, siento que lo escribió para mí. Lo empujo debajo de la cama y prometo retomarlo cuando esté sola.

Artemis alza el diario de Bradford Smythe y comienza a hojearlo.

—¿Por qué mamá tendría este?

—Estaba en su mesa de noche junto con el de papá. Yo tampoco lo entiendo.

Elige una página y la lee por encima.

—Ah, ya veo. Trabajó con una Potencial. No reconozco su nombre. Fue hace décadas.

Me acerco para poder leer por encima de su hombro.

—¿Qué les pasa a las Potenciales que envejecen? O, ¿qué les pasaba? En pasado.

Eran las afortunadas. Cuando había solo una Cazadora a la vez, si una Potencial pasaba cierta edad, sus oportunidades de convertirse en la nueva Cazadora disminuían hasta desvanecerse. Yo hubiese sido una de esas, seguro.

—Quienes habían sido identificadas y entrenadas desde niñas se unían a la comunidad de Vigilantes. Ya sabían demasiado llegadas ese punto y eran sangre nueva para las antiguas familias. La mayoría jamás alcanzaba el estatus de Vigilante plena, pero así era cómo se dotaba de personal una operación tan grande. Cuando era grande.

—Así que, aunque no se convertían en Cazadoras, ¿tampoco eran libres?

—Nop. —Artemis enfatiza la «p» final—. Una vez que eres parte de la sociedad de Vigilantes, las únicas maneras de salir son la muerte, la prisión, o un fracaso tal que termines como Wesley Wyndam-Pryce, trabajando en investigación privada para un vampiro llamado Ángel.

—Sonríe con picardía—. Eso nunca deja de causarme gracia. Siempre que puedo lo traigo a colación frente a Wanda: «Disculpa, ¿estas cajas son *privadas*? ¿Puedo *investigarlas*? ¿Acaso Imogen Post no es un *ángel* con esos niños?»

Me río a carcajadas. *Esa* es mi Artemis. Esa es la hermana que conozco y quiero.

Esboza una sonrisita de suficiencia.

—Tengo que encontrar la forma de hacer que mis días sean tolerables. A veces le hago bromas a Ruth Zabuto. Una vez cambié sus cristales de concentración por cristales de azúcar. No se dio cuenta. Jamás. Así que cuando se queje de que no hay magia, recuerda que no era demasiado hábil aun cuando todavía existía.

—¿Qué le haces a Bradford?

Se encoge de hombros.

—Es como un oso de peluche viejo. Solo me pide hacer cosas importantes y siempre me da las gracias, así que no me molesta. Aunque a veces cambio su gel para el bigote por pasta de dientes. Esos días huele más mentolado.

—¿Y a mamá?

El brillo de sus ojos desaparece.

—Nada. —Me devuelve el diario, levanta las rodillas y apoya el mentón sobre ellas—. Nina, sé que estás celosa porque trabajo con ella. Porque siempre sé a dónde va y lo que hace. Pero eso no nos hace más cercanas. En todo caso, nos hace ser incluso menos madre e hija. Me controla mucho y es muy estricta. A veces estoy celosa de ti. Entretenida trabajando en la clínica, ayudando a todos.

—Pero ¡no es así! En serio. Cualquiera puede hacer lo que hago allí. Tú ayudarás a mucha más gente.

Gira la cabeza para quedar apoyada sobre la mejilla y mirarme.

—Ayudas a la gente siendo tú misma. Me ayudas a mí. Todos los Vigilantes viven con un pie en la oscuridad, pero tú... tú siempre te las arreglas para dejar entrar la luz. Si he sido dura contigo estos últimos días, es porque... no quiero que pierdas eso.

Quiero contarle todo lo que he estado sintiendo. Y esta es mi oportunidad:

—Artemis, yo...

—Está bien. —Sacude la cabeza y me interrumpe.

Se me cae el alma a los pies. No quiere hablar sobre mi condición de Cazadora. Al menos me ayuda saber por qué es, en parte. Pero quiere decir que todavía no puedo serle sincera. Continúa:

—Puedo protegerte de esta oscuridad. Aunque no sea una Vigilante real. Si es que siguen existiendo los Vigilantes reales ahora. Te cuidaré. —Señala el libro—. ¿Qué más dice ahí?

No se me escapa el abrupto cambio de tema. Pero si Artemis necesita hablar de otra cosa, lo respeto. Me ha ayudado mucho con el paso de los años. Todavía estoy aprendiendo a hacer lo mismo por ella.

—Hay muchas técnicas de entrenamiento.

Hojeo páginas con planes de alimentación, pruebas y técnicas. Voy al final y me pregunto cómo habrá terminado esa Potencial. ¿Qué tarea le asignaron? ¿Habrá sido una de nuestras contadoras? ¿Cocinera? ¿Operaciones especiales? Se necesitaban muchos puestos diferentes para que todo funcionara cuando estábamos en pleno rendimiento. Me pregunto si alguna de las Cazadoras habrá sido médica. Quizás tendría algo en común con alguna.

—Espera. —Señalo una de las últimas entradas—. Sí se convirtió en Cazadora. Y tuvo un bebé. Y después... ay, qué triste. La mataron unos vampiros. Solo fue Cazadora unos meses. Al parecer, Bradford Smythe adoptó al bebé.

El nombre del bebé está al final del libro.

—Helen. —Leemos Artemis y yo al mismo tiempo.

Helen. *Nuestra madre.*

¿Cuántas veces puede romperse y modificarse mi pasado? Nuestra madre no estaba destinada a ser Vigilante. La adoptaron. Era la hija de una Cazadora. Una mujer a la que nunca conoció. Una mujer que murió por una vocación que yo también tengo. La misma vocación que mató a mi padre.

Debería sorprenderme que nos haya ocultado algo tan importante, pero es lo menos sorprendente de todo. Mi madre siempre ha sido un misterio para mí. Pero ese hallazgo aclara una cosa:

—No me extraña que mamá odie tanto a las Cazadoras —murmuro—. Va mucho más allá de Buffy. Artemis, ¿crees... crees que odia que *sea* una Cazadora, o que *me* odia porque soy una Cazadora?

—Mamá no te odia.

—¡Me hizo a un lado todos estos años! Escondió a todos el hecho de que yo era una Potencial. Y por los dioses, ahora lo entiendo. No es solo por papá. Es toda su vida. Represento todo lo que le hizo daño.

Me siento agobiada por el dolor de mi madre, irracionalmente enojada con ella por tener una historia trágica. Yo no he pedido nada de esto. No quiero sentir lástima por ella. No lo haré.

—Toda esta cuestión de la Cazadora no es justa —dice Artemis. Y creo que está hablando de mi madre, hasta que continúa—: ¿Por qué tenía que ver contigo? No tiene sentido. No lo entiendo. Nunca deberías haber sido tú.

—¿Quién debería haber sido, entonces? —pregunto, poniéndome a la defensiva.

Me perturba ser una Cazadora, por supuesto, pero es una situación mística. Si fui Elegida, es porque se supone que tenía que serlo.

Mi hermana me sorprende.

—Nadie —dice con la voz áspera—. Nadie. Nunca deberían haber obligado a nadie a hacer esto. Desde la primera Cazadora en adelante. Un grupo de hombres débiles y arrogantes decidió que era lo *mejor* y todos los demás tenemos que cargar con las consecuencias.

Ella agarra el diario, lo cierra de un golpe y lo tira hacia uno de los rincones de la habitación.

Vuelve a subirse a su cama.

—Vamos —dice—. Solo quiero ver una película tonta y no pensar en nada.

Artemis da por terminada la conversación. Y ahora que veo todo lo que ha sufrido en esta vida, estoy *convencida* de protegerla a *ella*, para variar. Así que ponemos una comedia romántica y le pinto las uñas de rojo carmesí; el pulso firme, el esmaltado perfecto. Ella me las pinta a mí, pero le tiembla la mano y me deja las cutículas tan sangrientas como me quedaron después del foso.

* * *

Me despierto de un susto, desorientada y confundida. El amanecer se acerca suave e inevitable por el horizonte. Después de la película, ambas nos quedamos dormidas temprano. Mis noches sin dormir finalmente se han vengado.

Me quedo acostada en silencio, pensando en lo que hemos descubierto. Nuestra madre era la hija de una Cazadora. De no haberlo sido, jamás hubiera conocido a los Vigilantes. Jamás hubiera sido una. Jamás hubiera conocido a nuestro padre. Nosotras no seríamos Vigilantes. Pero tampoco existiríamos.

Y eso quiere decir que mi abuela también fue una Cazadora. Desearía poder hablar con ella. Desearía poder hablar con alguien que entendiera lo que estoy pasando. Desearía que Cosmina hubiese sido más agradable. Dioses, hasta aceptaría una charla con Buffy en este momento.

Siempre puedo ir a ver a Eve Silvera. O incluso al viejo Bradford Smythe. Él conoció a mi abuela. Podría hablarme sobre ella. Pero no quiero a ninguno de ellos dos. Quiero a alguien de la familia.

Quiero a mi padre. Artemis no quería que leyera su diario, pero lo *necesito*.

Alzo el diario de debajo de mi cama, busco el de Bradford en el rincón donde quedó abierto y voy con prisa hacia el gimnasio, donde casi me choco con Eve Silvera.

—¡Nina! —Me pone las manos en los hombros para detenerme. ¿Duerme en algún momento?—. ¿A dónde vas?

—A la sala de entrenamiento. —No quiero contarle que estoy tratando de leer el diario de mi padre en paz.

Sonríe con aprobación.

—Ayer no te encontré para hablar de lo sucedido en Dublín, pero pensé que quizás querías tomarte un día para relajarte. Nada de esto requiere de nuestra atención inmediata. Siento mucho que os hayáis encontrado con tal desastre. Siento que te fallé al mandarte a hacer algo sin tener toda la información.

—¡No podías saberlo! Estabas apoyándome. Creíste lo que te conté sobre Cosmina. —Es importante para mí. Y también es importante que se interese por mis sentimientos.

—Siempre creeré en ti. Y aunque me arrepiento de haberte mandado tan rápido, lo que hiciste en Dublín fue *increíble*. En especial teniendo en cuenta que nunca has entrenado. Tus habilidades son verdaderamente sorprendentes. Supongo que habrá algo de guardar lo mejor para el final. Incluso tratándose de Cazadoras.

Es tan opuesta a la reacción de mi madre, e incluso a la de Artemis, que estoy ahí de pie paralizada. Eve no solo quiere que sea una Cazadora, sino que cree que estoy haciendo un buen trabajo. Me aprieta el hombro.

—No te preocupes por Cosmina ni por Dublín. Bradford Smythe y yo estamos ocupándonos de eso. Mejor mantenerlo en secreto, de todas formas. Tu madre, Wanda y Ruth no lo saben y queremos que siga siendo así.

—Claro. Por supuesto. ¿Puedo ayudar en algo?

Niega con la cabeza.

—Ya hiciste tu parte y deberías estar muy orgullosa. —Sonríe y sigue caminando hacia donde sea que fuera.

Más contenta, me siento sobre una pila de colchonetas en un rincón del gimnasio. Necesito investigar más sobre el demonio con la camiseta de Coldplay también, pero no se irá a ningún lado. Cillian me ha estado enviando mensajes a cada rato, así sé que está a salvo. En este momento, mis preguntas sobre la condición de Cazadora son más urgentes.

El diario de mi padre es grueso, las páginas están gastadas y arrugadas. No solo fue el Vigilante de Buffy. Antes tuvo otras dos Cazadoras. Siempre me enorgulleció que fuera el Vigilante de tantas Cazadoras. Pero ahora que soy una Cazadora, me doy cuenta de que eso quiere decir que *enterró* a dos Cazadoras. Porque las Cazadoras no se jubilan. Mueren.

Abro el libro por la mitad. No reconozco su letra, lo cual me hace sentir una fuerte punzada ante su pérdida. Es enmarañada, pero sus ideas están bien organizadas. Esta parte tiene anotaciones sobre técnicas de entrenamiento que fueron más exitosas que otras y una anécdota sobre una Cazadora que se enfrentó a una pandilla de vampiros que se había apoderado de un pequeño pueblo. La Cazadora los atrajo hasta un cementerio donde mi padre había puesto trampas para atraparlos uno por uno, y así la Cazadora tuviera más oportunidades de vencer.

Una lágrima salpica la página, la palabra sobre la que cae queda borrosa e ilegible. A pesar de que nunca nos contó eso, Artemis y yo hemos usado la mitad de esas trampas en las habitaciones en las que hemos vivido a lo largo de los años. Sé que luchar con vampiros no es genético, pero entre las habilidades de mi padre y las de mi abuela Cazadora, quizás realmente haya nacido para esto.

De repente siento una conexión intensa con mi padre. Puede que no lo recuerde bien, pero he continuado su legado en más de una forma.

Y estoy segura de que mi padre estaría orgulloso de que sea una Cazadora. Puede que mi madre lo odie, puede que incluso me odie a mí por eso, pero mi padre estaría tan orgulloso de mí como de la chica sobre la que escribe con cariño y profesionalismo. Ojalá estuviera aquí para entrenarme. Él no me habría ocultado que era una Potencial. Me habría preparado. Habría usado los años que pasamos juntos para ayudarme a convertirme en la mejor Cazadora de todas.

Por primera vez, estoy verdaderamente feliz de ser una Cazadora. No solo eufórica por los trucos físicos que puedo hacer o embriagada de adrenalina. Sino realmente feliz. Porque veo lo mucho que le importaba a mi padre, lo orgulloso que estaba de esta chica y cómo escribe sobre ella.

Puedo fingir que soy yo. Puedo imaginar que sentiría el mismo orgullo y que se ocuparía de mi entrenamiento de la misma manera. Mi padre adoraba a estas chicas como si fueran sus hijas. ¿Cuánto hubiera querido a una Cazadora que realmente *fuera* su hija? Si estuviera vivo, todo sería diferente. Mi madre seguiría siendo la misma. Artemis nunca habría tenido que hacerse cargo de mí, porque mi padre lo hubiera hecho. Y a mí me habría entrenado, preparado, cuidado en serio.

Secándome las lágrimas, me salto algunas páginas. En parte espero que haya entradas sobre su familia, aunque sé que se trata de un diario laboral, no personal. Y entonces me detengo. He llegado a la parte en la que se está preparando para conocer a una nueva Cazadora.

Buffy.

Está casi al final del libro. Porque está casi al final de su historia.

Me preocupa la profecía. Helen insiste en que no tengo que preocuparme, pero estas cosas son siempre más complicadas de lo que aparentan en la superficie. Le dije a Helen que no aceptaría esta tarea. Pero la nueva Cazadora es la chica menos preparada que conocí. Recibí el informe de la inspección preliminar. Es, sinceramente, aterrador. No soy quién para juzgar el sistema, el poder ancestral sabe mejor que yo qué Potencial se convertirá en la Cazadora más adecuada para nuestra época. Pero... tiene que haberse equivocado.

Bufo. Después releo la primera pare en la que menciona a mi madre. Recuerdo una profecía sobre Buffy. Tenía que ver con el Maestro, la primera gran amenaza de vampiros a la que se enfrentó cuando se mudó a Sunnydale. Algo así como que «el Maestro se alzará y la Cazadora morirá». Se cumplió. Ella murió. Pero no duró. Buffy nunca ha sido buena ateniéndose a las reglas.

Pero... los Vigilantes no *tenían* la profecía en ese momento. Ese extraño vampiro con alma que era novio de Buffy le dio la profecía a Rupert Giles después de la muerte de mi padre. Lo recuerdo porque hubo un revuelo sobre cómo podía ser que un vampiro tuviera acceso a una profecía que los Vigilantes desconocían. Así que mi padre no podía haber sabido eso. Está hablando de otra profecía.

Y si la profecía era sobre Buffy, ¿por qué rechazaría ser su Vigilante? No tiene sentido. Ojalá pudiera preguntarle a mi madre, pero eso es algo que no va a pasar.

Tengo que aceptar esta misión. Buffy me necesita. No le confiaré su vida y su seguridad a nadie más. Helen se ocupará de que la profecía nunca se cumpla. Bradford la ayudará. Y mis niñas jamás...

Tiene que ser otra profecía. Una más personal si nos menciona a nosotras. Pero ¿cuál? Paso la página con ansiedad.

No está. La han arrancado. La página que sigue comienza a mitad de la oración con detalles sobre la primera desastrosa sesión de entrenamiento con Buffy y sus miedos de que el vampiro ancestral Lothos ya haya comenzado a buscarla. Nada sobre su familia.

Lo cierro. No puedo seguir leyendo. No puedo leer lo duro que trabajó para entrenar a Buffy, para prepararla, sabiendo cómo termina todo. Mi padre enterró a dos Cazadoras. Y después tuvimos que enterrarlo a él, por culpa de Buffy.

Me pongo de pie y clavo el puño en un saco de boxeo. Se corta la cadena y el saco se desliza hasta golpear la pared con tanta fuerza que se le revientan las costuras.

Escucho un par de aplausos en cámara lenta y luego:

—Guau.

Me doy vuelta y veo a Leo detrás de mí.

—¡Lo siento! No fue mi intención. Estaba… —me detengo.

Soy una ruda Cazadora que puede destrozar un saco de boxeo sin pedirle permiso a nadie. Quiero que Leo se enfade conmigo, que me reprenda, así puedo gritarle.

Leo se agacha para examinar el saco.

—Estas instalaciones están diseñadas para Vigilantes. No para Cazadoras. No es tu culpa que seas más fuerte que todos ellos juntos.

No es exactamente el tipo de respuesta que estaba esperando. Tomo una escoba del armario para limpiar. Cuando regreso, Leo tiene los diarios en la mano.

—¡No son míos! —Me acaloro, los traumas del pasado salen a la superficie.

Leo se sonroja. Se sonroja en serio. ¿Cómo se atreve?

—Claro que no. Ya lo sé.

—Ni siquiera tengo un diario. —Le arranco el diario de mi padre de las manos, pero sujeta la mía.

—Athena. Perdón. Por ese día en el viejo salón de entrenamiento. Nunca pude hablarlo contigo antes de irme.

—No lo recuerdo —miento—. ¿Por qué necesitabas hablar conmigo?

Saco mi mano de un tirón y aprieto el diario de mi padre contra mi pecho. Leo suspira y se sienta sobre las colchonetas. Le echa un vistazo al otro diario.

—¿Por qué tienes el diario de Vigilante de Bradford Smythe?

—Fue el Vigilante de mi abuela.

—¿Qué? —Su sorpresa es real.

—Es bastante impresionante —admito—. La madre de mi madre era una Cazadora. La mataron poco después de que ella naciera. Bradford la adoptó.

—Guau. No tenía ni idea. Pensaba que Helen era una Smythe.

—La insertaron directamente en el linaje familiar. Supongo que siempre estuvimos destinadas a estar en mitad de la lucha contra los demonios.

Hojea algunas páginas:

—«Lo que impone el destino ha de acatarlo el hombre. No vale la pena resistir a la vez viento y marea».

Miro la página en la que se detuvo.

—¿Dice eso?

Leo se ríe.

—No, disculpa. Estaba citando a Shakespeare. Es un hábito terrible. Leí sus obras completas estos dos años. No había mucho que hacer durante las operaciones de vigilancia demoníaca con mi madre.

Es la primera vez que menciona detalles del tiempo en que él y Eve pasaron escondidos.

—Imaginé que tu vida había sido emocionante. Allá afuera, haciendo trabajo de campo.

—¿Dirías que Dublín fue emocionante?

—¡No! —Hago una pausa. Nadie quiere escucharme hablar de cómo me siento con todo esto, pero Leo está prestándome atención—.

¿Sí? Más o menos. Fue aterrador y terrible, y también excitante, asombroso y espantoso y no sé cómo pudo ser todas esas cosas juntas.

Asiente.

—Lo que hacemos puede ser estimulante. Es un subidón enfrentarse a la muerte y ganar. Estando allí fuera, sentí todas esas cosas que dijiste. Pero también era aburrido gran parte del tiempo. Autobuses, aviones y habitaciones de hotel más aterradoras que todo lo que te rodeaba en ese foso. Esperar. Vigilar. Cazar. —Tiene una mirada triste y distante—. Y era solitario. Después de que el ataque destruyera el cuartel general de los Vigilantes, pensé que todos habían muerto. Que estaba solo allí afuera.

—Pero tenías a tu madre.

—Lo cual me hacía echaros de menos todavía más.

Había intentado decírmelo antes, pero no lo dejé. Estaba demasiado enfadada recordando mi propio dolor. Ahora creo que lo entiendo. Mi madre quiere enviarme lejos del único hogar y de la única familia que conozco. No me importa lo mucho que cambien las cosas. Esta gente, los Vigilantes, es mi gente. Por lo menos no tuve que pasar dos años pensando que *todos* estaban muertos. Tenía a Artemis y a Rhys. Jade. Imogen y los Pequeños. Incluso al Consejo. Me pregunto por qué siguieron moviéndose los Silvera. Por qué no se instalaron el algún lugar a vivir sus vidas.

Imaginarme a Leo allá afuera, solo y echándonos de menos en lugar de venciendo demonios, mientras seguía siendo atractivo y engreído, hace que me ablande todavía más frente a él.

Me aclaro la garganta.

—¿Qué significa? Tu elegante cita de Shakespeare.

—Es en parte la razón por la que dije que no tenías que entrenar si no querías hacerlo. Aunque, en retrospectiva, nunca fue una opción. —Sonríe con ironía—. Al menos quería ofrecértelo. Nunca nadie me ofreció otra vida. Pero, a fin de cuentas, nadie puede escaparle a su destino.

Por eso nunca se asentaron. Cuando sabes tanto como nosotros, ¿cómo puedes decidir simplemente... dejarlo? ¿Dejar de luchar? ¿Dejar de ayudar? Una vez que estás dentro, no puedes darle la espalda. Me pregunto si mi madre hubiera preferido que Bradford Smythe la diese en adopción, que le hubiese regalado una vida normal para compensar la violencia de sus primeros días. Jamás lo sabré.

Pero me alegro de que no haya sido así. Aunque esté cuestionando todo lo que está sucediendo en mi vida en este momento, sé cómo funciona el mundo. Conozco los monstruos que acechan allá afuera. Y conozco a las personas que han dedicado sus vidas para luchar contra ellos. Aun cuando no siempre esté de acuerdo con sus métodos o sus elecciones. Aun cuando ya no sé cuál es mi lugar en esa lucha.

—Y ¿qué hay de aquellos que nacimos entre los Vigilantes y las Cazadoras? —Intento sonreír, pero no funciona del todo—. ¿Cuál elegimos? ¿Cuál es el destino del que no podemos escapar?

—¿Quieres escapar? —Su tono no es nada sentencioso.

Niego con la cabeza.

—No de ser Vigilante. Nunca quise. Este es nuestro legado, nuestra vocación. Siempre quise formar parte de esto.

—Si pudieras elegir no ser una Cazadora, ¿lo harías?

Casi suelto un «sí». Es mi primer impulso. Pero sigo con el diario de mi padre en la mano. ¿Qué hubiera querido él para mí? ¿Qué es lo que quiero yo para mí? ¿Quiero renunciar a aquello en lo que me he convertido? Por alguna razón, el recuerdo del sueño de la Cazadora que salvó a su pueblo me invade. Estaba tan segura. Era tan valiente y poderosa y buena. Si pudiera ser una Cazadora como ella, elegiría serlo, creo. Pero ¿puedo?

Quizás con Leo y Eve de mi lado, sí pueda. Mi padre querría que lo intentara. Y yo quiero intentarlo. No sabré cuánto bien puedo hacer hasta saber de qué soy capaz. Miro a Leo para decirle lo agradecida que estoy por su ayuda, pero la puerta se abre con un golpe.

—¡Silbidito! —exclama Honora Wyndam-Pryce — Y ¿Leo? Ay, esto sí que es poético.

CAPÍTULO
18

Honora lleva unas preciosas botas de cuero de media caña. Su vestido es negro, el pelo oscuro, brillante y largo en ondas sueltas. Tiene el mejor delineado en los ojos que he visto en persona. Es como si hubiese venido directamente de la pasarela al gimnasio. Mientras que yo aún estoy vestida con la ropa de ayer, peinado de almohada y con unos ojos hinchados que muestran que estuve llorando por mi padre.

Asimila lo que estamos sosteniendo y su cara se ilumina positivamente.

—Oh, mi Dios. Esos no son... ¿esos son los libros de poesía de Silbidito?

Quiero que la tierra se abra y me trague entera. Pero muchas gracias, *Buffy*. Ya no es posible.

—Vete al infierno, Honora. —Nunca he oído la voz de Leo tan cortante. La fuerza de su enfado me saca de mi humillación. No está mirándome a mí, pero se mueve imperceptiblemente más cera.

—No puedo, cariño. ¿No lo has oído? Está cerrado por remodelaciones. —Se ríe burlonamente y se vuelve mientras observa la habitación—. ¿Siempre ha sido tan deprimente este lugar? ¿Te acuerdas cuando entrenábamos aquí, Leo? Las fiestas que hacíamos debajo de sus narices. Épico. Harry Sirk era capaz de hacer un cóctel mágico increíble. Flotabas durante el resto de la noche. —Suspira con nostalgia—. Una pena que esté muerto. Lo echo de menos.

Me yergo, sostengo los diarios y los aprieto contra el pecho.

—Hablando de cosas que hemos echado de menos, ¿por qué no vuelves adonde sea que has estado estos últimos dos años, y así podemos seguir echándote de menos?

Honora se pone una mano sobre el corazón.

—Me has herido. Pensé que era bienvenida, teniendo en cuenta que soy la única que está haciendo algo. A diferencia del Consejo. ¿Cómo los trata el hecho de esconderse? Seguro que están protegiendo a muchos inocentes ocultos en este castillo.

—No tienes ni idea, ¿no? —Leo sacude la cabeza—. Athena es... —Pongo una mano sobre su hombro para frenarlo— ... médica.

—Monté un centro médico para el castillo. —Asumo que no ha hablado con mi madre aún y no quiero contarle que soy una Cazadora como una especie de alarde. Es algo *mío*. No lo voy a discutir con Honora y no me interesa impresionarla.

Levanta una ceja perfectamente esculpida. Puede que diga que ha estado allí fuera protegiendo a las personas, pero no parece haber pasado incomodidades.

—Te felicito. —No descifro si está siendo sincera—. Leo, ¿cuándo has regresado? Pensamos que estabas muerto.

—Lamento decepcionarte.

—¿Estás bromeando? No sé por qué estáis comportándoos así. Me siento muy feliz de veros. —Ahora suena... casi seguro ¿sincera?—. Nuestros años juntos fueron tan divertidos. Os he echado de menos, chicos.

—Creo que tienes un recuerdo bastante distinto al mío. —Honora nunca me gustó, incluso antes de ese horrible día. Siempre estaba desafiando los límites, encontrando nuevas formas de rebelarse. Odiaba lo irrespetuosa que era con la sociedad de Vigilantes, cuando yo hubiera dado todo por que me entrenaran.

Sin embargo, su sonrisa trae a mi mente un recuerdo de Honora saltando, bailando, riendo en el medio de luces parpadeantes. El concierto al que recordaba haber ido solo con Artemis y Jade. Honora nos había metido a hurtadillas. Había olvidado esa parte. O la había reprimido.

—Oíd —dice—. No estoy aquí para hacer amigos. He pasado por Dublín y hay mucho bullicio en las partes subterráneas de la ciudad.

La cara de Leo no delata nada de lo que hicimos allí.

—¿Eh?

—Un gran problema de demonios.

Quizás conoce la existencia del recinto de apuestas y lo que sea que está sucediendo allí abajo. Si sabe que hemos estado involucrados, nuestro secreto está tan muerto como el sabueso infernal en el foso de combate. Se lo contaría a su madre, que a su vez se lo contaría a la mía.

—¿Qué tipo de problema?

—Un problema de esos sangrientos, demoníacos y mortíferos, con muchos cadáveres. Dejó decenas de cuerpos a su paso. Creo que ha venido en esta dirección. Quería asegurarme de que estuvierais bien, y averiguar si el Consejo había oído algo.

Entonces, no es el pozo. Otra amenaza. Fantástico. Definitivamente aún no tengo suficiente de lo que preocuparme.

—¿Qué tipo de demonio? —pregunta Leo.

—Un híbrido entre humano y pyleano. Macho. Piel amarillo neón, cuernos negros, un conjunto realmente desagradable.

Cubro mi sobresalto con tos.

—Lo siento. Guau. Eh... ¿Qué ha hecho?

—Mata a otros demonios. Hombres. Mujeres. Incluso a algunos niños. Asesino puro. ¿Habéis oído algo?

—No —dice Leo. Lo cual es verdad, por su parte.

Intento cuadrar lo que está diciendo con mi conversación con el demonio de la camiseta de Coldplay. Mis instintos me indicaron que no era una amenaza. Y, aunque no confío ciegamente en esos instintos de Cazadora, han acertado bastante hasta ahora. Además, no se puede fingir el tipo de miedo que mostró cuando lo amenacé con llamar a Sean. No puedo imaginar que un demonio que va arrasando con asesinatos tenga pavor del hombre que vi en el pozo.

Como no quiero que siga haciendo preguntas, me apresuro a darle solo la información que su madre daría.

—Apareció un sabueso infernal el otro día, pero pensamos que era uno callejero. —Nadie mencionó al segundo, lo cual quiere decir que mi madre no dijo nada. Lo cual es preocupante. Cuanto más lo pienso, más sospecho que no está preocupada porque sabe que los sabuesos infernales no están tras nosotros. Pero ¿cómo podría saberlo? Si supiese del demonio en el cobertizo, yo ya estaría acabada.

Honora se aviva, obviamente está intrigada.

—¿Sabueso infernal? ¿Por qué estaba aquí?

Espero no parecer tan aterrada como me siento. Pero no puede estar en lo cierto sobre mi demonio. Camiseta de Coldplay. Orejas perforadas. Y ni siquiera intentó desencadenarse. Si hay una persona a la que me siento menos inclinada a ayudar, esa es Honora. Resolveré el misterio del demonio sola. Si es un asesino, me encargaré. Soy una Cazadora. Es mi trabajo.

Me encojo de hombros.

—Como dijiste, estamos escondiéndonos. No hay mucha conversación sobre demonios en los dormitorios. Quizás deberías consultar al Consejo.

Honora arruga la cara.

—Probablemente no sepan nada. Nosotros somos los únicos que hacemos algo por aquí. —Hace una pausa y después sonríe dulcemente—. Bueno, yo soy la única que hace algo.

Me erizo.

—Mi madre está constantemente allí fuera. Y Leo y su madre pasaron los últimos tres años buscando y matando demonios en Sudamérica.

—Ay, ¡qué divertido! Tendremos que intercambiar anécdotas. Y Silbidito puede hablarnos sobre sus últimas técnicas para sacar astillas o curar arañazos. —Sacude el pelo por encima de su hombro—. Solo bromeo. Pienso que el centro médico es una gran idea. Me encantaría verlo después. Iré a desayunar y a hablar con los viejos. No leáis ningún poema sin mí. —Se va rápidamente.

La mano de Leo roza la mía.

—Athena —dice, con voz suave.

Estoy apretando los puños tan fuerte que tiemblan. No quiero hablar.

—Siempre ha sido mezquina y siempre ha sentido celos de ti.

Hago una mueca.

—¿Celos? ¿Por qué iba a tener celos de mí? No era nadie. Era la otra gemela Jamison-Smythe. La que no podía hacer nada.

—Exactamente. —Leo sujeta la escoba y empieza a limpiar el saco de boxeo partido del que nos habíamos olvidado—. Honora no quería ser una Vigilante. Pero su madre la presionó muchísimo. Todo lo que ella hacía repercutía en su familia. Ella iba a ser la que los redimiese. La que devolvería el honor a los Wyndam-Pryce.

—Aun así, no veo por qué tendría celos de mí.

—Tu madre no te presionó para que hicieses el entrenamiento de Vigilante ni te castigó por no ser la mejor.

—Porque estaba intentando alejarme de cualquier cosa que pudiese convertirme en una buena Cazadora.

—No importan las razones, Honora no lo veía de esa manera. Veía a una niña que era feliz en mitad de toda la miseria de los Vigilantes. —Deja la escoba—. No la estoy defendiendo. Pero arremetió contra ti porque odiaba que tuvieras cosas que nunca tendría. Incluso entonces eras diferente. Especial. Todo lo que te había pasado, todo lo que habías perdido, y aun así lograbas ser la parte más brillante de cualquier habitación. —Sonríe con hoyuelos completos, y mi corazón se rompe. Las fisuras deshacen todo el trabajo que he hecho para sacar a Leo de mi interior en los últimos tres años. Mi yo de trece años canturrea triunfante de saber que él sí me veía en esa época. Parte de mi humillación, la parte que estaba segura de que él pensaba que era estúpida, finalmente se disuelve.

Vuelvo mi expresión más severa, ignorando a mi yo de trece años, pero permitiéndome perdonar un poco a Leo.

—Aun así, Honora es la peor.

Leo se ríe.

—Oh, absolutamente.

Abrazo los diarios contra mi pecho con más fuerza.

—Bueno, entonces quedó claro que ella cambió el poema. *Jamás* escribiría algo sucio sobre ti.

—¿*Nunca?* —pregunta, y hay un tono burlón en su voz que nos sorprende a ambos. Su cara se pone tan roja como siento la mía—. Lo siento —tartamudea.

No puedo evitar la risa que se me escapa. ¿Leo estaba... ligando conmigo? A pesar de que siempre fue amable, nunca hubo indicios de coqueteo cuando éramos más jóvenes. Me habría dado cuenta. Pero los dos hemos crecido. Hemos estado separados durante mucho tiempo. Y lo que hay en su voz ahora cuando me habla... es algo muy parecido a lo que hay en la de Rhys cuando le habla a Cillian.

Aclaro la garganta, sin saber cómo reaccionar a Leo Silvera coqueteando. Conmigo.

—Bueno, no hubiese escrito nada así a los trece. Apenas sabía lo que significaba *orgasmo*. La educación de los Vigilantes no profundiza mucho sobre cómo se hacen los bebés. No es que no lo sepa. Pero dejaré de hablar ahora mismo y me iré y quizás no vuelva nunca. —He ido retrocediendo hacia la puerta desde que he dicho «orgasmo» y he sabido que mi boca no iba a detenerse a tiempo para salvarme.

La sonrisa de Leo es cegadora, tiene la expresión más genuina que he visto en su cara desde que regresó. Se lleva una mano a la boca como si tampoco pudiera creer que estuviera allí, tocándose la comisura de los labios.

Confundida pero feliz, camino hacia mi habitación.

Leo tiene razón. Siempre tuve algo que daba celos. Tuve a mi gemela, y aún la tengo. Y, sin dudas, es la mejor Vigilante del castillo, al diablo con los exámenes. Es hora de hablarle sobre el demonio en el cobertizo de Cillian. Como Artemis me recordó anoche, somos mejores cuando desciframos las cosas juntas. Puede que no tenga a mi padre, pero la tengo a ella. No seguiré descuidando eso.

Pero al llegar a la entrada de nuestra habitación me detengo. La puerta está abierta y puedo ver a Artemis.

Y a Honora.

Está sentada en su cama, y mi hermana está radiante. La diferencia de edad que solía separarnos a Leo y a mí ya no es una barrera, y tampoco lo es para ellas dos. Y Artemis *siempre* estuvo enamorada de Honora.

Empujo la puerta para que rebote con fuerza contra la pared. Artemis salta, pero después mueve las manos, entusiasmada.

—¡Mira quién está aquí!

—Ya he visto a Nina. —Honora me sonríe con toda la dulzura falsa de una Coca-Cola sin azúcar. Nunca me llamó Silbidito delante de mi hermana. Y yo nunca le hablé a ella del incidente con el poema. Debería haberlo hecho. Obviamente. Debería haberle contado a Artemis muchas cosas. Venía a mejorarlas, pero Honora está en nuestra habitación. ¿Cómo podría mencionar lo del demonio con la camiseta de Coldplay?

—Pensé que ibas a desayunar —digo.

—¿Cómo hubiera podido ir sin haber visitado antes a Artemis? —Honora se gira hacia mi hermana—. Dios. He estado lejos tanto tiempo. Pareces otra persona. Yo parecía una bruja entre los trece y los diecisiete, pero tú eres preciosa.

Mi hermana se sonroja. Quiero vomitar.

—De verdad —Honora continúa, jugando con un rizo que se ha escapado de la coleta de Artemis—. No me digas que también te has vuelto más rápida, más inteligente y más fuerte, o me pondré tan celosa que tendré que matarte.

Finjo vomitar a espaldas de Honora. Artemis me ve y me dedica una mirada fulminante.

—Vayamos a desayunar mientras Nina se cambia.

No quiero seguirlas. Pero no hay forma de que deje a Honora con acceso completo al castillo y a mi hermana. Y tengo que volver a ir al cobertizo para determinar si el demonio es, de hecho, tan peligroso como Honora dice. Pero no parece correcto.

¿De verdad confío más en un demonio que en una Vigilante de estirpe?

La voz con la que Honora leyó la poesía resuena en mis recuerdos. Sí. Sí, confío más en un demonio amarillo neón que en Honora.

En el desayuno, ella acapara la atención de Artemis con historias divertidas de sus hazañas de caza de demonios. Incluso Jade está interesada, y se inclina hacia delante para escuchar. Rhys finge que no le importa, pero la forma en la que sus ojos se ensanchan en las partes buenas indica lo contrario.

—¿Puedo hablar contigo? —le pregunto a Artemis.

Asiente, pero no deja de escuchar a Honora.

—Luego, ¿sí?

—¿Honora no tiene que hablar con el Consejo?

—Tanto Bradford Smythe como Ruth Zabuto duermen hasta las diez u once cada mañana —dice Artemis.

Honora toma un poco de fruta del plato de mi hermana.

—Holgazanes. Ya lo he intentado con la puerta de mi madre. Ni siquiera abrió. Dijo que está enferma. Todos aquí parecéis un poco débiles. Deberías conseguirles vitaminas o algo, doctora. Y, de todas formas, pueden esperar. Eso es lo que *hacen*. Deberían ser el Consejo de *Esperadores*. Además, no dejaré que Artemis limpie todo esto sola. Eres la mejor aprendiz que he visto en mi vida. No puedo creer que no te hayan hecho una Vigilante plena. Qué basura.

Ella encoge los hombros, pero me doy cuenta de que está contenta.

—Después de desayunar, tengo algo de tiempo para entrenar.

—¿Puedo unirme?

—¿No estás buscando a un demonio? —acoto.

—No tengo pistas —responde Honora. Si el demonio con la camiseta de Coldplay fuese un asesino tan terrible como dijo, no se detendría ante nada. O al menos, si fuese una buena Vigilante, no lo haría.

—No vas a encontrar pistas en nuestro gimnasio.

Artemis me frunce el ceño. Le devuelvo el gesto, después le escribo a Cillian. Todo está tranquilo en el cobertizo. Podría hablar con Leo sobre eso. O con cualquiera, realmente. Pero quería hablar con Artemis. Y no puedo admitir que he mantenido este gran secreto con Honora aquí.

Apenas son las ocho de la mañana, pero ya estoy agotada por la tensión emocional. Mi madre es la hija de una Cazadora. Quiere enviarme a un internado. Hay una especie de profecía que preocupaba a mi padre. El demonio que estoy escondiendo en el cobertizo de Cillian puede o no ser un asesino.

Y la estúpida de Honora está de regreso.

Tan pronto como Honora se haya ido, se lo diré a Artemis y buscaré su ayuda. Cierro los ojos, esperando unos minutos de descanso sin
nada más que el vacío de mi mente para poder resolver algo de este lío.

En cambio, me encuentro a mí misma de nuevo en la habitación de
Bradford Smythe.

CAPÍTULO

19

Ay dioses, Bradford Smythe durmiendo otra vez, no.

Lo mismo de siempre. Él dando vueltas en la cama. La oscuridad que toma forma encima de él. Pero la habitación está un poco más clara, como si no fuera medianoche. Aunque las cortinas están bien cerradas, veo mejor la habitación. Excepto a la figura que tiene encima. Eso sigue siendo impenetrable. Tentáculos de oscuridad se desprenden de ella e infectan la habitación.

Bradford sonríe al principio, con el rostro tierno. Luego su expresión se transforma en pánico. Sudor brota de su frente. La figura que tiene encima se arquea triunfante.

Bradford se aquieta por completo.

Despierta, despierta, despierta.

Está oscuro. No puedo abrir los ojos, no puedo moverme. Siento una presión en el pecho, algo pesado que siento tan oscuro como el interior de mis párpados.

Quiero gritar, pedir ayuda.

«Así es», susurra la oscuridad. «No hay nada que puedas hacer». Siento que se acerca la presencia, siento su aliento gélido rozarme la oreja. «No puedes salvarlos».

Doy un grito ahogado, liberándome al fin de la parálisis del sueño, para encontrarme en una azotea de San Francisco. Buffy, pequeña y solitaria, está sentada en el borde mirando el atardecer. No tengo tiempo para eso.

Si fuera una Cazadora de verdad, si fuera una cazadora como Artemis, correría hacia adelante y la tiraría de un empujón. Sueño o no, se lo merece. Se lo merece por todo lo que fastidió y destrozó en mi vida. Desafió a los Vigilantes y alteró el orden de las cosas. Dejó entrar tal caos que el Primer Mal pudo levantarse y mató a casi todo mi pueblo.

Y mi padre murió por su culpa.

«¡No lo merecías!», grito, consumida por mi ira hacia Buffy. «¡Debería haber dejado que Lothos te matara! ¡El mundo entero hubiera estado mejor!».

No sé si el viento le vuela el pelo o si sus hombros se encogen. Quiero hacerle daño. Quiero que sepa lo que se siente perderlo todo, lo que se siente ser impotente, lo que se siente...

Los bordes del sueño se tensan hasta romperse.

✳   ✳   ✳

Toco el suelo y salgo corriendo. O al menos lo intento. Estoy un poco mareada y agitada.

Si he visitado a Buffy en un sueño de Cazadora, entonces quizás lo anterior también haya sido un sueño de Cazadora. Tengo que ir a ver a Bradford Smythe. Casi me choco con Leo en el pasillo mientras venía hacia mi habitación.

—¿Qué sucede? —pregunta.

—¡Creo que Bradford Smythe está en peligro!

Inmediatamente asume su posición a mi lado y atravesamos el castillo hasta llegar al ala residencial. Freno en la puerta de la habitación del anciano. Doy las gracias de que Leo esté ahí. Sea lo que sea que encuentre del otro lado, es bueno tener a alguien a mi lado.

Golpeo la puerta. No hay respuesta. Toco más fuerte. Después pruebo con el picaporte. Está cerrada con llave.

—¡Bradford! Bradford, ¡dime que estás bien o tiraré la puerta abajo!

—¿Qué está pasando? —Eve se asoma al pasillo desde su habitación.

La puerta de Wanda Wyndam-Pryce se abre, y ella aparece adormilada y envuelta en una bata de seda.

—¡Bajad la voz!

Por un instante, dudo. La voz de Leo es casi un susurro:

—Tírala abajo —me dice.

Eso hago.

La madera cruje y se astilla con una sola patada, la puerta abierta de par en par cuelga de una bisagra.

Corro hacia la cama de Bradford y le toco la muñeca con los dedos.

No tiene pulso.

Leo abre las cortinas para que haya mejor luz. El cuerpo de Bradford Smythe ya está azulado y grisáceo; salpicado de muerte. Tiene la piel fría.

De todas formas, le realizo RCP. Mientras lo hago entra Wanda y suelta un grito de dolor. También lo hace Ruth Zabuto y consuela a Wanda. Sigo hasta que siento una mano sobre el hombro.

—Es demasiado tarde —dice mi madre—. No podrías haberlo salvado.

Niego con la cabeza, buscándole el pulso nuevamente.

—Podría. Sabía que esto estaba sucediendo. ¡Lo vi!

—¿A qué te refieres con que lo viste? —pregunta Eve.

—¡En un sueño! Había algo encima de Bradford. Lo estaba drenando o algo así.

—¿Sufrió? —pregunta mi madre.

Finalmente, dejo caer su muñeca. La única forma en la que puede despertarse es una forma no humana, y espero que ese no sea el caso. No quiero tener que matarlo después de que fracasara en mi intento por salvarlo.

—No. No sufrió. Estaba... bueno, no estaba sufriendo.

—Estaba mal del corazón —dice Eve.

—¿Por qué soñaría con Bradford teniendo un ataque al corazón? Eso no tiene nada que ver con mis habilidades de Cazadora.

La sonrisa de Eve es comprensiva y firme.

—Nina, cariño, hace solo un par de meses que eres Cazadora. Y durante la mayor parte de ese tiempo, ni siquiera te habías dado cuenta de que lo eras. No creo que puedas comprender ni confiar en tus habilidades.

Se me cae la mandíbula. Hubiera esperado un comentario así de boca de mi madre. No de Eve.

Leo se me acerca. Retuerce la boca y dice cerrando las manos en un puño:

—Pero ella lo *sabía*. ¿Cómo puedes desechar eso?

Mi madre revisa el cuello de Bradford, después su pecho. Sus movimientos son precisos, mecánicos.

—No tiene marcas. Pensé que tendríamos más tiempo con él. Pero tampoco es una sorpresa.

Alza la manta y le cubre la cara.

—Nina, estás muy en sintonía con la salud de todos en el castillo —dice Eve—. Por supuesto que notarías, quizás de manera inconsciente, que Bradford no estaba bien. Y se manifestó en tus sueños. Quizás tus sentidos agudizados de Cazadora incluso registraron la irregularidad de sus pulsaciones. Pero no hay señal alguna de que haya sido un ataque demoníaco. Hemos estado aquí toda la mañana. Creo que, si un demonio hubiera entrado tan campante al castillo y abierto la puerta con llave de la habitación de Bradford, alguien se habría dado cuenta.

—Pero... yo vi... —Me desinflo.

Sé lo que vi, lo que sentí. ¿Cómo puedo demostrarles que mi sueño fue real si ni siquiera me escuchan? No puedo usar mi sueño sobre Cosmina como evidencia porque mi madre, Wanda y Ruth no saben nada acerca de ella. No pueden enterarse.

Mi madre sujeta una foto de la mesa de noche de Bradford. Es una foto en blanco y negro de una mujer joven.

—¿Había algo más en el sueño? ¿Viste un demonio? —pregunta.

—Nada específico. Solo unas sombras con una forma vaga. El resto del sueño fue sobre Buffy.

Mi madre inspira profundamente.

—¿Buffy? ¿Hablaste con ella?

—Emm, algo así. —Le grité. Eso cuenta.

Wanda, que está llorando sobre el hombro de Ruth Zabuto, levanta la cabeza y dice:

—Esos no son sueños proféticos. Son sueños patéticos. ¿Podrías dejar de intentar que todo gire a tu alrededor y dejarnos guardar el duelo por nuestro colega en paz?

Miro a mi madre atónita. Ella sacude la cabeza.

Eve me pone la mano en el hombro y me dirige hacia afuera.

—Déjanos manejar esto, Nina. No es asunto de niños ni de Cazadoras. Lo siento.

—Necesito hablar contigo —le dice Leo a su madre. Tiene la voz tensa.

Él me creyó, pero eso no importa. El Consejo no me cree. *Eve* no me cree.

—Por supuesto, cariño. —Eve me agarra de la mano cuando estoy a punto de escapar, humillada y triste y furiosa—. Búscame más tarde —susurra.

Añadiéndole confusión a mi batido tóxico de emociones, salgo corriendo del ala residencial y del castillo. No puedo recurrir a Artemis con Honora presente. Leo y su madre están hablando, pero no me han invitado. Nadie del Consejo me cree.

Pero tengo otra fuente de información. Salto la cerca y abro el cobertizo de Cillian de un portazo.

El demonio está ahí, justo donde lo dejé. Abre un ojo.

—Pensé que ya estarías muerta a esta altura. Sean debe estar teniendo una mala racha.

—No estés tan decepcionado. —Examino las cadenas. Todo está en su lugar. No creí que fuera él, pero tenía que corroborarlo—. ¿Qué puede matar a alguien mientras duerme sin dejar marcas?

Las grietas en la piel del demonio se mueven junto con su expresión de incredulidad.

—¿Es una adivinanza?

—Esta mañana mi tío ab… —Hago una pausa mientras dejo que se asienten las emociones. La realidad es que el hombre que crio a mi madre está muerto—. Un hombre ha amanecido muerto.

—¿Es un zombi?

—¡No es eso lo que he querido decir! A ver, esta mañana no se levantó. Y soñé que eso sucedía. Creo que no hubiese soñado con eso a menos que fuera demoníaco.

La explicación de Eve puede tener sentido, pero no creo que sea la correcta. El demonio parece sorprendido.

—¿Lo has soñado? ¿Eres vidente? ¿Y tus poderes siguen funcionando? Ten cuidado. Esos son dones que valen una moneda en el mercado negro. Otra razón más para liberarme y no atraer la atención de Sean.

—No soy vidente. Soy… no puedo explicarlo. Pero ¿sabes de algún demonio que haga eso? ¿Matar a alguien mientras duerme? ¿No dejar marcas?

—Claro, sí. Decenas. ¿Puedes darme más detalles? Y ¿puedes darme algo de comer, por favor? Tú nunca estás feliz.

—¡Un hombre acaba de morir! ¿Pretendes que sea pura luz de sol y arcoíris?

—¡Nina! —Cillian está apoyado en el marco de la puerta, con los dientes a medio cepillar—. Me pareció haberte visto saltar la cerca. Rhys vendrá pronto.

—Ay, gracias. —El demonio inspira profundamente y expira con satisfacción. Se sienta más erguido—. Al menos hay alguien feliz aquí.

Cillian se encoge de hombros defendiéndose de mi mirada acusadora.

—¿Puedo evitar ponerme contento porque veré a mi novio? Vamos a ver Eurovisión.

—¿Qué opinas de que hayan decidido reincorporar a Australia? —pregunta el demonio—. Porque para mí fue una tontería. No me importa si son buenos. ¡Es Eurovisión, no Mundovisión!

—Y se fastidió el concepto de «invitado» cuando empezaron a invitarlos año tras año.

—¿Hola? —Sacudo la mano frente a la cara de Cillian—. Sabes que se está comiendo tu felicidad, ¿no?

—No siento nada.

El demonio vuelve a cambiar de posición y las cadenas traquetean.

—No puedo quitarle la felicidad. Es como si te pusieras perfume y yo lo oliera. El solo hecho de inhalarlo no hace que te quedes sin fragancia.

—Sí, pero oler el perfume de alguien es un poco distinto a consumir sus sentimientos.

—Lo dices tú, una persona que jamás ha consumido sentimientos. —El demonio cambia de posición nuevamente—. Mira, han pasado, ¿cuántos? ¿Tres, cuatro días? ¿Podrías darme una silla al menos? O, ¿una almohada?

Cillian asiente amigablemente.

—¡Por supuesto, amigo! Quiero decir, demonio. Quiero decir...
¿tienes un nombre?

—Doug.

Cuernos. Dientes negros. La piel de un amarillo virulento agrietada como el suelo desértico.

—Sí, tienes cara de Doug —dice Cillian, después da media vuelta y
se va.

Suspiro mientras me apoyo sobre la mesa.

—Detalles, entonces. Mata a sus víctimas mientras duermen.
Bradford no parecía estar disgustado o sufriendo hasta que de repente... murió. No vi al demonio en realidad. Era más una sensación. Oscuridad. Sombras.

—Interesante. —Doug respira por la boca y hace un silbido extraño—. ¿Estás segura de que es demoníaco? ¿No una visión?

—Ambas.

—Mmm. —Juega con una de sus delicadas argollas de oro—. ¿Por
qué mataría el demonio a ese hombre en particular? ¿Era el único presente?

—No, éramos varios.

—Si yo fuera un demonio que come gente, no elegiría a un anciano. Elegiría a alguien joven y tierno.

—¡Qué asco! ¡Eres desagradable!

—¡Tú eres la que me está pidiendo que descifre esto! Deja de ser
tan quisquillosa. Nunca he matado a nadie. Ni siquiera como *carne*.
Existo para hacer felices a las personas. Eso es todo. Eso es lo único que
quiero. Ser libre y hacer felices a las personas y conseguir un pase de
camerinos para un concierto de Coldplay. Piensa en todo lo que tendría
para comer cerca de Chris Martin. ¿No te parece el hombre más feliz?

—¿Puedes no desviarte del tema, por favor?

—Bueno. Piensa en por qué el anciano podría ser un objetivo. Por
qué aparecería un demonio.

—Tú apareciste. —Hago una pausa, todo empieza a tener sentido lentamente—. Ahora que lo pienso, nunca tuvimos un problema demoníaco hasta que tú apareciste. ¿Será que está todo conectado? ¿A los sabuesos infernales también?

—Nunca escuché que Sean utilizara algo como que lo que tú describes. No es su estilo, realmente.

—¿Habrá otra cosa persiguiéndote, entonces? U otro grupo.

Doug dirige una mirada culpable al suelo. Lo observo, pero es solo chatarra. Una pila desordenada con restos de la caja del padre de Cillian.

—Mírame —le digo. Doug levanta los ojos y me mira—. ¿Qué es lo que no me estás diciendo? De alguna manera estás conectado con todo esto.

—¡No lo estoy! ¡He estado aquí encerrado!

Niego con la cabeza.

—Estuve hablando con alguien que te estaba buscando. Ella me dijo que habías matado a un montón de gente, y ahora hay un hombre muerto en el castillo.

Doug se paraliza.

—¿Ella? ¿Ella quién?

—¡No te lo diré hasta que me digas la verdad!

—Cualquiera que me esté buscando es alguien a quien tienes que evitar. Confía en mí.

—Eres un *demonio*.

—Entonces, hazlo por Cillian. No quiero que salga herido. Lamento haberme escondido en su jardín y haberlo metido en este lío. Deshazte de mí. Tírame al océano desde un acantilado. Pero sea lo que sea que hagas, hazlo pronto. Porque si ella te ha encontrado, me encontrará a mí, y entonces los dos estaremos en problemas.

—Puedo tratar con los problemas.

Me pregunto cómo estará Honora involucrada en todo esto. ¿Confiaré en un demonio en vez de en ella? Bueno, probablemente.

Pero ¿*debería*? Camino de un lado a otro pasándome las manos por el pelo. Su preocupación por Cillian parece verdadera. Y sinceramente no me puedo imaginar a Doug matando a algo o a alguien.

—¿Para qué viniste a Shancoom, entonces?

—Estaba buscando ayuda, ¿ok? Tengo un nombre. Alguien que tiene contactos. Alguien que hace tratos con demonios.

—¿Cómo era el nombre?

Doug deja salir una bocanada de aire. Está asustado. Si está actuando, es un buen actor.

—Smythe.

Me parte como un rayo. Smythe. Bradford Smythe, mi tío abuelo. Que ahora está muerto. Quienquiera que esté persiguiendo a Doug debe haber sabido que Bradford Smythe era el contacto de Doug. Así que su muerte *sí* está conectada a Doug. Solo que él no es el responsable.

—¿Dónde oíste hablar de los Smythe?

—No es de tu incumbencia.

—Sí que lo es, ¡porque soy una Smythe!

—No lo eres —brama Doug.

—¡Sí, lo soy!

—Escuché hablar de los Smythe. Tú no habrías siquiera sobrevivido a tu infancia en esa familia. Son armas desde el nacimiento. Tú eres...

—¡Un peluche! —manifiesta Cillian al entrar con una cama para perro en la mano.

Doug asiente.

—Bueno, él lo ha dicho. No yo. Pero eres un peluche.

Cillian arroja la cama para perro a la cara del demonio.

—Basta de juegos. Ella es más fuerte de lo que tú y yo seremos jamás.

—Claro. —La voz de Doug suena amortiguada por la cama. La agarra y la pone en el suelo, se recoloca—. Mira. Si Honora está aquí... —Me sobresalto. Doug lo nota, lo cual confirma que era quien él sospechaba. Tiembla y se le ensanchan los ojos—. Por favor, quítame las cadenas. Si ella está aquí, todos estamos en problemas.

—Dice que te está buscando porque matas gente.

—¡Me está buscando porque me necesita!

—Te estoy buscando —dice Honora desde el jardín, dejándose ver. Artemis está detrás de ella, parece sorprendida y horrorizada— porque eres un demonio, y eso es lo que hacen los Vigilantes. —Me mira con desdén y burla—. Al menos los que sabemos lo que implica ser un Vigilante.

CAPÍTULO 20

—¿Me habéis seguido? —le pregunto a Artemis mientras me coloco entre Honora y la entrada al cobertizo.

—Obviamente, hemos hecho bien. —Honora extiende su mano de manicura perfecta hacia Doug—. Artemis dijo que habías estado desapareciendo algunas horas. Pensamos que debíamos ver qué estabas haciendo.

Mi hermana baja la cabeza.

—Estaba preocupada, Nina. —Luego entorna los ojos y envara—. Y tenía razón. ¡Este demonio es peligroso! ¡Te podría haber hecho daño!

—Si es tan peligroso, ¿por qué Honora pierde su tiempo enfrentándose a mí? Si ha acumulado el recuento de cuerpos que dices, mátalo. Ahora mismo.

—Esperad —dice Doug e intenta ponerse en pie.

—No. Adelante. —Gesticulo con los brazos hacia él—. Puedes hacerlo desde aquí, Honora. Recuerdo lo buena que eras lanzando cuchillos.

Se mofa y echa su pelo por encima del hombro.

—No tienes ni idea de lo que está sucediendo. No es tan sencillo. No puedo matar simplemente a Doug.

—¡Así que lo conoces! —La señalo con el dedo, triunfante—. ¡Así que sabes quién ha estado utilizando a Doug para las drogas! Espera.

Doug estaba buscando a Bradford Smythe para que lo ayudase. Oh, mis dioses. ¿Tú has matado a Bradford?

—¿Qué te pasa? —Honora retrocede físicamente ante la sugerencia—. ¡Bradford ha muerto de un ataque al corazón! He estado con Artemis toda la mañana, y no tenía nada en contra del anciano. Siempre fue amable conmigo. ¡Eres tú la que anda escondiendo demonios!

—Yo no he dicho nada de Bradford... —dice Doug.

—¡No lo estoy escondiendo! —Señalo sus cadenas—. He tomado precauciones. Y han funcionado. Pero si es tan peligroso, una vez más, ¿por qué no lo matas ya?

Artemis se siente dividida. Entonces, niega con la cabeza.

—Honora tiene mucha más experiencia que nosotras. Si ella cree que no deberíamos matarlo, hay una razón. ¿Verdad? —Ella mira a Honora buscando su confirmación.

—Por supuesto. La sangre de Doug es tóxica. Si la derramamos, moriremos todos.

—¡Mentirosa! —Levanto mis manos—. Le vendé su cara sangrante cuando lo encontré. ¡Y no estoy muerta!

—No sabes *nada* —Honora sisea—. Ahora apártate de mi camino. —Sujeta mi brazo e intenta hacerme a un lado.

No me muevo. Me empuja más fuerte. Aun así, no logra moverme.

—¿Qué diablos? —dice.

Puede que Artemis le haya dicho que he estado escabulléndome, pero aparentemente no le ha contado toda la verdad: que soy una Cazadora. Y sospecho que no ha sido para protegerme. Supongo que no quería que Honora lo supiera porque quería toda su atención. Pero mi corazón se hunde porque no consideró que valiera la pena mencionar lo más importante que me ha pasado.

Fuerzo una sonrisa.

—¿Quién no tiene ni idea de nada ahora?

Honora me sujeta por los hombros para echarme a un lado. La empujo. Sale volando del cobertizo y aterriza duramente contra el suelo. Retrocede, después se pone de pie.

—No es posible.

Levanto el candado del suelo y lo cierro en mi puño, después dejo caer los restos de metal en el suelo. Estoy presumiendo, sé que lo estoy haciendo, pero no puedo evitarlo.

Es increíble. Si hubiera sabido que podría usar esto en contra de Honora, habría tratado de convertirme en Elegida hace años.

—Puede que tú seas una Vigilante, pero yo soy una Cazadora. Así que hazte a un lado y déjame encargarme de Doug a mi manera.

La cara de Honora cambia de incrédula a encantada. Es un cambio aterrador. Se quita una banda de la muñeca y se ata el pelo en una coleta.

—Bueno, al menos será más justo cuando te dé una paliza. Sal de mi camino. No te lo volveré a advertir.

Artemis alza los brazos.

—Esto es ridículo. No tienes idea de lo que estás haciendo. Entrégale el demonio a Honora, y volveremos al castillo para arreglar esto.

Niego con la cabeza.

—Nunca has visto cómo es realmente.

—Siempre la has odiado. Y estás utilizando eso como excusa para ser una idiota. Honora es experta. Tú no.

Honora intenta deslizarse más allá de mí. La bloqueo. Me agarra para mantener el equilibrio, luego su puño golpea mi estómago. Artemis no puede ver el golpe por el ángulo en el que estamos. Honora baila alejándose de mí.

—Vamos, Nina —canturrea—. No quieres hacer esto.

Sacudo su golpe y levanto los puños.

—Realmente quiero.

Dirijo una patada alta a su cabeza, pero ella se agacha debajo de mi pierna, me empuja hacia arriba para hacerme perder el equilibrio.

Giro y aterrizo torpemente en cuclillas. Me dejo caer y ruedo por debajo de su propia patada. Extiendo una pierna. Ella tropieza y cae con fuerza. Pero antes de que pueda aprovecharlo, se levanta y se pone de pie con un solo movimiento súper genial que me da celos al instante.

—Chicas —Artemis nos regaña. La ignoramos.

Honora lanza un puñetazo. Atrapo su mano con la mía y la mantengo fácilmente en su lugar. Sonríe aún más. Y después me empuja.

Me tropiezo hacia atrás, sorprendida. Ella no debería ser capaz de hacer eso. No estoy segura de lo fuerte que soy, pero sé que soy más fuerte que una chica normal. Gira y me da una patada en el estómago. Vuelo por el patio, y me estrello contra la cerca. El poste se raja.

—¡Nina! —grita Artemis.

Se trata de Honora, artífice del momento más humillante de mi vida. Si no obtengo nada más de ser Cazadora, al menos obtendré la satisfacción de vencerla en una pelea; estoy tan segura de eso como de la existencia de todas las dimensiones infernales conocidas.

Honora me acecha. Esquivo una patada. Su pie se estrella contra la cerca. Me pongo de pie, superándola con mi impulso. La agarro por debajo de la barbilla, con fuerza, y su cabeza retrocede. Tengo un momento de triunfo empapado de adrenalina antes de que el horror se apodere de mí mientras la veo caer, completamente floja, al suelo.

¿Qué he hecho?

Artemis acude de prisa junto a Honora. Me arrodillo a su lado, pero Artemis me empuja.

—¿Cómo has podido?

—Ella empezó.

—¡No lo hizo! Y aun si lo hubiera hecho, ¡es nuestra amiga!

—¡Ella me pegó primero! No lo viste. Y nunca fue mi amiga. —Tengo dificultades para controlarme—. Déjame verla. No fue mi intención golpearla tan fuerte.

Cuando dirige su mirada hacia mí, Artemis parece nuestra madre. Me deja sin palabras, no logro recuperar la respiración.

—*Sí* era tu intención. Tu intención era pegarle exactamente así de fuerte.

Honora abre los ojos y parpadea. Me desplomo de alivio contra la cerca. Tal vez estaba fingiendo. Ni siquiera me importa, siempre que eso signifique que no le he roto el cuello ni el cerebro. Aunque romperle la mandíbula no hubiese estado mal.

Dios, ¿qué me pasa? Reparo huesos. No los rompo. Artemis pone las manos alrededor de la cara de Honora.

—¿Estás bien? ¿Puedes moverte? Quizás deberías permanecer un rato recostada.

Honora sonríe, tiene una expresión vaga y aturdida.

—No es justo —le dice a mi hermana.

—¿Qué no es justo?

—Deberías haber pasado el examen. Lo dejaste por *ella*. Si hay alguien aquí que debería haber sido una Cazadora, esa eres *tú*.

Artemis no me mira. No hace falta. Ambas sabemos que ella piensa lo mismo. ¿Cómo podría no pensarlo? Pero no entiendo a qué se refiere Honora con respecto a lo de los Vigilantes. No tuve nada que ver con que Artemis suspendiera el examen.

Honora acepta la ayuda de mi hermana para ponerse en pie. Me incorporo también, pero manteniendo distancia.

—No dejaré que te lleves a Doug. —Suena más como un balbuceo que como una amenaza.

—Demasiado tarde —gruñe Honora.

Cillian está sentado en el suelo en el medio del cobertizo, jugando con las esposas vacías. Mira hacia arriba, sus ojos están medio cerrados y vidriosos.

—Me encuentro bien. Me encuentro muy bien. No me sentía así de bien desde antes de que mi madre se fuese. Ni siquiera me siento mal por eso. Está bien que necesite más a la magia de lo que me necesita a mí. —Se ríe, recostado en el suelo—. Me siento realmente bien. —Agarra el anillo de la caja de su padre, se lo pone en el dedo y suelta unas risitas.

Corro dentro del cobertizo como si Doug pudiera estar aún allí, escondido.

—¿A dónde se ha ido?

Cillian agita una mano lánguidamente en el aire, después se detiene, observando sus dedos como si fueran lo mejor de la historia.

—Él... —Cillian hace una pausa, se ríe—. Puso su mano sobre mi boca para que no gritara. Un poco de su lo que sea entró. —Cillian se ríe con más fuerza, con los ojos cerrados—. Luego me pidió que lo soltara. Un chico muy agradable. Me voy a dormir ahora. —Se coloca de lado, sonriendo.

Honora está sosteniéndose la cabeza, reclinada sobre la cerca.

—Buen trabajo, Silbidito.

Mis puños se cierran compulsivamente a mis costados.

—No me llames así.

—O ¿qué? ¿Me vas a pegar de nuevo? Vamos. Muéstrame la gran y malvada Cazadora que eres ahora. Muéstranos la verdad: que todos esos años que pretendiste ser dulce y educada realmente eran porque necesitabas que los demás sintiesen pena por ti, para gustarles. —Mis puños se aflojan. ¿Tiene razón? ¿Siempre fui una Cazadora por dentro, violenta, depredadora, y solo me obligaba a preocuparme por los demás porque necesitaba que ellos se preocuparan por mí? ¿Fui servicial y amable solo porque estaba aterrorizada de que me dejaran de nuevo?

—No fue así. —Oigo lo malhumorada y llorona que sueno. Me transformo en mi yo de los trece años, y lo odio.

—No tienes ni idea de lo que has hecho al dejarlo escapar.

—¡Prefiero que esté libre antes de que esté en tus manos! No estás contándonos todo.

Honora pone algo en su boca, inclina la cabeza hacia atrás para tragar. Se estabiliza enseguida. La fuerza de mi golpe es la única razón por la que no saltó la cerca y fue tras él de inmediato. Le di unos pocos, pero valiosos minutos. Y me *alegra*.

—Sois patéticos —dice—. Aún creéis que sois los buenos, escondiéndoos en ese castillo, acaparando información y sin hacer nada con ella. Pretendiendo que aún importáis.

Artemis se encoge ante sus palabras. Honora pone una mano en la mejilla de mi hermana.

—Me rompe el corazón verte allí. Eres mejor que *cualquiera* de ellos, Artemis. Y puedes hacer mucho más.

Se inclina hacia delante y apoya sus labios contra los de mi hermana. Ahora sí estoy definitivamente lista para golpearla de nuevo. Pero entonces retrocede, corre y salta el cerco, más rápido y más alto de lo que debería poder. ¿Qué pasa con ella?

—Artemis —digo. No se gira—. Sabes que Honora está metida en esto.

—Lo que sé es lo que vi. Tú estaba protegiendo a un demonio y peleando contra Honora para hacerlo.

—Eso no es lo que... ¡Te está envenenado en mi contra!

Ella agita la mano y resopla.

—Nunca ha dicho nada en tu contra. Tú eres la que la odia.

—¡Porque es la peor!

—Es la única persona con la que podía hablar. Me escribió durante los últimos dos años, para ver cómo estaba. Me entiende. Le importa. Es la única que entiende lo que me pasa.

Sus palabras me atraviesan. ¿No era yo esa persona? ¿No éramos esa persona la una de la otra? Convertirme en Cazadora trajo a la luz la verdad de la relación con mi hermana, la persona a la que más quiero en el mundo.

No somos cercanas.

Y si las cosas continúan así, nunca lo seremos. Pienso en Buffy, en las historias de sus vínculos rotos con amigos y personas amadas. ¿Es parte de ser Cazadora?

¿Una soledad que llega hasta los huesos?

Me trago el dolor, intento averiguar qué ha sido lo que ha ocurrido entre nosotras.

—¿Qué ha querido decir Honora con que no pasaste el examen por mí?

La expresión de la cara de Artemis se cierra mientras se vuelve para irse.

—Te veo en el castillo. Tengo que descifrar cómo resolver tu desastre.

Me siento en el suelo del cobertizo. Cillian ronca suavemente y sonríe mientras duerme. ¿Debería seguir a Doug y a Honora, asegurarme de que no lo atrape? Sigo convencida de que él no es malvado. Huyó porque apareció Honora. Nunca antes lo había intentado siquiera. Y mientras estábamos distraídas, tuvo la primera oportunidad para lastimar a Cillian y no lo hizo.

¿En qué medida es una amenaza Honora? Puede que no sea una Cazadora, pero tiene algo extra. Y sabe mucho más de lo que nos ha contado. Todo lo que ha dicho sobre Doug era mentira.

Además, aún no sé cómo todo esto se vincula con la muerte de Bradford. Lo único que está claro es que tengo la cuerda al cuello. Necesito Vigilantes, aun cuando no quiero admitir cuánto he echado a perder todo. Por no mencionar que he golpeado a otra Vigilante para proteger a un demonio.

Oh, mis dioses. Siempre pensé que tomaría mejores decisiones si tenía el poder de Buffy. ¿Y ahora? Resulta que soy justo como ella.

Lo mínimo que podría haber hecho Doug era darme una dosis de felicidad también, porque no tengo ni un poco propia.

CAPÍTULO
21

REGRESO AL CASTILLO CON DIFICULTAD, ARRASTRANDO A CILLIAN, QUE sigue drogado. Se queda varios minutos apuntando a un árbol en particular sin decir palabra, lágrimas de felicidad recorren su rostro.

Doug estaba hablando en serio. Es de la buena.

Estoy atenta a cualquier señal de él o de Honora, pero no veo nada. Lo atrapará, o no. No puedo seguir fingiendo que puedo con esto sola.

Cuando llegamos al castillo, Rhys está fuera haciendo práctica de ballesta mientras que Jade está tumbada en la sombra con un libro. Llevo a Cillian a rastras hasta donde se encuentra Rhys y me deshago de lo más difícil primero:

—Bueno, en resumen, había un demonio, lo teníamos cautivo en el cobertizo de Cillian, lo drogó y se ha escapado.

Rhys mueve el dedo y la saeta da justo en el centro de la diana. Jade levanta la mirada sorprendida.

—Buen tiro —dice. O no ha notado que Cillian está completamente ido, o no le importa. Pero vuelve a su libro inmediatamente.

—Cillian puede contarte el resto cuando esté sobrio.

Empujo a Cillian hacia su novio. Rhys me mira fijamente, con la boca abierta como un pez y Cillian entre los brazos. Me dirijo hacia el castillo y la voz de Cillian me sigue mientras canta «And I-I-I will always love you-oo-oo!» con todas sus fuerzas.

Es hora de sincerarme. Pero no con mi madre ni con el resto del Consejo. Necesito ayuda de verdad. Alguien que no me juzgue por lo que le he hecho a Honora. Alguien que sepa cómo es ser Vigilante en la vida real. Lo complicado que puede volverse todo. Lo engorroso.

Alguien que espero que me siga queriendo después de que escuche el desastre que he hecho.

Me detengo cuando estoy a punto de golpear la puerta de Leo y Eve. Se escuchan voces altas. ¿Gritos, quizás? ¿O solo es una conversación agitada? No puedo distinguirlo. La puerta se abre de par en par y estoy cara a cara frente a Leo, con el puño todavía en alto para llamar. Su expresión es sólida como una máscara, como alguien que se está conteniendo. Doy un paso hacia atrás sin querer. Cuando hago eso, ya está sonriendo. He visto su sonrisa verdadera. Esa no lo es.

—Athena —dice—. Hola.

—¡Pasa! —dice Eve con una sonrisa.

No pueden haber sido gritos lo que he escuchado. Ella parece absolutamente relajada. Señala un elegante juego de té y me siento a la mesa frente a ella. Leo se queda de pie. Planeaba contárselo a Leo, pero quizás esto sea mejor. Esto es tan complicado, que necesito la ayuda de más de un Silvera.

—Me alegro de que hayas venido —dice Eve—. Necesito explicarte mi reacción de esta mañana.

—¿Qué?

—En la habitación de Bradford.

—Ah. Cierto. Sí.

Con todo el drama de Doug y Honora, lo había olvidado durante unos preciosos minutos: tanto de que Bradford Smythe está muerto, como de que Eve, mi heroína, no creyó mi sueño.

—Siento mucho haber actuado de esa manera. No podía arriesgarme a que tu madre supiera que te estamos entrenando. La manera más fácil de despistarla era fingiendo que no confiamos en ti como Cazadora. Lo cual no puede estar más alejado de la realidad.

—Entonces, ¿me crees? ¿Lo del sueño?

Miro esperanzada a Leo. Él tiene los dientes apretados y asiente una vez. Me doy cuenta de lo mucho que me preocupaba que estuviera de acuerdo con su madre. Su apoyo incondicional de esta mañana significó mucho más de lo que creía.

—¡Por supuesto! —responde Eve—. Ahora, no por eso descarto mi teoría de que tus sentidos de Cazadora están tan agudizados que sabías que él estaba enfermo. Pero tampoco descarto la posibilidad de que haya sido algo demoníaco. Lo estoy investigando, te avisaré en cuanto descubra algo. Mientras tanto, no creas que estamos en peligro, pero si así lo sientes, o sueñas algo similar, ven a verme de inmediato.

Asiento, aliviada. Por lo menos Eve cree en mí. Leo también, aunque esté actuando otra vez de forma rara. Siempre se pone así cuando está su madre. Debe haber sido difícil trabajar con ella. Como su hijo y su subalterno. Tal como Artemis y nuestra madre.

—¿Necesitas algo más, querida? —Eve me sonríe de manera alentadora.

Cierto. La verdadera razón por la que he venido. Ojalá pudiera irme ahora, cuando sé que estoy en buenos términos con Eve. Jugueteo con la delicada cuchara que tengo delante.

—*Emm*, he metido la pata. Hasta el fondo. De la peor manera en la que un Vigilante puede meter la mata.

Eve posa su mano sobre la mía.

—No puedes meter la pata de la peor manera en la que un Vigilante puede hacerlo, porque no lo eres. Eres una Cazadora. Así que cuéntanos lo que ha pasado, te ayudaremos.

Es un comentario tan maternal. No suelo escuchar cosas así. Ahora que lo pienso, no recuerdo cuándo fue la última vez que oí un comentario maternal.

—Bueno. Entonces, había un demonio... —Suelto toda la historia lo más rápido que puedo. Pero me detengo antes de contarle la parte en la que mi madre mató al segundo sabueso infernal en secreto. Eve se da cuenta de que hay algo que no le estoy contando. Levanta una ceja y me encorvo.

»Mi madre —digo—. Había otro sabueso infernal. Me encontró en el pueblo y quise proteger a los habitantes, así que hice que me siguiera hasta aquí. ¡Lo cual sé que estuvo mal!

—No me parece.

—¿En serio?

La cálida sonrisa de Eve confirma lo que dice:

—Estabas protegiendo a personas inocentes, y sabías que había armas y otras personas hábiles en el castillo. Fue la decisión correcta. Tienes que confiar más en tus instintos. Por algo los tienes.

Me invade una calidez mejor que la del té.

—Bueno, yo no lo maté. Mi madre lo hizo. Pero no se lo contó a nadie más. Lo cual es extraño, ¿no? Después del primer ataque entramos en confinamiento de emergencia. Fue casi como si...

—Casi como si hubiera estado esperando el momento adecuado —Eve termina la frase por mí. La preocupación se le nota en la frente—. O por lo menos sabía que el sabueso buscaba otra cosa y que no estábamos en peligro. Este demonio del cobertizo, quien sospechas que era el blanco, ¿sabes de qué se estaba escapando?

Le hablo sobre el tráfico de drogas de demonios, las marcas en las muñecas de Doug, la conexión con los organizadores de las peleas en el foso. Y entonces, me muerdo el labio.

—Pero creo que es menos importante de quién estaba escapando, que a quién estaba buscando. Dijo que tenía un contacto. Alguien que hacía tratos con demonios. Smythe. Y ahora Bradford Smythe está muerto.

Eve se atraganta con un sorbo de té.

—Espera. ¿Crees que Bradford Smythe está relacionado con esto?

—Quizás. Explicaría el porqué de mi sueño, y además sería más probable que hubiera sido un demonio, ¿no?

Eve se recuesta en la silla y apoya la taza de té sobre la mesa.

—Definitivamente. —Golpetea sus uñas rojas en el plato pequeño y sigue hablando—: Pero ¿el demonio mencionó a Bradford Smythe en particular?

—No, solo dijo Smythe.

—Hay alguien más que se apellida Smythe en el castillo.

Me recuesto hacia atrás como si me hubieran golpeado. Mi madre. *Por supuesto.* ¿Y si mi madre era su contacto? De saber que Doug estaba cerca, no la habrían sorprendido los sabuesos infernales. Hubiera sabido que no estaban tras nosotros. Pero ¿realmente hubiera puesto en riesgo al castillo, a todos nosotros, por un demonio?

Y, ¿no había hecho lo mismo yo manteniéndolo en secreto? Me froto la frente.

—Bueno, no le podemos preguntar a Doug, porque Honora me siguió hasta el cobertizo y tuvimos una pelea.

—¿Peleaste contra Honora? —pregunta Leo alarmado.

No puedo contener la sonrisa.

—Ganaste la apuesta.

Él también esboza una sonrisa, pero parece triste.

—Sabía que ganarías.

—Sea como sea, Doug se escapó. Creo que Honora está ligada al grupo que tenía cautivo a Doug. Él la conocía. Ella se fue cuando él desapareció. Probablemente lo esté buscando. Pero estoy segura de que no lo traerá aquí. Creo que lo devolverá a sus captores.

—¿Qué pasó mientras no estábamos? ¿Cómo es que todo ha llegado hasta este punto? —Eve se yergue e irradia fuerza—. Bueno. Es nuestro deber arreglar las cosas. Y eso haremos. Porque eso es lo que hacemos. Primero lo primero, iré a hablar con tu madre.

—¡No hagas eso! —chillo—. Si le preguntas sobre esto se dará cuenta de que he estado entrenando. Y si supiera eso, se desharía de mí sin lugar a dudas.

Eve sacude la cabeza.

—Jamás dejaría que eso pasara. Ella mantuvo tu potencial escondido durante todos estos años; no se podrá deshacer de ti ahora que sabemos lo que eres. No eres solo una Cazadora. Eres *nuestra* Cazadora. Deja que me ocupe de tu madre. Somos tus Vigilantes, es nuestro deber apoyarte.

Extiende el brazo sobre la mesa y aprieta mi mano. Yo le devuelvo el apretón, más agradecida y aliviada de lo que puedo expresar. Le sonríe a Leo con calidez.

—¿Por qué no vais a entrenar? Así Nina libera un poco de estrés. Yo me pondré manos a la obra con las preguntas sobre el demonio. Si Honora está involucrada en algo tan grande, encontraré las respuestas. Todavía tengo algún que otro truco de Vigilante bajo la manga.

Leo asiente de manera cortante. Sale y lo sigo, sintiéndome más liviana de lo que me he sentido desde el ataque del primer sabueso infernal. No debería haber intentado hacer esto por mi cuenta. Estaba cometiendo un error típico de Buffy. No confiar en mis Vigilantes. No recurrir a ellos. ¿Cómo había caído tan fácilmente? Tengo a Leo, y, mejor aún, tengo a Eve. Ella se ocupará de todo, porque eso es lo que hacen los Vigilantes. Porque eso es lo que hacen las madres.

Como si la hubiera invocado, mi madre sale de sopetón de su habitación. Se sobresalta al vernos y sostiene su gran bolso de mano contra el pecho, como si pensara que vamos a intentar quitárselo.

—¡Nina! —dice—. ¿Leo?

Quiero preguntarle sobre Doug. Qué sabía. Pero también quiero saber cómo está, intentar expresar lo mucho que siento la muerte de Bradford, un hombre que ella debe haber amado profundamente, aunque nunca haya visto realmente ese aspecto de su relación. Pero ella habla primero.

—Qué bien que me he cruzado contigo. Tengo una tarea para ti.

—¿Qué? —pregunto, con el pecho agitado por la sorpresa y la emoción.

—No para ti. Para Leo.

Me desinflo, pero ella o no lo nota o no le importa.

—Hay una Cazadora en Dublín. Tengo razones para creer que está en problemas.

Mi madre mete la mano en la chaqueta de su traje y saca una pequeña libreta de direcciones. La hojea, veo decenas de entradas, hasta que encuentra la página que estaba buscando. La arranca y se la da a Leo.

—Cosmina. —Lee él. Después corrige el rumbo. No deberíamos reconocer su nombre, al menos en lo que a mi madre respecta—. ¿Esa es la Cazadora?

Si mi madre conoce algo sobre Cosmina, ¿sabe lo que hicimos? No. No puede ser. Estaríamos en problemas si lo supiera.

Pero ¿por qué este deseo repentino de enviar a Leo en busca de Cosmina? ¿Por qué ahora, cuando evitamos a las Cazadoras desde hace dos años?

En realidad, Eve mencionó algo sobre una Cazadora en Costa Rica. Así fue cómo se encontraron. Pero esa Cazadora estaba muerta. Quizás mi madre sí ha estado contactando a las Cazadoras todo este tiempo y lo escondía. Pero tampoco sé por qué habría hecho algo así.

Siempre pensé que odiaba a las Cazadoras. Pero su madre era una. Y ahora yo también lo soy. Sospecho que todo es bastante más complicado de lo que sé.

—Sí —dice mi madre, respondiendo a la pregunta de Leo—. Cosmina Enescu. Esa es su dirección. Me gustaría que fueras de inmediato.

Me está robando a Leo. No es suyo. Es *mío*. Mi Vigilante. No puede formar parte de esto.

Además, ¿cómo puede ser que mi madre esté asignando tareas en este momento? Apenas han pasado unas horas desde que Bradford ha muerto. ¿Qué han hecho con el cuerpo? ¿Han hecho algo? ¿Qué van a hacer? ¿No debería mi madre estar ocupándose de eso?

—¿Estás triste? —espeto.

—¿Qué? —Ella levanta las cejas.

—¡Por Bradford Smythe! Él te ha criado. Y ahora está muerto.

—Él no me crio. —Hace una pausa, por fin algo le afecta y penetra la superficie—. Toda la comunidad me crio. Es complicado.

—¿Por qué? ¿Porque fue el Vigilante de tu madre?

Se paraliza. Leo mira fijamente la hoja como si estuviera plagada de texto que de repente le urge leer. No me puedo creer que esté haciendo esto ahora.

En realidad, su presencia es la razón por la que finalmente me siento capaz de hacerlo. Me hace sentir más fuerte. Más valiente. Me niego a retirar lo dicho o explicarlo.

—Si no lo entiendo, es solo porque nunca hablas conmigo. No puedo creer que no me hayas contado que tu madre era una Cazadora.

Hay una lucha de emociones en su rostro hasta que, al final, regresa su expresión tensa y distante.

—Porque no es relevante. Leo, por favor avísame en cuanto encuentres a Cosmina. Invítala al castillo, si es que quiere venir.

—¿Qué? —grito.

Ambos se dan vuelta y me miran, sorprendidos. Eve abre la puerta y se asoma al pasillo.

—¡No puedes invitarla aquí! ¡No sabemos nada sobre ella! ¡Tú eres la que siempre está hablando sobre mantenernos en secreto y de cómo no podemos trabajar con Cazadoras porque no podemos confiar en que vayan a guardar nuestros secretos!

—Dublín se ha vuelto peligroso, Nina. ¿Preferirías que dejara a Cosmina vulnerable y sola?

—¡Sí! —Me detengo e inspiro profundo—. *No*. Pero, dioses, ¿estás tan desesperada por reemplazarme que vas a buscar a la Cazadora más cercana y la vas a traer aquí?

—No tiene que ver con eso.

—¡Tiene que ver precisamente con eso! Bueno, ¿adivina qué, mamá? Traer a otra Cazadora no cambiará nada. Ya fui Elegida. En pretérito. Está hecho. Puede que lo odies, puede que me odies a mí, pero como dijiste tú: «no es relevante».

Me doy media vuelta y salgo de la elegante ala residencial dando pisotones.

Casi me choco con Artemis en el salón principal. Tiene la cara roja y sudor en la frente.

—No hay señal del demonio. Ni de Honora.

Rhys pasa caminando junto a nosotras, alegre y despreocupado.

—Vamos —nos dice—. Llegaremos tarde a clase.

¿A clase? Es casi ridículo que nos comportemos como estudiantes ahora, cuando estamos del todo metidos en situaciones de la vida real.

—¿Dónde está Cillian? —le pregunto a Rhys—. ¿Está bien?

—En las nubes. Lo dejé en mi habitación para que descansara. Mientras tanto, iré a clase, donde podéis ponerme al día con lo que vosotras y mi novio habéis estado haciendo.

No está muy contento conmigo. No lo culpo. Violé su confianza y puse en peligro a Cillian.

—Lo siento —murmuro.

—Clase —dice Rhys bruscamente.

Sé que es de poca importancia, pero Leo no vino detrás de mí cuando salí del ala residencial, así que no puedo entrenar con él. Podría salir a buscar a Doug, pero Artemis me está vigilando, posada como un halcón listo para abatirse sobre su presa. Y no quiero que Rhys se enfade aún más conmigo.

—Genial. —Saco las palabras con esfuerzo—. Vayamos a clase.

Artemis llega a la biblioteca unos minutos después que nosotros y no se sienta a mi lado. Está de brazos cruzados y sus labios dibujan una línea tensa y adusta. Rhys está garabateando en una forma que solo puede describirse como agresiva. La pobre Imogen intenta dar una clase sobre las dificultades de traducir runas al lenguaje verbal. Yo también estoy agitada de ira. Honora. Mi madre. Cosmina. Quizás sea egoísta de mi parte —realmente es egoísta de mi parte, sabiendo lo que sé sobre la vida de Cosmina—, pero no quiero estar aquí. Primero el internado, ahora una nueva Cazadora. Mi madre empecinada en asegurarse de que yo no tenga lugar alguno en el castillo.

Hojeo mis notas y me detengo al ver lo último que escribí. Era la profecía que traduje para mi última tarea. Los ojos se me salen de las órbitas al leerla.

Fruto de Cazadora

Fruto de Vigilante

Dos que hacen uno

Uno que hace dos

Niñas de fuego

Protectora y Destructora

Una para enmendar el mundo

Y otra para desgarrarlo en partes

Cuando todo concluya, cuando toda esperanza perezca junto con la magia, su oscuridad se alzará y todo será devorado

De pronto, es personal. «Fruto de Vigilante, Fruto de Cazadora» antes no tenía ningún significado. Pero ahora conozco la verdad sobre mi historia familiar. Mi padre era el hijo de un Vigilante. Mi madre, no.

Y mi padre mencionaba una profecía en su diario que parecía interesarle a un nivel personal, por él y su familia.

Me pongo de pie.

—Artemis.

Imogen se detiene a mitad de una oración, preocupada por la expresión en mi rostro.

—¿Va todo bien?

—Necesito hablar con Artemis. Ahora.

Recojo mis anotaciones y salgo de la biblioteca con prisa. Ella viene detrás. Estoy aliviada. Temía que no viniera. Cuando llegamos a nuestra habitación, cierro de un portazo y tiro mis apuntes sobre la cama.

—Mira esta profecía.

Mi hermana se frota la frente.

—Con todo lo que está sucediendo, dudo que ayudarte a hacer trampa con tus traducciones sea una prioridad.

—No, eso no... ¡La profecía! ¡Es sobre el hijo de un Vigilante y la hija de una Cazadora que tienen dos hijas que romperán el mundo! —La señalo con el dedo—. Dioses, Artemis, mírala. Podría ser... puede que seamos... podría ser sobre nosotras. No está fechada, al menos deberíamos discutirlo.

Ella me mira fijamente. Siempre es la primera en apoyarme. Pero ahora parece como nuestra madre otra vez.

—Hay un demonio suelto y ¿a ti te preocupa una vieja y mohosa profecía?

—Encontré una mención a la profecía en el diario de papá. Seguro que es esta.

Parece como si la hubiera golpeado.

—Lo leíste sin mí.

—Tú no querías leerlo. Yo nunca dije que no quería. Vine de inmediato a verte después de leerlo, pero estabas muy a gusto con Honora, y ¡no iba a compartir información personal con ella!

—¡Esto no tiene que ver con Honora!

—¡Sí!

Artemis golpea una pila de libros que robé de la biblioteca para hacer la investigación sobre Doug.

—¡Nada tiene que ver con Honora! Necesitas superar ese resentimiento. ¡Hay gente que podría morir porque decidiste pelear con ella en lugar de escuchar a alguien que tiene mucha más experiencia con demonios de la que tendrás jamás!

—¿Y eso qué quiere decir? ¿Como no soy una Vigilante en formación, mis instintos no importan? ¡Soy una Cazadora!

Artemis alza los brazos al cielo.

—Ay, genial. ¡Hablemos del tema! ¡Porque el haber descubierto que eres una Cazadora, dos meses *después* del cambio, te convierte en una experta!

Me estremezco ante su tono. Toda mi ira se seca, y deja solo dolor a su paso. No es que no supiera que *algo* me había pasado. Tenía miedo de enfrentarme a lo que era.

—¿Por qué estás comportándote así? Estoy pidiéndote ayuda.

—Claro que sí. Porque eso es lo que haces. Es lo que todos hacen. —Escupe las palabras—: Hay cientos, miles de profecías en la biblioteca. Si esta fuera importante, alguien la habría mencionado. Esta es la última cosa por la que deberíamos preocuparnos ahora. Estás *intentando* encontrar otra cosa para distraerme del hecho de que me escondiste un maldito demonio.

Caigo de golpe. Tiene razón. Tiene toda la razón. Esta no es la prioridad ahora, pero quiero que lo sea. Quiero que aquello que nos acerca sea la prioridad. Me aferré a esa profecía en cuanto la vi porque era más fácil que pensar en todo lo demás. Era más fácil que estar sentada en clase, más fácil que arreglar las cosas con Rhys. Más fácil que hablar sobre el creciente abismo que se abre entre mi hermana y yo.

—No es así —miento.

Doy un paso hacia ella. Ella da uno hacia atrás.

—Y, ¿qué hay de ti? —pregunto—. ¿A qué se refería Honora cuando dijo que renunciaste a la oportunidad de ser una Vigilante plena por mí?

Artemis se da vuelta.

—No es relevante.

Tranquilamente podría ser nuestra madre. Así es cómo tratamos con el dolor, con las cosas difíciles. Nos encerramos. Y dejamos a los demás fuera. Me deja sola con una profecía sobre catástrofes y el corazón roto.

Había estudiado las palabras lo suficiente como para saberlas de memoria. Pero, aun así, a veces las buscaba. Les pasaba el dedo por encima.

Su propia madre había fracasado. Espectacularmente. Y durante un tiempo la perseguidora pensó que, tal vez, no la necesitarían. Después de todo, si una profecía terminaba siendo inexacta, ¿cómo podía cumplirse? Se lo dijo a sí misma, pero no lo creía del todo.

Las profecías eran escurridizas, después de todo.

Así que vigiló y esperó. No había prisa. Las niñas crecían. Una era fuerte, inteligente y capaz; la otra, débil, perspicaz y amable. Tal vez la profecía nunca había sido sobre ellas. Tal vez todo su trabajo, todo su sacrificio, había sido en vano.

Eso no le molestaba. Mejor equivocarse y haber sacrificado unas cuantas vidas que equivocarse y sacrificar el mundo. No se hubiera sentido culpable de haber logrado matar a una de las niñas. Por eso era la perseguidora. Porque sabía que haría lo que fuera necesario para mantener el mundo a salvo.

Durante mucho tiempo, durante años, pareció que no tendría que hacer nada.

Pero entonces la débil se hizo fuerte. La sanadora se convirtió en asesina. Lo cual significaba que el destino de la otra gemela también la llamaba.

Habría que hacer algo. Y pronto.

Un golpe a su puerta la despertó del ensueño. Colocó una sonrisa en su rostro. «¡Un momento!». Suavemente, colocó los cuchillos que había estado acariciando en las gavetas, junto con una caja de bolígrafos, sus pintalabios favoritos y una foto de Artemis y Athena.

CAPÍTULO
22

GOLPEAN LA PUERTA. AUNQUE ARTEMIS NO GOLPEARÍA PARA ENTRAR A
nuestra habitación, me decepciono cuando abro y encuentro a Eve Silvera.

Debo verme tan abatida como me siento, ella irradia simpatía.

—¿Puedo entrar?

—Por supuesto.

Observa la habitación con una sonrisa.

—¿Dónde está Artemis?

Las lágrimas se acumulan en mis ojos y Eve me envuelve con un
abrazo. Huele fresca y crujiente, como una brisa nocturna de otoño.

—Se resolverá. Y estoy aquí para ayudarte con lo que no. Por eso
las Cazadoras tienen a los Vigilantes. Es mucho para que una chica lo
soporte sola. —Me palmea la espalda y yo me alejo, sollozando pero
más tranquila. ¿Cómo hubiese sido tener una madre como Eve?

Ella comienza a hablar de trabajo:

—Leo me ha hablado de la solicitud de tu madre para que él vaya a
buscar a Cosmina. Estoy preocupada.

—¡Yo también! Me parece una pésima idea.

—No sabemos nada de esa chica, excepto que estuvo más que
dispuesta a dejarte morir. Tenemos la responsabilidad de acercarnos a

las Cazadoras, sí. Pero es precipitado y desaconsejable. Aún estoy a la espera de información de mis contactos de la ciudad. Entre el demonio que tú encontraste y el desastre en el que está involucrada Cosmina (sea cual sea), no veo ninguna razón para apresurar un vínculo con ella. Eso le he dicho a Leo. —Frunce las cejas con preocupación—. Desconfío también de los demás miembros del Consejo. No solo de tu madre. Si tienes razón sobre Honora, ya no está actuando como una Vigilante. No sé cuánto sabe Wanda de eso. Podría estar involucrada también. Así que no podemos hablar con ninguno de ellos. Pero quería asegurarme de que estuvieses de acuerdo en esperar para hablar con Cosmina. Yo soy una Vigilante, pero tú eres nuestra Cazadora.

Lo soy. *Soy* la Cazadora del castillo. Sé que es solo reforzar mis pequeñas razones, pero me aferro a sus justificaciones.

—Necesitamos información sobre Cosmina. Esa es la forma en la que los Vigilantes actúan. —Puede que no esté de acuerdo con todas las prácticas de los Vigilantes, pero siempre he estado de acuerdo con esa.

Siento un poco de culpa y de incertidumbre. Mis sueños me guiaron a Cosmina. Y la ayudé. Sé que aún necesita ayuda.

No quiero dársela.

—Qué gran golpe de suerte, tener una Cazadora que también es una Vigilante. —Eve lo dice como un cumplido, pero yo siento que estoy fallando en ambos casos. Sonrío forzadamente. Abre la puerta para retirarse—. Avísame si aparece algo en tus sueños, mientras tanto me encargaré de Dublín, del demonio, Cosmina y la muerte de Bradford. Si hay una conexión, la encontraré.

—Avísame si puedo hacer algo.

—No dudo en que te necesitaré pronto. —Sonríe y se va.

Aún preocupada, tomo una de las chaquetas de cuero negro de Artemis y me dirijo al gimnasio. En vez de investigar, le pediré a Leo que exploremos para ver si podemos encontrar el rastro de Doug. Quizás tenemos suerte y lo encontramos. Artemis no pudo, pero ella no es una

Cazadora. Al menos así haré algo más que esperar. Sé que Eve es una Vigilante, pero no puedo sentarme y esperar a que ella haga *todo*.

Leo está esperándome.

—Aquí estás. Vamos. —Se vuelve y sale del gimnasio.

—Ah, bien. Estaba pensando que iríamos a buscar a Doug.

—Confío en los instintos que te indican que no es peligroso.

—Realmente estaba más preocupada por lo que le pasará si Honora lo encuentra antes.

—Entonces, sabremos dónde está y nos encargaremos de ella. —Lo dice como un hecho. En vez de llevarme al bosque, vamos al garaje.

—¿A dónde vamos, entonces? —pregunto cuando veo que toma las llaves del Range Rover.

—A hablar con Cosmina.

Me congelo con la mano en la puerta.

—Tu madre dijo que no deberíamos. Dijo que lo habló contigo.

—Tú y yo vimos en cuántos problemas estaba Cosmina. Mi madre, no. ¿Qué pasaría si tú estuvieses allí fuera sola? —Su preocupación es tan real que me siento la peor persona del mundo.

No quería que Cosmina estuviese aquí por cómo me afectaría a mí. Y porque nuestro último encuentro me dio razones para ser reacia a confiar en ella. Pero tengo mucho que ella nunca tuvo. La vida es dura para las Cazadoras que están solas, como Cosmina. Es aún más dura para las Cazadoras que no están solas. Como mi abuela.

Lo que sea que hay en mí que me hace Cazadora nos conectó. No debería negar eso.

—Si estuviera allí fuera, querría nuestra ayuda —admito. Siempre he tenido a Artemis, después de todo. Sin importar cómo estén las cosas entre nosotras ahora, desde el incendio, ella siempre ha estado allí para mí. Leo confía en mí. Entonces, yo confiaré en él también—. Oh, bien. Vayamos a rescatar a Cosmina. Esperemos que con menos carnicería esta vez.

Leo se ríe secamente.

—No la traeremos aquí. Tendrá que trabajar para ganar un poco de nuestra confianza si la quiere después de cómo te dejó en el pozo. Pero alguien tiene que asegurarse de que esté bien. —Después se queda pensativo. Tímido, incluso. No neutro como la máscara que usa cuando está alrededor de los adultos—. Me alegra que vengas.. Será agradable hablar.

—Sí. —Mi cara me traiciona: se sonroja—. Hablar es agradable.

—Es agradable, con Leo. Él sí me escucha en lugar de decirme cómo debería sentirme. Honora nos interrumpió esta mañana. Me encantaría hablar más con él sobre ser una Cazadora. O cualquier otra cosa, en realidad. Pasé de odiar su presencia a sentir que es alguien con quien puedo contar. Alguien que cree que puedo hacer esto, lo que me hace más sencillo creerlo también.

—Tengo que decirte algo. —Sube al automóvil en el asiento del conductor—. No sabía cómo o cuándo mencionarlo o si debía hacerlo. Pero…

—¿A dónde vais? —Artemis corre hacia nosotros desde el bosque, sujetando mi puerta y manteniéndola abierta. Probablemente estaba buscando a Doug. Espero que Honora no esté aún allí fuera, intentando pasar desapercibida como una acosadora.

Dudo, pero solo por un segundo. Artemis y yo no estamos de acuerdo acerca de en quién confiar. Ni siquiera confiamos la una en la otra de la forma en la que yo pensaba. Pero tener secretos con ella solo ha empeorado las cosas.

—Vamos a Dublín a hablar con Cosmina. Mamá quiere que veamos cómo está. —Hago una pausa—. Bueno, quería que Leo lo hiciese. Definitivamente no querría que yo me encargase.

—Mi madre no quería que ninguno de los dos lo hiciese. —Leo apenas esboza una sonrisa.

—Así que ambos están desobedeciendo a sus madres por hacer lo que la madre del otro les dijo.

Intento ordenar las conexiones enredadas.

—Correcto. Espera, no. Bueno, sí. Algo así. Ninguna madre quiere que yo vaya. A menos que sepas algo de Wanda Wyndam-Price que yo no sepa. —¿Ir a hablar con una Cazadora hostil que casi me mata mientras la ayudaba? Wanda probablemente estaría de acuerdo, ahora que lo pienso.

Artemis eleva una ceja. Su tono no es de crítica. Es casi de… curiosidad. Como si no pudiese terminar de entenderlo, aunque puede que sí lo entienda realmente.

—Desacataréis directamente al Consejo.

Leo sacude la cabeza.

—Somos Vigilantes. Athena es una Cazadora. Es nuestro trabajo.

—Yo también iré. —Artemis se sube al asiento trasero del coche. Ha durado poco la idea de hablar con Leo. Y estoy casi segura de que estaba a punto de contarme algo grande. Íntimo, incluso. Y *de verdad* quiero saber qué era. Se inclina hacia adelante—. No puedo creer que estés haciendo esto, Nina.

Me encojo, pero ella tiene razón. Incluso cuando estaba en desacuerdo con las tácticas y la ideología del Consejo, siempre hice lo que me pedían. Pero no puedo asimilar lo que Eve me dijo, que mi madre no estaba preocupada por los sabuesos infernales. Quiere decir que tenía información que nosotros no. Lo cual quiere decir que está vinculada con esto de alguna manera. Así que haré todo lo que no quiere que haga.

Odio ir en contra de Eve, pero la lógica de Leo también tiene sentido. Mi único problema con hablar con Cosmina es que no quiero hacerlo. Y los buenos Vigilantes no toman decisiones en base a sus sentimientos. Estoy casi segura de que tampoco lo hacen las Cazadoras.

Una vez más, partimos hacia Dublín. Miro por la ventanilla, y deseo que el recuento de cadáveres sea menor, al menos.

* * *

Leo estrangula el volante con los dedos.

—¿Quizás podríamos detenernos a comprar comida? —sugiero.

—¿Por qué haríamos eso? —Por el sonido de la voz, Artemis tiene la mandíbula apretada. No me atrevo a mirar hacia atrás. Cuando se unió esperaba que me hubiera perdonado. Pero siento que algo sigue roto entre nosotras. Quiero culpar a Honora, pero fui yo quien no se acercó a ella cuando necesitó ayuda.

Por otra parte, quizás mi hermana no sea la única que deba perdonar. En vez de apoyarme en este torbellino de *apestosidad* en mi vida, ha estado actuando como si yo fuese el problema que ella debe resolver. Y se alió inmediatamente con Honora en mi contra. Quiero culpar a Honora, y lo haré. Pero es no significa que Artemis quede absolutamente sin culpa. Las cosas iban mal incluso antes de que Honora regresase.

Paso el resto del viaje ahogada por el silencio acérrimo de Artemis. Leo no es mucho mejor. Con ella aquí, no ha dicho ni una palabra. No pensé que fuera del estilo rebelión adolescente, pero este viaje parece como si estuviera enfadado con su madre por alguna razón. Cuando eres un Vigilante por tu familia, pero tienes consciencia de que los Vigilantes tienen prioridad por sobre esa familia, se complica. Los tres, sentados aquí, hundidos en un automóvil mientras desafiamos a nuestras madres, somos la viva evidencia de eso. Tal vez deberíamos pedirle a Cosmina que nos acoja, en lugar de lo contrario.

Después de dos paradas en gasolineras —el coche tiene problemas— es casi de noche cuando llegamos. El vecindario deja mucho que desear, como seguridad o edificios que no se caigan si alguien estornuda al lado.

—Ser Cazadora no es un oficio muy lucrativo. —Miro hacia los apartamentos sombríos.

Solía odiar a las Cazadoras, pero ahora que he sentido un poco sus vidas y que he peleado algunas de sus batallas en mis sueños, lo entiendo. Al menos un poco. Es mucho para una sola chica. Cosmina no debería tener que hacer esto sola. Espero que podamos convencerla de ello.

Leo es un buen Vigilante. Mejor que el resto de nosotros, que estamos tan resentidos con las Cazadoras que no pusimos a ninguna por delante de nuestra propia seguridad. A lo mejor... a lo mejor eso fue lo que pasó con Buffy durante todos esos años cuando se separó del Consejo. Fue la decisión equivocada, obviamente. Pero veo ahora lo que ocurría detrás de escena. No siempre trabajamos de la manera en que deberíamos, o podríamos.

Quizás por eso mi madre volvió a actuar por su cuenta. Sabía que la idea de acoger a Cosmina hubiese quedado muerta en el Consejo, y mientras discutían y debatían, Cosmina estaría aquí fuera sola. No en el castillo, donde podría ocupar mi lugar.

Puede que las motivaciones de mi madre hayan sido egoístas, pero las de Leo no lo son. Ha tomado la decisión correcta. Él sigue siendo ese chico que aparece en la oscuridad para ayudar cuando las cosas son terribles. Lo miro, contenta de que esté de mi lado. Tiene una expresión de preocupación, los hombros tensos.

—Lo tenemos —susurro. Su tensión se alivia un poco.

Artemis intenta abrir la puerta del edificio, pero está cerrado. Saca un cerrojo.

—¡Permíteme! —digo. Se mueve del paso, esperando que dé una patada a la puerta. En cambio, toco un timbre al azar.

—¿Qué? —refunfuña una voz.

—Déjame subir —digo—. Tengo la mercancía.

—Ya era hora. —Se escucha un zumbido y un clic, y la puerta se abre.

—¿Qué mercancía? —pregunta Artemis.

—No lo sé. Por la apariencia del sitio, parece que aquí mucha gente está esperando mercancía. Ha funcionado, ¿no?

Pasa a mi lado sin responder. Leo asiente, pero su nerviosismo ha aumentado. Lo irradia con el mismo nivel de intensidad que mi hermana irradia su desdén.

Los sigo por cuatro tramos de escaleras, la mitad de las luces están rotas y mis zapatos se pegan a sustancias que es mejor no ver. Hace más frío en el edificio que afuera. Me encojo dentro de la chaqueta de cuero de Artemis. Desearía haberme llevado otra capa de ropa. Cuando llegamos a la puerta, toco. Nadie responde.

—Está a oscuras —dice Leo—. Debe haber salido a patrullar.

—Podemos dejarle una nota. —Artemis busca en la bolsa de sus armas.

Leo se apoya contra la pared y se acomoda.

—Quiero hablar en persona. Asegurarme de que está bien.

No podemos darnos el lujo de perder toda la noche. El problema de Doug todavía me está esperando en el castillo, así como el misterio de la muerte de Bradford. Quiero presionar a mi madre para que me dé algunas respuestas reales. Seguro que Eve me apoyará. Demonios, Wanda Wyndam-Pryce también lo hará, aunque solo sea para molestar a mi madre de nuevo. No quiero creer que fue mi madre la que ha estado hablando con los demonios y llevándolos al mismo castillo que ocultó todo este tiempo, pero cada vez parece más probable. Eso, o realmente fue Bradford, y por eso está muerto.

Cosmina no puede consumirnos tanto tiempo. Ella no es nuestra prioridad, teniendo en cuenta todo. Golpeo con más fuerza, la puerta se abre. No estaba completamente cerrada. Con el temor acumulado en lo más profundo del estómago, me obligo a entrar en el apartamento.

Cosmina está en casa, después de todo. Algo así.

CAPÍTULO
23

No puedo quitarles la mirada a los patitos amarillos. Ninguna chica con un pijama de patitos amarillos debería estar tirada en el suelo, muerta.

—La cama está fría —dice Artemis—. Pero parece que estuvo dentro antes de que eso sucediera. Fíjate si tiene alguna marca en el cuerpo.

Leo está paralizado a mi lado. Hemos venido a ayudarla. Llegamos demasiado tarde. *Yo* he llegado demasiado tarde. Mis sueños me condujeron a ella y le fallé. Mi padre murió para salvar a una Cazadora. Y yo ni siquiera quería arriesgar mi posición en el castillo por ella.

—La ventana está cerrada y estamos en el cuarto piso. Así que probablemente haya entrado por la puerta. ¡Revisa el cuerpo! —Artemis chasquea los dedos con impaciencia.

No es mi Vigilante. Pero es la única de nosotros que parece capaz de pensar coherentemente. En parte espero que me diga que salga de la habitación, para resguardarme de todo esto; pero ya no hace eso, al parecer. Me arrodillo junto al cuerpo de Cosmina. Está boca arriba, mirando al techo. Según las películas debería cerrarle los ojos, pero lo siento como una falta de respeto. Se enfrentó a la muerte con los ojos abiertos y luchando. ¿Quién soy yo para fingir que está en paz?

—No tiene marcas. —Reviso su cuello y la piel que tiene al descubierto—. Tiene los nudillos lastimados, pero eso puede haber sido anterior.

También está rígida. No estudié cuerpos muertos tanto como lo hice con los vivos, pero sospecho que lleva muerta más de unas horas. Posiblemente un día entero.

—¿Cómo es tu demonio? —pregunta Artemis.

—En primer lugar, no es *mi* demonio —digo con brusquedad—. En todo caso, era el demonio de Honora. Y, en segundo lugar, Cosmina lleva muerta mucho tiempo, probablemente desde antes de que Doug se escapara. Quizás fueron los de la lucha del foso.

Cosmina sabía que eran peligrosos. Y lo había dejado claro. ¿Por qué no la obligamos a venir con nosotros en ese momento? ¿Por qué no la protegimos?

Sin embargo, habría sido contra su voluntad. No sé si hubiéramos podido. Llevaba mucho más tiempo que yo siendo Cazadora.

Y ahora está muerta.

Artemis camina alrededor de una lámpara caída, sus botas crujen con nitidez sobre el vidrio.

—No sabes si Doug no es un asesino. Y definitivamente ha habido una pelea.

—No ha sido él —insisto, pero me distraigo.

Cosmina probablemente estaba dormida cuando la atacaron. Y no tiene marcas en el cuerpo. Es parecido a lo de Bradford Smythe. Quiero creer en la teoría de Eve —esa sobre la que soñé la muerte de Bradford porque mis supersentidos de Cazadora me hicieron saber que estaba enfermo—, pero las similitudes son demasiadas como para ignorarlas. Tenemos dos cadáveres. Pero ¿qué tienen en común Bradford y Cosmina? O, mejor dicho, ¿qué *tenían* en común?

—¿Por qué crees que mamá decidió ayudar a Cosmina justo ahora? Y, ¿solo quería que viniera Leo? —pregunto—. ¿No es sospechoso que mamá quisiera encontrar a Cosmina en particular? ¿La única Cazadora que, secretamente, conocíamos?

—Y quien ya estaba muerta. —Artemis frunce el ceño, mirando fijamente el cuerpo—. ¿De dónde ha sacado mamá su información?

—Tenía un libro lleno de direcciones. Tiene que haber transcripto la base de datos de Cazadoras que tenía en el ordenador.

—Es verdad, es extraño —reconoce. Lucho con la exaltación extrema que siento de que esté de acuerdo conmigo—. Y ¿por qué enviar a Leo? ¿Por qué no ha venido ella misma?

—Podría haber estado ayudando a ocuparse del cuerpo de Bradford —dice Leo. Es generoso de su parte. Pero no parece correcto.

—Estaba yéndose a algún lado. Cuando nos cruzamos con ella y te dijo que hicieras esto. ¿Recuerdas? Tenía un bolso. Dudo que tuviera algo que ver con Bradford.

—No saques conclusiones apresuradas —dice Leo—. No tienes toda la información. Yo...

—Al parecer, ya no necesito invitación —dice una vampira al cruzar el umbral de la puerta sonriente.

Antes de que podamos reaccionar, le salta encima a Leo, apuntándole directo al cuello. Él se agacha y esquiva la embestida, gira y la lanza contra la pared. Ella aterriza desplomada, después se pone de pie, riendo.

—Uy. Debería haber elegido a la escuálida primero. —Me guiña el ojo.

Artemis saca una estaca y hace un movimiento superintimidante en el que la hace girar sobre el dorso de la mano y la atrapa de nuevo. Pasé un verano entero cuando tenía catorce años intentando aprenderlo. Con énfasis en el «intentando».

—¿Quién te ha enviado? —exige Artemis.

Ella desnuda sus dientes.

—Nadie me envió. Venía a buscar a Cosmina.

—¿Te mandaron a recoger el cuerpo? —pregunto, horrorizada.

—No sabía que ella era un cuerpo. Trabajábamos juntas para eliminar el problema de los zompiros de la ciudad. —Sacude la cabeza—. No puedo creer que esté muerta.

Sé que no tiene alma, pero al parecer de alguna forma ha logrado preocuparse por Cosmina. Había casos, raros, de vampiros que evitaban su naturaleza demoníaca. La mayoría salió con Buffy, en realidad.

El rostro de la vampira vuelve a la normalidad. Es una cara llana. Común y corriente. Nostálgica, incluso, al mirar el cuerpo de Cosmina.

—Nos quedaba un nido por liberar y terminaríamos. Habríamos limpiado todo Dublín.

Está devastada. No sé bien cómo consolar a un vampiro. Nunca imaginé una situación en la que un vampiro *necesitara* que lo consolaran.

—¿Erais cercanas? —intento tímidamente.

Me lanza una mirada fulminante.

—¿Estás loca? Ella era mi *recompensa*. No lo sabía, por supuesto, pero cuando termináramos con el nido, iba a drenarla. ¡Hace meses que esperaba este día! Alguien me ganó de mano, y ni siquiera se ha quedado con su sangre, lo cual lo hace peor aún. Toda fría y coagulada ahora. Qué desperdicio. —Retrae sus dientes. Hace una pausa inclinando la cabeza hacia un lado durante un momento. Inspira profundo, después se le iluminan los ojos y sonríe con dulzura—. Ey, ya que estáis aquí, quizás podríais ayudarme.

Leo se coloca entre nosotras. Artemis levanta una cruz y empuja a la vampira contra la pared. Me quedo parada en el medio de la habitación. No necesitan protegerme, pero no pueden evitarlo.

—Eres una niñita con algunos juguetes y un par de trucos desesperados —le gruñe a Artemis.

Ella le da un puñetazo, fuerte.

—¡Basta! —grito.

Ya tenemos todas las armas y la ventaja. Añadir más violencia a todo eso me da dolor de estómago.

Artemis me mira con el mismo desdén con el que lo había hecho la vampira.

—Iba a matar a Cosmina. Ya te habría matado a ti si yo no estuviera aquí. Y me contará todo lo que sabe antes de que la estaque.

No es justo. Yo no estaría muerta si Artemis no hubiera estado aquí. Es como si deseara que fuese débil, para probarnos a las dos que todavía necesito que me proteja. O que todavía es mejor que yo.

La vampira se ríe.

—Cariño, no me matarás. Sé dónde está el último nido de zompiros en Dublín. Y si no los elimino, se propagarán.

Artemis la golpea otra vez y después retrocede.

—Está bien. ¿Tienes idea de quién ha hecho esto?

Ella se arregla la camisa y ordena su cabello negro.

—Lo que se escucha en las calles es que un par de demonios grandes, de los realmente malos y poderosos, aparecieron muertos. Sin marcas.

—¿Tenían algún enemigo? —pregunta Leo.

—Eran demonios, cariño. Tienen enemigos por el solo hecho de existir.

—¿Algún sospechoso? —A Leo parecen perturbarlo las muertes de los demonios. No veo la relación. Quizás él sospecha algo que yo no.

Ella se ríe.

—Pues, ¡sí, oficial! ¡Los teléfonos no paran de sonar! Todos están muy angustiados por estas muertes.

—¿Murieron mientras dormían? —pregunto.

—¿Cómo imaginas a un demonio durmiendo? ¿Arropadito en su cama con dosel tamaño *queen*? No sé cómo murieron. Simplemente que estaban vivos, y luego ya no. Sin forcejo, sin marcas. Podría ser la misma cosa, o podría no estar relacionado. Hay un mundo sangriento allá afuera. —Le ruge el estómago y guiña el ojo—. No lo suficiente-mente sangriento, en los últimos tiempos. Da igual, Cosmina también se metió en problemas con unos vampiros pesados que trabajan para un tipo en los bajos fondos. No los bajos fondos de las alcantarillas. Los bajos fondos humanos. Un tal Sean algo.

Sean. El Sean de Doug. Lo cual confirma que el mismo hombre que tuvo cautivo a Doug era el que manejaba el ring de combate de demo-nios y perros. El que casi nos mata a Cosmina y a mí. Si no hubiésemos intentado mantener nuestra actividad en secreto, podríamos haber actuado como Vigilantes reales e investigarlos. Quizás Cosmina seguiría con vida de haber hecho eso. En cambio, volvimos al castillo y fingi-mos que nada había sucedido. Dioses, Honora tiene razón. Estuvimos escondiéndonos.

La vampira se encoge de hombros.

—Eso es todo lo que sé. Éramos compañeras de limpieza de zompi-ros. No es que ella confiara en mí. Bueno, ¿alguno ha mirado su móvil?

Leo busca por el suelo con la mirada.

—¿Crees que ahí tenía información que nos pueda ser útil?

—No, creo que tenía al menos un mes más pagado en su cuenta, lo que significa teléfono gratis para mí hasta que corten la línea. —Me sonríe tocándose la nariz—. Y lo huelo en ti también. Este es un adelan-to de lo que está por venir, *Cazadorita*. ¿No es genial ser la Ele...?

Artemis le clava una estaca en el pecho.

—¿Por qué has hecho eso? —grito sorprendida mientras la vampira se hace polvo y desaparece.

Si las miradas fueran mortales, yo estaría tan muerta como ella.

—Eres una Cazadora, Nina. Recuérdalo.

—Pero ¡el nido de zompiros!

—No creo que fuera a ocuparse de ese supuesto nido de zompi-ros. Pero estoy segura de que Dublín está mejor con un vampiro me-nos. Terminemos con esto.

Todavía fuera de mí por la violencia de Artemis, pero también molesta porque debería haber sido yo quien estacara a la vampira, agarro una manta suave y gastada de la cama de Cosmina y tapo su cuerpo con ella. Leo está de pie junto al cuerpo, mirándolo.

Artemis guarda su cruz. Echa un vistazo debajo de la cama.

—Sea como sea, su móvil no está. Así que nuestro demonio asesino es un ladrón o había algo útil ahí. Vamos.

—¿Y el cuerpo?

Hay un portarretratos tirado en el suelo. El vidrio está rajado entre dos chicas. Una es una Cosmina mucho más joven y de mejillas regordetas. Tiene el pelo oscuro detrás de las orejas sin destrozar. La otra parece su hermana. Paso el dedo por la rotura entre ambas.

—¿Qué pasa con eso? —Artemis pisa el portarretratos—. Vamos. Todavía tenemos un demonio que encontrar.

—¿No deberíamos investigar a este Sean?

—Un demonio suelto es una amenaza mayor que un humano suelto. Y no estoy de acuerdo contigo con que Doug no podría haber hecho esto. Honora dijo que era un asesino.

—Por una vez, ¿podrías por favor escucharme y confiar en mí cuando...?

Ella ya se ha ido del apartamento.

Miro a Leo en busca de su opinión, pero él sigue mirando el cuerpo tapado. Escucho los pisotones de Artemis bajando las escaleras. Pero no logro encontrar la fuerza para alejarme de Cosmina. Cuando nos vayamos, se quedará sola. Para siempre. Dudo que sus padres o su hermana sepan dónde está.

Rhys recibió cursos enteros sobre cómo deshacerse de cadáveres de demonios. Pero ¿qué pasa con los cadáveres humanos que los demonios dejan a su paso? Bradford tendrá una despedida al estilo Vigilante lo más tradicional que podamos conseguir. Atrás quedaron los días de piras funerarias en los acantilados sobre el mar, pero lo cremarán. La peor suerte que puede sufrir un Vigilante es regresar en forma de vampiro. Nunca nos entierran. Siempre nos creman.

Excepto a mi padre. No había duda de que su muerte era permanente.

—Eso no te pasará a ti. —La voz de Leo es dura y fría como el suelo de cemento debajo del cuerpo de Cosmina—. Te lo prometo. Sea lo que sea que pase, no terminarás como ella.

—No hagas promesas que no puedes cumplir.

Echo un último vistazo al pijama de patitos. Si el móvil de Cosmina estuviera ahí, podríamos hacer una llamada anónima a la policía. Al menos así me aseguraría de que la encontrasen pronto. Pero ni siquiera puedo hacer eso por ella.

Levanto la foto y la pongo respetuosamente sobre la mesa de noche, junto a una tarjeta de presentación blanca. La miro fijo, sorprendida.

Cosmina no nos falló, aun cuando nosotros sí le fallamos a ella.

* * *

Alcanzamos a Artemis, que está junto al coche.

—Espera —digo—. No iremos a casa todavía.

—¿A dónde vamos, entonces? —pregunta ella.

—A visitar a un traficante de drogas demoníacas, organizador de peleas entre demonios y perros, y una probable fuente de información. Tú quieres saber más sobre Doug y yo quiero asegurarme de que Sean no mató a Cosmina. —Saco la tarjeta de Sean, en la que se lee la dirección de un lugar llamado Granos Desnudos—. Es nuestra única pista.

—No, nuestra única pista era el demonio que dejaste escapar.

—¡Eso fue culpa de Honora!

Artemis deja caer la tarjeta al suelo. Sus ojos arden de la furia.

—Honora estaba intentando hacer lo correcto... ¡lo que tú deberías haber hecho! No puedo creer que la sigas culpando.

—¿Por qué no puedes confiar en mí? Ella...

Artemis levanta la mano

—Sé lo de la poesía, Nina. Ella misma me lo contó. Quería disculparse, pero tú no la dejabas. Así que por un chiste de mal gusto le has guardado rencor y decidiste que no se puede confiar en ella. Y ahora hay un demonio suelto y una Cazadora está muerta. Así que no me pidas que confíe en tu juicio.

Se mete en el coche y cierra la puerta de un golpe.

—¿Estás bromeando? —reacciono.

Golpeo la rueda. El coche entero se sacude. Me echo hacia atrás, humillada. No puedo creer que Artemis supiera lo de la poesía y nunca sacara el tema. Nunca me pidió mi versión de los hechos. Solo escuchó cómo sufrió la pobrecita de Honora y lo dejó así.

Artemis está fingiendo que Sean no es la mejor pista que tenemos, solo porque está enfadada conmigo. Es absurdo e inmaduro. ¿No se supone que los Vigilantes son quienes tienen que ser cuidadosos e investigar cada pista mientras que las Cazadoras solo se concentran en la caza?

Leo levanta la tarjeta de presentación que Artemis tiró en la acera.

—Quiero volver al castillo. Necesito hablar con mi madre —dice.

—Pero... creo que deberíamos seguir la pista de Sean. —Me duele que él tampoco piense que estoy tomando la decisión correcta—. Hay una conexión con Doug y ahora también con Cosmina. Y si Doug llega a ser el asesino, lo cual no creo posible, entonces es mi culpa. Necesito saberlo.

Leo lo estudia y después cede.

—De acuerdo. Está de camino.

Y con ese rotundo voto de confianza en mi plan, salimos para Granos Desnudos. Ni siquiera quiero saber qué tipo de lugar es. Ya nos enteraremos.

CAPÍTULO
24

—¿ESTE ES EL CUARTEL DEL TRAFICANTE SEAN? —PREGUNTA ARTEMIS.

Su tono descaradamente dudoso no me hace daño esta vez. Basándome en el nombre, había asumido que Granos Desnudos era una especie de club de *striptease*. Quiero decir, que un anfitrión de peleas de demonios y perros, y traficante de demonios y drogas usase un club de *striptease* como tapadera hubiese tenido sentido para mí.

Pero ¿esto?

—Lo siento —grita una mujer. Nos giramos desde donde estamos, al lado del coche—. ¿Os estáis yendo? Quiero aparcar ahí.

—No —responde Leo—. Acabamos de llegar.

Frunce el ceño y se aleja. El pequeño aparcamiento está lleno a pesar de la hora. La gente entra en la tienda y sale con bolsas llenas de productos. Se percibe una urgencia adicional, ya que es casi la hora de cierre. Todo está decolorado bajo las luces amarillas del lugar, lo que hace que la escena sea surrealista.

—¿Has probado el nuevo *smoothie* de col? Está salvajemente bueno —dice una chica, que va del brazo de una amiga hacia las puertas corredizas de la tienda de comida saludable más a la moda que he visto en mi vida. Parece del sur de California, no de Dublín. Incluso los edificios alrededor parecen inclinarse lejos como diciendo «No vamos con ella».

—No puede ser el lugar correcto. —Mi hermana mira la entrada con el ceño fruncido.

—No estaremos a tono —susurro—. No estamos tan a la *moda*, ni de cerca.

Leo tiene una expresión pensativa y dudosa.

—Podríamos afeitarte la mitad de tu cabeza.

Chillo y me cubro el pelo con las manos en un acto reflejo. Sonríe.

—Nunca lo haría.

—Terminemos con esto —Artemis toma una cesta de una pila al lado de la puerta y la lleva como un escudo. La tienda nos recibe con el aroma embriagador de los cítricos, por debajo huele a un rico café amargo, un toque de pan fresco y la sensación general de que estamos más sanos solo por inhalar este aire.

»Odio estas tiendas —afirma ella.

—No es exactamente demoníaca —Leo no está siendo tan desdeñoso como Artemis, pero es obvio que quiere volver al castillo. Aceleró para llegar y ahora tiene el ojo puesto en la puerta.

Caminamos por el perímetro. No es muy grande, pero después de dos años en Shancoom, donde la oficina postal tiene el doble del tamaño que la tienda del pueblo y tiene tres hileras, es abrumador. Hay una pastelería y toda una sección de comida buffet. La mayoría de las personas están allí, cargando las bandejas para una cena tardía. Se me hace agua la boca. Ser una buena Vigilante-barra-Cazadora me deja poco tiempo para comer.

—No veo nada alarmante —dice Artemis—. A lo mejor Sean trabaja aquí, al margen.

—Pero ¿este lugar no es bastante raro? No pertenece a Dublín.

—He encontrado esta pista y quiero desesperadamente que dé

resultados. Tengo que demostrarle a Artemis que puedo hacer algo bien. Tengo que conseguir que vuelva a estar de mi lado.

Además, cuando acierte, sabrá que Honora estaba equivocada.

Caminamos por un pasillo que está compuesto enteramente por granos de café. ¿Cuándo comenzó a venir el café en tantas variedades? ¿Realmente existe una diferencia entre los granos de café cultivados en Kenia en relación con los de Guatemala? Si es así, ¿cuál es?

Pasamos al siguiente pasillo, té suelto, y Artemis se detiene tan rápido que casi nos topamos con ella.

—Mirad al dependiente —murmura.

El resto de los empleados tiene veintialgo, con el pelo naturalmente bonito y tatuajes elegantes. Pero este tipo es *grandote*. Cabeza rapada, agresivamente tatuado, el delantal de Granos Desnudos está apretado en sus abultados músculos del cuello. Está con los pies separados y los brazos cruzados.

Leo se inclina hacia delante para mirar una etiqueta.

—Tiene un arma en la cadera —susurra. Con certeza, hay un bulto cubierto por el delantal que definitivamente tiene forma de pistola. Es un guardia disfrazado de empleado.

¿Protegiendo... el té?

Vagamos. Hay dos variedades de té que reconozco: English Breakfast, que me gusta, y Earl Grey, que tiene sabor a ropa interior de vieja humedecida en perfume. Camomila y diez tipos diferentes de té verde. Pero hay recipientes con nombres raros y con descripciones de efectos. Esos no tienen precio en las etiquetas.

—Disculpe —Leo se detiene delante del falso empleado con un aire de vaga molestia—. No tienen precio. ¿Cuánto cuesta el té «Sueños de la debilidad de mi enemigo»? ¿Tiene cafeína o es como los de la marca Sleepytime?

El guardia eleva una ceja, tiene una cicatriz en ella.

—Está disponible solo por pedido especial.

Chasqueo la lengua.

—Lástima. ¿Qué hay de...? —Miro alrededor del guardia, encuentro un recipiente vacío—. ¿Qué hay de «Felicidad en un tazón»? Suena delicioso. Aaah, ¡garantiza la cura de la depresión y calma la ansiedad! Quizás ponga un poco en la taza de té de mi madre la próxima vez que quiera pedir más paga. ¿Es como la hierba de San Juan?

—Tiene un efecto similar a las drogas psicotrópicas —dice el guardia, su expresión es amigable como una ametralladora—. Todo orgánico, por supuesto. Es un potenciador del ánimo natural.

—¡Creo que un amigo me habló sobre él! —Miro con intención a Artemis y a Leo—. ¿Recordáis? El amigo que conocí en lo de Cillian. ¿Cuándo volverá a estar en stock?

—El proveedor está teniendo dificultades técnicas. Podéis registraros en nuestra lista de correo. —Busca en su bolsillo y saca un trozo de papel. Lo recibo con una sonrisa. Tiene un sitio web anotado bajo el logo de Granos Desnudos. En la parte inferior hay un extraño símbolo triangular, como un logotipo.

—¡Gracias! ¿Tienen algún... —Intento pensar el producto más absurdo que pueda imaginar—... chocolate probiótico?

—Pasillo cuatro.

—¡Fantástico! —Me apresuro en dejar atrás el pasillo del guardia y avanzo unos cuantos antes de frenar para reunirme con Artemis y con Leo—. ¿Un tipo armado para el té?

—Todo ese té sin precio tenía un símbolo debajo de la etiqueta —dice Leo. Levanto la tarjeta para inscribirme a la lista de correo. Asiente—. Es ese. Los triángulos entrecruzados.

—Puede que haya algo aquí después de todo. —Artemis investiga con la mirada el fondo de la tienda. Uso cada gramo de fuerza de Cazadora para no gritar «TE LO DIJE».

En la pared de atrás hay una puerta con un cartel de «Solo emplea-dos». Se está cerrando detrás de alguien, y puedo ver un atisbo de una chaqueta de cuero gris. Reconozco esa prenda.

—¡Ella estaba en el pozo!

Artemis se suena los nudillos.

—Necesitamos una distracción. Nina, ve y tira una estantería. Crea un desorden. Uno grande.

Mi irritación se enciende. ¿Por qué Artemis es la que toma las deci-siones? Ella no es la Cazadora o mi Vigilante. Pero este no es el mo-mento ni el lugar para pelear. Voy al pasillo del café. Echo un vistazo a ambos lados para asegurarme de que nadie salga herido, pongo las manos entre dos recipientes de café, agarro el soporte de metal de la estantería y tiro.

Las estanterías rugen y se inclinan en un ángulo peligroso. Salto al siguiente pasillo y me recompensa el ruido del plástico y miles de granos de café (café caro, caro) que se derraman por el suelo. Supongo que nunca conoceré la diferencia entre los granos kenianos y los guatemaltecos. Y tampoco lo distinguirá quien los limpie.

Artemis y Leo están esperando, mirando las estanterías de sal or-gánica, convenientemente colocadas junto a la puerta del personal. Varios empleados salen corriendo. Artemis pone el pie para detener la puerta antes de que se cierre. La habitación es más o menos lo que esperaba de una sala para empleados.

Dos mesas, algunas sillas, una máquina expendedora llena de con-dones y polvo de queso más falso que toda la demás mercancía de la tienda combinada. Pero contra la pared del fondo hay una puerta de metal, fuertemente asegurada con un teclado.

—Bingo —dice mi hermana—. Nina, sabes la contraseña.

—¿La sé?

—Tu puño.

La miro con furia, pero al mismo tiempo, no se me escapa que está empezando a aceptar que tengo estos poderes. Quizás pedirme que los use es su manera de reconocer que no se irán a ningún lado.

Golpeo el teclado y tiro de los cables. Hay un sonido de clics, y Artemis abre la puerta. Nos arrastramos por una escalera sinuosa en forma de caracol, después a través de otra puerta fortificada que da lugar a un espacio masivo de sótano. En un punto está arqueada como si en algún momento hubiera sido un sótano. O una alcantarilla. Debe extenderse por debajo de toda la calle.

Y está llena de jaulas y jaulas de demonios.

—Separémonos. —Ella se da la vuelta, pero frena—. Ten cuidado. ¿Lo prometes?

—Lo prometo —respondo—. Tú también.

Desaparece, corriendo a lo largo de la pared hasta el fondo.

Leo y yo comenzamos cautelosamente por la fila más cercana. Me alegra que no se haya ido de mi lado. Las jaulas están casi llenas. Es mucho más ordenado que el almacén abandonado que contenía las otras jaulas. Eso parecía un lugar temporal. Esto es muy permanente.

Ver demonios en pequeñas jaulas, durmiendo acurrucados o encorvados y mirándome con los ojos vacíos es desconcertante. Sé, racionalmente, que, si me los cruzase en la calle, estaría aterrorizada. Pero esto, así, no son los dibujos y las espantosas advertencias que estudié. Son... *seres*. Ninguno reacciona ante nosotros. Ninguno hace un mínimo sonido. O están drogados o están acostumbrados a recibir visitas. O llevan tanto tiempo enjaulados que ya no les importa nada.

Hay un demonio con una capa muy fina de piel. Puedo ver sus músculos, venas, tendones y todo a través la capa exterior translúcida. Jalo del brazo de Leo.

—¿Ese es un...?

—Un demonio *sinepellis*.

—¡El que se sale de su propia piel! ¡No puede ser!

—He oído que su piel puede ser utilizada para cerrar heridas y curar cicatrices.

—*Agh*. —No puedo imaginarme queriendo utilizar la piel desechada del demonio como propia. Pero también... si está en esa jaula y se ve así, probablemente fue despellejado hace poco... ¿Cuántas veces habrá sucedido?

El demonio parpadea hacia mí, y parece menos horroroso y más inimaginablemente cansado. Sus ojos están a ambos lados de su cabeza, como los de un conejo. Lo que, según la biología, sugiere que no es una especie depredadora. A diferencia de los humanos. Quiero liberarlo. Lo que me sorprende, porque casi me había acostumbrado a mis instintos de golpear primero, hacer preguntas más tarde. O mi yo Cazadora está rota o este demonio es tan patético que incluso una Elegida no puede sentir que merece más dolor.

Leo avanza, pero yo vuelvo a detenerme delante de un demonio pálido, con forma humana pero sin boca. Me mira con ojos tristes. En la jaula de enfrente hay un demonio idéntico. Levanta la mano, buscándome. Necesita mi ayuda. Levanto la mano, y...

—Yo no los tocaría —dice una voz alegre que escuché por última vez cuando anunciaba las probabilidades de que muriese—. A menos que te apetezca una telepatía tan poderosa que te enloquezca a los dos días. Agradable en pequeñas dosis, ¿no? Considerando que también compres el antídoto. —El hombre, Sean supongo, usa otro traje pulcro y caro, y su pelo está recogido en una coleta.

Mueve una radio ante nuestra vista.

—La seguridad está esperando, pero preferiría no llamar. Supongo que vosotros dos sois la causa de la limpieza en mi pasillo cuatro, ¿no?

—¿Sorprendido? —Me alegra que no esté armado.

—La verdad es que no. Estaba esperándote después de tu actuación la otra noche. ¿Ha venido Cosmina también?

—Nooo. —Alargo la palabra y lo miro. Nada indica que sepa que está muerta, pero eso no significa que no esté detrás de su muerte. Puede tener una excelente cara de póquer debajo de su excelente exfoliación y su barba artística. Leo, maestro en su propia cara de póquer, está en silencio y quieto. Pero sé que está listo para lanzarse a la acción en el momento en que Sean haga algo amenazante. Leo no provoca reacciones ni revela nada. Nunca. No por nada sobrevivió tanto tiempo. Logra camuflarse con el ambiente hasta el momento en que necesita accionar. Dioses, es un Vigilante asombroso.

—Venid a mi oficina —dice Sean—. Podríais haber preguntado por mí, ¿sabéis? Habéis desperdiciado mucho café.

Me siento avergonzada ahora que está siendo tan razonable.

—¿Puedes ordenarlo y, eh, lavarlo? ¿Volver a ponerlo en las estanterías?

Se ríe.

—Volveré a llenar los botes con los mismos granos de café barato y mugriento que tenían antes. Es todo lo mismo, ¿no? Estos idiotas compran cualquier cosa si le pones una etiqueta elegante. Especialmente si la etiqueta dice «orgánico». Técnicamente todo es orgánico.

—Asombrosa ética de trabajo —murmura Leo.

Sean nos lleva a una parte de la bodega gigante en dirección opuesta a la que se dirigió Artemis. A diferencia del resto del espacio de piedra y ladrillo, su oficina está pulcra y terminada. Está brillantemente iluminada, con líneas modernas y limpias. También hay un estanque de peces que ocupa toda una pared.

—¡No puede ser! —Me acerco al estanque. Lo que algunos podrían tomar por una anguila se convierte en un círculo perezoso para revelar un ojo humano que nos observa a todos con una conciencia perturbadora—. Es un demonio rémora, ¿no es cierto?

—Sabes de esto. —Sean se sienta en su escritorio y se inclina hacia atrás.

Lo señalo y miro a Leo con más entusiasmo del que debería sentir.

—Al aire libre, crecen hasta adaptarse a cualquier contenedor en el que se encuentren. Sin embargo, la presión del agua evita que se expandan en acuarios. De lo contrario, simplemente siguen creciendo. ¡Y comen plomo y lo convierten en oro! En realidad, un Vigilante en la Edad Media usó uno para convertir el plomo en oro y financiar toda nuestra operación. Y comenzó con los rumores que hicieron que los alquimistas intentaran recrearlo y convertir el plomo en oro. Pero nunca pudieron, porque hola, demonio. ¡Son muy raros!

—¡Y selectivos a la hora de comer! —Sean frunce el ceño—. Con suerte me da una pepita al mes esa maldita cosa. Todavía no me ha generado ganancias. Ahora. Lo importante. ¿Qué queréis? Os pido disculpas por la otra noche, pero para ser justos, tú fuiste la que saltó al pozo. Y mataste a todos mis mejores sabuesos infernales y a varios de mis mayores postores. Así que realmente tú deberías disculparte conmigo.

—Solo maté a los sabuesos infernales y a los zompiros —respondo a la defensiva—. Te lo mereces, ¡tirar a una Cazadora al pozo...!

—Ella estaba de acuerdo con eso.

—¡No lo estaba!

—Bueno, quizás no con *eso*. Hizo trabajos para mí, aquí y allí. Pero se deshizo de un nido de zompiros que había puesto en cuarentena y marcado para las peleas, y luego se topó con uno de mis vampiros aliados. Ella sabe cómo funcionan las cosas: me costó dinero, así que la usé para hacer más. Si tiene un problema con eso, puede venir a hablar conmigo ella misma. Le habría dado parte de las ganancias si hubiera ganado de manera justa. Incluso ha peleado voluntariamente unas cuantas veces antes.

¿Participó? ¿Voluntariamente? Entonces, ¿por qué tuve el sueño de ella en problemas? Quizás porque se trataba del primer evento en el que no participaba voluntariamente. O quizás porque tenía que llevarla con nosotros. Para salvarla de lo que venía después de las peleas. Me desplomo en una de las sillas frente a Sean. Es una preciosa silla, con líneas rectas, e incómoda por su absoluta rigidez. No importa cómo me mueva, estoy segura de que mi trasero estará dormido en unos segundos.

—La verdad es que no estoy aquí por Cosmina. Estoy aquí por Doug.

Sean se endereza en su silla, una codicia intensa ilumina su cara.

—¿Sabes dónde está Doug?

—Sabía. Él, eh, se escapó.

—Maldición. Mandé a dos de mis sabuesos infernales mejor entrenados tras él.

—¿Eran tuyos? ¡Me atacaron a mí y a mis amigos!

Sean levanta las manos en un gesto de *ups*.

—Gajes del oficio. Me aseguro de que estén bien alimentados antes de que salgan, pero sus instintos son inevitables. Solo estaban entrenados para no despedazar a su objetivo. Si algo más se interpone, bueno. Puede terminar mal. Si te hace sentir mejor, son especies en peligro de extinción ahora.

—Hasta nunca. —Puede que sienta una extraña compasión por los demonios enjaulados o por Doug, pero no por los sabuesos infernales—. Dejando de lado tus sabuesos infernales, tenemos dos cadáveres que debemos explicar. Y el último nos ha guiado hasta aquí.

Sean se ve verdaderamente sorprendido, mirando más allá de mí.

—¿Tienes un zombi? ¿Cuánto quieres por él?

Tengo que empezar a ser más específica.

—No, quiero decir que pistas de la escena nos han conducido hasta aquí. Y tú estás conectado con todo lo que ha pasado. Tú y Doug.

—¿Es posible que Doug haya matado a alguien? —pregunta Leo.

Sean se rasca su barba artística, frunce el ceño al mirar a Leo. Sospecho que Sean prácticamente se ha olvidado de que él estaba ahí.

—No. Solo come felicidad.

—A lo mejor tu hospitalidad lo llevó al límite. —Leo levanta una ceja. No se ha sentado y está listo y alerta en el centro de la habitación.

—No sería la primera vez, pero no es probable. Doug solo es... Doug. No puedo imaginarlo matando a nadie, y lo conozco hace años.

Siento la necesidad de levantar mis puños, triunfante. Un punto para los instintos de Cazadora.

—Me inclino por que haya sido otro demonio. Decidme dónde están localizados e iré y me haré cargo del problema —continúa Sean.

Lo miro con odio.

—Y sacarás provecho de ello.

—Naturalmente. —Sonríe—. ¿Quiénes son vuestros muertos? ¿Alguna conexión con Doug?

—Uno de nuestros Vi... Uno de mis parientes.

—Un Vigilante, ¿eh? —Sean sonríe ante mi reacción—. Los mencionaste antes también. Mejor tener cuidado con esos secretos, cariño. No querrías que la gente incorrecta sepa dónde hay un grupo de Vigilantes, sanos y salvos. No eran solo los seguidores del Primer Mal los que iban detrás de vosotros. Pero ese secreto está a salvo conmigo. ¿Cómo murió esa persona?

—Mientras dormía. Sin marcas. La otra muerte fue similar.

—¿Otro Vigilante?

—No, Cosmina. —Observo su reacción.

Se reclina, suelta un largo insulto como una exhalación.

—Una decepción, ¿no? No sacaré nada de dinero de ahí. Solía ser dinero *fantástico*, pero después el mercado se llenó de ellas. La gente aún paga mucho por una Cazadora.

—¿*Venderías* a una Cazadora? —Estoy lista para golpear cosas. Realmente creo que no sabía que estaba muerta. Su decepción es muy insensible para ser falsa. Nadie podría pretender ser tan desagradable.

—Vender no, *emplear*. Como con Cosmina. Hago todo tipo de co-sas en este nuevo y caliente mundo, las Cazadoras son útiles. Y bien, a lo mejor también las vendería si las condiciones fuesen las adecuadas. ¿Qué puedo decir? Soy un hombre de negocios.

—Cuéntanos —dice Leo secamente.

Sean toma su pedido a su valor nominal. La mayor parte de su acènto se desvanece, como si estuviera practicando un discurso:

—El mercado negro de productos demoníacos ha existido siem-pre. Yo me metí en él. Fue un trabajo duro. La mayoría de mis competi-dores dependían de la magia. Se hundieron cuando la magia murió, que en paz descanse. —Traza solemnemente un pentagrama en su pecho, después sonríe—. Pero siempre fui chapado a la antigua. Siem-pre preferí cazar a mis demonios en vez de invocarlos, preferí confiar en los medios humanos para atrapar lo sobrenatural. Mis competido-res están fuera del negocio. Mientras tanto, todos estos demonios sin dimensiones del infierno a las que regresar están vagando, atrapados en la Tierra. Solos y vulnerables. Mi imperio está en auge. Incluso ten-go un nuevo inversor.

—¿Estás asesinando demonios, entonces? —pregunto. Cuando él frunce el ceño en señal de confusión, agrego—: Un vampiro nos dijo que están apareciendo demonios muertos en esta área.

—Averiguaré más. No hay dinero para mí en demonios muertos. Bueno, salvo los que tienen buena piel o huesos valiosos. Pero no es-toy matando demonios a diestra y siniestra. Malo para el negocio, ¿no? Hay que pensar a largo plazo. Mantenerlos vivos implica que puedes sacar ganancia continua.

Sé que toda mi familia existe por la necesidad de pelear en con-tra de los demonios, pero Sean es... desagradable. Hay una diferen-cia entre proteger a las personas de los demonios y sacar ganancia de ellos.

—¿Ganancia como la que generaste con Doug?

—¡Como Doug! Exactamente. Construí todo con él. Empecé en la calle, vendiendo mi propia marca de pastillas de la felicidad. Trabajé para crecer hasta lograr todo esto. ¿Y ahora? El cielo es el límite. Tengo que evitar la atención del gobierno, pero mi nuevo inversor tiene conexiones. Estoy hablando con compañías farmacéuticas. Pensadlo —continúa—. Hay siete especies de demonios que se curan a sí mismos en este sótano. Si podemos aislar eso, hacer investigación genética en ellos, imaginad lo que podríamos conseguir. Podríamos curar el cáncer. Podríamos revertir el envejecimiento. Estoy sacando ganancias, por supuesto. Pero ¡estoy haciendo bien también! Esa noche en el pozo... esos zompiros estaban listos para infectar a toda la ciudad. Ahora ya no están. Todo es por el bien de la humanidad, ¿no?

—No hubo mucha humanidad para esos hombres lobo, y nada de humanidad en esas jaulas.

Sean mueve la mano con desdén.

—La mitad de esos demonios te matarían al instante de liberarse.

—¿Y la otra mitad?

—No lo entiendes.

Entiendo. Realmente entiendo. Un demonio obligó a mi padre a matarse. Otro mató a Cosmina y probablemente a Bradford Smythe.

Sean está en lo cierto. Los demonios son una amenaza. ¿Soy una Cazadora tan horrible que no puedo matar demonios y no puedo soportar verlos enjaulados? ¿Cómo puedo conciliar mis instintos naturales por cuidar, por curar, con lo que mi verdadero llamado es? A lo mejor Honora tiene razón, y siempre he estado compensando las cosas que no podía hacer. ¿Sigo haciendo eso, pretendiendo que me importan las criaturas vivientes cuando en realidad solo soy una pésima Cazadora y no quiero admitírmelo a mí misma?

Espero que no. Pero con tantas vidas en juego, no puedo permitirme estar equivocada.

Leo se ha alejado hacia el acuario. Vuelve la mirada desde el demonio rémora.

—¿Cómo te involucraste con los demonios?

Sean abre un frasco, lo toma. Me lo extiende. Retrocedo, se encoge de hombros y lo deja.

—Por la misma razón por la que hago todo. Una chica bonita. Y aquí está.

La chica vestida de cuero entra en la oficina. Me giro y ambas nos congelamos, sorprendidas.

—¿Honora? —pregunto.

—Silbidito. —Saca una pistola y la apunta contra mi cabeza.

CAPÍTULO
25

—¿POR QUÉ TIENES UN ARMA?

Debería haber sabido que Honora estaría aquí. *Por supuesto* que está aquí. Trabaja mano a mano con Sean. No puedo creer que le haya hablado sobre los Vigilantes a alguien como él. Después de todas las personas que hemos perdido.

Honora pone los ojos en blanco.

—Tengo un arma, idiota, porque no voy a andar con una ballesta en miniatura encima. No todos simulamos que ser Vigilantes sigue teniendo algún significado. Esta es *mi* ciudad. No tengo que seguir ninguna regla. —Baja el arma un poco y sacude la cabeza en dirección a Leo con elocuencia, quien había comenzado a moverse para ponerse detrás de ella—. Deberías probarlo alguna vez, Leo.

Sean se aclara la garganta.

—Honora, cariño, ¿te das cuenta de que estoy justo detrás de ella, así que hay una alta probabilidad de que me des a mí también?

—Esta perra es la razón por la que perdimos a Doug.

—Ni se te ocurra decirle perra a mi hermana.

Artemis aparece en el umbral detrás de Honora, su rostro es una máscara de ira. ¡Está aquí! Y finalmente sabe que tengo razón. Le pega una patada a Honora en la mano y le quita el arma. Cae de manera amenazante al suelo, con estrépito.

—Me *mentiste*. Me usaste para encontrar a ese demonio. No mató a nadie en realidad, ¿no es así?

—¿Hay dos? —Sean parece alarmado y perplejo al mirar a Artemis y después a mí.

—No quiero pelear contigo, Artemis. Me caes bien. —Honora levanta los brazos para mostrar su inocencia. Yo espero, lista. Leo está completamente quieto, evaluando si es necesario abalanzarse contra ella. Honora nos ignora a los dos y se concentra en mi hermana—. Escucha lo que tenemos que decir. Creo que lo entenderás.

Después, para mi sorpresa, lanza un puñetazo. Artemis lo esquiva. Honora se ríe. Bailan en una ráfaga de patadas y bloqueos, puñetazos y amagues.

Honora se está conteniendo, de todas formas. Me doy cuenta. Usó mucha más fuerza conmigo esa mañana. Si estuviera peleando en serio, Artemis estaría inconsciente. Creo que ella lo sabe. Esquiva otro puñetazo y... ¿sonríe? ¿Está sonriendo? Dioses, están *coqueteando*. ¡No hace ni dos minutos que Honora me estaba apuntando con un arma! Miro a Leo atónita. Él se encoge de hombros.

Al descubrirse sonriendo, Artemis frunce el ceño y golpea a Honora en el costado.

—¿Cómo puedes trabajar para él?

—Por favor. —Honora esquiva la patada, gira, se pone detrás de Artemis y le inmoviliza el brazo contra la espalda. Apoya la mejilla contra su cuello—. No te merecen. Te tienen haciéndoles la *comida*, Artemis. Mírate. Eres una diosa.

—¡Y tú estás trabajando con un narcotraficante!

Artemis se suelta de un giro, tiene el pecho agitado y los puños en alto.

Leo carraspea. Tiene una vara de metal delgada, pero de aspecto pesado en la mano. Debe haberla tenido debajo de la manga. Siento una oleada de alegría triunfal. Honora pensó que Leo estaba indefenso. Dudo que Leo esté indefenso alguna vez.

—Calmémonos o romperé este cristal y liberaré al demonio rémora.

Sean se pone en alerta.

—¿Estás demente? ¡Sin la presión del agua crece hasta alcanzar el tamaño de su recipiente! ¡Llenará la oficina y nos matará a todos!

Leo sonríe. Es extrañamente adorable, dada la situación. Siento un revoloteo en el estómago y lo acallo. Él acompaña lo que dice apuntando con la vara:

—Tenemos dos Vigilantes y una Cazadora en nuestro equipo. Me gustan mis probabilidades. ¿Te gustan las tuyas?

—¡Honora! —dice Sean bruscamente—. ¡Por favor!

Ella da un paso hacia atrás y se aleja de Artemis.

—Sean, ¿recuerdas que te hablé de la mujer que odiaba a mi madre y se aseguró de que me mandaran lejos asignándome misiones en los peores lugares posibles? Te presento a sus hijas.

—Pensaba que querías irte —dice Artemis—. Podrías haber vuelto.

Esto parece enfadarla más que la pelea con Honora. Pero nunca estuvieron luchando de verdad. Podrían haber estado bailando, porque ninguna tenía intención de lastimar a la otra.

—¡Sí que me quería ir! Tú también deberías irte.

Sean se aclara la garganta y dice:

—¿Están seguras de que no quieren resolver esto en otro lugar?

Honora tiene un cuchillo en la mano. Lo usa para limpiarse las uñas.

—Está bien, en serio. Me mandaron a una operación encubierta en una secta que rendía culto demoníaco y después los acólitos del Primer Mal volaron el Consejo. Así que el hecho de que tu madre odiara a la mía me salvó la vida.

—Honora, yo... —comienza a decir Artemis, mirando al suelo.

En un abrir y cerrar de ojos, Honora se me echa encima y pone el cuchillo bajo mi mentón, dándose vuelta para que quede entre ella y mis compañeros.

—A ver —le dice a Leo—. Intenta liberar a la rémora. Artemis no te dejará hacerlo. No dejará que suceda nada que pueda poner en peligro a la pobrecita de Nina. Nina es la razón por la cual Artemis se quedó con los Vigilantes, haciendo de sirvienta cuando se merece mucho más que eso. «Nina me necesita» —dice Honora imitando perfectamente a mi hermana—. Y, ¿ahora eres una Cazadora? —Clava la punta del cuchillo en mi mentón—. Dime cómo es posible que tú seas una Cazadora y Artemis no. ¿Qué clase de destino te elegiría a ti en lugar de a ella? —Hace una pausa y lo que sigue suena tan suave que me pregunto si ha querido decirlo en voz alta—: Yo no te elegiría.

Sus palabras hieren más de lo que podría hacerlo su cuchillo. Mi hermana no me mira a los ojos y así confirma lo que ha dicho Honora. Detuve su avance. Y es obvio que incluso Artemis siente que, de las dos, ella debería haber sido la Elegida.

Pero no lo es. Yo sí.

Sujeto la mano de Honora y la retuerzo hasta que suelta el cuchillo.

Sus ojos se ensanchan del miedo y del dolor. Recuerdo todos los insultos, el sobrenombre, el modo en que me humillaba. La aprieto más fuerte.

—Me estás haciendo daño —llorisquea.

No le creo. Mantengo la presión, pero sin aumentarla. Pone los ojos en blanco, enfadada, e intenta pegarme un puñetazo en la cara con la mano libre. Me echo hacia atrás y esquivo su golpe, después la empujo. Atraviesa la oficina por los aires y se estrella contra una pared, luego se desliza hasta desplomarse en el suelo. Por suerte, fue lejos del tanque de la rémora y no encima.

—Ella... —Se ríe, jadeando de dolor—. Me ha roto las costillas.

Saca algo de su chaqueta y se lo traga. Cierra los ojos e inspira profundamente. Después se pone de pie, sacudiendo los brazos como si estuviera perfectamente.

—Vamos otra vez, Cazadora.

¿Qué clase de droga infernal está consumiendo?

Artemis se interpone entre nosotras.

—Por favor, Honora. —Su voz suena tranquila. Suplicante. Íntima.

Honora me aparta la mirada de encima. Mira a mi hermana y algo en ella se ablanda.

—No le iba a hacer daño. No de gravedad. —Entonces se encoje de hombros, camina hacia la silla y se sienta. Sube las piernas y apoya sus botas sobre el escritorio de Sean—. Todavía le permites controlar tu vida.

—Bueno, todo esto ha sido muy interesante. —Sean da un golpecito a las botas de Honora. Ella no las mueve—. Lo bueno es que la búsqueda de nuestra Cazadora suplente ha terminado antes de comenzar, ¿no? Tengo mucho trabajo para ti si te interesa.

Leo tiene el cuchillo de Honora, lo levantó cuando todos estaban distraídos. La pistola tampoco está. Guardó ambas armas mientras todos los demás estábamos mirando para otro lado.

—¿Él sabe algo que nos pueda ser útil? Porque no me gusta todo lo que sabe hasta ahora.

Sean levanta las manos, indefenso. Una sonrisa se desliza en su cara como el demonio rémora en el agua.

—Estamos en el mismo lado. Vosotros queréis proteger a la gente de los demonios. Yo quiero retenerlos donde no puedan hacerle daño a nadie. Nuestros trabajos son tres cuartos de lo mismo.

—No somos lo mismo —digo con brusquedad.

—Vosotros habéis venido aquí, ¿recordáis? *Vosotros* me queréis como aliado. Todos queremos atrapar a Doug.

Niego con la cabeza.

—Tú quieres atrapar a Doug. Yo solo quiero que pueda ir a un concierto de Coldplay.

Sean se arregla el traje.

—Bueno, podemos estar de acuerdo en que todos queremos detener a lo que sea que haya matado a Cosmina. Atraparlo. Matarlo, de ser necesario. Además, conozco mejor que nadie este mundo de demonios sin infierno. Puedo darles acceso a cosas que los Vigilantes jamás tendrán. Información. Poderes.

Artemis lanza un grito ahogado sin querer. Honora inclina la cabeza hacia atrás y le hace un guiño invertido a mi hermana.

—Podemos conseguirte lo que quieras —canturrea.

La sonrisa de Sean se vuelve más astuta y afilada.

—Así es. Puede que no haya más magia en el mundo, pero tengo lo mejor de lo que queda. Te has perdido mi gran presentación, Artemis. Te sorprendería lo que puedo conseguir con un chorrito de demonio y una pizca de las ciencias médicas. Podemos cambiar el mundo.

En el exterior de la oficina, un demonio gime de dolor; el sonido es inquietante y solitario.

—No me gusta mucho tu estilo —digo. Sean parece dolido y lleva los dedos a su coleta. Pongo los ojos en blanco—. Tampoco me gusta eso; pero me refería a toda esta situación de los demonios en cautiverio que tienes en funcionamiento.

—Vosotros los matáis. ¿Cómo puede ser peor lo que hago yo?

—No lo sé. Simplemente lo es.

Me froto la cara recordando a Cosmina. Recordando lo cruel que era, lo decidida que estaba a trabajar sola. Y lo sola que estaba al final. Se supone que tenemos que matar demonios. Ella era buena en eso. Y ahora está muerta.

¿Cómo sobrevivió Buffy todo este tiempo?

Sean se pone de pie.

—Solo quiero a Doug. Haremos un trueque. Vosotros me traéis a mi demonio feliz y yo averiguaré quién mato a Cosmina y al Vigilante ese. Todos salimos ganando. —Mueve el brazo en dirección a la puerta—. Espero que disculpéis que no os acompañe hasta afuera. Y, por favor, la próxima vez que vengáis, llamadme. No es necesario que destruyáis nada.

—Ya sabéis dónde encontrarme —dice Honora.

Me erizo pensando que es una amenaza. Pero no me mira a mí. Está mirando a Artemis, y no hay amenaza alguna en sus ojos.

Solo hay una promesa.

* * *

Sean es fiel a su palabra. Nadie nos impide irnos. Trato de no mirar a los patéticos demonios al pasar delante de ellos, pero están grabados a fuego en mi cabeza.

Ya en el coche, Leo nos conduce suavemente hasta el camino que nos llevará a Shancoom.

—Bueno —digo, porque nadie más lo está diciendo—, yo tenía razón.

—¿Puedes callarte? —dice Artemis.

—¿Por qué?

—¡Solo déjame pensar!

—Piensa en voz alta. Honora tiene un nuevo empleo. ¡No me extraña que a Sean le haya ido tan bien! Tiene a una Vigilante a su lado. ¿Cómo puede tomar el conocimiento y la preparación de generaciones que le han sido encomendados y usarlos para ayudar a alguien como él?

—Nina —dice Artemis con brusquedad.

—Demasiados cadáveres nos han llevado hasta Sean y lo que sea que está haciendo aquí. Tenemos que contarle al Consejo lo de Honora.

—¿Por qué? —pregunta Artemis.

—*Emm*, ¿porque está trabajando en la mafia de los demonios? Y además tiene alguna clase de fuerza extraordinaria que no es normal.

—Mira, lo entiendo, está haciendo cosas bastante perturbadoras. Tenías razón. Lo admito. Pero antes no tuviste ningún problema en guardar secretos. Quiero darle una oportunidad de que se explique.

Me doy vuelta en el asiento del acompañante hasta quedar frente a ella.

—¿Acaso te perdiste el momento en el que podría haber hecho eso, pero en cambio decidió ponerme un cuchillo al cuello?

—¡Todos estabais actuando violentamente! —Artemis hace una pausa inhalando profundamente—. No debería haber hecho eso. Lo sé. En serio que sí, Nina. Honora a veces es impulsiva y se pone a la defensiva. No sabes por todo lo que ha pasado. Hay una razón por la cual no confía en los Vigilantes. Por la cual eligió trabajar para alguien más.

—Incluso después de todo lo que viste esta noche, todo lo que Honora hizo y ha hecho, ¿sigues poniéndote de su lado?

—¡No me estoy poniendo de su lado! Estoy tratando de explicarte que deberías dejar de juzgarla hasta no tener más información.

—Bienvenida sea entonces, ¡cuéntame!

Leo se detiene en una gasolinera.

—Voy a, emm, llenar el tanque. —Baja del coche y cierra la puerta.

Artemis mira por la ventana.

—Solía venir a entrenar con las muñecas cubiertas de magulladuras. Cuando no se desempeñaba tan bien como su madre quería, la azotaban. ¿Sabías eso?

—Yo... no.

—No, no lo sabías. No tienes ni idea de lo que vivió Honora. Cómo era su madre. Así que si ella quiere usar lo que aprendió para tener algo parecido a una vida, creo que no la culpo. Merece un poco de felicidad.

—¿La merece? ¿Tener una mala madre justifica lo que está haciendo? Traicionó a los Vigilantes al...

—¡Ellos la traicionaron a ella al no cuidarla cuando su madre claramente no lo hacía! Dios, hablas como si fueras una santa. Tú eres la que siempre está cuestionando las tradiciones de los Vigilantes, diciéndome una y otra vez que podemos hacerlo mejor. Pero, a la hora de la verdad, no tienes problema con que los Vigilantes sigan igual que siempre. Encontramos a una amiga en problemas y tú quieres entregárselas. Que decidan por ella. Que la censuren. Quizás incluso que la encierren. ¿Sabías lo que hay en el piso inferior del castillo? No hay ruinas. Hay *celdas*.

Recibo esa información como un golpe en el estómago. Nos dijeron que el piso inferior estaba cerrado porque no era seguro. No porque era una prisión.

—No... no lo sabía.

—No, porque nunca lo viste. Nunca tienes que ver nada que no quieres. No tienes que ver que los Vigilantes se han convertido en algo *inútil*: una triste y desmembrada sociedad que se aferra desesperadamente a las glorias de un pasado que jamás volverá.

—Si te sentías así, ¿por qué no hablaste conmigo? Pensé que querías formar parte de eso. Eras muy hábil.

Finalmente, Artemis se recuesta y deja salir un hondo suspiro.

—¿Cómo podía decirte que no era feliz cuando tenía lo que tú querías? Sabía que me hubieses cambiado el sitio sin pensarlo dos veces. Veneras a los Vigilantes.

—No los venero.

—Sí.

—Me importan. Hay una diferencia. Es el legado de nuestra familia. En su diario, papá...

—Papá está muerto. Ese es nuestro legado. Papá está muerto y mamá nos mintió a las dos toda la vida. Sobre todo. —Se lleva las manos a la cara y se cubre los ojos—. Me sentí tan mal de que mamá me hubiera elegido en el incendio. Quería que supieras que alguien siempre te elegiría primero, que siempre te protegería. Quería convertirme en una maldita Vigilante para poder hacer del mundo un lugar más seguro para ti. Todos estos años, mamá podría haber mencionado que serías una Cazadora algún día y que yo sería completamente inútil.

Le tiemblan los hombros y no sé si está llorando o riendo con amargura.

¿De verdad se habría ido de no ser por mí? ¿Se iría ahora?

—Siempre te necesitaré —susurro—. Eres mi hermana.

—No es lo mismo. Y no podemos fingir que volverá a serlo.

Tiene razón. Por mucho que no quiero que tenga razón, la tiene. Todo es diferente.

—No diré nada sobre Honora —digo, tendiendo un puente que cruza el abismo que nos separa—. Puedes decidir qué hacer al respecto.

—Gracias —murmura sin mirarme.

Leo vuelve a subir al coche, luchando en silencio con su batalla interna. Enciende el motor y nos encierran su zumbido y el sonido del camino debajo de las ruedas. Nadie habla.

Recuerdo la brecha entre las chicas de la foto de Cosmina. Las Cazadoras tienen que estar solas, había dicho ella en el foso. ¿Era ese mi destino también?

CAPÍTULO
26

Leo pone el coche en «aparcamiento» cuando frenamos en el garaje del castillo.

Algo más ha estado molestándome y tengo que decirlo:

—Leo, tenemos que hablar de la posibilidad de que mi madre te estuviese tendiendo una trampa.

—¿Qué? —exclaman Leo y Artemis al mismo tiempo.

He tenido todo el lamentable viaje en coche para pensarlo. Mi madre aparece con una solicitud inesperada de que Leo —y Leo solo— buscara a la Cazadora. Cuando nunca había hecho ningún esfuerzo por traer a ninguna Cazadora al castillo. Y, sin importar lo que dijera la vampira, ella apareció justo después que nosotros. Cuando se suponía que Leo estaría solo. No podemos saber si no era una trampa.

—No quiero que sea cierto —digo—. Pero piénsenlo. —Y explico mi razonamiento.

—Es una pequeña coincidencia. —Artemis abre su puerta.

—¡Escúchame! Hay más. —Se detiene y me estremezco al darme cuenta de que se trata de otro secreto que le oculté—. Hubo otro sabueso infernal. Me encontró en Shancoom cuando estaba comprobando cómo estaba Cillian. Lo atraje hasta aquí. Mamá lo mató. Pero no puso el castillo en confinamiento de emergencia, ni siquiera avisó a nadie. Lo cual quiere decir que lo estaba esperando de alguna manera o al menos estaba segura de que no iba detrás de nosotros. Entonces, tenía que saber que estaba detrás de algo más. Y Doug dijo que tenía un contacto con el que debía encontrarse. Smythe.

—Piensas que mamá está organizando encuentros con demonios. —La voz de Artemis me indica cómo se siente con respecto a mi teoría.

—No lo sé. ¿Quizás?

—Pero ¿por qué me querría muerto? —pregunta Leo.

—¿Quizás descubrió que estás entrenándome? Realmente no quiere que sea una Cazadora.

—¿Tanto como para matar a Leo? —Mi hermana parece dudar. No la culpo. Es extremo.

Pero... ¿lo es?

—Me ocultó. Nunca nos dijo que era Potencial ni nos habló sobre su madre. Y... me dejó. El día del incendio.

—¡No puedes pensar de verdad que mamá quería que murieses!

El silencio llena el coche, hasta que se vuelve palpable. No pienso eso. No realmente. Pero sé que quería a Artemis viva más que a mí.

—Todo lo que sé —digo al fin—, es que Bradford Smythe reveló mi estado de Potencialidad, confirmando que soy una Cazadora. Y ahora está muerto. Cosmina sabía que yo era una Cazadora y ahora está muerta. Y Leo ha estado entrenándome, y podría haber sido asesinado esta noche.

Leo parece un poco ofendido.

—¿Por *un* vampiro?

—Más allá de eso, nuestra madre tiene muchos secretos. Y creo que no podemos confiar en ella. Nada.

—No coincido —dice Artemis.

—Bueno, mi otra teoría es que la culpable de todo es Honora. ¿Quieres discutir esa?

Cruza los brazos, contestándome con su silencio.

—Deberíamos mantener esto entre nosotros —opina Leo—. Aunque no sepamos en quién podemos confiar, sabemos que podemos confiar entre nosotros.

Miro a Artemis. No busca mi mirada.

—Sin mencionar nada a su madre. O a la mía —continúa Leo.

—Pero... —comienzo. Él me mira con el ceño fruncido. Confío en su madre. Necesito su consejo. Quiero preguntarle sobre mi madre y sobre los sentimientos encontrados que tengo con respecto a los demonios e incluso sobre esa tonta profecía y si debería preocuparme por ella. Podría decirme si los Vigilantes están preocupados por eso.

—No —dice Leo—. Las dos están en el Consejo. Hablan. No les hablaremos sobre Cosmina u Honora o sobre Sean. No hasta que sepamos más.

—¿Qué sabemos? —pregunta mi hermana—. De verdad. ¿Qué hemos descubierto?

Me inclino contra el tablero de mandos.

—Que no fue Doug.

—Lo cual baja las posibilidades a uno de los otros miles de demonios que están vagando por la Tierra.

Leo tiene los ojos oscuros y fríos.

—Todo lo que sabemos es que los ataques sucedieron cuando dormían.

Artemis se desarma la coleta tirante y sacude su cabello.

—Si asumimos que Bradford no se murió de un ataque cardíaco. Era viejo.

—Si los sueños de Cazadora me advierten de la gente que muere de vejez, debería entrar en cada geriátrico del área intentando salvarlos. Fue demoníaco.

Ella suspira largamente, pero asiente. Está enfadada conmigo, pero no es irracional.

Leo abre su puerta.

—No podemos estar seguros de nada. Es decir que el castillo no está seguro. Ninguna de las dos debería dormir sola esta noche. —Luego sale del coche y camina dando zancadas en dirección al castillo. Me gustaría que estuviese iluminado como un faro en la oscuridad, pero unas pocas luces en las ventanas enfatizan lo vacío que está.

¿Fue solo hace unos pocos años que explotaba de vida? ¿Bullicioso, con miembros del Consejo y aspirantes a Vigilantes y gente que hacía posible nuestro trabajo?

Pero... no. No era verdad. Incluso antes de que el Consejo saltase por los aires, ya no había tantos de nosotros en mi generación. Hemos estado desangrándonos de a poco. El rechazo de Buffy agrupó a la organización, peleando por un sitio en el mundo.

Pensé que un nuevo influjo de Cazadoras haría que los Vigilantes fueran relevantes otra vez, pero no puedo evitar sentir que nos hizo más arcaicos. Más inútiles. Quizás Artemis tenía razón.

Agh. Pero eso querría decir que Honora también estaba en lo cierto.

Me estremezo e intento sobrepasar el sabor amargo que me genera *pensar* que Honora puede tener razón. Los Vigilantes se escondieron para sobrevivir. Tengo que confiar en que el Consejo tiene un plan.

El Consejo, sin embargo... Ruth Zabuto, que no logra superar que no hay más magia. Wanda-Pryce, que es peor de lo que siempre pensé. Mi madre, que odia a las Cazadoras y oculta más de lo que jamás nos dimos cuenta. Y Eve Silvera. Confío en una de cuatro.

—Dormiré en la habitación de Jade —dice Artemis.

—¿Por qué? —pregunto dolida.

—No es... Necesito tiempo para pensar. Eso es todo. Deberías pasar la noche con Rhys o con Imogen. —Se aleja. Se está tomando la advertencia de Leo con seriedad. Y me está dejando a mí por mi cuenta. Todos estos años juntas, cuidando la una de la otra. Bueno. Ella cuidándome a mí. Evidentemente, no hice un buen trabajo cuidándola. ¿Cuánto peso ha tenido sobre sus hombros todo este tiempo? No podía entrenar con ella, pero podría haberla ayudado más. Hacerme cargo de más tareas. Pero nunca me contó, nunca me habló de cómo se sentía.

Enfadada, dolida y confundida, por no mencionar el exceso de ganas de golpear a Honora, me vuelvo y corro hacia el bosque. Está dormido, los insectos zumban y sus ruidos están acallados, así que me siento como una intrusa.

Me exijo para descubrir mis límites. Quiero conocer las fronteras de mi cuerpo, los márgenes de mis poderes. Lo necesito. Porque si puedo descubrirlos, puedo entenderlos, y puedo descifrar quién se supone que soy ahora.

Esquivo ramas, salto sobre troncos, giro a un lado y otro a través de las profundidades de los árboles. El castillo se encuentra en una parte del bosque que tiene kilómetros de ancho, intacto por siglos porque el terreno no es bueno para la siembra. Es salvaje de una manera que me hace sentir pequeña. Hemos estado perfectamente escondidos. No puedo escapar a la idea de que lo que ha cambiado, lo que atrajo demonios y caos y muerte a nuestra reclusión, soy yo. Porque nada más ha cambiado en los dos años que hemos estado aquí.

Como Cazadora, la muerte es mi regalo. ¿Es también mi maldición? Al estar hecha para ella, ¿la atraigo?

Vuelvo hacia un cementerio viejo y abandonado. Nadie fue sepultado allí durante casi un siglo. Lo encontré poco después de que llegáramos. Ha sido mi pequeño secreto desde entonces. Hay algo pacífico en él, los nombres y las fechas han desaparecido con el tiempo y los elementos. Supongo que, de alguna manera, es el equivalente a los pasadizos secretos de Artemis. Construido para otra cosa, me sirve de refugio.

Sigo perdida en mis pensamientos hasta que estoy lo suficientemente cerca como para ver que hay una luz. No debería haber una luz. Me detengo y luego me acerco de puntillas. En un pozo hay una acogedora fogata. Sentado junto al fuego está Doug. Mueve la cabeza al ritmo de la música que suena en sus auriculares, y tiene un libro en las manos. Lo miro.

Nicholas Sparks. Entonces, Doug *puede* ser malvado.

El crujir cercano de una rama me alerta de que alguien más se acerca. Me agacho debajo de un árbol y observo. Sin saber a quién espero que aparezca. ¿Honora? ¿Sean? ¿Otro demonio? ¿No saben que este es mi cementerio?

Nada me prepara para el asombro de ver quién pone una mano sobre el hombro de Doug antes de sentarse frente a él.

Mi madre.

Confirmado, entonces. Smythe, no por Bradford Smythe. Por Jamison-Smythe. Ella *es* el contacto de Doug. Ellas es la razón por la que él corrió hasta aquí, la razón por la que los sabuesos infernales atacaron, la razón por la que Honora volvió a nuestras vidas a destrozar todo.

Doug se quita los auriculares.

—Ey, Helen. Gracias por las cosas. —Gesticula hacia el saco de dormir que se encuentra cerca de la lápida, el libro y un bolso vacío. El bolso que llevaba antes en el pasillo.

—¿Cómo está tu cara? —pregunta mi madre.

—Mejor. Mucho mejor —responde—. Nina no es para nada mala arreglando cosas.

Aplasto mi orgullo. Mi madre lleva la pequeña libreta de la que extrajo la dirección de Cosmina. Doug deja su novela y se acerca a ella, mirando por encima de la hoja. Señala una parte:

—Es un buen chico. Desordenado. Pero sería un buen aliado. Esto es como un quién es quién de los demonios de Dublín. Los has encontrado a todos.

—Es mi trabajo.

—¿Qué hay de las Cazadoras? Podrían ser un problema.

—Conozco al menos una decena a las que podemos llegar fácilmente. —Señala otra sección de la libreta—. Puedo encargarme de ellas.

—¿Y Nina? —pregunta Doug. Me congelo—. No está pasando precisamente desapercibida. Hasta donde pude entender, le contó todo a Cillian. ¿Con quién más habla?

Mi madre sacude la cabeza, en su boca se dibuja una línea afilada.

—Debería haberla enviado lejos hace años, pero siempre tuve la esperanza de que no llegase a esto. Trabajé tanto tiempo para evitar este desorden... Fui egoísta al quedármela.

—Las profecías son complejas.

—Las hijas, también. Pero me encargaré.

Retrocedo, horrorizada. Mi madre tiene un libro de demonios y Cazadoras. Está asesorándose con un demonio sobre ellos. Tiene un plan para «encargarse» de las Cazadoras, y otro para encargarse de mí, signifique lo que signifique.

Doug mencionó una profecía. No tengo que preguntarme de cuál se trata, es la misma que traduje, la misma a la que hacía referencia mi padre en su diario.

La profecía *es* sobre mí. Sobre nosotras.

Mi madre lo sabe, y Doug, el demonio amarillo neón, sabe. Me giro y corro hacia el castillo. Quizás, el hecho de que me haya dejado en el incendio tiene que ver con que sea Cazadora. Quizás la profecía es tan mala, que puso en riesgo mi vida para salvar a Artemis. Debe haber sabido, tan pronto como fui identificada como Potencial, que *yo* soy quien destruirá el mundo. Tengo poder demoníaco dentro, después de todo. Y sin importar todos sus esfuerzos, no pudo evitar que saliese a la luz.

Finalmente entiendo por qué mi madre me hizo a un lado toda mi vida. No solo odia que sea Cazadora. Me *teme*.

Me arden los ojos, llenos de lágrimas; corro a través del castillo, directamente hacia nuestra habitación para buscar la profecía y llevársela a Artemis. Somos dos partes de una persona, dos partes de una profecía de catástrofe, y no puedo hacer esto sola.

Casi me tropiezo con el cuerpo en el pasillo frente a mi puerta.

—¡Soy yo! —dice Leo mientras se incorpora. Tapo mi boca para amortiguar el grito que casi se me escapa—. ¿Qué pasa? ¿Qué va mal?

Inhalo temblorosamente. No sé por dónde comenzar, y tengo miedo de perder el control una vez que lo haga.

—Estoy bien —miento—. Solo cansada. Pero ¿qué estás haciendo en el suelo fuera de mi habitación? Pensé que eras un cadáver. Y ya he tenido suficientes muertos esta noche. No tengo sitio en mi agenda para otro muerto hasta dentro de por lo menos una semana.

La luz es tenue, solo hay una bombilla en el otro extremo del pasillo. Pero puedo *sentir* a Leo sonreír. Puedo oírlo en su voz:

—Me esforzaré por liberar tu agenda de cadáveres, entonces. Lo siento. Pensé que estabas dentro, durmiendo.

—Qué raro eres. —Lo esquivo y abro la puerta. Pero secretamente me conmueve que Leo haya venido a cuidarme.

—¿Dónde está Artemis? —Mira hacia adentro cuando enciendo la luz.

—Duerme en el cuarto de Jade esta noche. Sigue enfadada conmigo.

Leo vacila. Sus manos en los bolsillos sueltos de su pantalón y su boca torcida hacia un lado son algo adorable. Está avergonzado y se siente incómodo. Me alegra tanto no ser yo la que se siente así por una vez, que estoy instantáneamente mejor y ya no siento desesperación por acudir a Artemis. Ella no quería hablar de la profecía antes. No sé si eso ha cambiado. Y no puedo soportar otro rechazo si ella se niega.

Doug está acampando y aún sigue siendo perseguido. No se irá a ningún lado. Mi madre tampoco. Puedo descifrar eso sola.

—Oh, entra —digo—. No tiene sentido que estés en el suelo. Además, soy una Cazadora, ¿recuerdas? No necesito un guardaespaldas.

—Y yo soy tu Vigilante. Protegerte es mi trabajo.

—Tu trabajo es entrenarme y guiarme. Proteger es mi trabajo.

—Estamos de acuerdo en estar en desacuerdo. —Leo entra en mi habitación finalmente. La observa y yo la observo como si fuese la primera vez. El lado de Artemis está ordenado, las pesas acomodadas junto a los textos sobre demonios que ha estado estudiando. Una hilera de armas cuelga de un estante encima de su cama.

Mi lado de la habitación… está menos ordenado. Tengo una estantería con doble hilera abarrotada de todo lo imaginable. Manuales de instrucción de RCP, libros de anatomía, libros de primer año de medicina que le rogué a Cillian que me comprara por eBay, mi estante de Pelirrojos en la Literatura. Está la pila de libros que estuve investigando para encontrar más información sobre Doug. Y una pila enorme de cuadernos.

Ah, ¡la incomodidad que ya echaba de menos está de vuelta! Estoy segura de que Leo está mirando los cuadernos. O ¿solo estoy siendo paranoica?

—Son notas. ¡No poesía! Anatomía. Cosas de salud. Veo muchos tutoriales de medicina y tomo nota de lo que me parece útil. También registro cosas. En su mayoría son registros de los Pequeños, si tienen fiebre o dolor de estómago. Pero Imogen los cuida muy bien, así que no hay mucho de eso tampoco.

Leo asiente. Después mira al techo y sus ojos se ensanchan.

—¿Esas cuchillas del ventilador son de verdad?

Me rasco la parte de atrás del cuello. Es perceptivo.

—Oh. De acuerdo. *Emm*… Sabes que perdimos a nuestro padre, y que después hubo un incendio. Después de todo eso, comencé a tener pesadillas y tenía miedo de dormir de noche. Así que Artemis y yo decidimos poner trampas. Pistolas de agua con agua bendita escondidas por todos lados. Estacas. De hecho, en la cocina las cucharas aún tienen la punta afilada. En fin, a medida que crecimos, se fueron volviendo más elaboradas. El ventilador fue nuestro proyecto cuando nos mudamos aquí y queríamos distraernos de lo que había pasado con el Consejo, que voló por los aires y todo eso. —Camino y me detengo justo debajo del ventilador—. ¿Ves esto? La tabla está suelta. En el apoyo. Hay un resorte al otro lado. La idea es atraer al vampiro o lo que sea a este punto, luego saltar en la tabla. *¡Ta-rán!* Decapitación instantánea.

Leo sigue mirando al ventilador.

—Siempre les he tenido miedo a los ventiladores, a que se cayeran y me mataran. ¿Cómo podéis dormir debajo de esta cosa?

—No lo encendemos. —Señalo la chimenea—. Nunca usamos eso tampoco. No somos fanáticas de los fuegos. Pero hay una garrafa a presión allí. —Señalo lo que parece ser una alimentación de gas normal para el fuego—. Jade nos ayudó a construirla. Si mueves el interruptor que está en la repisa, es un lanzallamas. Pero de nuevo, en locación. El vampiro tendría que estar justo ahí. No fuimos muy prácticas. Era sobre todo para mantenernos ocupadas, para fingir que teníamos algo de control.

—Queríais sentiros seguras.

Me siento en la cama de Artemis, triste y agotada.

—Sí. Artemis siempre fue buena manteniéndome ocupada. Y en hacerme sentir a salvo. —Pero ella no está aquí. Quizás es mejor que esté Leo. Últimamente es más sencillo hablar con él que con Artemis—. Bueno... Acabo de ver a mi madre en el bosque con Doug.

—*¿Qué?* ¿Lo ha atrapado?

—Estaban reunidos. Salí a correr y estaban allí. Mi madre tenía su libreta de direcciones, que aparentemente también contiene un quién es quién de los demonios de Dublín. Y de muchas otras Cazadoras. No sé qué están planeando, o por qué. Pero creo que tiene que ver conmigo y con la profecía. Así que me estoy volviendo loca. Un poco.

Leo asiente, pero habla despacio, como si estuviera guardándose algo.

—Nunca nada es blanco y negro. Ni las profecías, ni las personas. No sabemos qué está haciendo tu madre, pero Doug no mató ni a Cosmina ni a Bradford. Si hay una profecía, se mantiene desde hace tiempo. Se mantendrá durante unos días más. Así que mantengamos nuestras cartas cerca del pecho. No hablemos de esto con nadie hasta que lo descifremos. Mientras tanto, deberías dormir un poco.

En cuanto lo dice, noto lo profundamente cansada que estoy.

—Tú también. —Siento al extremo su presencia en mi habitación. Para empezar, no es una habitación muy grande, pero él ocupa más lugar en ella del que estrictamente ocupa su cuerpo—. Puedes, eh, usar mi cama. Si no quieres dormir en el pasillo.

—Me gustaría leer, ¿está bien?

—Por supuesto. —Me recuesto en la cama de Artemis. Leo elige un libro de mi estantería. Se titula *Joseph Lister y la historia de los antisépticos*.

—Esa es una buena lectura para ir a dormir. Lister fue el hombre que evolucionó la cirugía al introducir procedimientos antisépticos.

—Hay un museo de cirugía en Edimburgo que destaca sus logros. —Leo se sienta con el libro y lo abre—. Deberíamos ir. Aunque rompería tu regla de no más cadáveres.

—Rompería esa regla por ti. —Me vuelvo para que no vea que me he sonrojado. No puedo ser tan irremediable como hace tres años. Unos minutos después, lo espío. Lee con las cejas fruncidas, lo que le da un aire de profunda preocupación. Me fuerzo a cerrar los ojos. Pero no hay forma de que me duerma con Leo tan cerca.

Me giro hasta ponerme de costado y golpeo las notas que dejé sobre la cama de Artemis. Cualquier pensamiento de la excursión al museo se desvanece. Miro la profecía con nuevos ojos, ya sin sospechar que puede tratarse de nosotras, sabiendo que es así, o al menos que mis padres pensaron que era así. Y que mi madre todavía lo cree.

Fruto de Cazadora / Fruto de Vigilante

Mis padres

Dos que hacen uno

Puaj. A Arcturius le gustaban los eufemismos, no puedo creer que esté leyendo una oración sobre mis padres escrita un siglo atrás.

Uno que hace dos

Hermanas gemelas.

Niñas de fuego

Nuestro pelo es *bastante* rojo.

Protectora y Destructora

Una para reparar el mundo

Y otra para desgarrarlo en partes

Hace unas pocas semanas, no hubiese sabido quién era quién. Pero ahora es obvio. Artemis es la protectora. Siempre lo fue. Me protegió a mí, no solo del peligro, sino de su propia tristeza. Me duele de solo pensarlo.

¿Y la destructora? ¿Qué más es una Cazadora?

Mi estómago se revuelve de miedo. Vi muchas profecías volverse reales como para no tomármela en serio. No solo soy una Cazadora, hay una gran probabilidad de que desgarre el mundo. Supongo que tengo más en común con Buffy que nunca.

La última nota de Arcturius es una patada a mis costillas. *Cuando todo concluya, cuando toda esperanza perezca junto con la magia, su oscuridad se alzará y todo será devorado.*

La magia ya está muerta. Buffy la rompió. La profecía no tiene un sello de caducidad, pero con La Semilla rota significa que se acaba el tiempo. Para cuando Artemis repare el mundo.

Y yo lo desgarre.

CAPÍTULO
27

—Las profecías son difíciles de interpretar —dice Leo y hace que me sobresalte por segunda vez.

Uno las anotaciones y las meto dentro del cuaderno.

—Es... no es lo que parece —tartamudeo.

—Las profecías rara vez lo son.

—No, quiero decir... no sé qué quiero decir. Dioses, no sé nada en este momento.

Me muevo para sentarme contra la pared. Leo me sorprende al hacer lo mismo y sentarse a mi lado. Es más alto que yo. Lo suficiente como para que apoye la cabeza en su hombro y quepa perfectamente.

—¿Me dejas ayudarte?

Jugueteo con la manta desgastada de Artemis. Adquiere un significado diferente, así como también su mitad del armario. ¿Le gusta el negro siquiera? Nunca se lo pregunté. Asumí que era feliz con su vida porque era digna de admiración. Y porque ella nunca dijo lo contrario. No tardaba en hablar de lo que me molestaba o de lo que sentía que me faltaba. Pero ¿cuándo le preguntaba a Artemis lo que *ella* quería de su vida?

Soy una pésima hermana.

Sé lo mal que se siente que te dejen atrás. Pero debe haber sido insoportable para ella verme desaparecer en el humo. Nunca debería haber sentido culpa por algo sobre lo que no tenía control. Nunca debería haber asumido el peso de ayudarme, de ser la mejor, de hacer todo bien. Para expiar el hecho de haber sido la elegida.

Carraspeo. Leo espera pacientemente que le hable. Y necesito alguien con quien hablar.

—Bueno, sabes que tengo el diario de Vigilante de mi padre. Y que menciona una profecía. Después me di cuenta de que había traducido esta. Y... parece ser que trata de nosotras. «Cuando toda esperanza perezca junto con la magia»: eso probablemente se refiera a La Semilla. La magia está muerta. Lo cual quiere decir que estamos en ese marco cronológico.

Leo alza la traducción de la profecía y la relee.

—Tu madre no es la única con una madre Cazadora. Es inusual, por supuesto, porque... —Se interrumpe. La razón queda flotando en el aire entre nosotros. Porque no viven lo suficiente. Sigue adelante, ignorando lo no dicho—. Otras Cazadoras han tenido hijos. Incluso de la misma edad de tu madre. Está Robin Wood. El Vigilante de su madre fue Crowley.

—No recuerdo a ningún Crowley.

—Mi madre dijo que era agradable.

Hay mucho tiempo pretérito cuando se trata de los Vigilantes. Algún día no muy lejano, todo lo referido a los Vigilantes se expresará en pasado.

—Pero ¿esta Robin tuvo gemelas con un Vigilante?

—Todavía no. —Leo intenta sonar esperanzado, después se encoge de hombros—. Bueno, y es poco probable que suceda teniendo en cuenta la reducción significativa de nuestras filas. Igualmente. Es probable que esto no tenga nada que ver contigo.

—Mis padres claramente pensaron que sí.

La voz de Leo es tan oscura como la noche que se abre paso con avidez al otro lado de mi ventana.

—Nuestros padres siempre piensan que nos conocen mejor que nosotros mismos. Toman decisiones por nosotros antes de que podamos darnos cuenta de que nos están controlando.

—Pero piensa en todo lo malo que ha estado ocurriendo. Vivimos durante dos años aquí en absoluto secreto. Nadie nos encontró. Sin violencia. Sin ataques. De pronto, nos damos cuenta de que soy una Cazadora y bum: ¡demonios! ¡Defunciones! ¡Destrucción!

—También podría decirse que todo esto pasó porque mi madre y yo regresamos.

Pongo los ojos en blanco.

—Claro. Excepto que el primer ataque del sabueso infernal fue antes de que vosotros llegarais.

Hace una pausa, tiene los labios apretados. Después continúa:

—Pero el ataque del sabueso infernal no sucedió *después* de que te dieras cuenta de que eras una Cazadora. Te diste cuenta de que eras una Cazadora *porque* el sabueso infernal apareció. Y no podemos descartar a Honora. No está relacionada con tu madre y está al menos en parte involucrada en todo esto. Podría haber cosas completamente distintas sucediendo a la vez. No tiene por qué estar todo conectado.

Golpeo la pared con la cabeza.

—¡Eso no me hace sentir mejor! Solo quiere decir que tenemos más misterios que resolver. Dioses, pensaba que mi vida era complicada cuando lo único que me preocupaba era conseguir provisiones para mi centro médico e intentar convencer al Consejo de que debíamos concentrarnos menos en entrenamiento de combate y más en la mediación.

—Tu vida *también* era complicada en ese entonces. Este no ha sido un contexto fácil en el que crecer. Tantos secretos. Tanto los que guardamos siendo Vigilantes como los que nuestra condición de Vigilantes nos obliga a guardar.

No puedo creer que mi madre pensara que podía mandarme a un internado. Todos esos adolescentes normales, sin saber cómo es el mundo realmente. Leo comprende mi vida de una manera en la que ninguno de ellos podría hacerlo. Y tiene razón sobre nuestra crianza. No estaba equivocada a los trece años. Realmente me veía por lo que era. Todavía lo hace.

Quiero sujetarle la mano, pero los nervios me detienen.

—Esta puede llegar a ser la razón por la que mi madre está tan en contra de que sea una Cazadora. Conoce la profecía. Y le preocupa que, ahora que soy una Cazadora, esté un paso más cerca de cumplirse.

Leo se mueve para quedar frente a mí. Tiene los ojos tan oscuros que son casi negros. Me doy cuenta de que no ha estado durmiendo bien. El cansancio le acentúa los pómulos y la sombra oscura que le recorre la mandíbula le hace extrañamente vulnerable.

—Athena —dice—. Conozco la oscuridad. Conozco el hambre que mueve al caos. Y tú no tienes nada de eso. Cazadora o no, eres buena y siempre lo has sido.

Se detiene en busca de mi cara, y por un breve y doloroso instante creo que me va a besar.

Después sonríe y la máscara que tan bien sabe llevar vuelve a su lugar. Desaparece en ella. Se está alejando de mí con un mecanismo de defensa que debe haber desarrollado en el tiempo que pasó solo con su madre, convencido de que sus únicos amigos estaban muertos, con miedo de querer a alguien. Así que me sorprende al inclinarse hacia adelante y rozar sus frescos y suaves labios en mi frente.

—Duerme un poco, Cazadora. Soy tu Vigilante. Investigaré y vigilaré y resolveremos esto por la mañana.

Se baja de la cama deslizándose hasta el suelo. Toma la pila de libros que le pedí prestados a Rhys y los apoya sobre el libro que tiene la profecía. Yo estoy recostada de lado, esta vez sin darle la espalda. Mis párpados pierden poco a poco su batalla contra el sueño.

Con los ojos cerrados, todavía puedo verlo.

* * *

Sueño con el incendio.

Pero esta vez no estoy sola. Mientras miro a mi madre salir con Artemis en brazos, atravesando el fuego, siento la presencia de cientos de mentes más.

—Ay, Dios —dice una voz—, esta es la tercera vez que me arrastran. Nadie más sueña como tú. Así que, o traes los elementos para hacer *s'mores* o guardas tu trauma bajo llave. —Me doy la vuelta y veo a una morena preciosa de labios carnosos, grandes ojos castaños y una mirada irónica—. Escucha, niña, ahora ya te encuentras bien. Trata de dejarlo ir.

—Pero… —comienzo a decir, ahogándome con el humo y tosiendo.

Sin embargo, no estoy respirando humo. Ya no.

La chica morena me guiña el ojo.

—Vamos. Soy una experta en esto. Una vez pasé un año entero durmiendo. Pero en ese entonces solo había una Cazadora más con la que contactarme. Y no me gusta espiar a B.

Estira la mano. La sujeto. Ella pega un tirón y…

Nunca he estado en una fiesta como esta. Creo que *jamás* he estado en una fiesta como esta. Las luces brillan, la música suena y a mi alrededor hay chicas bailando en un desenfreno feroz.

—¡Esto es otra cosa! —La chica me guiña el ojo nuevamente—. Vive un poco. Saltaste de la sartén y del fuego. Eres una Cazadora. ¡Disfrútalo!

Se aleja y se une a la multitud bailando.

Me quedo sola, pero no estoy sola. Inhalo la energía que me rodea, la intensa vitalidad de tantas chicas increíbles, fuertes, *enfadadas*. Hay una delgada línea entre una fiesta y una revuelta, y estamos saltando encima de esa línea con fuerza. Echo la cabeza hacia atrás, cierro los ojos, siento el ritmo en lo profundo de mi alma, me está diciendo que me deje llevar.

Pero tengo miedo. No quiero dejarme llevar. ¿Qué pasa si lo hago? ¿Me convertiré en una verdadera Cazadora? ¿Una destructora?

¿Destrozaré el mundo?

Retrocedo y la sala gira alrededor en un remolino de luces hasta desaparecer.

Estoy en la azotea. Sola. Al parecer, aquí es adonde vienen las Cazadoras cuando se sienten tristes y patéticas. Buffy espera, sentada en el borde, mirando la ciudad dormida.

—¡Nunca he querido esto! —grito.

Se da vuelta y alcanzo a ver su perfil.

—Yo tampoco —responde.

—Voy a destrozar el mundo, y ¡es por tu culpa!

Levanta una ceja.

—¿Cómo puede ser por mi culpa?

—Si no fuera una Cazadora, no podría destrozarlo.

—Bueno, si lo destrozas, te detendré.

—¡Te desafío a que lo intentes!

Sacudo la cabeza, confundida por mi propia reacción. No *quiero* destrozar nada. Desearía que alguien me detuviera, llegado el caso. ¿Por qué estoy pensando en esto? ¿Sintiéndome así? La rabia se canaliza en mí, un vórtice milenario de dolor, ira y poder, pero no hay otro lugar hacia donde sacarlo. Yo soy el final. Se acumula en mí, como una represa. Cierro los ojos. Quiero sacármela de encima. Quiero...

* * *

El suave resplandor de un reloj despertador marca las 03:25 a. m. Arroja una tenue luz verde sobre una cama arrugada.

Yo no tengo un reloj con pantalla verde.

Esta no es la cama de Artemis. Es la de Cillian. Mueve la cabeza de un lado a otro gimoteando, como si intentara despertarse.

La oscuridad se une y toma forma sobre él.

* * *

Me siento de un salto, tengo el pulso acelerado. El reloj sobre nuestra mesa de noche —lo números son rojos, no verdes— marca las 03:24 a. m.

—¡Cillian!

Me caigo de la cama de Artemis. Leo no está. Cillian está en peligro de muerte. Ahora no tengo duda de que es un demonio, así que no confío en mí misma para luchar contra él. No me basaré solo en mis habilidades, eso podría poner en riesgo su vida.

—¡Artemis! —grito, saltando por el pasillo mientras me pongo los zapatos y una chaqueta de cuero.

Golpeo a la puerta de Jade.

—¡Artemis, trae armas!

Ella se asoma con los ojos nublados.

—¿Qué pasa?

Rhys sale de su habitación, que está a dos puertas de distancia de la de Jade. Tiene una marca de la almohada en la mejilla y las gafas torcidas.

—¡Cillian está en peligro!

Rhys no vacila. Entra corriendo en su habitación y sale con una espada, dos estacas y un cuchillo. Sujeto una estaca y me la pongo en la cintura del pantalón vaquero. Sé que esta cosa no es un vampiro, pero siento las estacas naturales en mis manos en un modo que otras armas no.

—Vamos.

Él corre por el pasillo. Artemis ni siquiera se pone zapatos. Simplemente corre.

—Buscaré un auto e iré detrás —dice Jade, por una vez en sintonía con lo que está sucediendo.

Yo vuelo hacia la salida del castillo.

—No puedo esperaros —digo al pasar a Artemis y a Rhys.

—No tienes que hacerlo —responde Rhys apuntando hacia el cobertizo donde todavía guardamos algunos cuatriciclos. Está con llave. Pego una patada. La puerta se suelta de sus bisagras y sale volando, y deja ver unos objetos grandes en la oscuridad.

Me adelanto. Puedo oír cuando los motores arrancan y empiezan a seguirme.

—¿A qué nos enfrentamos? —grita Artemis por encima del rugido mientras presiona su cuatriciclo para poder seguirme el ritmo.

—¡No lo sé! —Esquivo una rama y salto un árbol caído. Artemis y Rhys tienen que quedarse en el camino; yo corro por al lado atravesando un terreno más complicado—. ¡He tenido un sueño! El mismo que tuve sobre Bradford Smythe.

Rhys acelera su cuatriciclo. Yo le sigo el ritmo. Por favor, pienso, por favor, *por favor*, que esta sea la noche más vergonzosa de mi vida. Por favor, que solo sea otro ejemplo de que no tengo ni idea de cómo ser una Cazadora, de que mis sueños son el resultado de mi estresada mente yéndose a dormir con pensamientos de conspiraciones demoníacas y profecías de catástrofe. Por favor, que Cillian esté en la cama despierto viendo Eurovisión.

Cuando llegamos a su casa, la puerta de entrada está entreabierta. Esa línea de oscuridad me atraviesa como un cuchillo.

—¡Cillian! —grito.

Rhys y Artemis se bajan de los cuatriciclos de un salto blandiendo armas. Subo las escaleras hacia la habitación de Cillian en una carrera.

—¡Cillian!

Entro de un portazo, tambaleándome en la oscuridad. Está en su cama. Solo.

Y no respira.

—¡No!

Corro a su lado y le busco el pulso. No tiene. Pero su piel está cálida todavía. Inspiro hondo, recordando todo lo que he aprendido. Todo mi entrenamiento. Con cuidado, lo muevo al suelo. Y entonces, empiezo a practicarle RCP.

—¿Nina? —dice Rhys lloriqueando.

—¡Movimiento! —grita Artemis desde abajo—. ¡En la ventana!

Se escucha un estrépito.

En ese momento tengo que elegir. Mi parte Cazadora ya está tensionada para bajar de un salto las escaleras. Para darse a la persecución. Para atrapar y matar al demonio para que no pueda herir a nadie más. Y sé que puedo lograrlo si me voy ya mismo.

Pero Cillian pagaría el precio. Y no puedo dejarlo. No si todavía existe la posibilidad de salvarlo.

Invocando mi voluntad, hago a un lado todos mis instintos de Cazadora, aquieto la feroz velocidad de mi sangre y pongo mis labios sobre los de Cillian. Mis pulmones respiran por ambos. Contengo mi fuerza todo lo que puedo para aplicar presión sobre sus costillas con delicadeza, recordándole a su corazón —su maravilloso corazón— lo que tiene que hacer.

«Por favor», murmuro, y lleno sus pulmones a la fuerza.

El silencio de la habitación es ensordecedor.

Y entonces, *por fin*, la respiración de Cillian responde. Tose violentamente llevándose la mano al pecho.

—¿Qué...? Ay, mis costillas.

—¡Cillian! —Lo abrazo y suelta un grito de dolor—. ¡Lo siento mucho! —Me siento, dándole espacio—. Se te paró el corazón. He tenido que hacerte RCP.

Rhys se arrodilla junto a nosotros y pone la mano de Cillian entre las suyas.

—Estabas muerto —susurra.

—Con razón estoy agotado. Es extenuante estar muerto. —Cillian cierra los ojos y le aprieta la mano a Rhys—. De verdad me gusta estar vivo.

—Es normal después de RCP. —Miro fijamente la alfombra con culpa—. No fue porque tengo mucha fuerza. Fui cuidadosa.

Me agarra de la mano. Rhys me abraza.

—Gracias —me dice temblando.

—Yo... ¡Artemis!

Bajo las escaleras corriendo. La ventana trasera está hecha añicos. Cruzo la puerta y salgo al jardín. Artemis se baja de la cerca de un salto, con la espada colgando a su lado.

—Lo he perdido —dice.

—O sea que *había* un demonio. —No es mi intención estar aliviada, es una noticia terrible, pero quiere decir que mis instintos estaban en lo correcto nuevamente.

—Sí. Y podríamos haberlo atrapado si no hubiese tenido que hacerlo sola.

Me estremezco ante la dureza de su voz.

—Cillian estaba *muerto*, Artemis. Muerto. Y si no me hubiese quedado con él, se habría quedado así.

Tira la espada a mis pies.

—No fue la decisión correcta. Ahora el demonio está suelto y obviamente nos conoce. Te conoce.

—¿Cómo puedes pensar que salvar a Cillian no ha sido la decisión correcta?

—Porque no eres una Vigilante. No eres una enfermera ni una médica. Eres una *Cazadora*. Y si no descifras pronto cómo tomar decisiones difíciles, fracasarás como lo hice yo. Con la diferencia de que la única consecuencia de mi fracaso fue que me fastidió la vida: ¿El tuyo? Significa que ahora hay un demonio suelto. Tus fracasos se traducen en gente muerta.

Niego con la cabeza, confundida y dolida.

—¿A qué te refieres con fracasar como tú?

Artemis se cruza de brazos.

—El examen de Vigilante. La razón por la cual soy la chica de los mandados del castillo en lugar de una Vigilante en formación plena, como debería haber sido.

—Nunca me lo contaste.

—¡Porque no quería que lo supieras! —Camina en un círculo cerrado alrededor de la espada que está en el suelo—. Nos hechizaban. Pero parecía real. Estaba convencida de que todo eso estaba sucediendo. Y tuve que elegir. Elegir entre salvar al mundo... o salvarte a ti. Y te elegí a ti. —Hace una pausa; sus hombros, siempre erguidos, se encorvan—. Te elegí porque, ¿cómo podía no hacerlo? Vi tu cara cuando mamá me agarró a mí en tu lugar. Jamás soportaría ver eso otra vez. Y ¿cómo podían dejarme ser Vigilante sabiendo que, ante la decisión más difícil e imposible, en la que solo una respuesta era la correcta, elegía la egoísta?

Estoy muy conmovida de que me haya elegido y muy horrorizada de que haya tenido que hacerlo. Y tan enfadada de la que la hayan hecho pasar por eso, que elegir a su familia significara perder el futuro que debería haber tenido.

Me acerco a ella.

—Artemis, yo...

Ella aparta mi mano y se seca los ojos. Me alegra que esté oscuro. Nunca la he visto llorar y ahora sé que no quiere que la vea.

—Ya no puedo protegerte. No necesitas que lo haga. Y después de todo lo que he hecho, todo lo que les he dado a los Vigilantes; nunca fui lo suficientemente buena, jamás. No soy una Vigilante y no soy una Cazadora. Soy demasiado egoísta.

—No fue egoísta de tu parte, Artemis. Me quieres. Yo te quiero. Yo te elegiría a ti.

—¿No lo entiendes? ¡No puedes! Si eliges a la gente que quieres en lugar de a todo lo demás, morirá más gente. Y probablemente tú también. ¡Tienes que ser una mejor Cazadora! ¡Tienes que ser la mejor!

—¡Tú ni siquiera querías que fuera una Cazadora!

Artemis sacude la cabeza.

—Sin embargo, no puedes renunciar. Y yo no puedo detener lo que sea que está viniendo a por ti. No soy lo suficientemente fuerte. Te elegí por encima del mundo y estoy aterrada de que igual tendré que verte morir. Las Cazadoras *mueren*, Nina, te perderé.

Se apoya sobre la cerca, sollozando. Corro hacia ella y la abrazo.

—No. No me perderás.

Toda su ira, todo su autoritarismo, sus cambios extraños entre fingir que no soy una Cazadora y exigirme que lo sea. Todo este tiempo ha estado aterrada. No sé qué decir.

—Prométemelo —dice, todavía temblando—. No me importa el mundo. Solo prométeme que dada la situación que tengas que elegir entre salvar a alguien más o salvarte *a ti misma*, te salvarás a ti. Por favor.

—Artemis... yo

—¡Promételo! —grita, ya sin llorar.

—Lo prometo —susurro.

Asiente secándose las lágrimas.

—Bueno. Bien. Volveré al castillo para asegurarme de que están todos a salvo.

Levanta su espada. Después corre, salta la cerca y desparece por la noche.

Aturdida, vuelvo a entrar en la casa. Rhys cambió a Cillian de lugar, lo llevó hasta el sillón de abajo.

—¿Cómo estás? —pregunto.

—Dolorido. Pero vivo.

Me sonríe, tiene los ojos entrecerrados por el sueño. Tienen cierta tensión alrededor que no estaba antes y me rompe el corazón.

—¿Quieres hablar?

—En realidad, no.

Nunca habla conmigo de las cosas reales, de las cosas aterradoras. Espero que hable con Rhys sobre eso. Todos necesitamos alguien a quien contarle las cosas reales. Artemis era esa persona para mí.

Y nadie era la suya. Honora, quizás.

—¿Alguna señal del demonio? —pregunta Rhys.

—No.

—¿Por qué iba a ir tras Cillian? Hay todo un pueblo en el que elegir. ¿Fue Doug?

—No. No lo creo.

Cillian expresa que está de acuerdo asintiendo.

—No lo sentí igual. Su efecto era mucho más placentero. Pero nunca estuve consciente en esta situación. Había un sueño del que no podía despertar. Un peso horrible sobre mi pecho. Además, estoy casi seguro de que el demonio estaba, *emm*, interesado en acercarse a mí de una forma personal y romántica.

—¿Qué? —exclamamos Rhys y yo al unísono.

—¡No sucedió nada físico! Solo había como un... aire en todo eso. Le hubiera dicho al demonio que no era mi tipo, pero estaba petrificado. Realmente no es mi idea de pasar un buen rato.

Hago una mueca.

—Me había olvidado de esa parte del primer sueño. El viejo Smythe parecía estar muy interesado.

—¿Lo olvidaste, o lo reprimiste a propósito? —pregunta Cillian.

—Definitivamente, la segunda opción.

—Súcubo —dice Rhys.

Cillian está confundido.

—Un demonio súcubo. Te ataca mientras duermes. Te chupa la energía. Los demonios de tipo íncubo también. Encaja. Lo investigaré.

Observa a Cillian, preocupado. Investigar implica que volverá al castillo.

—Yo me ocuparé de la investigación —digo. Rhys sonríe aliviado y agradecido. Me vuelvo para mirar a Cillian—. Sabemos que eres un objetivo. Tenemos que averiguar por qué.

Si no fue Doug, ¿qué otro demonio hubiera ido tras Cillian? Su única conexión con el castillo y con Cosmina... soy yo. Ay, dioses. ¿Acaso el demonio fue tras Cillian porque es mi amigo? ¿O porque sabe que soy una Cazadora? ¿Todo esto es por mi culpa?

Cillian sacude la cabeza.

—Quizás soy irresistible para todos, humanos y demonios por igual.

—De todas formas, no te dejaremos solo. Te diría que lo llevaras al castillo, pero el demonio ya atacó allí.

Rhys se sienta en el sillón que está en el rincón. Tiene una daga muy afilada en sus manos.

—Si esta cosa solo ataca cuando la gente duerme, eso me hace pensar que no es tan fuerte. —Su sonrisa es tan amenazante como la daga. A veces olvido que Rhys tuvo que aprobar *muchos* exámenes para alcanzar la posición de Vigilante; no todos eran puramente intelectuales—. No me iré a ningún lado. Y el demonio está invitado a volver a intentarlo.

La expresión de Cillian está desaliñada por el cansancio, pero parece más feliz de lo que yo me he sentido en toda mi vida. Esto es culpa mía. Fui yo quien involucró a Cillian, quien lo involucró en nuestros secretos. Y si mi sospecha es correcta, soy la razón por la que él fue el objetivo.

—Bueno. —Beso a Cillian en la frente—. Descansa. No podrías estar en mejores manos.

Salgo caminando hacia la noche.

Artemis tiene razón. Es hora de tomar decisiones difíciles. Es hora de ser una Cazadora. Pero para poder hacer eso, necesito toda la información. Y parte de esa información no está en la biblioteca.

Es hora de enfrentarme a mi madre.

CAPÍTULO
28

Primero me dirijo al dormitorio de mi madre. Son las cuatro de la madrugada. Tenía la esperanza de que estuviese aquí. Que estuviese esperando, llena de explicaciones perfectas que harían que todo estuviese bien.

Su habitación está vacía.

Encuentro a Artemis en el gimnasio. Está golpeando un saco de boxeo, con toda la fuerza que su cuerpo puede producir.

—Ey —digo.

—Ey —responde—. Rastreé. Nada fuera de lo normal. Consideré el confinamiento de emergencia, pero no veo cómo nos ayudaría si el demonio ya ha entrado al castillo una vez sin que lo supiésemos.

—Está bien —afirmo—. Escucha. Antes vi a mamá con Doug en el bosque. Tengo que hablar con ella. Sabe algo, estoy segura. Quizás incluso sepa qué demonio hizo esto y por qué. Quizás... quizás ella lo trajo aquí.

—¿Por qué haría eso? —Artemis no me está desafiando.

Está preguntando, genuinamente desconcertada.

Sé por qué. Creo. Si nuestra madre pasó el mismo examen que Artemis suspendió, significa que ella *estaba* dispuesta a hacer lo que hiciese

342 • LA ÚLTIMA CAZADORA

falta para salvar el mundo. Es decir que, sea lo que sea en lo que está involucrada, piensa que es en defensa del mundo. Probablemente por la
profecía.

Por mí.

Sé qué elección haría Artemis. Me elegiría a mí. Ya lo ha probado.
A lo mejor es por eso que nuestra madre quería separarnos. Y quería
enviarme lejos pero no a Artemis. Y la salvó a ella primero, y después
volvió por mí.

Si es verdad, y algún día destruiré el mundo, espero que Artemis
no me elija. Espero que elija al mundo. Espero, más que nada, que
algún día ella tenga una vida en la que pueda elegirse a sí misma primero.

—No sé por qué lo haría —miento—. Pero está metida en esto
de alguna manera. No tengo certeza en los detalles. Pero los averiguaré.

—Genial. —Artemis vuelve a pegarle al saco—. ¿Cómo?

—La traeré aquí. A Eve. Me parece que Ruth Zabuto o Wanda
Wyndam-Pryce no están al tanto de nada, pero Eve es nuestra mejor
apuesta. Con suerte, todo es un gran malentendido.

—Un malentendido que terminó con un Vigilante y una Cazadora
muertos, y casi mata a un inocente. Claro. —Artemis le da un golpe
brutal al saco. Luego otro. Y otro. Me duelen los nudillos por empatía—. Si mamá trajo al demonio aquí, ella es responsable de esto.

—No ha sido culpa tuya —le digo.

—¿Qué no ha sido culpa mía?

—No fue tu culpa que te salvase primero. No tienes que sentirte
culpable y no tienes que sacrificar todo por protegerme. Me haré cargo de esto. Te lo debo.

Hace una pausa, sus brazos alrededor del saco de boxeo. Ahora
parece que está manteniéndola en pie. Pero aún no dice nada. Desearía que lo hiciese, pero no se trata de mí.

—Entonces, voy en busca de mamá. ¿Buscarías a Eve y le harías saber que necesitamos hablar?

Artemis asiente, muda.

Salgo del castillo arrastrando los pies. Siento que tengo cien años. Realmente no pienso que mi madre sea capaz de mandar a matar personas. Pero sí sé que es capaz de esconder la verdad y de mentirles a los que se supone debería amar. Espero que esto sea un error. Y espero que podamos arreglarlo, al menos en parte.

Aunque todavía está oscuro, no me cuesta mucho encontrar el camino al cementerio. La fogata parpadea entre los árboles a medida que me acerco, mucho más pequeña que antes. No escondo mis pisadas. Quiero que me oigan llegar.

Pero cuando llego al campamento, nada es como esperaba. Algunas ramas han sido pisoteadas lejos de la fogata y están ardiendo y chispeando. Las pisoteo, con el corazón acelerado. Tengo una estaca en la mano. No me acuerdo de haberla tomado, pero me parece esencial.

Todo está desordenado. La tienda está torcida. La novela de Doug yace desolada en el suelo, el trágico romance de tinta y papel, abandonado. Su amada camiseta de Coldplay está rota y arrugada a un lado. Y Doug no está por ninguna parte. Me tropiezo con una inesperada depresión en el suelo. Me inclino y la luz del fuego revela huellas de neumáticos profundas. Alguien ha estado aquí.

Doy tres pasos para revisar el resto del campamento, y entonces me caigo sobre algo mucho más grande que las huellas de los neumáticos.

Un cuerpo.

Aterrizo con fuerza y me golpeo la rodilla contra una piedra. Después aparto las piernas. No quiero ver. No quiero saber.

El cuerpo se mueve y gime. Suelto un grito de alivio. Me arrastro hasta llegar al lado de mi madre y ella se vuelve. Hay un hilo de sangre donde alguien ha golpeado su cabeza. Tiene los ojos abiertos, se mueven salvajemente antes de concentrarse en mí.

—¿Nina?

—¿Qué ha pasado? ¿Por qué ha hecho esto Doug?

Mi madre se tensa.

—¿Doug? ¿Dónde está Doug?

—¡No lo sé! Se ha ido.

Se sienta, balanceándose peligrosamente hasta que recupera su sentido del equilibro.

—Se lo han llevado.

—¿Alguien se ha llevado a Doug?

Frunce el ceño con impaciencia.

—Sí. Me atacaron y se llevaron a Doug. ¿Qué creíste que había sucedido?

—¡Pensé que Doug te había atacado!

—Doug no me haría daño. No le haría daño a nadie. —Se levanta inestable. Le ofrezco una mano y ella la toma. Y entonces recuerdo que vine aquí a confrontarla. Esto no cambia nada.

—Debes responder mis preguntas.

—No tenemos tiempo para eso. Fueron Honora y ese gusano de Sean.

—¿Conoces a Honora y a Sean?

—Por supuesto que los conozco. Es mi trabajo saber cosas.

Sacudo la cabeza.

—Esto no se trata de Doug. O sí. ¡No lo sé! Pero tienes que decirme la verdad: ¿trajiste otro demonio a Shancoom? ¿Además de Doug? Uno ha atacado a Cillian.

—¿Un demonio ha atacado a Cillian?

—¡Sí! Y Cosmina estaba muerta cuando fuimos a verla.

Esta vez, mi madre se balancea y se tropieza, cae sentada sobre los bancos conmemorativos de piedra cubiertos de musgo.

—¿Está muerta?

—No lo sabías, entonces. —El cuerpo se me ablanda por el alivio y me hundo en el banco de al lado.

Sacude la cabeza. Está pálida y no creo que sea por la herida de la cabeza.

—Oh, esa pobre chica. Debería haberme puesto en contacto antes.

—¡Dime qué está sucediendo!

La cara de mi madre vuelve a su forma usual. Firme. Distante.

—Esto no se trata de ti.

Sus palabras duelen. Actúa como si yo estuviese siendo egoísta o inmadura. Pero sé lo que escuché antes, cuando estaba espiando. Sé de la profecía.

—¡Se trata absolutamente de mí!

—Las vidas de personas inocentes están en juego. No puedo dejarlos tener a Doug de nuevo.

—¿Por qué estás ayudándolo?

—¿Por qué lo ayudaste *tú*?

Hago una pausa, atrapada.

—Porque parecía necesitarla.

Me mira a los ojos, algo que no ha hecho casi nunca en todos estos años.

—Tenías razón. Y necesita ayuda ahora más que nunca. Si no llego pronto a él, lo trasladarán a otra localización y nunca volveré a encontrarlo.

Mantengo su mirada, admirada por sus palabras: «Tenías razón». Pero ¿está manipulándome? ¿Cómo puedo confiar en ella?

—Cuéntame qué sucedió con los otros, entonces. ¿Qué mató a Cosmina y a Bradford? ¿Qué atacó a Cillian? Porque el factor en común sois Doug y tú.

La ira se adueña de su cara, pero es rápidamente reemplazada por algo que parece... ¿dolor?

—¿Piensas que le haría daño a Cillian? ¿A Bradford? ¿A la pobre Cosmina? ¿Por qué haría eso?

—¡Porque odias a las Cazadoras!

Se echa hacia atrás como si le hubiese dado una bofetada.

—No odio a las Cazadoras.

—Por supuesto que sí. Buffy hizo que papá muriese. Tu madre era una Cazadora y te dejó sola. E hiciste todo lo que estaba en tu poder para evitar que yo fuese una Cazadora. No quieres que lo sea.

—¿Por qué querría eso para ti? —Estira su mano como si quisiera sujetar la mía. Pero tiro mi mano hacia atrás y sujeto el puño de la estaca, con miedo a dejarla. Si lo hago, puede que me rompa. Puede que acepte cualquier cosa que me dé, solo porque realmente la quiero. Su mano permanece en el aire, sola.

»Tu padre no quería elegir la misión con Buffy. Yo le dije que lo hiciera. Porque era muy joven. Una niña. Sabía que algún día esa podías ser tú, y yo hubiera querido que el mejor Vigilante te cuidase. Que te protegiese. —Se rompe y trago saliva. Abro la boca para responderle, para decirle que ella me podría haber protegido al prepararme. Pero mi madre levanta la mano—. Espera, tengo que decir esto. Tienes que saberlo. No odio a Buffy. Nunca la odié. Y lamento si pensaste que te odio por ser Cazadora. Lamento no haber aprendido cómo hablar contigo. La maternidad no es una habilidad que todos las Vigilantes prioricen. Lo intenté. Lo intenté tanto—. Su voz se rompe, y por un momento la madre soñada, la Madre de las Galletas, casi aparece. Pero su voz vuelve a endurecerse—: Cuando se hizo evidente que no podría protegerte, hice lo mismo que hizo mi madre. Te di a los Vigilantes. Intenté mantenerte escudada, protegida. —Pausa—. Lo siento. Tomé la decisión incorrecta. Tanto para ti como para Artemis. —Se pone de pie. Ya parece sentirse más fuerte.

—¿Y el incendio en nuestra casa? —pregunto, mientras el humo de la fogata me hace llorar y la garganta se me cierra—. ¿Por qué me dejaste? —Nunca había formulado esa pregunta, pero ahora que está aquí fuera hay una carga entre nosotras.

Tiene una sonrisa que es incluso más triste que las lágrimas en su cara.

—Eras una Potencial. Sabía que podías sobrevivir más tiempo. La magia no era lo suficientemente fuerte como para que escudase a más de una a la vez. Me llevé a Artemis primero porque era la única forma en la que podía salvarlas a ambas.

Sus palabras me golpean como un yunque contra el pecho.

Yo era la fuerte. Por eso me dejó atrás. No porque me odiara o porque quisiera a Artemis más que a mí. Porque era la única forma de que Artemis viviera. Nunca lo supe, ella nunca lo supo, pero yo estaba protegiéndola a *ella*.

—Deberías habérnoslo contado —susurro.

—No podía. No sin explicarte por qué eras más fuerte. Lo siento, siento mucho si pensaste... pero ya no importa. Tengo que irme, porque no puedo quedarme aquí y dejar que destruyan a otro inocente bajo mi guardia. Ya he hecho eso muchas veces en mi vida. —Se gira y se apresura hacia la oscuridad. Espero, asombrada, hasta que escucho un motor a la distancia. El bramido se desvanece.

Y entonces ella se ha ido.

* * *

La caminata de regreso al castillo es mucho más larga esta vez. Todo lo que pensé que sabía ha desaparecido. ¿Podría una mujer que arriesga su propia vida para salvar a un demonio de la tortura y el cautiverio hacer algo que pusiese en peligro a un castillo lleno de gente que le importa?

¿Quién es mi madre?

Artemis estará esperando dentro con Eve. Quiero decirle a Artemis que no es su culpa que mi madre la haya elegido a ella primero. No tiene que volver a sentirse culpable, jamás. No quiero contarle que Honora atacó a nuestra madre y se llevó a Doug. O quizás sí. No puedo decidirme cuál de las dos opciones es mejor.

Da igual, la presencia de Honora y de Sean en el bosque es profundamente sospechosa. Los sitúa por aquí cuando Cillian fue atacado. Sean tenía una vendetta en contra de Cosmina, y ella murió. Cillian ocultó a Doug de Sean, y lo atacaron. A lo mejor Sean pensó que Bradford era el que estaba intentando ayudar a Doug. Y Bradford murió la mañana en la que Honora regresó.

A Artemis no le gustará, pero debemos investigarlo. Con todos los demonios que Sean tiene a su disposición, seguramente un súcubo no está fuera de cuestión. Le prometí a Rhys que investigaría, pero un viaje a Dublín es una mejor estrategia. Esta vez no me iré sin respuestas.

Leo me espera en el límite del terreno del castillo. En la oscuridad, su voz es brillante.

—Te estaba buscando.

—Oh, dioses, tengo mucho sobre lo que ponerte al corriente.

Leo sujeta mi codo, me da vuelta en dirección al bosque, hacia el camino a Shancoom.

—¡Genial! Vamos por aquí. —Me lleva como una hoja en una corriente, sus dedos ejercen una suave presión para guiarme.

—¿Tu madre ya está buscando a la mía? Porque estaba equivocada. Sobre todo. Necesitamos ir a Dublín.

—Hay mucho de lo que tenemos que hablar. Por aquí.

—No, necesito un coche.

Tira de mi codo, luego se detiene cuando no respondo.

—Athena. Puede esperar. El mundo no va a acabar. Caminemos un poco. ¿Por favor?

El cielo, un poco antes del amanecer, se va magullando lentamente con la promesa del sol. No puedo distinguir la expresión de Leo, pero su voz suena tensa. Mi teléfono vibra con un mensaje de texto de Cillian.

—Qué raro —comento, guardando mi teléfono de nuevo en el bolsillo.

—¿Qué?

—Cillian quiere que vaya a su casa a ver Eurovisión. Un pedido raro teniendo en cuenta que estaba técnicamente muerto hace un par de horas. —Hago una pausa—. Ah, no sabes de qué. Un demonio lo ha atacado. Creo que es el mismo que mató a Bradford y a Cosmina. Nuestra teoría es que se trata de un súcubo. ¿Piensas que el mensaje está cifrado? ¿Necesita ayuda, pero no puede decirlo? No, nunca usaría Eurovisión a la ligera. —Mi teléfono vuelve a vibrar.

Todo está bien. Deja las responsabilidades y ven. Rhys también quiere que vengas.

Estoy algo ocupada, respondo.

Deja de estar ocupada. O estate ocupada aquí.

Estoy con Leo.

¡Perfecto! Tráelo.

Cillian está con Rhys, que lo cuidará. No me necesitan. Y Leo no está del todo en lo cierto... El mundo *puede* acabar. Lo intenta con demasiada frecuencia. Uno de estos días, podría ser yo quien estuviese detrás de eso.

Leo sigue mirando por encima de su hombro, como si estuviese esperando a alguien más.

—Vamos a lo de Cillian, entonces. Para ver cómo está. Podemos ir caminando.

—No, Rhys está con él, Cillian está a salvo. Tenemos problemas mayores. Sean y Honora atacaron a mi madre y se han llevado a Doug de vuelta a Dublín. Mi madre está yendo tras ellos. Yo también. Puedes contárselo al Consejo. A lo que queda de él, al menos. —Me giro hacia el castillo de vuelta.

—¡No! —Leo danza alrededor mío, bloqueándome—. Vayamos a hablar con Rhys y con Cillian. —Vuelve a mirar por encima de su hombro.

—¿Viene alguien más?

—Nop. Vamos.

—¿Por qué no estás escuchándome? —Duele. Leo es la persona que me ha escuchado todo este tiempo, sin excepción—. Sean y Honora estaban aquí cuando atacaron a Cillian. Bradford murió la mañana en la que Honora regresó y estaba distrayéndonos. Cosmina fastidió la pelea en el foso de Sean. Tengo que confrontarlos.

—No. —Leo es vehemente—. No es tu problema.

¡Ahora suena como Artemis! Lo fulmino con la mirada.

—Ey, definitivamente lo es. Es mi responsabilidad proteger a los Vigilantes.

—No es tu responsabilidad, de verdad. —Leo jadea con frustración—. No te necesitan.

Retrocedo y cruzo los brazos. El ardor de sus palabras se ha transformado en un corte profundo.

Se apresura en continuar:

—Además, tienes toda tu vida por delante. Es difícil verlo, porque has estado en pausa durante mucho tiempo. Lo entiendo. —Inclina la cabeza un poco hacia atrás—. Dios, entiendo lo que es ser dos cosas en una, y a la vez no ser ninguna del todo. —Extiende las manos y sujeta las mías, fija sus ojos en los míos—. Te estás esforzando mucho para demostrar que tienes un lugar aquí. Pero no es necesario, por favor. Déjame arreglar todo esto por ti. Déjame redimirme de esa forma. Juré protegerte.

Sus dedos fríos se deslizan entre los míos y respira bruscamente. Sus oscuros ojos se alejan de lo que los distrae. Queman ahora, como los carbones reavivados. Y después, antes de poder darme cuenta de lo que está pasando, me besa.

Es como el primer impacto al sumergirse en una piscina fresca en un día de verano: arriesgado y delicioso. Se queda quieto, sus labios sobre mi labio inferior.

—Corre —susurra—. Ahora mismo.

Me alejo, sorprendida. Soñé despierta con ese momento más veces de las que puedo contar cuando tenía trece. Y, si soy sincera, quizás algunas veces desde que Leo volvió. Me río, pero cuando abre los ojos, él no está riendo.

—Acompaña a Cillian y a Rhys. Subíos al coche de Cillian y huid. Nunca miréis hacia atrás.

—¿Y qué hacemos?

—Lo que sea.

¿Por qué todos quieren que me vaya? La emoción del beso se ha convertido de nuevo en dolor por sus palabras.

—Este es mi hogar, Leo. Además, ¿vas a huir conmigo?

—No puedo —dice—. Tengo que…

—Exactamente. Todos tenemos cosas que hacer. Yo también soy parte de esto.

—Pero no *deberías* serlo.

Me estremezco. Incluso mi yo Vigilante piensa que no puedo ser Cazadora. Pensé que él era la única persona que me veía realmente. Quizás lo es. Y esa es su conclusión: que debería dejarlo a cargo de las personas que están capacitadas. Los que importan.

Desenrosco mis dedos de los suyos.

El amanecer está aquí. Ese umbral entre la noche y el día se ha roto, y con ello, mi sueño renacido de estar con Leo. El negro de los árboles sobre nuestras cabezas se está desvaneciendo lentamente para revelar un naranja y un pardo. Pronto el bosque se despertará en un saludo nítido a las estaciones cambiantes. Los árboles, retorcidos y ancestrales, crecerán cada vez más juntos sobre la alfombra de los helechos.

Es fácil perderse aquí. Y es fácil esconderse. Ya no me seguiré escondiendo. Leo suspira, su cara se desmorona. Saca un teléfono.

—Cambio de planes —dice por él—. Encuéntrame en el extremo sur de Shancoom. —Me muevo a su alrededor. Él extiende su brazo y levanta un dedo para hacer un gesto que es el símbolo universal de *espera un segundo*—. Sí. La llevaré. —Guarda el teléfono en el bolsillo, luego me dedica una sonrisa apretada—. Necesito que vengas conmigo.

Retrocedo un paso.

Él avanza un paso.

—Te lo explicaré una vez que lleguemos allí. Pero debemos irnos. Ya.

Retrocedo otro paso. Mi mente da vueltas, y llega a cosas que no quiero considerar.

—¿Dónde estabas esta mañana? Dijiste que te quedarías en mi cuarto. Y después no estabas.

—Otra cosa que te explicaré. Confía en mí. —Extiende su mano. Quiero tomarla. Más que nada. Quiero besarlo de nuevo, perderme en un beso. Deleitarme en el milagro de que Leo Silvera me quiere. Quiero caminar de la mano por el bosque, ir a pasar el rato con Rhys y Cillian, delegar todo este problema en Wanda, Ruth y Eve.

Pero no puedo. Tengo que ser una Cazadora. No puedo acudir al Consejo, no puedo esperar a que la burocracia revuelva la vida lentamente y examine qué está pasando. Tengo que *actuar*.

Al final estoy de acuerdo con que Buffy se diera por vencida con respecto a nosotros. Somos un desastre. No podemos hacernos cargo ni siquiera de nuestros propios rangos, mucho menos de alguien más. La juzgué porque solo podía ver mi lado de las cosas.

Es distinto cuando eres quien tiene el poder. Las elecciones son mucho más difíciles y mucho más importantes. ¿Qué haría Buffy? Cargaría fuerzas y descifraría todo esto con puños y pura fuerza de voluntad. Si la gente no creyese en ella, los *haría* creer. Y no se detendría hasta haber golpeado a todos los que amenazasen a sus seres amados.

Buffy no está aquí ahora. Pero yo sí. Soy la última Cazadora.

Los Vigilantes entendieron todo mal. Pensaban que las Cazadoras necesitaban que les dijesen qué hacer. Que las mantuviesen fuera de problemas. Pero ellas pertenecen a los *problemas*. Me acerco a ese charco de ira. El canal de furia que termina en mí. Es una fuerza destructiva, pero también es una herramienta poderosa. La usaré para llegar al fondo de esto. Para salvar a las personas que *yo* quiero.

Pienso en la Cazadora que se sacrificó por su pueblo. Mi abuela, que murió pero salvó a su hija.

Buffy, que murió para salvar al mundo —¡dos veces!— y fue tan persistente que volvió y lo salvó incluso una vez más. No creo que haya sido egoísta o impulsiva. Creo que estaba haciendo lo mejor que podía en mitad de un total y absoluto caos. Los Vigilantes intentan tener el control, intentan predecir. Pero al final, nosotras, las Cazadoras, tenemos que aprender que todo lo que se puede hacer es reaccionar y esperar ganar.

Todo este tiempo he estado atormentada por la agitación de lo que significa ser una Cazadora. Pero una cosa está clara para mí ahora, sin duda: *quiero* esto. Puedo hacerlo. Estoy orgullosa de lo que soy.

Y estoy lista.

—Lo siento, Leo. Tengo que terminar con todo esto. —Cambio el ángulo para ir a casa.

—¡Maldita sea! —murmura. Después me sujeta, me gira hacia arriba, me tira sobre su hombro y empieza a correr a través del bosque.

CAPÍTULO
29

—¿Qué estás haciendo? —Reboto con cada paso de Leo.

—Por favor, baja la voz. No quiero llamar la atención.

—Pero ¡yo sí!

Mi mente rebota tanto como mi cuerpo. No estaba en mi habitación esta mañana cuando atacaron a Cillian. Leo mismo señaló que todo comenzó a irse al demonio cuando él y su madre regresaron. ¿Estaba tomándome el pelo? ¿Diciéndome la verdad sabiendo que no me daría cuenta? Quizás el origen de todo este caos y muertes está mucho más cerca de mí. En este caso, tan cerca que mi mentón golpea su espalda baja a cada paso.

Leo salta un tronco caído. Uso el impulso para balancearme hacia arriba y aferrarme a una rama. La sujeto con todas mis fuerzas y el movimiento hacia adelante hace que me pueda soltar. Me subo al árbol hasta donde no puede alcanzarme. Miro hacia abajo, esperando ira, pero solo veo pánico.

—¡Por favor! —me suplica—. ¡No tenemos mucho tiempo!

—¡No!

Subo más alto.

—Te prometo que te lo explicaré, pero *tenemos* que apresurarnos.

Se pasa las manos por el pelo, como a punto de arrancárselo.

Echo un vistazo al próximo árbol. Puedo lograrlo. Salto, me balanceo en una rama y me lanzo por el aire. Me estrello contra el tronco, pero aguanto. Me lluveen hojas rojas y escombros.

La desesperación de Leo se convierte en determinación. Agacha la cabeza y corre directo hacia mi árbol y lo embiste. Se libera del suelo de un tirón, con las raíces desgarradas y una tremenda caída. Estoy atrapada en un revoltijo de ramas; el olor de la tierra y la savia es abrumador.

Lucho para liberarme. Soy fuerte, pero no creo que pueda derribar a uno de estos viejos gigantes de un golpe. Si mi fuerza es sobrehumana, la de Leo es… inhumana.

Todas las horas que pasé espiándolo mientras entrenaba con Rhys. Sus movimientos eran siempre tan cuidadosos. Tan precisos. Pensé que era porque era bueno, pero ¿qué tal si estaba escondiendo lo *bueno* que era?

Leo me tiene bloqueada con el árbol.

—Lo siento mucho. Pero tú vienes conmigo.

¿Cómo puede estar pasando esto? Leo es un Vigilante de toda la vida, hijo de una madre Vigilante. Y su padre…

Su padre murió antes de que Leo naciera. En realidad, nunca supe nada de él. Los padres muertos no son excepcionales en nuestra comunidad, pero sospecho que el padre de Leo fue particularmente excepcional de la peor manera posible.

—Dejemos de decir que lo sentimos tanto —digo—. Pero siento mucho esto.

Empujo el árbol con los pies, salto por los aires aire y le doy una patada en el pecho con ambos pies.

Es como golpear una montaña. Reboto y aterrizo con fuerza en el suelo.

—Ay —llorisqueo.

Leo me levanta. Me pone de pie y deja las manos sobre mis hombros.

—¿Alguna herida?

—*¿Qué eres?*

Sé con una certeza desesperante y aterradora que mi patada habría mandado a volar a cualquier humano.

—¿Cómo es que sigues de pie?

Su sonrisa es tan triste y vacía como un adiós.

—Desafío la gravedad. Rhys te lo explicará. Tenemos que...

Me libero de sus manos retorciéndome y paso a su lado corriendo. Uno de mis tobillos está dolorido por el impacto contra su pecho, pero corro tan rápido como puedo. Sé a dónde voy. He estado allí suficientes veces en las últimas horas como para saber el camino de memoria. Todavía tengo mi estaca, pero no puedo imaginar clavársela en el pecho a Leo.

Buffy una vez tuvo que clavarle una espada en el corazón a uno de sus novios. *Ay, Buffy. Eres más fuerte que yo.* Pero tengo una idea.

Me detengo en el campamento de Doug, deslizándome, y engancho la camiseta rota de Coldplay justo cuando Leo me agarra.

Me balancea y me coloca alrededor de sus hombros, así quedo mirando en la misma dirección que él; mi cuerpo doblado alrededor de su espalda alta. Me inmoviliza un brazo alrededor de las rodillas y el otro alrededor del cuello. Me mira a la cara.

Y le meto la camiseta empapada con líquido demoníaco psicotrópico de Doug en la boca.

Leo se tambalea hacia atrás. Sacude la cabeza y luego me aparta para poder quitarse la camiseta.

—¿Qué hi...?

La tensión de su cuerpo se desvanece. Su expresión se vuelve dulce y abierta de felicidad. Demuestra *exactamente* lo cuidadosas que han sido siempre sus expresiones. Incluso cuando me sonreía con lo que yo pensaba que era sinceridad, se estaba conteniendo. Había estado viendo a Leo a través de una pantalla minuciosamente construida.

¿Y ahora?

—Eres tan guapa.

Se agacha y me agarra de las manos para ayudarme a ponerme de pie. Después me aparta suavemente el pelo de la cara y deja que sus dedos se queden allí.

—Cuando volví y te vi de nuevo por primera vez, fue como... fue como magia. Toda la magia que había desaparecido se había ido directa a ti.

Es incluso peor que si me golpeara. *Duele.*

—Me habría gustado saber eso *antes* de que intentaras secuestrarme.

—Ay, es verdad. —Leo intenta fruncir el ceño. Su cara lucha consigo mismo antes de volver a su sonrisa con hoyuelos. No sabía que sus hoyuelos eran tan profundos. Otro detalle que me habría encantado antes de sospechar que es malvado—. Rhys nos está esperando. Deberíamos irnos. Será divertido. Iré contigo. Yo también debería huir. Ya no quiero ser yo.

Sonríe dejando que un rayo de sol que se cuela entre los frondosos árboles ilumine un mechón de mi cabello.

—No puedo creer que exista un color como este en los humanos. Parece magia. Todo en ti parece magia. Eres demasiado buena para ser Vigilante. Ellos le hacen daño a la gente. Tú no lastimas a nadie. —Me acaricia el pelo—. Magia.

Llevo a Leo hasta el banco y lo empujo para que se siente.

—Explícate.

Se ríe.

—No importa. Nada de eso importa. Lo único que importa es que somos nosotros. Seamos felices.

Se levanta e intenta besarme.

Pongo la mano en su pecho y lo empujo con delicadeza para que se vuelva a sentar.

—No, señor. Y no solo porque creo que no eres humano y quizás también seas un asesino. Ay dioses, por favor, no seas un asesino. Pero también porque estás súper drogado y sería aprovecharme de ti. ¿Por qué me quisiste secuestrar? ¿Y qué eres?

Leo se ríe. Es adorable y horrible e inútil. Por desgracia, la droga demoníaca no le ha soltado la lengua, solo su felicidad.

Intento cambiar de táctica.

—Rhys y Cillian están a salvo, ¿verdad? ¿No les hiciste daño después de que me fuera?

—Nunca lo haría. Yo no lastimo a nadie. Incluso cuando tengo hambre.

—¿Qué? ¿Comes gente?

—No es así. Además, me gustan Rhys y Cillian. Son agradables. Pero no tan agradables como tú.

Por favor, que esté lo suficientemente drogado como para estar diciendo la verdad. Ya me siento mal, destrozada por el hecho de que me ha estado mintiendo toda la vida. No puedo creer que haya escogido a alguien peor que Artemis. Un momento, ¿he elegido a alguien peor que *Buffy*?

Tengo que alejarme de él. Pero no creo poder inmovilizarlo. Optaré por la velocidad y la esperanza de que el efecto de Doug no desaparezca rápido.

—Oye, ¿sabes qué me haría muy feliz? Siéntate aquí.

Me toma de las manos, su sonrisa es dolorosamente intensa.

—Mereces a alguien mejor que yo. Pero de todas formas estoy contento de haber vuelto. Incluso con todo el daño que he causado. ¿Es eso egoísta? —Su cara se nubla por un instante. Luego se distrae con mis manos—. Mira tus dedos. Son perfectos. Me aseguraré de que nunca tengas que volver a dar un puñetazo.

Saco la mano y le doy una palmadita en la cabeza.

—Espera aquí. ¡Enseguida vuelvo!

Él asiente y sus manos rodean mi cintura.

—Date prisa, ¿de acuerdo? Hay algo que tenemos que hacer. Estoy intentando recordarlo.

—¡Seré rápida!

Me libero retorciéndome y me voy caminando; cada poco me doy vuelta y le hago señas para que no se alarme y se le vaya el efecto. Un pájaro se le posa cerca y lo distrae.

Cambio de dirección, salgo corriendo y desaparezco de la línea de visión de Leo.

Lágrimas calientes me llenan los ojos. El chico en el que me permití confiar y del que volví a enamorarme es posiblemente un demonio. No sé cómo mi madre, su conspiración con demonios y su rastreo de Cazadoras encajan en todo esto o si está en problemas. Todavía tengo que encontrar a Honora y a Sean. Y tengo que avisar en el castillo que Leo Silvera se ha vuelto malo.

Es incluso peor que la última vez que mi encaprichamiento de él me destrozó. Porque esta vez estoy segura de que le importo. Y eso no cambia nada. Solo me convierte en una completa idiota por no sospechar de él antes.

* * *

Abro la puerta de nuestra habitación.

—¡Artemis! No fueron Doug ni mamá. Y tenemos otro problema porque... Hola, señora Silvera, ¿qué está haciendo aquí?

Artemis me mira boquiabierta mientras esbozo hacia Eve mi mejor sonrisa de «no acabo de dejar a tu posiblemente demoníaco hijo drogado en mitad del bosque». Hasta no saber cuáles son los secretos de Leo, no le daré información a su madre. Odio que esa sospecha haya nublado la confianza que le tengo a Eve. Por alguna razón, es peor que sospechar que mi madre estaba tramando algo. Tal vez porque Eve nunca me ha fallado.

Se sienta en mi cama y cruza las piernas, apoyando las manos remilgadamente sobre su rodilla.

—Artemis tenía una noticia muy inquietante sobre tu madre. Estoy preocupada.

—No creo que mi madre haya hecho nada malo.

Miro a Artemis de manera poco sutil, pero ella me frunce el ceño. De todos los momentos en los que podríamos no estar sincronizadas, este es posiblemente el peor.

Eve asiente.

—Helen ha hecho mucho por el Consejo. Nunca la juzgaría apresuradamente. Pero si es cierto que está trabajando con un demonio, me preocupa que nos haya puesto en peligro; en especial a vosotras. ¿Sabéis dónde está el libro de su madre? ¿El que tiene la información sobre las Cazadoras y los demonios? Tenemos que asegurarnos de que ninguna de las otras Cazadoras de las que está al tanto haya sido herida o asesinada. Y no puedo hacer eso a menos que pueda encontrarlas.

—Sí. Deberíamos programar una reunión del Consejo.

Una reunión del Consejo llevará un buen tiempo. Me dará tiempo para hablar con Artemis a solas e ir a Dublín. Haré que ella saque de aquí a Jade, Imogen y los Pequeños. Rhys y Cillian también tendrán que esconderse, ya que Leo sabe dónde están y ya no podemos confiar en él. Ruego desesperadamente que Leo no esté detrás de los ataques. Parte de la información cuadra, pero no toda. No se me ocurre cuándo pudo haber ido a Dublín y matado a Cosmina. Y su muerte pareció sorprenderlo y disgustarlo de verdad. Rhys y Cillian están bien. Y no tiene sentido alguno que Leo haya atacado a Cillian.

Pero no puedo estar segura de nada, así que trataré a todos menos a mis amigos como una amenaza.

Eve se pone de pie y analiza mi estantería. Tal vez no tenga idea de lo de Leo. Ciertamente no es inusual entre los Vigilantes no tener ni idea de lo que sus hijos están haciendo o incluso de lo que sus hijos son.

—Artemis.

Enciendo el ventilador de techo deliberadamente. Levanto la mirada y después vuelvo a observarla, esperando que entienda que hay una amenaza. Que debemos tener cuidado.

Ella frunce el ceño hasta que al final lo entiende. Cambia la expresión a una irritación aburrida.

—¿Es eso lo que estabas haciendo en el bosque, entonces? ¿Escondiendo el directorio de mamá?

Suspiro dramáticamente.

—Sí. Está bien. No quise entregarlo al Consejo hasta no saber más, así que se lo quité cuando ella no estaba mirando. Luego fui a enfrentarme a ella. Pero ya no está ahí. Se fue a buscar a Doug.

Eve se endereza y se da vuelta. Su pintalabios rojo parece una herida cuando frunce los labios.

—Nina, querida, sé cuando la gente me está mintiendo. Así que, o estás mintiendo sobre lo que hiciste con el libro o estás mintiendo sobre lo que tu madre ha estado haciendo. Vamos a buscar a Wanda y...

—¡No!

A ella no. Ha querido destrozar a nuestra familia desde siempre. Incluso podría haber estado trabajando con Honora. Wanda Wyndam-Pryce desde el castillo, Honora desde afuera. Necesito que se reúnan entre ellos, no conmigo. Tengo que sacar a mis amigos.

—Realmente no creo que mi madre le haya hecho daño a nadie. Y ahora está buscando a Doug, así que no hay prisa. Convoca una reunión del Consejo.

—¿Quién es Doug? —pregunta Eve.

—Es el demonio. El que tenía en el cobertizo de Cillian, ¿recuerdas? No es importante. Se lo explicaré al Consejo cuando estén todos reunidos.

—Creo que sí es importante. —Eve se cruza de brazos, su expresión es severa—. Creo que es muy importante cuando un Vigilante utiliza nuestros recursos para conspirar y asociarse con demonios activamente. Y no se me ha pasado por alto que cuando nos encontramos con tu madre, la Cazadora que buscábamos ya estaba muerta. Ahora Cosmina también ha aparecido muerta. Dime dónde está el libro para que podamos confirmar que las demás Cazadoras están a salvo. Luego decidiremos cómo tratar con las actividades extracurriculares de tu madre.

Artemis parece dividida.

—Tal vez *deberías* dárselo. Así podremos probar que mamá no le está haciendo daño a nadie.

Tengo que sacar a Eve de aquí para poder irme. Quizá si le digo que no tengo manera de conseguir el libro, abandonará esa idea.

—Me encantaría. Pero he mentido. No tengo el directorio. Mi madre se lo llevó. Está tratando de proteger a Doug.

Eve suspira frotándose la frente.

—Así que está protegiendo a un demonio, lo cual significa que no está aquí. Y obviamente está atravesando algún tipo de crisis. No me extrañaría que te secuestrara y volviera a huir. No puedo perderte. —Ella sacude la cabeza—. Me temo que se nos acaba el tiempo.

—¿Qué quieres decir con que se nos acaba el tiempo?

Eva baja la mano, sonriendo.

—Lo siento. Quise decir que se te ha acabado el tiempo.

De pronto, se apagan las luces. Pero no de la habitación.

De *Eve*.

Todas las sombras se arremolinan y se acumulan sobre ella. Sus bordes se desdibujan, su forma se convierte en algo que recuerdo a medias de una pesadilla.

De una pesadilla que ya he tenido.

—Ay, mis dioses —susurro.

Eve sonríe.

—Todo lo contrario.

CAPÍTULO
30

DE PRONTO, EVE SACA UNA PIERNA SOMBRÍA. ARTEMIS GRITA MIENTRAS cae. Salto sobre Eve, pero ella se mueve tan rápido como la memoria, deslizándose de mi alcance antes de que pueda atraparla.

—Necesito que esté dormida. —La voz de Eve es como una brisa helada en la parte de atrás de mi cuello—. Pero inconsciente también me servirá.

Me lanzo hacia Artemis. Eve llega antes. Artemis se queda inerte y en silencio, colgando como una muñeca de trapo de las manos de Eve. Intento acercarme a ella desde un lado, pero Eve hace lo mismo en espejo, manteniendo la pared a su espalda y a Artemis frente a ella.

—Con cuidado. —Eve aprieta, y algunos puntos de sangre salen a través de la camiseta de Artemis, de los lugares en los que las uñas de Eve se transformaron en garras negras—. Solo un poquito de presión y perforaré todas las frágiles y preciosas cosas que separan a los vivos de los muertos. Y si tardas demasiado en decidir, desgarraré su corazón y romperé su cuello también, así que tu RCP no valdrá para nada.

Confié en Eve. Pensé que estaba ayudándome. Y todo este tiempo ha estado utilizándome. Por supuesto que iba a averiguar qué le había sucedido a Bradford. Ya lo sabía.

No puedo dejar que mate a Artemis. Por nada en el mundo.

—¿Qué tengo que decidir? ¿Qué quieres?

—Tu poder.

Tardo un momento en entender lo que está diciendo.

—¿Mi poder?

—El canal que se abrió y te conectó a un pozo de poder del que algunas mujeres han bebido durante miles de años. Me sorprendió y me deleitó tanto que fueras una Cazadora, estando tú justo aquí para tenerte. Leo me hizo prometerle que no te haría daño. Pero te he probado mientras dormías.

—¿Qué?

—¿No lo notaste? Os probé a todos. Todos arrastrando los pies por el castillo, pálidos y cansados e iracundos. Pero ¡tú! ¿Eres tan fuerte que ni siquiera notaste que tomé una muestra?

La mañana en la que Bradford murió. Cuando salí de la cama me sentí mareada. Débil. Pasó rápido, así que lo ignoré. Pero había sido Eve. Me estremezco.

Sonríe, dos líneas negras que se separan para revelar dientes blancos.

—Eres más poderosa de lo que cualquiera de nosotros hubiera podido imaginar. Eres la última, después de todo. —Ríe, un sonido que susurra como hojas secas alrededor de la habitación, arrastrándose desde abajo de la cama y detrás de la puerta del armario, rodeándome. Sé que es por la mañana, pero me siento tan ahogada por la oscuridad como si fuera medianoche.

—Eras tú. En los pasadizos secretos esa noche.

—Sí. Escabulléndome de habitación en habitación convenientemente, comiendo.

Eve ha estado consumiendo bocadillos de nosotros mientras dormíamos.

—¿Qué pasa con Cosmina? —No estoy intentando hacer tiempo. Le creo cuando dice que matará a Artemis. Solo necesito comprenderlo.

—Quería probarlo con ella primero. Pero ese es el problema con las Cazadoras. Sois demasiado fuertes. Peleó. Se despertó a la mitad y la conexión se rompió. Perdió su poder de Cazadora, sin embargo, y la sorpresa la mató, pero yo tampoco lo comprendí.

—¿Bradford Smythe?

—Tenía un corazón débil. No fui letal con todos aquí. Su desgracia fue que no pudo soportarlo. —Menea las caderas sugestivamente, las sombras cambian de lado a lado y dejan un rastro de ella como humo—. Veinte años, justo debajo de sus narices, y nunca lo notaron. Ni cómo cambié ni lo que Leo era. Ni cuando invité al padre de Leo a unírsenos en agradables comidas. Para tanto vigilar, no ven *nada*.

—¿Y Cillian?

—Estás haciendo tiempo. —Canta y sus sombras laten.

—¡No estoy haciendo tiempo! ¡Esto no tiene sentido! ¿Por qué intentaste matar a Cillian?

—Para que entendieses lo que estaba en juego. Para que conocieses la pérdida.

Me río. No puedo evitarlo. Es vacío y oscuro, como su alma.

—¿No has estado prestando atención? Siempre supe lo que era la pérdida, imbécil.

Aprieta a Artemis. Levanto las manos.

—¡Está bien! Lo siento. Entonces, si no dejo que me mates, matarás a Artemis.

—No quiero matarte. Sinceramente creo que puedes sobrevivir. Es el interés superior de ambas que lo consigas. De esa manera, tengo tiempo para obtener todo ese jugoso poder sin que mueras por mí, y tú tienes la oportunidad de sobrevivir al proceso de eliminación. Es por eso que quería que entrenaras. Quería empujarte para que fueras lo más fuerte posible. Y ese es el motivo por el que tengo que hacerlo ahora, antes de que tu madre pueda volver y esconderte. Deseaba esperar, reunir más energía primero, pero el cronograma ha sido alterado por tantas fuerzas externas que interfieren. Y por mi hijo. —Suspira.

Leo. Mi Vigilante. La única persona que siempre estuvo para mí.

Me ha estado engordando para la matanza.

—Ay, cariño. —La voz de Eve, que me había parecido tan maternal y reconfortante antes, es como pequeñas garras que se arrastran por un suelo de piedra—. Leo no quiere esto. Pero me necesita. No puede vivir sin la energía que yo tomo. Así que de alguna manera también estarás salvándolo a él. —Aprieta el agarre. Artemis gime, pero no se despierta—. Esa es la elección. Dame tu poder, entero e intacto, voluntariamente. No luches por él. Salva a Artemis y a tu madre y a tus patéticos compañeros Vigilantes y a tu amiguito del pueblo. Incluso salva a Leo. Elige rendirte. Elige dejar de ser la Elegida.

Aprieto los puños.

—Soy lo suficientemente fuerte como para matarte.

—Conservas el poder, puede que me mates. Pero... ¿puedes? Mira tu habitación. Mira tus estanterías de libros. Quieres arreglar cosas. Quieres curar, salvar. ¿Realmente piensas que puedes mirarme a mis ojos humanos, los de la madre que desearías haber tenido, y matarme? No lo niegues. No creo que puedas. Y no puedes hacerlo antes de que ahogue a tu hermana. Así que estarías eligiendo matarla para matarme. —Las sombras se elevan y después caen, la oscuridad se filtra de ella cada vez más. Artemis está pálida.

—¡Alto! ¡Ya estás ahogándola!

—Se ha acabado tu tiempo.

Sé que Eve usará mi poder para algo terrible. Ya es una asesina. Y para haber trabajado tan duro, durante tanto tiempo, tiene que tener un objetivo grande en mente. Algo que requiere más jugo que el que las personas normales pueden proveer. Quizás algo tan malo que hay una profecía sobre nosotras. Pensé que yo rompería el mundo, pero ¿qué ocurriría si es mi poder el que hace que eso suceda? La ironía de

368 · LA ÚLTIMA CAZADORA

todo esto es tan devastadora que casi es graciosa. Finalmente estoy realizando el examen de Vigilante. El mismo que hizo Artemis. El que suspendió por mí. Sé lo que los Vigilantes querrían que eligiese: el mundo. Que dejase morir a mi hermana para detener el plan del demonio. Y sé lo que Artemis querría que eligiese: que la dejase morir para que pudiera salvarme. Pero ella es mi mundo. Siempre lo ha sido. Parece que finalmente ninguna de las dos fue hecha para ser Vigilante.

Derrotada, asiento.

—¿Qué debo hacer?

—Dormirte. —Eve suelta a Artemis y me golpea la cabeza con un libro.

CAPÍTULO
31

—SHH —ME ARRULLA EVE MIENTRAS ACARICIA MI ROSTRO PARA QUE LA oscuridad caiga de ella alrededor de mis ojos.

* * *

La rabia de mil corazones latiendo corre por mis venas. Abandono. Traición. Decepción. Confusión. Todo canalizado en un túnel de odio al rojo vivo que se arremolina alrededor de la mujer en el borde de la azotea.

Me quitó a mi padre. Destruyó a mi madre. Le dio la espalda a las generaciones de mi pueblo que intentaron ayudarla. Me convirtió en Cazadora. Nos convirtió a mí y a todos mis seres queridos en blancos.

Y ahí está.

Sola.

Tal vez debería odiarla. Pero no la odio.

Le clavó una espada al hombre que quería y lo envió al infierno para salvar al mundo. Se zambulló en un portal interdimensional, lo cerró y murió para que su hermana no tuviera que hacerlo. Destruyó la Boca del Infierno de Sunnydale. Derrotó al Primer Mal. Renunció a ser una diosa para poder salvar nuestro triste y deshecho mundo. Su vida ha sido una serie interminable de decisiones imposibles que ha tenido que tomar, porque si no lo hacía ella, entonces, ¿quién lo haría?

Y aun así es nada más que una persona. Solo una mujer joven. Tratando de hacerlo lo mejor posible con su enorme carga de poder y responsabilidad. La comprensión me atraviesa, me separa de la rabia y me permite apartarme de ella. Todavía puedo sentirla. Puedo volver a unirme si quiero. Pero en vez de eso, me concentro. Tomo forma, me recupero del subconsciente comunal de las Cazadoras. Después cruzo la azotea caminando y me siento junto a Buffy.

—Hola —digo.

Ella me mira, sorprendida.

—¿Hola?

—Esto es bonito. —Señalo el paisaje de ensueño, una San Francisco exagerada y nítida.

—Sí. Supongo que sí.

Mira hacia atrás por encima de él. Si ella puede controlar sus sueños como yo, entonces esto es una elección. Cada vez que la he visto, estaba aquí. No en la fiesta de las Cazadoras. No visitando su trauma del pasado. Sino esperando. Disponible. Casi como si estuviera siempre aquí en caso de que alguien necesite hablar.

Alguien como yo.

—Solo quería decir... —Respiro profundamente. Hay tantas cosas que me había imaginado diciéndole a lo largo de los años. Tantas cosas horribles, pensadas para herirla. Las dejo caer—. Solo quería decirte que te perdono.

Ella frunce el ceño.

—No lo entiendo.

—Mi nombre es Athena Jamison-Smythe. —Se sobresalta al reconocer mi apellido y se le escapan lágrimas de sus ojos verdes y sombríos.

Continúo—: Te perdono, Buffy Summers, por haber sido Elegida. Y te perdono por cada decisión que has tomado desde entonces.

Se me queda mirando fijamente durante un momento y luego se le eriza la boca.

—Esto es muy raro —dice, pero apoya la cabeza en mi hombro.

Los sueños de otras Cazadoras laten a lo lejos. Debe sentirlas todas las noches mientras duerme. Mil chicas como nosotras, las únicas que entienden lo que implica ser una Cazadora, y ella está apartada hasta de eso. Buffy Summers, destructora de mundos, dañadora de vidas y la chica más solitaria del planeta.

—Mi padre estaría orgulloso de ti —le digo.

—¿En serio?

—No tengo ni idea. No lo recuerdo mucho. Aunque me pareció algo agradable para decir.

Se ríe.

—Ha sido agradable. Gracias.

Vemos salir el sol sobre San Francisco. El aire brilla como el agua, y un monstruo marino se envuelve elegantemente alrededor del puente Golden Gate. Me recuerda a algo, pero no sé bien a qué.

—¿Puedo darte un consejo? —pregunta Buffy.

—Sí, por favor.

—Guau. —Levanta las cejas sorprendida—. Pensé que dirías que no. Todas las demás en esta onírica y gigante masa de ira me odian. —Sacude la cabeza hacia atrás, señalando la energía de las Cazadoras que tenemos a nuestras espaldas—. Excepto la Primera Cazadora. ¿Ya la has conocido?

Niego con la cabeza.

—Bueno, te espera un trato pomposo y gruñón súper especial. Pero me estoy yendo por la tangente.

Se vuelve hacia mí. Siempre había pensado que parecía triste en fotos. Pero ahora me doy cuenta de que es la forma de sus ojos. Tal vez sus genes sabían lo que su vida le depararía y prepararon su cara para eso. Después entrecierra esos ojos y toda tristeza es reemplazada por una fuerza y determinación que instantáneamente me hacen sentir más fuerte. Entiendo por qué miles de Cazadoras se le unieron en la batalla. Entiendo por qué mi padre vio potencial en una pequeña adolescente rubia. Y por primera vez, empiezo a entender lo que puedo ser, quizás, algún día.

Buffy habla.

—Fuimos Elegidas para algo que no hubiéramos elegido para nosotras mismas. Pero fuiste Elegida por ser quien eres. Así que no dejes que ser una Cazadora te defina. *Tú* defines lo que es ser una Cazadora.

Yo defino lo que es ser una Cazadora.

Yo defino lo que es ser una Cazadora.

He estado consumida por el miedo de que abrazar a la Cazadora que llevo dentro signifique el fin de la persona que he sido: la chica que quería mejorar el mundo por medio de la curación, no del dolor.

No tengo que elegir una u otra cosa. Si quiero, puedo ser ambas. Y tal vez seré más fuerte gracias a eso. Todo el miedo de que ser *yo* me hacía una mala Cazadora se evapora.

Las lágrimas arden. Pero a diferencia del ardor de la ira, siento que este es purificador. Asiento, muda de gratitud. Después, finalmente encuentro mi voz.

—Gracias. Y estoy segura de una cosa. Mi padre se sentiría feliz de que sigas viva y luchando. Yo también lo estoy.

Su expresión se suaviza y cuando se inclina para abrazarme, yo también la abrazo.

Cuando nos separamos, el rostro de Buffy se relaja hasta esbozar una sonrisa llena de paz.

—Este sueño ha sido mucho mejor que la mayoría de mis noches —dice—. No te imaginas la frecuencia con la que Kennedy aparece. Sé que es mezquino de mi parte, pero es muy *pesada*. ¿Algo más en lo que pueda ayudarte mientras estés aquí?

—Bueno, ahora que lo preguntas... —Recuerdo todo de golpe—. Hay un demonio, una súcubo. Y si estoy pensando correctamente (de lo cual no estoy muy segura porque esa serpiente marina gigante en el puente Golden Gate me está saludando), la súcubo va a tratar de sacarme mi esencia o mi poder o lo que sea, y podría matarme, y definitivamente la hará más fuerte, así que no sé si debería permitírselo, pero si no lo hago, matará a mi hermana, y también he besado a su hijo y siento algo por él, pero si es una súcubo y su marido también es una cosa demoníaca, entonces Leo definitivamente no es humano, y...

—Ay, Dios mío. Déjame darte mi número.

Ella escribe algo en su mano. Ambas entrecerramos los ojos para leerlo. Los números están todos mezclados. Es un sueño, después de todo. Nunca he podido leer en sueños. Pero en mitad de ellos está el símbolo del triángulo triple que vi en las etiquetas de té de Sean.

—Raro —dice ella—. ¿Qué significa eso?

—Es...

Un zumbido hace añicos la quietud del amanecer. Buffy hace una mueca.

—Hora de despertarse —dice—. Males contra los que luchar. Café que servir. Ha sido un placer conocerte, Athena Jamison-Smythe. Buena suerte con la súcubo. Y recuerda, hagas lo que hagas, no...

* * *

El sueño se aleja. Puedo seguir durmiendo. O puedo despertarme y luchar.

Yo defino lo que es ser una Cazadora

Puedo elegir.

374 • LA ÚLTIMA CAZADORA

Artemis me eligió a mí antes que a su propio futuro. Y sé lo que me diría que tengo que hacer. Tal vez esto es parte de la profecía. No me importa. Me niego a creer que tengo que elegir la muerte para salvar gente. Si puedo ser una destructora y una sanadora, una Vigilante y una Cazadora, eso prueba que la vida no es binaria. Siempre hay otra salida, y pase lo que pase, voy a encontrarla. Si soy una Cazadora, mi elección es usar todo lo que me han dado para proteger a quienes amo y para proteger a aquellos a quienes nunca conoceré.

Con ese pensamiento, me relajo.

Eve puede tomar lo que quiera de mí ahora. Y después, con o sin poderes, haré que se arrepienta de haberlo hecho.

* * *

Siento a Eve, con las manos en mi pecho, de alguna manera hundiéndose más allá de la piel, los huesos y los músculos. Más allá de los órganos, hasta llegar a algo que no siempre ha estado ahí. Reconozco los contornos del poder cuando ella lo toca. Es la primera vez que realmente lo entiendo, brillante y ardiente, inundando mi cuerpo.

En ese momento, sé lo que estoy perdiendo.

Respiro profundo por última vez, aferrándome al sentimiento de la vida. De una conexión con otras chicas de todo el mundo, cada una con su propia vida complicada y su tremendo potencial. De poder... poder tan profundo y oscuro que podría sumergirme en él y nunca encontrar sus límites.

Eve tira de ella, la luz está luchando por quedarse. Se enrosca, se aferra a mí, me quema en protesta. Mis instintos de Cazadora rugen, me exigen que luche. Pero no me resisto. Me aferro al rostro de Artemis en mi cabeza.

Y lo dejo ir por completo.

CAPÍTULO
32

—¡Nina! ¡Nina, despierta! ¡Por favor despierta! —Me duele todo. No quiero despertarme. Pero Artemis tiene miedo. Abro los ojos, luego toso. Toso durante tanto tiempo y tan fuerte que no puedo respirar. Estoy a punto de desmayarme de nuevo, logro detenerme lo suficiente como para respirar.

Estoy... débil. Muy débil.

Lo que había sido normal antes hace un contraste tan fuerte con lo que fue ser Cazadora que sinceramente no sé cómo me movía. Cómo sobreviví tantos años sintiéndome así.

Jadeo, finalmente consigo inhalar suficiente aire como para que las luces dejen de bailar en mi vista. Artemis me ayuda a sentarme. Está en el suelo a mi lado, su rodilla está en un ángulo que no debería. Mi espalda está contra mi mesa de noche.

—¿Dónde está? —pregunto con voz ronca. Mis ojos se mueven con pánico alrededor de toda la habitación, buscando en cada sombra.

—Exigió saber a dónde fue mamá. Quiere su libreta para encontrar a otras Cazadoras en caso de necesitar más poder. —Artemis hace una mueca mientras sostiene su rodilla—. Eve dijo que mataría a Imogen y a los Pequeños así que le hablé sobre los Granos Desnudos. Lo siento.

—¿Funcionó? ¿Consiguió mi poder? —Sé la respuesta. La siento en cada centímetro de mi cuerpo, pero de todas formas lo pregunto.

La mano de Artemis tiembla mientras acomoda mi cabello.

—Funcionó. Volvió a mencionar algo de su marido. Estaba atrapado en una dimensión infernal cuando los portales se cerraron. Nina, creo... Creo que utilizará tu poder para abrir una boca infernal.

Me levanto y me balanceo un poco, mareada. Todo parece tembloroso y desconectado, como si no hubiese comido en tres días. Peleo contra las náuseas y contra el dolor profundo, una sensación punzante de pérdida de algo que estaba empezando a aceptar que era. Pero Cazadora o no Cazadora, hay gente en peligro.

—Si llega a Granos Desnudos...

—Mamá —dice Artemis.

—Y Honora —agrego con la voz suave. Porque por más que la odie, no quiero que muera. Y no quiero que Artemis pase por eso. Además, una vez que Eve consiga lo que quiere allí, no hay forma de saber a quién más podría lastimar o matar. Y además, nadie quiere una boca infernal bajo su control.

—¿Qué hacemos? —Artemis me está pidiendo ayuda a mí. Guía. Y por primera vez en años, seré la fuerte por ella.

Sujeto dos estacas y las uso para entablillar su rodilla. Sisea de dolor, pero se levanta y es capaz de poner un poco de peso sobre ella.

—Nos encontramos en el garaje —digo. Agarro un pequeño anotador de mi colección y lo guardo en mi bolsillo, después corro hacia el pasillo, lo cual hace que me dé vueltas la cabeza. Me desplomo contra la pared hasta que puedo moverme de nuevo. Y entonces camino rápidamente en vez de correr hasta la puerta de Imogen.

—¿Qué sucede? —Aún está en pijama, tiene una bolsa de snacks en las manos, tres de los Pequeños están recostados sobre sus barrigas viendo la televisión.

—¿Confías en mí? —pregunto. Imogen asiente, sus ojos se abren al notar lo seria que estoy—. Bien, entonces, Eve es un demonio, me ha robado mi poder de Cazadora, va a abrir una boca infernal si no la detenemos, y si vuelve aquí, nadie está a salvo.

Imogen parpadea una vez. Dos veces. Después deja caer los snacks y aplaude.

—¡Ey, niños! ¡Es día de excursión!

Los Pequeños saltan y chillan.

—Iremos a lo de Cillian —digo—. Rhys está allí. Cillian puede llevarlos a todos a un lugar seguro. A algún lugar que no conozcamos. —En caso de que Eve regrese. Mejor que nadie pueda revelar dónde están los Pequeños.

—¿Puedes conducir? —Imogen saca una bolsa de lona de un baúl junto a la puerta.

—Estácame. —Me golpeo la frente. Nunca aprendí, y Rhys tampoco. Artemis sabe, pero con la rodilla rota, no creo que pueda.

—¡Jade! —Imogen grita mientras los Pequeños hacen un revuelo para ponerse los zapatos. George Smythe, mi favorito con su madeja de rizos y ojos enormes, está poniéndose botas de lluvia encima de un pijama enterizo tipo mono.

Jade trastabilla al salir de la habitación.

—*Acabo* de conciliar el sueño. ¡Quisiera destacar que nadie se ha molestado en avisarme de que Cillian está bien! Entré a su casa lista para luchar, pero Artemis y tú ya os habíais ido. Y Rhys me maldijo por despertar a Cillian.

—¡Demonios! —grito—. ¡Amenaza inminente!

—Bien. —Jade me fulmina con la mirada.

—Yo conduzco —dice Imogen—. Jade, estarás a cargo de los Pequeños. Si no regresamos al final del día, no regresaremos. Nina le enviará un mensaje a Cillian si sobrevivimos. En esta bolsa hay cincuenta mil dólares americanos. Si morimos, llévalos a un lugar lejano y vivid una vida feliz.

Jade parece un poco alarmada, después sujeta la bolsa que Imogen le da.

—Bien. De acuerdo.

Sonrío falsamente a la pequeña Thea Zabuto que se tira contra mis piernas.

—Jade, por favor ve a decirles a Ruth y a Wanda que Eve es un demonio y que iremos a pelear. Ellas pueden hacer lo que quieran. Después nos veremos en los coches. —Le doy un segundo a Jade para que asimile eso, luego la empujo al pasillo y ayudo a Imogen a llevar a los tres Pequeños a la parte trasera del Range Rover.

Justo cuando subimos al último Pequeño al asiento trasero llegan Artemis y Jade.

—La vieja bruja Zabuto dijo que morirá protegiendo la biblioteca. Wanda exigió el dinero para «salvaguardarlo». —Jade sonríe con picardía—. Le di una patada en el culo. Y luego una más para asegurarme. Así que en parte espero que perdáis, chicas, porque creo que ya no seré bienvenida aquí. —Sube atrás. Los Pequeños se arrastran por los asientos, felices de salir del castillo. Sé que deberíamos tener asientos de coche para niños, pero esa es la menor de nuestras preocupaciones ahora.

George me sonríe alegre:

—¡Este es el mejor día del mundo!

—Cierto —digo—. El mejor. —También probablemente el último.

Imogen conduce tan rápido como es seguro. Quizás un poco más rápido que seguro. Frenamos abruptamente frente a la casa de Cillian. Jade lleva a los Pequeños en manada hasta el coche de Cillian, mientras les explica la situación a gritos a Rhys y a su novio. Veo cómo los dos se abrazan con fuerza. Rhys suspira algo en su oreja. Después sube a nuestro coche y Cillian al suyo, y después de una última mirada entre nosotros, conducimos en sentidos contrarios.

Tengo que concentrarme en lo que haremos, porque incluso la idea de enfrentarnos a Eve es menos horrible que pensar en lo que he perdido. Lo que dejé que me quitase. Así que recuento nuestro arsenal.

Imogen: sin entrenamiento, niñera glorificada.

Rhys: un Vigilante en ciernes, más adecuado para la investigación que para el combate.

Artemis: herida y apenas capaz de caminar.

Y yo: no Vigilante. Y ahora no Cazadora.

Camino a salvar el mundo amenazado por el mismo poder que me había sido otorgado para protegerlo.

CAPÍTULO

33

—ENTONCES, *EMM*, ¿DÓNDE ESTÁ LEO? —PREGUNTA RHYS DESPUÉS DE unos minutos de silencio tenso en el coche.

—Leo es mitad demonio.

Me quedo mirando por la ventanilla. Cada árbol que pasa marca un segundo perdido, un minuto perdido, tal vez la oportunidad de salvar a mi madre y, muy posiblemente, al mundo.

—Lo sé. Me lo dijo.

Leo dijo algo sobre preguntarle a Rhys, que él me explicaría todo. Pero no le creí.

—¿En serio?

—Por eso intentamos que vinieras. Necesitábamos sacarte del castillo sin que la madre de Leo lo supiera. Si se enteraba, te habría buscado. Él quería que estuvieras a salvo.

Me inclino entre el asiento del conductor y el del pasajero buscando a Rhys.

—¿Cuándo te contó eso?

Él levanta las manos.

—Bueno, bueno, no mates al muy servicial y adorado mensajero. Apareció justo después de que te fueras esta mañana. Nos dijo que

su madre era una súcubo, que su padre (un íncubo) la había convertido. Y no me refiero a la banda Incubus, que sería una opción preferible en este momento. Leo sabe que su madre no es buena, pero dice
que hasta ahora ella nunca había sido letal. Y como que él la necesita
para sobrevivir. Ella puede extraer energía de cualquier cosa, pero él
solo puede obtenerla de ella. Después de que perdieron el acceso a
su padre, ella se volvió loca. Él trataba de asegurarse de que estuviera bien, pero ella andaba a escondidas matando cosas. Da igual, Leo
es lo que se conoce como un cambion. Tienen diferentes poderes,
dependiendo de la combinación, pero siempre coinciden en una
cosa: la gravedad reconoce que vienen de otro lugar y trata de tirar-
los hacia abajo. Es por eso que el coche consumía tanta gasolina con
él en el interior.

—Y por eso no pude derribarlo.

—Sí.

—¿Te lo ha contado él mismo?

—Me trajo una página de un libro sobre los cambions. Arrancó la
página, lo cual me fue difícil perdonarle. Pero quería ayudarte, aunque
sea mitad demonio. Y, por cierto, ¿qué os pasa a vosotras con los demonios? Buffy y los vampiros con alma, tú y un cambion. ¿Es una cosa
de las Cazadoras?

Su sonrisa se desvanece al ver la expresión de dolor en mi cara
cuando recuerda que ya no soy una Cazadora.

Así que Leo no era una cosa ni la otra. No es de extrañar que nos
hayamos sentido atraídos el uno por el otro. Yo no era tan Vigilante,
pero tampoco parte de la población civil. E incluso cuando era una
Cazadora, tenía demasiado de Vigilante en mí. Demasiado instinto de
protección y no de caza. Nunca del todo una cosa y, por lo tanto, sin
lugar de pertenencia.

No me di cuenta de que podía ser ambas cosas hasta que fue demasiado tarde.

—De todos modos —dice Rhys—, Leo y su madre regresaron al castillo para conseguir información e intentar contactar con su padre. Leo pensó que ayudaría a su madre a volver a la normalidad. Pero cuando Eve descubrió que eras una Cazadora, decidió quedarse. Leo le hizo prometer que no te tocaría. Cuando mató a Cosmina, supo que tenía que sacarte de ahí. Estaba rastreando a su madre esta mañana, pero la perdió. Fue entonces cuando atacó a Cillian, para distraerte y mantenerte alejada de Leo.

—¿Así que realmente intentaba protegerme?

—Sí. —Rhys se encoge de hombros disculpándose—. ¿Dónde está?

—Lo dejé en el bosque.

Los ojos de Rhys se abren de par en par.

—¿Lo has matado?

—*Dioses*, no. Solo lo regué con la camiseta sucia y vieja de Doug. —Levanto una mano para frotarme la dolorida frente. Mis dedos tiemblan. Apenas puedo mantener la cabeza en alto—. Después su madre me atacó. Y ganó.

Me vuelvo hacia la ventanilla. Así que Leo estaba tratando de ayudarme, después de todo. Pero aun así, me mintió. Y él supo todo el tiempo lo que estaba pasando. Me dejó correr en círculos, sospechar de mi propia madre cuando la suya era la malvada. El corazón me duele casi tanto como el resto de mi cuerpo.

Artemis se estira entre los asientos, agarra mi mano y la aprieta. No me arrepiento de haber sacrificado mi poder para salvarla. Pero siento la pérdida en todas partes y es muy difícil no hundirse y llorar.

—¿Cuál es el plan ahora? —pregunta Rhys.

Espero, pero nadie responde. Me está hablando a mí. Artemis también está esperando mi plan. Finalmente confían en mis instintos, ahora que no tengo poder para respaldarlos. Fantástico. Aun así, soy una Jamison-Smythe. No estoy totalmente indefensa. Y voy a luchar con todo lo que me queda.

—Eve es un demonio. Somos Vigilantes. Haremos lo que los Vigilantes saben hacen mejor.

—¿Investigar? —dice Rhys.

—¿Cuidar niños? —ofrece Imogen con una ceja burlona.

—Pelear —dice Artemis sombríamente, señalando su rodilla.

—No. Matar al demonio. Salvar al mundo. Proteger a las Cazadoras, aunque no sepan que lo estamos haciendo. Incluso si no les importa. Eve no va a hacernos más daño. —Hago una pausa—. Hacerles, quiero decir.

El resto del viaje transcurre en silencio.

* * *

Imogen llega a Granos Desnudos en tiempo récord. Espero que le hayamos ganado a Eve, hasta que veo un Range Rover igual al nuestro aparcado al lado de la motocicleta que mi madre debe haber conducido hasta aquí.

Las dos están dentro.

Nos apresuramos a cruzar el aparcamiento, vacío porque aún falta para que la tienda abra. La puerta principal está destrozada. El vidrio brilla a la luz de la mañana mientras lo pisamos con cuidado. El resto de la tienda está intacta. Esperando.

Los llevo por el pasillo del té.

—Espera —dice Imogen, estudiando las etiquetas.

Agarra un puñado de «Sueños de las debilidades de mi enemigo» y se lo mete en el bolsillo, luego otro puñado de algo llamado «Duerme como la muerte». Ese lo guarda en la mano.

Seguimos adelante. El picaporte de la puerta de la sala de los empleados está roto. La abro de un empujón. No hay nadie dentro. La puerta que conduce abajo también está abierta.

Bajamos por la escalera de caracol y entramos a la gran sala de los demonios. Están agitados. Algunos se quejan, otros gruñen, otros caminan de un lado a otro en los pequeños confines de sus jaulas.

Oigo una voz, demasiado lejana como para poder distinguir las palabras. Pero lo suficientemente cercana como para reconocer el tono.

—Eve está aquí —susurro—. Y no tenemos armas.

—En realidad. —Rhys recorre la habitación con una mirada de asombro. Señala las filas y filas de jaulas—. Sí tenemos. Imogen, ven conmigo. Descifremos cómo abrirlas.

—¿Todas?

Se inclina hacia la jaula más cercana. Un demonio serpiente se desliza por los barrotes, sacando su lengua púrpura.

Rhys se echa hacia atrás.

—Ese se alimenta de médula ósea. La médula ósea de los niños. Se quedará en su jaula. Pero algunos de estos son de razas relativamente benignas. Sospecho que nos ayudarán a cambio de su libertad. —Rhys me mira, recolocándose las gafas—. Te dije que mi enciclopedia de demonios iba a ser útil algún día.

—Nunca dudé de ti.

—¿Qué estáis haciendo aquí? —Sean se nos acerca—. ¿Vosotros habéis causado el daño de allí arriba?

Sacudo la cabeza.

—No, esa debe haber sido la súcubo que vino aquí para acabar con el mundo. O podría haber sido mi madre. No estoy segura de quién rompió las puertas.

—Necesitamos liberar a algunos de los demonios —dice Rhys.

—¡Ni se te ocurra! —Sean me mira fijamente—. Fui generoso la última vez. Esta vez no seré tan...

Le doy un puñetazo en la cara.

—Ay —digo entre dientes, consciente de que necesitamos bajar la voz—. ¡Eso me ha dolido!

—A él le ha dolido más. —Artemis señala a Sean, quien yace desplomado e inconsciente en el suelo. Parece... *impresionada*. Trato de que no se me suban los humos a la cabeza.

Rhys mete la mano en la elegante chaqueta del traje de Sean, y saca una llave maestra.

—Bingo. Vamos, Imogen. Te diré cuáles necesitamos.

Salen corriendo en la dirección opuesta a las voces. Artemis y yo nos dirigimos hacia Eve.

Estamos cerca de la oficina de Sean cuando vemos a Honora pasar deslizándose hacia atrás por el suelo, chocarse con una jaula y desplomarse en el suelo.

—¡No! —Artemis cojea hacia ella.

—¡Nina, Artemis! ¡Corred! —Nuestra madre hace un gesto con su arma hacia el lugar de donde venimos.

Una forma sombría la sujeta de la cintura y la arroja contra la pared. La forma se agudiza y de repente Eve está de pie frente a nosotras.

—¿No entendiste mi generosidad al dejarte con vida? —me pregunta, incrédula—. Lo hice por Leo. Trato de ser una buena madre. Pero me lo estás poniendo difícil.

Honora pone algo en la palma de la mano de Artemis. Ella se lo mete en la boca y se pone de pie, se cruje el cuello y estira los dedos. Se arranca la tablilla y sujeta una estaca en cada mano. Después, se lanza sobre Eve. Es una ráfaga de puños y patadas. Eve se desliza como el humo, pero mi hermana se mueve igual de rápido. No saber qué se ha tomado Artemis me preocupa, pero ahora mismo necesitamos todas las ventajas.

Voy hacia nuestra madre. Ella pone la libreta de direcciones en mis manos.

—La mantendremos ocupada. Vete de aquí.

Artemis cruza la habitación volando y cae sobre Honora, quien hace todo lo que puede por atraparla. Mi hermana tiene una herida en el costado; su camisa ya está manchada de sangre. Hay más acumulándose en el suelo.

—¡Artemis! —grito.

—*Basta* —dice Eve con brusquedad, y la voz distorsionada.

Si antes era sombras, ahora es noche. Es sueños y pesadillas y la oscuridad personificada. Mi poder es como una capa sobre sus hombros, latiendo e hirviendo

Sin otra palabra, Eve da un puñetazo y hace un agujero que atraviesa la realidad.

CAPÍTULO
34

UNA DE NOSOTRAS REPARARÍA EL MUNDO, OTRA DE NOSOTRAS LO desgarraría en partes.

Me arrodillo en el suelo junto a mi madre, miro el agujero que Eve ha hecho al mundo usando mi poder. La boca es pequeña, pero el aire se difumina a su alrededor, agrietándose y brillando. Y detrás del agujero, nada. No, no nada. Parecen las llamas mágicas violetas de mis pesadillas, pero peor. No consigo que mis ojos lo miren. Se niegan. La oscuridad *quema* dentro del agujero. Está hambrienta.

Y algo se mueve. Una mano se estira, buscando las de Eve. Si Eve es sombra, la mano es alquitrán. Ella no era un demonio al inicio. Sea lo que sea el padre de Leo, él definitivamente sí lo era.

Ella canta deleitada.

—Solo un poco más, mi amor. —Suelta la mano, y después sujeta cada extremo del agujero y tira. Se desgarra lentamente en protesta mientras nuestro mundo se resiste a darle lugar al infierno. Pero está perdiendo la batalla.

—¿*Por qué?* —pregunto.

Se ríe.

—Este es el único camino para entrar o salir del mundo ahora. Todo lo que pasa por él tendrá que pasar por mí. Nada sucederá a menos que yo lo permita. Seré la Vigilante suprema. —Tira de nuevo, con esfuerzo, y la boca infernal se abre un poco más. La oscuridad que espera se retuerce en anticipación.

Espero calor, pero el agujero irradia un frío cortante.

—No será una boca infernal muy grande. —Eve se gira para tener un mejor agarre—. Nada como Sunnydale o siquiera Cleveland. Pero será *nuestra* boca infernal. La Boca Infernal de Dublín. Y obtendremos un diezmo de poder de cada demonio que la cruce. Mi hijo y yo nunca volveremos a pasar hambre.

—¿Para qué necesitas otras Cazadoras, entonces? —pregunto.

—Eres lo mejor que he saboreado. —Sonríe, mostrando los dientes blancos a través de las sombras de su cara—. Drenaré a cada Cazadora, y entonces este mundo conocerá realmente el poder. Conocerá la seguridad y la protección. Porque yo lo *protegeré*. —Empuja, y el agujero se ensancha—. Por un precio.

Una figura embiste a Eve y la derriba. La boca infernal es casi tan grande como para que una persona pase por ella. El aire a su alrededor cruje, quebradizo y helado. La mano de alquitrán sale, se aferra del aire, tira de los límites. Pero no puede rasgar la boca infernal para que se agrande. Solo Eve es lo suficientemente fuerte como para hacerlo. Por mí.

Eve grita con ira y frustración. Veo quién la ha tirado al suelo, quién la está manteniendo abajo.

Leo golpea las manos con garras de su madre y las aleja, mientras estas rastrillan contra su pecho. Empuja sus manos contra las costillas de Eve y la sostiene contra el suelo. Ella se sacude e intenta quitárselo de encima, pero sé por experiencia propia que no se puede mover a Leo. Un grito hace eco a través del espacio. Las sombras cambian, se arremolinan. Leo comienza a brillar como una luz negra.

—Nina —dice Honora con pánico. Está sosteniendo su camiseta contra el costado de Artemis—. Está sangrando demasiado.

Me apresuro y corro a su lado. No hay nada que pueda hacer aquí. El corte es demasiado profundo, demasiado largo.

—¿Puedes llevártela?

—No creo. Ya no tengo pastillas. —Caen lágrimas por la cara de Honora mientras mira a Artemis, ahora alarmantemente pálida.

—Permíteme. —Un par de manos de color amarillo tóxico sujetan a mi hermana y la levantan con gentileza. Doug la acuna contra su pecho pegajoso—. Vamos, pequeña Cazadora. Corramos.

Miro hacia atrás, hacia el agujero del mundo. Yo dejé que eso sucediera. Y tengo que arreglarlo.

—Sácala de aquí.

Doug duda, después se marcha. Honora, incapaz de levantarse, se arrastra tras ellos. Mi madre empuja y se detiene. Observa a la nueva boca infernal, y se rompe. Su cara, siempre fuerte y remota, se agrieta como la barrera entre el mundo y esa dimensión.

Ya he visto ese terror en su cara antes. Cuando tuvo que elegir a qué hija salvar primero. Pero esto es peor, porque sabe lo mismo que yo: si la boca infernal permanece abierta, nadie está a salvo.

—¿Qué hacemos? —Me mira en busca de respuestas por primera vez en mi vida.

Pero no lo sé.

Miro aturdida más allá de ella, hacia la oficina de Sean, tan incongruentemente moderna y limpia, sin indicación alguna de que el infierno está literalmente afuera de su puerta. Desearía que Buffy estuviese aquí. Desearía poder volver a hablar con ella. Desearía estar de nuevo en esa azotea, observando a la serpiente marítima, conversando con la Cazadora que cambió todo.

«Tú defines lo que es ser una Cazadora», dijo. Puede que ya no sea una Cazadora, pero aún puedo elegir cómo vivir. Entonces, ¿cuáles son las opciones aquí?

Quedarnos, y definitivamente morir. Huir, y quizás morir. «Encuentra la tercera opción».

Un brillo resplandeciente en una de las paredes de la oficina de Sean atrapa mi mirada. Y de pronto, lo sé. Sé qué hacer.

Eve grita. Me giro para mirarla encima de Leo, golpeando su cabeza contra el suelo.

—¡Cómo te atreves! ¡Devuélvemelo!

Otro demonio cruza por el suelo y se estrella contra ella. Rhys e Imogen han hecho su trabajo. Eve rueda, mientras lucha con él. Me lanzo hacia Leo, queriendo ayudarlo, controlar su pulso. En cambio, meto la mano en su manga y saco la varilla de metal que sé que guarda allí.

Corro de vuelta junto a mi madre.

—Escóndete —susurro. Me mira con confusión y miedo—. Confía en mí. Por favor. Ve a esconderte.

Para mi alivio y sorpresa, confía en mí.

—Eres lo suficientemente fuerte como para hacer esto. Siempre lo has sido. —Se va hacia unas jaulas que se encuentran más lejos y se agacha detrás de una.

El demonio atacante aúlla de dolor una vez, se va corriendo tan rápido como ha venido. Eve se arrastra hasta Leo y lo sacude.

—¡Lo recuperaré, pequeño monstruo! —La cabeza de Leo rebota, no hay tensión en su cuello. O está inconsciente, o está...

—¡De acuerdo, mamá! —grito—. ¡Quemaré la libreta aquí! —Me apresuro y entro a la oficina de Sean y empiezo a revolver la gaveta del escritorio como si estuviera buscando algo.

Siento la oscuridad en la puerta antes de verla. Eve está allí, temblando. Parece débil por lo que sea que Leo le ha hecho.

—¡Dámela! —gruñe.

Aprieto la libreta contra mi pecho. No tengo que fingir estar temblando de miedo. No es una actuación. Retrocedo contra el vidrio del acuario.

—No te permitiré que le hagas daño a otra Cazadora.

—El poder estaba desperdiciado en ti —escupe Eve—. Siempre estuvo desperdiciado. Otorgado a niñitas tontas que no saben qué hacer. Deberías darme las gracias por habérmelo llevado. Y deberías hacerlo pronto, de rodillas, mientras me das esa liberta, si quieres vivir para ver otro día. No eres una Cazadora. Ni siquiera eres una Vigilante. No eres nada. No hay nada *especial* en ti. Ahora entrégame esa libreta.

Da un paso hacia mí. Sonrío. Es suficiente para hacerla dudar.

—Puede que no haya tenido los exámenes de Vigilante, pero siempre fui una Vigilante. Una Vigilante estudia. Una Vigilante espera. Y he aprendido de mi padre que una Vigilante hace lo que haga falta para proteger a su Cazadora. *Soy* una Vigilante. Todas las Cazadoras son mías. —Pienso en ellas, en su furia, su miedo, su alegría. Pienso en Cosmina. Pienso en Buffy, sentada en la azotea, la más fuerte y la más solitaria de todas nosotras. Esperando. Y observando. Quizás aprendió más de nosotros de lo que pensamos. Y yo también he aprendido de ella—. ¿Primera regla en el libro de texto de Cazadoras? Cuando tengas dudas, golpea algo.

Dejo caer la liberta y luego golpeo con la varilla de metal que le quité a Leo contra el acuario del demonio rémora. Eve se lanza a por la libreta. Me giro a su alrededor en busca de la puerta. El vidrio del tanque se raja y se extiende como una tela de araña.

Después se rompe.

El demonio rémora se derrama, se retuerce cuando golpea el aire, finalmente liberado de los confines del agua. Sin presión a su alrededor, un demonio rémora crecerá hasta llenar el espacio en el que esté.

Una oficina. Un sótano.

O una pequeña y nueva boca de infierno.

Eve grita, está atrapada debajo de él. Escucho un crujir, pero antes de que pueda mirarla, la piel gomosa se expande tan rápido que me empuja fuera de la puerta. Si no me hubiese detenido allí, habría muerto aplastada contra la pared. Vuelo a la habitación principal y caigo apoyada en mis cuatro extremidades. El ojo de la rémora, de un color avellana agradable, me observa impasible mientras termina de llenar la oficina y empieza a salir por la puerta. A esa velocidad, llenará el sótano en minutos.

Estoy casi segura de que el sótano es lo suficientemente fuerte como para contener a la rémora para que no siga creciendo en nuestro mundo. Dioses, eso espero.

El extremo que está pasando a Leo tiene una puerta de metal gigante. Nunca he estado al otro lado de este espacio, pero todo lo que puedo hacer ahora es rogar que también pueda bloquearlo. De lo contrario, he cambiado una apertura al infierno por un demonio que seguirá creciendo para apoderarse de toda Irlanda.

—¡Rhys! —grito—. ¡Se acabó el tiempo! ¡Saca a todos de aquí!

—¡De inmediato! —responde.

El lateral del demonio rémora sale de la oficina como una burbuja, e impacta contra la boca infernal. El brazo del demonio que intentaba agarrarse a nuestro mundo es aplastado contra el borde, y después limpiamente rebanado. Escucho un rugido de dolor y rabia, y después la boca infernal queda cubierta, completa. El demonio rémora nunca dejará de crecer en esa dirección.

Lo he hecho. La he sellado. Nada puede salir ahora. Y si no me doy prisa, yo tampoco podré salir.

Me dirijo en dirección a Leo, sujeto sus brazos y tiro. Y tiro. Y tiro. Pero no se mueve ni un centímetro.

No podía moverlo cuando tenía toda mi fuerza de Cazadora. Y ahora no tengo nada. Incluso dudo que pueda salir corriendo de aquí sola. Después de mis años de estudio, de intentar convertirme en alguien que salvase a las personas, todavía soy demasiado débil para hacer algo bien.

Leo me mintió, me ocultó cosas. Y también me vio por quien realmente era, todos estos años, mucho antes de que yo lo hiciera. Hoy tomó una decisión de Vigilante. Se sacrificó para salvar el mundo.

Caigo agotada a su lado, vacía. La mancha verde musgo del demonio rémora está más cerca de nosotros. Alguien sujeta uno de los brazos de Leo y tira. Mi madre. Con un llanto estrangulado, me levanto de nuevo y me uno a ella, renovando mis esfuerzos. Pero no hay forma. No podemos moverlo.

—Tenemos que irnos —dice mi madre.

—¡No puedo dejarlo!

—Lo siento. Lo siento mucho. Pero nunca volveré a dejarte atrás. —Mi madre me levanta. Estoy muy débil para pelear con ella. Se da prisa en pasar por encima del borde del demonio rémora. Las paredes a nuestro alrededor rugen bajo la presión. Miro por encima de su hombro, Leo va desapareciendo de mi vista por el demonio que se expande.

Mi madre me lleva como a una niña, y veo a Leo. Dejado atrás.

Aún podría pelear con ella, lo sé. Podría arrastrarme dentro para que Leo no fuese aplastado solo. Pero no lo salvaré, me mataría.

Ser elegido es sencillo.

Hacer elecciones te rompe el corazón.

CAPÍTULO
35

Mi madre cierra la puerta metálica del sótano de un golpe y con llave. Aguanta. Se tropieza en las escaleras, y me deja caer. Me arrastro hasta arriba y me doy prisa, agotada, a través de la sala de descanso de los empleados, cruzo los pasillos de café que se agitan con los temblores, y llego al aparcamiento. El suelo retumba, pero no se viene abajo. Imploro que mi decisión haya sido la correcta, que el espacio del sótano sea suficiente para contener a la rémora. Que crezca solo hasta llenar ese espacio y luego se expanda infinitamente hacia la Boca del Infierno de Dublín, no hacia Dublín.

El suelo deja de temblar. El silencio se instala sobre el lugar. Después de un momento, el andrajoso grupo de aparcamiento, entre los que me encuentro yo, emite un gran suspiro.

Lo he conseguido. No he dejado que Artemis muriera, y no dejé que Eve ganara. Encontré otra forma, incluso sin los poderes de Cazadora.

Me tropiezo con Honora. Tiene a Artemis en brazos, le está acariciando el pelo con ternura. El demonio sin piel se ha arrancado la piel de su propio brazo como una manga y la está presionando cuidadosamente sobre el costado de Artemis. Ya está cerrándole la herida, deteniendo la hemorragia. Sostengo su muñeca. El pulso es débil, pero está ahí. Mi madre se agacha junto a ellos y atiende a Honora, quien ha ignorado sus propias heridas.

—Gracias —le susurro a Honora. Después me vuelvo al demonio sin piel—. Y gracias a ti también. —Creo que sonríe.

Inspecciono el aparcamiento. Sean está encerrado en su coche, hablando airadamente por celular. Tiene sangre seca alrededor de la nariz. Está mirando el lugar con cuidado, empuña un arma con su mano libre. Pero no se mueve para atacar a nadie. No es una prioridad inmediata para mí, entonces.

Doug está ayudando a Rhys a calmar a dos demonios extremadamente bajos y morados. Como no paran de gritar, Doug les pone las manos sobre la boca. Se sientan, sonriendo. Hay varios demonios más, pero algunos ya se están escabullendo.

El puñado de demonios que no se han ido pululan, libres de las jaulas, pero aún atrapados en una Tierra que no tiene lugar para ellos.

—¿Y ahora qué? —Una vez más, Rhys se dirige a mí en busca de respuestas.

Miro a mis compañeros Vigilantes. Estamos tan perdidos como estos demonios. Sin rumbo. Recuerdo a Cosmina. A Leo. Me duele tanto... Si les hubiéramos hecho un sitio, si los hubiéramos dejado ser ellos mismos sin temerles, sin juzgarlos, tal vez ambos seguirían aquí con nosotros. Tal vez Cosmina habría confiado en nosotros. Quizá Leo hubiera podido decirnos la verdad antes de que fuera demasiado tarde. No puedo culparlo por esconder su herencia demoníaca en mitad de un grupo que se dedica a destruir demonios.

Pero Leo *era* bueno. Intentó ayudarme. Y al final, nos salvó a todos al darme tiempo para derrotar a Eve.

Miro a Doug, que solo quiere hacer feliz a la gente y también conseguir pases para los camerinos de Coldplay. Miro al pobre demonio sin piel. Incluso a Honora. Todos sin un lugar al que ir. Imogen, Rhys,

Artemis. Ninguno de nosotros pidió estar aquí. Ninguno de nosotros eligió ser un Vigilante. Ni mi madre, a quien le robaron la vida desde el momento en que nació. Ni Artemis, que siempre debería haber sido más. Y ninguna de estas criaturas eligió estar aquí. No dudo de que todos hubieran preferido estar en otro lugar. En algún lugar seguro. En algún lugar en el que no fueran *otros*, cazados, ni usados.

Y de repente, sé de un lugar al que pueden ir.

Saco la libreta —la libreta real, no el cuaderno falso que traje conmigo como señuelo— de mi camisa. Está llena de demonios como Doug. Allá afuera, las Cazadoras están completamente solas. Son objetivos por culpa de un poder que nunca pidieron. Sostengo la libreta cerca de mi corazón y recuerdo lo que hemos perdido. Recuerdo mi promesa de ser la Vigilante para cada Cazadora.

—Ahora —digo, sonriéndole a Rhys—. Ahora cambiaremos lo que significa ser Vigilantes. Protegeremos a los vulnerables. Quienesquiera que sean.

Me quito el abrigo y lo pongo sobre los hombros del demonio sin piel. Se acurruca, y esta vez estoy segura de que está sonriendo.

* * *

—¡No permitiré que haya demonios infestando mi castillo! —Wanda Wyndam-Pryce grita, golpeando el puño contra la mesa.

Estamos en la sala del Consejo. Solía intimidarme y asombrarme. Ahora todo lo que veo es una habitación vacía e inútil con una mesa demasiado grande y una sola persona sentada allí. Sinceramente, siento un poco de vergüenza ajena por ella.

—¡Esto es un escándalo! ¡Os iréis de inmediato!

Sonrío.

—Lo siento. No tienes la autoridad para exigir eso.

—¡Estoy en el Consejo!

—Has sido expulsada. —Rhys se quita las gafas y las limpia.

Wanda lo mira desde su larga nariz.

—¿Por quién?

—Por la próxima generación de Vigilantes.

Jade explota una goma de mascar. Pone los pies sobre la mesa, y cruza los tobillos.

—Ahora nosotros estamos a cargo.

Ruth Zabuto, tejiendo en un rincón, ríe.

Esto será divertido. Su cara arrugada es traviesa y alegre. Le dije que podía conservar la biblioteca. No le importó mucho lo que hicimos después de eso.

Acompaño a la indignada Wanda hasta la puerta. Ya hemos guardado sus cosas en uno de los coches. Ella me arrebata las llaves, y se detiene solo para dedicarle una mirada fulminante al demonio sin piel que está jugando a las cartas con dos de los Pequeños. Rhys se une a Cillian, quien está amarrando un columpio de cuerda a la sombra profunda de un roble. Los diminutos demonios púrpura, cuyos nombres no puedo pronunciar porque carezco de la mandíbula apropiada para hacerlo, critican cada una de sus decisiones.

—Repugnante —escupe Wanda. Después sube al coche y se lleva consigo generaciones de tradición de Vigilantes.

—Que te vaya bien.

Jade deambula para unirse a Doug en la organización de una partida de croquet. Le ha caído bien. Sospecho que es porque él es muy liberal a la hora de repartir sus estímulos de felicidad.

De vuelta en el gran salón, Imogen está tirada en el suelo, coloreando junto con el pequeño George. Me mira y sonríe con las mangas levantadas; revela garabatos de tinta a lo largo de sus antebrazos. Ella se portó increíble cuando la necesitamos. No la descuidaremos como lo hizo el Consejo. Todos sabemos que nuestros padres no determinan quiénes somos.

Me inclino para alborotarle el pelo a George, y luego sigo camino al ala residencial. Mi madre tiene que estar en cama durante un tiempo. Eve le rompió tres costillas y le perforó el pulmón. Y aun así se las arregló para llevarme a un lugar seguro.

Intenta sentarse cuando entro en su habitación.

—Ey, relájate.—Tomo una silla y me siento junto a su cama.

—¿Cómo se lo ha tomado Wanda?

—Casi tan bien como esperarías. Me alegro de que ya no tenga magia. Creo que, si no, todos estaríamos malditos.

Una sonrisa se esboza en la comisura de sus labios.

—Ojalá hubiera podido verla. —Una bocanada de aire se le escapa y luego cierra los ojos. Sus párpados son delgados, casi translúcidos. La hacen parecer frágil—. Deberías llevarte a Doug contigo cuando te pongas en contacto con más Cazadoras o demonios. Es un buen intermediario. Si la cosa se pone tensa...

—Los alegra de inmediato.

Saco la libreta y miro las entradas. Esta noche la abriré en la sección de las Cazadoras. Ya no puedo hablar con ellas en mis sueños, pero puedo encontrarlas en persona. Y aunque no soy fuerte, tengo algo que ofrecerles. Que ofrecerle al mundo. El mundo que ya no soy capaz de romper. Así que eso es un alivio, al menos. Estamos libres de toda la historia de los Vigilantes, incluyendo esa tonta profecía. Si tenía que perder mis poderes de Cazadora para evitar el Apocalipsis, era un sacrificio aceptable. Después de todo, no he tenido que morir. Tuve más suerte que Buffy.

Curiosamente, la echo de menos. Ojalá hubiera podido conseguir su número en ese sueño.

—Esto es mucho más de lo que yo planeaba hacer —dice mi madre—. ¿Estás segura de que estás a la altura?

—En realidad, sí, lo estoy. Es importante. Es más que importante: es lo *correcto*. Vamos a traer a cualquiera que necesite un lugar para vivir, libre de miedo. Cazadoras. Demonios. Quienes no encajan en ninguna otra parte. No hay requisitos ni expectativas, excepto que nos protegemos los unos a los otros. Lo llamaremos Santuario. —Hago una pausa y me sonrojo—. ¿Es demasiado pretencioso?

Mi madre sonríe.

—Creo que es perfecto. Y estoy orgullosa de ti.

Hace un tiempo, hubiera dado cualquier cosa por oírla decir eso. Pero después de todo lo que he pasado, me doy cuenta de que ya no necesito oírlo.

Aunque sigue siendo agradable.

Rhys llama a la puerta.

—Será mejor que vengas —dice.

Salgo corriendo, preocupada de que haya pasado algo. En cambio, encuentro a Artemis, curándose bien, con un casco en la mano. Honora, vestida una vez más de cuero gris, la espera con la motocicleta encendida.

—¿A dónde vais? —pregunto mientras corro hacia ellas.

No soy tan rápida como antes. Nunca volveré a serlo. Ojalá no tuviera parámetro de comparación, pero algún día me acostumbraré a ser una exCazadora.

Ella apoya el casco y me quita el pelo de la cara con los dedos, después se quita una goma de la muñeca y me hace una coleta.

—Ahí está. —Da un paso atrás para admirar su trabajo—. Mucho mejor.

No va a dar una vuelta con Honora. Se me escapa una súplica:

—Quiero que te quedes.

Artemis se ve tan perdida como yo me sentía antes.

—Tenía muchas ganas de ser una Vigilante. Pero no lo era. Y si son sinceros, ellos tampoco lo eran. No realmente. Creo que ninguno de nosotros lo es hace mucho tiempo. Estoy cansada de vigilar, de esperar. De esperar hasta que el mundo esté a punto de acabarse de nuevo y tengamos que averiguar cómo detenerlo. Y no voy a quedarme aquí sentada mientras intentas crear una utopía demoníaca. Sabemos lo que pasa por las noches. Sabemos la oscuridad que hay allá afuera. —Se encoge de hombros, se sube la cremallera de la chaqueta—. Averiguaré qué puedo hacer al respecto.

—Artemis, lo entiendo. Quiero... —Sin más nada que decir, la abrazo. Sé que podría hacer que se quedara si realmente quisiera. Pero, aunque quiero que se quede, no necesito que lo haga. Y lo que ella quiere, lo que necesita, tiene que ser la prioridad.

Ella me abraza.

—Gracias por salvarme. Pero fue la elección equivocada. Deberías haber conservado tu poder. Lo tenías por una razón. —Se ríe, pero es una risa quebradiza, vacía—. Todavía no sabemos cuál fue la razón. Y nunca lo sabremos. Pero yo *no* lo tuve por una razón. Y quiero averiguar por qué. —Da un paso hacia atrás—. Cuídate, Nina.

—Nos vendría bien tu ayuda aquí. La de Honora también, incluso.

Artemis sonríe ante mi flagrante mentira.

—No necesitas mi ayuda. Ya no más. Creo que nunca la necesitaste. Yo solo necesitaba a alguien que me necesitara. —Me abraza de nuevo y me aprieta tan fuerte que no puedo respirar. No quiero que termine—. Te quiero —susurra.

—Recuerda —respondo en voz baja—, sin importar a dónde vayas, siempre tendrás un hogar aquí.

Me suelta y se sube a la motocicleta, poniendo sus brazos alrededor de la cintura de Honora. Ella levanta la mano como si fuera a saludar, pero tan pronto como Artemis entierra la cabeza en su hombro, Honora me levanta el dedo corazón. Después arranca.

Estoy de pie en el límite de los jardines, viendo cómo empequeñecen en la distancia. Y sigo allí mucho después de que desaparecen y cae el crepúsculo. Nunca dejaré de echar de menos a Artemis. Odio que haya elegido a Honora. Pero me odiaría más a mí misma si la hubiera obligado a quedarse después de retenerla todos estos años. Necesita descifrar quién es sin tener que cuidarme. Sin tener que vivir una vida que nunca ha pedido. Sin tener que compensar el hecho de que nuestra madre la salvó primero.

No hay problema. Todo irá bien. Me doy la vuelta para enfrentarme a mi nueva vida.

Nací para ser una Vigilante. Fui Elegida para ser una Cazadora. Ahora no soy ninguna de las dos.

Pero eso no significa que no puedo ser una protectora.

Me crujo los nudillos. Es hora de ponerse a trabajar.

Su misión casi se había cumplido. Artemis y Athena habían estado cerca de la muerte solo para escapar de ella, una vez más.

Si se quiere algo bien hecho, uno mismo debe hacerlo.

Sin embargo, la experiencia cercana a la muerte de Artemis y la pérdida de la condición de Cazadora de Athena, dejaron preguntas. Había cierta claridad en la idea de que finalmente había terminado. Pensar que Athena iba a morir en el sótano y la profecía nunca se cumpliría... En lugar de alivio, la perseguidora había sentido... decepción.

Después de todos esos años, de todo su sacrificio, descubrió que ya no estaba interesada en impedir que la profecía se cumpliera. Esa había sido la vocación de su madre; se la habían impuesto. Ella no la había elegido. Si los demás habían podido hacer a un lado el peso de la tradición de los Vigilantes, ella podría hacer a un lado el peso de tener que prevenir la profecía.

¿Qué había hecho ese apestoso mundo por ella? Todos los que le habían encargado que custodiara la profecía, que cazara a las niñas, estaban muertos. Eso habían conseguido. Esa había sido su recompensa.

Ya no sería la suya. Sin embargo, no se estaba rindiendo. Siempre había necesitado un propósito. Apuntaba a un resultado diferente ahora. Pensaron que la profecía había llegado y se había ido. Que sería así de fácil. Una boca del infierno evitada y aprisionada no era suficiente para llamar la atención de Arcturius todos esos siglos atrás. Aunque se hubiera abierto del todo, no era un acontecimiento apocalíptico. Solo un incordio demoníaco más.

No, la profecía aún se avecinaba. Y ella haría todo lo que estuviera en su poder para asegurarse de que se cumpliera. Si una de las gemelas iba a destrozar el mundo, ella estaría a su lado.

Si pudiera estar segura de cuál chica era el apocalipsis y cuál era la protectora. ¡Gemelas! Siempre tan difíciles de distinguir.

De cualquier forma, no importaba. Ella ayudaría a la destructora o destruiría a la protectora. Ambas opciones conducirían al mismo resultado:

acabar con el mundo que les había fallado a todos de una manera tan lamentable. Ya era hora. Arcturius lo había previsto. Eso había sido lo último que había visto, y ¿quién era ella para ponerlo en duda?

—Bum —susurró, dibujando la palabra en su brazo.

—¡Imogen, he terminado mi dibujo! —dijo el pequeño George.

—¡Ay, es fantástico! Bien hecho. ¿Se lo damos a Nina ahora?

George esperó a que ella se pusiera el chaquetón, después lo tomó de la mano y caminaron juntos por el pasillo.

EPÍLOGO

No puedo moverme.

Pero no es esa sensación aterradora de no poder respirar, no poder moverse, no poder gritar. Es una sensación cálida, vaga, todo está relajado y es perfectamente reconfortante. Permanezco en el limbo entre el dormir y el despertar, sabiendo que mi alarma está a punto de sonar. Deseando que este espacio dure un poquito más.

Y entonces, noto que no estoy sola.

Leo está arrodillado en mi línea de visión. Aunque la habitación está oscura y sus ojos son más oscuros, puedo verlos con claridad. Realmente sí tiene una pizca de color. Violeta.

No poder moverme también significa no poder hablar. Intento mover la lengua en mi boca, intento hacer que mis cuerdas vocales respondan.

—Shh. No te despiertes. —Sonríe, su expresión es dolorosamente tierna. Esos hoyuelos que sostuvieron todas mis esperanzas románticas y me persiguieron en sueños están ahí, perfectos, vivos—. Sé que intentaste salvarme. Eso fue más de lo que merecía. Y nunca podré redimirme, jamás podré disculparme lo suficiente por lo que ella te hizo. Lo que la ayudé a hacer. Algún día, quizás, pueda explicarlo. Pero nada lo excusa. Por nada podía hacerte daño. —Después, su sonrisa se ilumina con un indicio de travesura—. Mientras tanto, tengo un regalo

406 • LA ÚLTIMA CAZADORA

que espero que compense un poco de eso y asegure que nada malo vuelva a pasarte jamás.

Se inclina hacia adelante, achicando la distancia entre nosotros. La oscuridad lo cubre y lo transforma. Pero su oscuridad no es tanto una pesadilla como un secreto de terciopelo de la noche. Una caricia de aire fresco y el hormigueo de la piel de gallina. Sus labios tocan los míos, y finalmente puedo moverme. Aprieto mis labios contra los suyos, tan feliz, tan confundida.

Y todo se ilumina con un blanco brillante mientras me inunda algo que es a la vez familiar y extrañamente nuevo. Si lo que sentí cuando se fue de mi cuerpo fue el más brillante amanecer, esto lo siento como... un relámpago. Poder y fulgor con una sensación de destrucción caótica que no había estado allí antes. Pero no puedo detenerlo, no puedo preguntarle qué es. A medida que la luz se vuelve brillante, sé que me despertaré; Leo roza mi mejilla con un beso más.

—Adiós, Athena Jamison-Smythe. La última Cazadora.

Despierto con el sabor del sueño de Leo aún en mis labios. Jadeando, busco mi reloj despertador.

Se deshace en mi mano.

Las palabras de Leo suenan en mi mente. La última Cazadora.

De vuelta.

AGRADECIMIENTOS

Cuando era adolescente, una animadora rubia me enseñó que nuestras dificultades para navegar entre las amistades y el amor merecen tanta atención como nuestras batallas con los monstruos. Cambió mi vida y me formó como narradora. Así que, a *Buffy, la cazavampiros* —a los creadores del programa, los escritores, los actores y a todos los que hicieron la serie que me hizo quien soy como escritora—: gracias. Cambiasteis el mundo. Muchísimo.

En lo que respecta al libro, gracias especiales a Liesa Abrams de Simon Pulse. ¿Fue el destino lo que hizo que tuviera puesta mi camiseta de Sunnydale High cuando nos encontramos? O simplemente muy buenas probabilidades, porque por supuesto la llevaba puesta. Gracias por acercarme este proyecto y por ver a nuestra Nina a través de numerosos borradores, elaborándola y moldeándola para que fuese lo que necesitaba ser. Eres mi propia Vigilante. Y a mis Scoobies, Sarah McCabe y Jessica Smith: sus devoluciones y su guía fue invaluable. Desearía que pudiésemos incluir reacciones en GIF en los márgenes de la versión final del libro.

A mi agente, Michelle Wolfson, gracias por pelear siempre a mi lado y por ser mi lectora de prueba. Pero ahora que lo has leído sin ningún sesgo, es hora de ver la serie. Esperaré.

Mi familia es muy paciente cuando canalizo mi angustia interior con regularidad. Desde el apoyo de mi marido, las constantes consultas sobre mis avances a mis dos hijos mayores y la pregunta siempre tan adorable de: «¿Estás viendo *Buffy, la casabampiros?*» de mi hijo de cuatro años. Nada de lo que hago tendría corazón o alegría sin ellos en mi vida.

Stephanie Perkins se volvió loca conmigo y luego me ayudó a ponerme a trabajar para forjar mi propio pequeño rincón en el Buffyverso. Y nada de lo que escribo se hubiera logrado sin el apoyo de Natalie Whipple. Gracias a las dos, como siempre, por vuestra amistad. Afrontaría cualquier apocalipsis con vosotras dos a mi lado. (Y, seamos honestas, ser mis compañeras de críticas probablemente lo siento como algo apocalíptico la mayor parte del tiempo).

Al equipo de Simon Pulse que colaboró en cada etapa —Stephanie Evans, correctora guerrera; Talexi, mago del arte; Sarah Creech, mente maestra de portada; junto con Katherine Devendorf, Caitlin Sweeny, Nicole Russo, Mara Anastas y Chriscynethia Floyd— estoy muy agradecida de combatir las fuerzas de la oscuridad (y de formateo y marketing, etcétera) con todos vosotros.

A los demás escritores que se murieron cuando se enteraron de que iba a haber un *spin-off* de Buffy y que yo ya lo había reclamado: lo siento de verdad. No estoy siendo sarcástica. El *fandom* de Buffy está compuesto por las mejores personas de la Tierra, y me encanta compartir ese amor con todos vosotros.

Y finalmente, gracias a todos los que enloquecieron conmigo online y offline, a los que se emocionaron conmigo por esto, a los que hablaron de episodios y *shippeos*, a los que me pidieron detalles que no tenía permitido dar. El Buffyverso es muy afortunado de teneros, y yo también.

SOBRE LA AUTORA

KIERSTEN WHITE es una exitosa autora de libros para adolescentes y jóvenes lectores como *la trilogía And I Darken,* compuesta por *Hija del dragón, Now I Rise, Bright We Burn* (próximamente por Puck); *The Dark Descent of Elizabeth Frankenstein,* y *La última Cazadora.* Vive con su familia cerca del mar en San Diego, donde acecha en las sombras permanentemente. Visita su sitio web KierstenWhite.com y síguela en Twitter: @KierstenWhite

¿TE GUSTÓ
ESTE LIBRO?

Escríbenos a

puck@edicionesurano.com

y cuéntanos tu opinión.

ESPAÑA ▸ 🅕/MundoPuck 🅧/Puck_Ed 🅘/Puck.Ed

LATINOAMÉRICA ▸ 🅕 🅧 🅘/PuckLatam

🅘/PuckEditorial

¡Gracias por vivir otra
#EXPERIENCIAPUCK!

ECOSISTEMA DIGITAL

NUESTRO PUNTO DE ENCUENTRO

www.edicionesurano.com

2 AMABOOK
Disfruta de tu rincón de lectura y accede a todas nuestras **novedades** en modo compra.
www.amabook.com

3 SUSCRIBOOKS
El límite lo pones tú, **lectura sin freno**, en modo suscripción.
www.suscribooks.com

DISFRUTA DE 1 MES DE LECTURA GRATIS

1 REDES SOCIALES:
Amplio abanico de redes para que **participes activamente.**

4 APPS Y DESCARGAS
Apps que te permitirán leer e **interactuar con otros lectores.**